BEAR TOWN

大熊鎮——1

終將破碎的我們

Fredrik Backman
菲特烈・貝克曼——著

杜蘊慧　譯

獻給我的奶奶，莎嘉．貝克曼，她教我愛上運動。如果沒有運動，我的人生將會非常無趣。我希望天堂裡的那個大酒吧也供應像樣的不甜馬丁尼，還有大螢幕播放溫布頓網球賽。我想妳。

我還要感謝妮妲．夏夫提－貝克曼，我最幽默最聰明最會爭辯的最好的朋友。她在我低落的時候讓我振作起來，在我需要當頭棒喝的時候提醒我腳踏實地。我愛妳。

1

三月底的一個深夜，有個年輕人拿起一把雙管獵槍，直直走進森林，將槍抵在另一個人的前額上，扣下扳機。

接下來要說的，就是在此之前的故事發展。

2

砰——砰——砰——砰。

大熊鎮的三月剛開始，一切都還平靜得很。今天是星期五，每個人都在等待。明天，大熊鎮冰上曲棍球俱樂部的少年代表隊，即將在全國青少年巡迴賽中和領先的隊伍進行半準決賽。像這樣的事能有多重要？想當然耳，不怎麼重要。但是在大熊鎮裡可不然。

砰。砰。砰——砰——砰。

每天，大熊鎮的清晨都開始得很早，像這樣的小鎮如果想趕上世界的腳步，就得起個大早。工廠外，停車場裡一排一排的車頂已經開始覆上雪，員工們半睜著惺忪的雙眼配上半醒的腦袋無言地排隊，等著打卡鐘認可他們的存在。他們跺掉靴子上的殘雪，兩眼無神，聲音仍像答錄機一樣平板，等著身體裡的特效藥——咖啡因、尼古丁，或糖——發揮功效，好讓他們的肉體在第一節休息時間到來之前勉強有點功能。

外頭，通勤族魚貫往位於森林之外，稍微大一點的區域駛去。他們戴了手套的手拍打著暖氣出風口，嘴裡的咒罵讓你聯想到醉鬼、瀕死的人，或是一大清早坐在能凍死人的標緻汽車裡的某個傢伙。

如果這些人閉上嘴保持安靜，就能聽到遠處傳來：砰——砰——砰。砰。砰。

瑪亞在她的房間醒來。她的房間四壁貼滿鉛筆畫的圖，還有她到遙遠的城市裡聽過的音樂會票根，雖然數量還遠遠不及她希望擁有的，但卻已經超過她父母實際准許她去的。她穿著睡衣賴在床上彈著吉他。她愛死了有關吉他的一切。吉他倚在她身上的重量、她的手指彈在木殼上的聲音、琴弦銳利刮過她還沒完全清醒的皮膚。簡單的音符、輕柔的樂章，對她來說就是一場快樂的遊戲。她才十五歲，已經陷入愛河許多次，但是吉他永遠是她的初戀。身為森林裡冰上曲棍球俱樂部運動總監的女兒，吉他幫助她在這個鎮上活下去。

雖然她討厭冰上曲棍球，卻也了解爸爸深愛這項運動，只不過這個運動是她玩不懂的樂器。她媽媽總是在她耳邊悄聲說：「如果一個男人的生命中沒有讓他不計任何原因深愛的東西，就不值得信賴。」她媽媽深愛的男人，深愛著一個深愛球賽的小鎮。針對這個冰上曲棍球鎮，你有許多事情可聊，而且這些事情都可以事先預料。住在這裡，你多多少少可以預料會發生什麼事。日復一日又復一日。

砰。

大熊鎮的地理位置遺世而獨立。就算在地圖上，它看起來也不像是真的。有些人說：「就像某個喝醉的巨人想在雪地上撒尿寫下自己的名字。」比較理智的人會說：「就像大自然和人類在拔河搶地盤。」無論如何，輸家都是這座小鎮。小鎮已經很久沒贏過任何東西了。每一年都有更多的工作消失，隨之消失的是人口。每一季，森林又多吞併一或兩棟被棄置的房子。當年大熊鎮還有可以誇口之處時，鎮議會在小鎮入口的路邊立了牌子，以當時流行的口吻寫著：「歡迎光臨大熊鎮——我們不斷追求更好！」幾年下來，強風和雨雪蝕去了「斷」字。有時候，這座小鎮覺得自己是那句哲學理論的實驗品：如果沒人聽見小鎮在森林裡倒下，那麼還有人在乎嗎？

要回答這個問題，你必須往湖的方向走幾百公尺。那座建築物看起來不起眼，實際上它是一棟冰館。蓋冰館的是四個世代之前的工廠員工，他們一週工作六天，指望在第七天做點有意義的事。世世代代延續下來的習慣就是，小鎮居民所有仍未被冰封的愛都獻給了比賽：冰面賽場和記分板、紅色和藍色的邊線、球桿和冰球，以及從所有衝到角落獵捕冰球的年輕肉體裡爆發出的每一絲決心和衝勁。每個週末，球場裡的觀眾席都是滿的，年復一年，雖然曲棍球俱樂部的成績已經和小鎮的經濟一樣兵敗如山倒。也許這也是為何人們如此支持球賽——因為每個人都希望，只要俱樂部時來運轉，小鎮的其他部分也會跟著沾光。

像這樣的小鎮總是把未來寄託在年輕人頭上，因為唯有年輕一輩不知道從前的年代有多美好。這樣倒也是件好事。於是鎮民們用先人打造這個小鎮的方法打造他們的少年組球隊：埋頭苦幹、硬碰硬、不抱怨、閉上嘴，讓大城裡的混蛋們瞧瞧我們的實力。這個鎮沒什麼特色，可是誰都知道冰上曲棍球是這個小鎮的一切。

砰。

阿麥馬上就滿十六歲。他的房間小極了，如果挪到大城市高級地段的大公寓裡，這個房間只能勉強算得上是衣帽間。他的房間牆面貼滿國家冰球聯盟的球員海報，但其中兩張除外。一張是他七歲時的照片，戴著過大的手套，頭盔遮住大半個額頭，他是冰場上個子最小的男孩。另一張是白紙，上面有他媽媽寫下的幾句祈禱文。阿麥剛出生時，她躺在地球另一端某家小醫院狹窄的病床上，阿麥睡在她胸前，彷彿全世界只有他們母子兩人。有位護士在她耳邊輕聲唸誦這幾句祈禱文，據說在她病床床頭的祈禱文是德蕾莎修女親手寫的。護士希望祈禱文能給這位無依的女人力量和希望。將近十六年之後，這張紙仍然貼在她兒子的牆上。雖然與原文有所出入，但她憑自己的記憶盡可能寫了下來：

「縱使你待人以誠實，人們仍可能欺瞞你。無論如何，仍然誠實以待。
縱使你報人以仁善，人們仍有可能責怪你自私。無論如何，仍然報以仁善。
所有你今日所行的善事，都將在明日被忘卻。無論如何，必得行善。」

每天晚上，阿麥都把冰刀鞋放在床邊。「當初你腳上套著那雙鞋，你媽還能把你生出來，真是了不起。」冰館的工友常常開他玩笑。工友說阿麥可以把冰刀鞋寄放在工具間的置物櫃裡，但是阿麥寧願揹著它們來去。他不想和它們分開。

阿麥從來都不比其他球員高，體格也不比他們壯，射球更不比他們猛。可是鎮上沒人追得上他。他目前遇過的所有對手當中，沒有人滑得比他更快。他自己也不知道為什麼，只是暗自揣測也許就像同樣是一把小提琴，有些人眼裡看到的是一堆木頭和旋鈕，別人看到的卻是樂章。他從不覺得滑冰難掌握，相反的，當他穿上普通的鞋子時，反而覺得自己成了上了陸地的水手。

牆上那張他媽媽手寫的紙條最後一句是：

「你創造的，別人可以毀滅。無論如何，繼續創造。因為到了最後，這件事只關乎你和神，從來都與他人無關。」

緊跟著這一句，是一個小學生堅定的紅色蠟筆字跡：

「他們說我太小不會打，無論如何，還是要變成厲害的球員！」

砰。

二十幾年前，大熊鎮的甲組冰上曲棍球隊是全國最高組別排名第二的隊伍。明天，大熊鎮又將再度面對最好的球隊。一場少年組球賽究竟有多重要？一個鎮究竟能有多在乎一夥青少年互相比拚的半準決賽？當然，通常不太在乎。除非是這座在地圖上只有一個小黑點的鎮。

「大熊丘」位在大熊鎮路標往南幾百公尺的區域，是面湖的小型高級住宅區。居民包括超市老闆、工廠負責人，或者每天通勤去大城裡，薪水好得多的上班族。每每在員工派對上，這些上班族的同事會訝異地瞪大眼睛問：「大熊鎮？那種深山野地裡可以住人啊？」大熊鎮的上班族通常會回答，住在大熊鎮能夠打獵或捕魚，以及能夠親近大自然之類的理由，但是這幾年來，幾乎每個人都會自問，這真的有可能嗎？真的還應該繼續住在大熊鎮？他們自問，除了和氣溫一樣急速下滑的房價之外，大熊鎮究竟還有什麼價值？

但是當他們被「砰」聲吵醒，臉上又不自禁浮現了微笑。

3

十多年來，獨棟豪宅區的住戶們已經很習慣從厄道爾家後院傳來的噪音了：「砰——砰——砰——砰——砰」。然後是凱文撿球時的片刻寧靜，接著又是一陣砰——砰——砰——砰。他在兩歲半的時候第一次穿上冰刀，三歲時獲得第一根球棍，四歲時他已經打得比五歲小孩好，而五歲時又打得比七歲小孩好。在他七歲生日過後的那個冬天，他嚴重凍傷，要是你現在近距離端詳，仍能清楚看見他顴骨上的小白斑。在凍傷那天的下午，他打了畢生第一場正式球賽，卻不幸在最後一秒鐘漏失了無人防守的攻擊機會。大熊鎮的幼年組以十二比零大勝，凱文一人獨得所有分數，但是他卻自責不已。當天晚上，他的父母發現這孩子的床鋪空空如也，午夜時，整座小鎮都在森林裡搜尋凱文的身影。大熊鎮不是適合躲貓貓的地方，小孩子們不消走遠，就會被黑暗吞噬；更別提零下三十度的氣溫能瞬間凍斃那小小的血肉之軀。直到清晨，才有人發現這孩子不在森林裡，而是在結冰的湖面。他拖了一面網子和五顆球碟，以及所有找得到的手電筒，在湖面上從比賽時漏失的進球角度，一整夜反覆不斷練習射門。大人們抱他回家的路上，他抽抽噎噎地哭個不停。直到今日，那天凍傷的白斑都不曾消退。雖然當時他只是個七歲小孩，但所有人都知道大熊魂已經在他小小的身子裡茁壯，勢不可擋。

後來，凱文的父母花錢在院子裡蓋了小型練習場，他每天一早會親自把場地掃得乾乾淨淨。每年夏天，鄰居們都會在花床裡挖到打壞了的球碟。因為過熱而變得堅硬的橡膠球碟屍體，在許多年之後都還能在鄰近的土壤裡挖出來。

年復一年，隨著小男孩長大，砰砰聲也越來越響，越來越快。如今凱文已經十七歲，在他出生之前大熊隊就已經不再是國家級球隊，而小鎮在那之後也再沒出過像他那樣的天才球員。他具備完美的體格、雙手、頭腦和決心，最重要的是他的眼力。在他眼中，球場上所有的動態似乎都比別人看到的緩慢。講到冰上曲棍球，人們可以說出一大堆練習的竅門，但眼力卻是天賦，你要嘛有這種天賦，要嘛就永遠也練不來。

「凱文？他是天生吃這行飯的。」俱樂部的運動總監彼得．安德森總是這麼說，因為他最有資格這麼說：在凱文沒出現之前，大熊鎮史上和他一樣有天分的球員就是這位運動總監，他一路打進加拿大和國家冰球聯盟，和全世界最棒的球員對陣。

凱文很清楚達到那個層級必須付出的條件。從他穿上第一雙冰刀鞋站穩之後，每個人都告訴他同樣的話：你所有的生命。要達到目標，你只需要付出所有。因此，每天早上，當他的同學們還賴在暖和的被窩裡時，他就已經出門到森林裡長跑。接下來是在後院練習射門，砰——砰——砰——砰。撿回所有的球。砰——砰——砰——砰——砰。撿回所有的球。每天下午，他和少年組球隊練球，晚上和甲組球隊練球，然後是去健身房，再加一趟森林長跑，最後在屋頂特別加裝的投射燈映照之下，在後院再練習一小時。

砰——砰——砰——砰——砰。這項運動需要付出的不多，你所有的生命就夠了。

大城市裡所有的大俱樂部或冰球學校都招攬凱文加入陣容，但他一律回絕。他是大熊鎮的孩子，他的爸爸是大熊鎮的男人。這個價值觀在別的城裡也許不算什麼，但是在大熊鎮卻被當成無價。

所以，少年組的半準決賽究竟有多重要？有了全國最好的少年球隊，就能再次喚醒所有的人：大熊鎮還存在。政客們也許還會決定將原本要撥給海德鎮的冰球學校成立經費撥給大熊鎮。然後一支由在地子弟兵們組成的甲組球隊就能再度打進最高等級的比賽，再度吸引最大的贊助商，議會也會打造一條新的大馬路，開往新的冰館，或甚至落實已經講了好幾年的嶄新會議中心和購物商場，如此一來將會帶動新商機、創造新工作機會，居民們也會開始整修房子，而不是賣掉它們。說穿了，這場球賽關乎的是小鎮的經濟發展、自信心，和生死存亡。

這場球賽重要到讓一個十七歲的男孩從臉頰被凍傷的那一天起，連續十年在自家後院，用擔在肩上的整個社區的重量，一次一次又一次地揮桿射門。

這場比賽就是一切，如此而已。

「大熊窪」位在小鎮另一頭，路標的北邊。大熊鎮的中心區域，以一排一排的兩層樓房舍和獨棟宅邸緩緩形成由低至高的社會階層變化。但是大熊窪這一區只有出租公寓，遠遠地往大熊丘反方向延伸出去。起初，這兩個沒有想像力的地名純粹只是地理描述：大熊窪是整座城最低的地區，一路下探到一座老碎石場。大熊丘則高踞在面湖的小丘上。但是隨著居民的經濟狀況越來越符合他們落腳的地區，社會階級和住宅區的差別也越來越明顯。即使是在世界上最迷你的社區裡，孩子們也很快就能意識到社會階層的現實，大熊鎮的社會階層更是顯而易見：你住得離大熊窪越遠，日子就過得越好。

法蒂瑪住的兩房公寓，位於離大熊丘最遠的盡頭。她輕柔但堅定地將兒子拉下床，兒子乖乖揹起自己的冰刀鞋。公車上只有他們兩個人，誰也沒說話。阿麥已經發展出一套系統，即使頭腦還在睡眠狀態，他的身體也能活動無礙。「活木乃伊」，法蒂瑪憐愛地暱稱他。當他們抵達冰館後，她換上清潔人員的制服，他則去找工友。他總是會幫她撿觀眾席上的垃圾，但也總是被她喝斥趕開。兒子擔心媽媽的背痛，媽媽擔心兒子被別的孩子看到，成為笑柄。自從阿麥有記憶以來，就只有他們兩人相依為命。他從小時候起，就會在月底撿拾觀眾席上的空瓶罐賣錢，現在偶爾還是。

每天早上，他幫工友開門、檢查燈光、整理球碟、開整冰車修整冰面、在開門之前打理好冰館。每天最先出現的是獨來獨往的花式溜冰運動員，然後冰上曲棍球隊按照排名到場練習，最後也最好的時段只留給少年組和甲組球隊。近來少年組的表現亮眼，讓他們幾乎快爬到黃金時段了。

阿麥還輪不上黃金時段，因為他只有十五歲，但是也許下個球季他就有機會了。只要給他機會，他什麼都願意做。他相信有一天自己會帶媽媽離開這個地方，有一天，他的腦子裡將不用隨時盤算著家用收支。有些孩子就是和別的孩子有著明顯的差別，通常這些孩子來自隨時可能斷炊的家庭，而且年紀小小就得學習面對這個事實。

阿麥知道他眼前能走的路不多，但是他的計畫很簡單：先打進少年代表隊，然後是甲組代表隊，最後是職業隊。當他領到第一份薪水時，就要遠遠推開媽媽手裡的清潔手推車，遠到看都看不見。他要媽媽歇下發疼的手指，好好躺著讓背部不再痛。他什麼都不想買，他只願能有一天晚上睡覺的時候不需再擔心沒錢。

阿麥的活做完後，工友就會拍拍阿麥的肩膀，將冰刀鞋遞給他。阿麥穿上鞋，抓起球桿，滑向空無一人的冰面。他們說好的：阿麥幫工友扛重東西，對付工友患了風濕的手指難以控制的彈簧門，只要阿麥事後再拋光冰面，他就能在花式溜冰選手出現之前單獨使用滑冰場一個小時。這是阿麥一天之中最棒的六十分鐘，天天如此。

他戴上耳機，音量調到最大，高速衝了出去。他切過冰面，去勢洶洶地滑向對面的護欄，頭盔撞上防撞隔板，再全速衝回來。一次，一次，又一次。

清潔工具車後的法蒂瑪抬頭看了一會兒冰場上自己的兒子。工友的眼睛對上了她的，她遠遠做出「謝謝」的嘴型，工友微微點了點頭，不著痕跡地報以微笑。法蒂瑪還記得當初俱樂部的教練第一次說她的兒子有天分時，自己有多麼困惑。那時她幾乎言語不通，阿麥剛會走路就會滑冰這件事，讓她覺得玄之又玄。許多年過去了，她仍然不習慣大熊鎮寒冷的天氣，但她已經學會喜愛這個小鎮的一切。她在從不下雪的國度中生下的孩子，如今卻在冰塊上打球，這是她一生中最令人不解的事。

鎮中心的一戶小型獨棟住家裡，大熊鎮冰上曲棍球俱樂部的運動總監彼得·安德森剛沖完澡，雙眼布滿血絲，上氣不接下氣。他幾乎一夜沒睡，就算水也沖不掉他的緊張感。有兩次他幾乎緊張得想吐。他聽見蜜拉經過浴室往走廊走去準備叫醒孩子們，他也很清楚她會說什麼：

「拜託，彼得，你都已經四十好幾了，如果運動總監在少年組上場之前比球員還緊張，那就應該吃顆鎮靜劑，喝點酒放鬆一下不是嗎？」安德森一家從加拿大搬回來後，在這裡已經住了十幾年，但他仍然沒辦法讓自己的太太了解冰上曲棍球對大熊鎮的意義。

「太誇張了吧？你們這些大男人會不會興奮過頭了？」蜜拉整個球季都在重複這句話。

「少年組才十七歲而已，都還是小孩子呢！」

起初，他什麼話也沒說。但是有一天深夜，他告訴她實話：「我知道這只不過是一場比賽，蜜拉。可是我們這個小鎮在深山野林裡，沒有觀光資源，沒有礦產，也沒有高科技產業。只有烏黑的天色、凍死人的氣溫，和一群失業的人。如果我們可以藉由任何一個原因讓這個鎮重新有點活力，都是好事。親愛的，我當然知道這裡不是妳的故鄉，可是妳往四周看看：工作機會一個一個沒了，議會撥下來的經費也越來越少。這裡的人都很有韌性，因為我們有大熊般的意志，可是這麼多年下來，我們受了太多打擊。這個鎮必須贏一次，什麼都行。因為我們必須感覺到我們還是最好的，就算一次也好。我知道這只是一場比賽，可是不只是這樣，這一次不同。」

當他說這番話時，蜜拉不斷用力親吻他的額頭，並且緊緊擁住他，最後她輕柔地在他耳邊說：「你真是個傻瓜。」他是傻沒錯，他心知肚明。

他走出浴室，敲著十五歲女兒的房門，直到他聽見吉他聲回應。她愛彈吉他，卻對運動沒興趣。這一點有時候讓他頗為傷心，但大多數的時候他為她高興。

瑪亞還躺在床上。當她聽見敲門聲，和父母在房門外的動靜時，吉他就彈得更響了。一個有雙學位，能夠將刑法法條倒背如流的母親，卻永遠學不會底板球和越位到底是什麼。相反的，一個能鉅細靡遺解釋冰上曲棍球規則的父親，只要看有超過三個角色以上的電視劇，就會忍不住每五分鐘問一次：「這又是怎麼了？那是誰啊？叫我安靜是什麼意思？妳害我沒聽到他們剛剛講了什麼……倒回去重看一次好不好？」

一想到這兩點，瑪亞就不禁邊笑邊嘆氣。十五歲，正是最恨不得能離家越遠越好的年紀。就像當她媽媽在三四杯葡萄酒下肚，耐心被黑暗和寒冷消磨殆盡時說的：「人是沒法在這個鎮上生活的，瑪亞，你只能苟延殘喘。」

她們誰也不知道這句話有多貼切。

4

從球員休息室到董事會議室，大熊鎮冰球俱樂部的男孩和男人們都深信一句口號：「目標高如天際，團結堅若磐石。」強硬的口號和凶猛的擒抱阻截同樣屬於比賽的一環，但是冰館裡的衝突向來不會洩漏到四面牆之外。這個潛規則適用於球場內外，因為每個人都知道俱樂部的重要性優於一切。

時間還早，冰館幾乎沒人，只有工友、清潔阿姨，和一個正在場中來回滑行的男孩球員。樓上辦公室裡，身著講究西裝的男人們正大聲爭辯著，話聲在走廊上迴盪。牆上的老照片裡是二十年前的球隊，當年大熊鎮冰球俱樂部還排名全國第二。會議室裡有幾個男人正是照片成員，其他的則不是，但他們的目標相同：他們要再度成為頂尖球隊，向最棒的挑戰。

俱樂部領隊正坐在辦公室裡。他是全鎮最會流汗的人，總是憂心忡忡，就像個偷了東西的小孩。今天他的汗流得比哪天都多。他身上的襯衫滿是狼吞虎嚥之後留下的三明治殘渣，讓人不禁懷疑他到底懂不懂咀嚼食物這件事的概念。他緊張的時候就會狼吞虎嚥。雖說這是他的辦公室，但他覺得自己的權限比辦公室裡任何一個人都低。

從表面上看，俱樂部的營運階層很簡單：董事會指派一位負責管理每天例行公事的領隊，領隊再指派一位運動總監，由他負責延攬甲組球員以及雇用教練；教練負責指導球隊，每個人各行其是不相干擾。當然，只要一關起門來，一切就變了樣了，無怪乎俱樂部領隊總是汗流浹背。此時將他團團圍住的人是董事會董事和贊助商，其中一個是本地的議員。這些人是鄰近區域內最大的投資者和企業主的總和。想當然耳，他們宣稱本次乃是「非官方」會面，這是他們的一貫論調。這群有錢有勢的男人，只是碰巧在一大清早，本地記者還沒起床前，不小心聚在同一個地點喝咖啡而已。

大熊鎮冰球俱樂部的咖啡機比領隊還需要深層清潔，所以在場沒有一個人是專程為了咖啡杯裡的液體而來。每個人都有自己的時間表和打造出成功俱樂部的野心，不過他們有一個共同的重要目標：他們一致同意該被炒魷魚的對象。

彼得在大熊鎮出生長大，在這裡，他有很多身分：剛開始學溜冰的孩子、有前途的少年球員、甲組球隊裡最年輕的新血、把球隊領向全國頂尖排名的隊長、滑進國家冰球聯盟的大明星，以及返回家鄉擔任運動總監的英雄。

而此時此刻，他也是一個睡眼惺忪，在窄小的房子裡毫無目標亂晃的男人。他的頭已經第三次撞上衣帽架了，他咕噥道：

「老天爺……有誰看到富豪的車鑰匙？」

他第四次伸手翻遍外套的所有口袋。十二歲的兒子從另一個方向朝他走來，眼睛直盯著手上的手機螢幕，卻能靈敏地閃過爸爸。

「你有沒有看見富豪的鑰匙，李歐？」

「問媽。」

「你媽在哪？」

「問妳。」

李歐遁入洗手間裡，彼得做了個深呼吸。

「親愛的？」

沒回音。他看看手機，領隊已經傳了四封簡訊叫他趕快進辦公室。彼得通常一個星期會在冰館裡待上七十到八十小時，卻幾乎從沒時間看自己兒子練球。他的後車廂裡有一套高爾夫球桿，要是幸運的話，每個暑假大概可以打兩回。運動總監的工作幾乎佔掉他所有的時間：他得和球員協商合約、和球員經紀人通電話、坐在黑暗的放映室裡研究有潛力的球隊候選人。不過這裡只是一個小俱樂部，因此當他的正事做完時，他還幫忙工友換霓虹燈管、打磨冰刀、替客場出賽訂遊覽車、訂購裝備、兼任旅行社和房屋裝修工人；他花在維修冰館的時間跟他管理球隊的時間一樣多。

這些事情填滿了他每天工作之外的時間。要了解冰上曲棍球只需要做一件事：付出你所有的生命，毫不保留。

彼得接受運動總監職位的那一晚，他花了一整個晚上的時間和蘇納講電話。打從彼得孩提時代起，蘇納就一直是大熊鎮甲組球隊的教練。他教彼得滑冰，還為來自充滿酒精與家暴生長環境的彼得提供了第二個家。他的身分已經不光是教練，還是精神導師以及代理父親。許多時候，彼得覺得在自己的人生中，這位老人是他唯一可以信賴的對象。「你現在是關鍵人物了，」蘇納給這位新的運動總監分析：「每個人都各有各的打算：贊助廠商、政客、支持者、教練、球員和家長，都想把俱樂部往他們自己那裡拉。可是你的工作是把他們大家拉到一起。」

第二天，當蜜拉醒來後，彼得用更簡單的句子向她解釋自己的新職位：「大熊鎮的每個人都愛死了冰球，我的工作是確保沒人真送了命。」蜜拉親親他的額頭，說他是個傻蛋。

「親愛的妳看到我的車鑰匙沒？」彼得舉頭大吼。

沒人回答。

辦公室裡的男人們逐條討論該做的事，冷酷、不帶一絲感情，彷彿他們討論的是汰換一件新家具。那張老球隊照片裡，彼得．安德森站在中間，當時的他是隊長，而今是俱樂部運動總監。他的故事是最好的成功寫照，辦公室裡的男人們知道，類似的成功故事對媒體和球迷來說非常重要。照片中站在彼得身邊的是蘇納，甲組隊教練，是他說服職業生涯告終的彼得舉家從加拿大搬回來。他們兩人聯手重新打造俱樂部的低齡球隊，目標是訓練出全國最棒的少年組隊伍。當時每個人都笑他們的野心，現在卻沒人敢笑了。明天，這支少年球隊就要出戰半準決賽；明年，凱文．厄道爾和其他幾個球員就會升級到甲組隊，贊助廠商將在俱樂部裡投入上百萬資金，返回全國菁英陣容的挑戰也會隨之啟動。沒有彼得這位蘇納最得意的徒弟，這些事根本就不可能發生。

一位贊助商不耐煩地看了看時間。

「他不是早就該來了嗎？」

領隊冒著汗的手指幾乎抓不穩手機。

「我相信他已經在路上了，大概是先送小孩去學校吧。」

贊助商丟給他一個高高在上的微笑。

「不會是他那個律師老婆又有比他的會議還重要的會要開吧？彼得到底以為這是他的飯碗還是消遣啊？」

董事會的一員清清喉嚨，半開玩笑地說：

「我們要的是穿釘鞋的總監，不是穿拖鞋的。」

贊助商笑著建議：

「說不定我們應該改雇用他老婆？穿高跟鞋的運動總監應該也很夠看，對吧？」

房間裡所有的男人都笑了。笑聲在高高的天花板下迴響。

彼得往廚房走去尋找妻子，卻只看見女兒的死黨安娜。她正在做奶昔，或者只有他以為她在做奶昔，因為整片流理檯面上覆滿一片狀甚邪惡的粉紅色黏稠物質，正緩緩地往檯沿逼近，準備進一步攻擊木頭地板。安娜拿下耳機說：

「早安！你們家的果汁機好難用喔！」

彼得深深吸了一口氣。

「哈囉，安娜，妳來得……真早。」

「沒啦，我昨天晚上睡在這裡啊！」她輕快地回答。

「又在這裡過夜？這樣不就是已經連續第……四天了？」

「我沒算欸。」

「那，好吧。沒事。可是難道妳不覺得至少應該回家一次……我也不知道……拿幾件乾淨衣服還是什麼的？」

「不用擔心啦，我已經把大部分的衣服都帶來囉！」

彼得揉揉後頸，試著表現得像安娜一樣快活。

「那太……好了。可是妳爸不擔心嗎？」

「不用緊張啦，我們常常講電話什麼的。」

「是沒錯，可是我想妳總是會回自己家睡覺的，對吧？」安娜把超量的不知名冷凍莓子和水果切片用力塞進果汁機裡，驚訝地瞪著彼得。

「可以啊，不過這樣一來，情況不就更複雜了，因為我的衣服都在這裡，有道理吧？」

彼得呆站原地，怔怔看著安娜良久。然後安娜伸指按下沒蓋蓋子的果汁機攪拌鈕。彼得轉身走進客廳，以焦躁指數升級的聲音大吼：

「親愛的！」

瑪亞還躺在床上，慵懶地撥弄吉他弦，任由音符在牆壁和天花板之間彈跳，直到孤獨的音符化入空無。小小的、寂寥的樂音像是在召喚友伴。她聽見安娜正在廚房裡大開殺戒，也聽見自己氣急敗壞的父母在走廊間互相推擠搶道。爸爸似乎還沒睡醒，可是對周遭感到很驚訝，就好像他每天早上都在自己不認識的地方醒來；媽媽的肢體語言就像是一台排障感應功能故障的遙控除草機。

媽媽的名字是蜜拉，但大熊鎮沒人叫對過。到最後她乾脆放棄，任由居民們叫她「阿蜜」。這裡的人惜話如金，連舌頭都懶得動。剛開始當人們問到她丈夫時，蜜拉還會故意開玩笑回問：「你是說阿彼嗎？」但是他們每個人都認真地瞪著她說：「不是，我是說彼得！」就像這裡的所有事物，反諷笑話終究也會結冰。所以現在蜜拉也懶得再打趣說，她的小孩李歐和瑪亞名字音節如此之節省，是為了不讓戶政事務所的人一個頭兩個大。

她在小屋子裡熟練地移動，一邊穿行於浴室、客廳和廚房之間，一邊打理衣妝和喝咖啡。她邊走邊從女兒房間地板撿起一件套頭上衣，用流暢的手法摺好，嘴裡同時告誡女兒趕緊收好吉他起床。

「去洗澡，妳聞起來活像有人用蠻牛替妳的房間滅火。爸二十分鐘之後就要送妳去學校了！」

瑪亞從被子裡滾下床，雖不情願，但經驗告訴她此時乖乖起床是明智之舉。她媽媽不是爭辯的好對象，因為她是律師，一直都是。

「爸說妳會帶我們去學校。」

「他搞錯了。還有請妳叫安娜做完奶昔後把廚房收拾乾淨好嗎？我很愛妳沒錯，她又是妳最好的朋友，我也不在乎她睡在我們家的時間比在自己家裡多，可是如果她要在我們的廚房做奶昔，就得學會幫果汁機蓋好蓋子，妳也該負責告訴她菜瓜布和洗碗精的功用，可以嗎？」

瑪亞將吉他斜倚在牆邊，往浴室走去。她一轉過身之後就大大翻了個白眼，幅度大到連X光機都會誤以為她的眼珠是腎臟。

「還有別對我翻白眼。不要以為我看不到就不曉得妳在翻白眼。」她媽媽斥道。

「看到黑影就開槍。」女兒嘟囔了一聲。

「我已經講過了，那種台詞只有美國電視影集裡才講！」媽媽回擊。

女兒用大到不必要的關門力道充當回應。彼得還在屋子裡某處大嚷：「親愛的！」蜜拉從地板上撿起另外一件套頭上衣，聽見剛替廚房天花板上了一層奶昔裝飾的安娜咒罵了一句：

「哦，媽的！」

「說實在，我可以過另一種生活。」蜜拉靜靜自顧自說著，一邊把車鑰匙放進上衣口袋。

辦公室裡的男人們還興高采烈地回味高跟鞋笑話，門口卻傳來一個刻意的清嗓子聲響。領隊示意清潔婦進來，正眼也沒瞧她一下。清潔婦向在場的人道歉，大部分的男人對她視而不見，只有一個人在她伸手拿垃圾桶的時候收回擋路的雙腳。清潔婦向他說謝謝，其他沒有一個人注意到她說了什麼。但是法蒂瑪並不介意，因為她最在行的事就是不打擾任何人。一直等到她退出房間，才用手撐著疼痛的後背，短促地哀嘆一聲。她不想被任何人看到，然後向阿麥告狀。她親愛的兒子煩惱已經夠多了。

阿麥滑到球場邊停在護欄旁，汗水刺痛他的眼睛。他的球棍平放在冰面，手套裡的汗使得他的手指往外滑了幾公釐，呼吸彷彿卡在喉嚨裡，大腿肌肉積滿乳酸。場邊的看台空無一人，但是他仍然時不時往上瞥一眼。

他的媽媽說，他們兩人必須時時保有感恩的心，他懂她的意思。沒有人比她更感念這個國家、這座小鎮、這些居民和這個俱樂部、鎮議會、他們的鄰居，和她的老闆。感恩，感恩，再感恩。做母親的責任是感恩，做孩子的，就負責實現夢想。因此她的兒子夢想著有一天自己的母親可以不用在走進房間之前先道歉。

他用力眨掉眼皮上的汗水，調整頭盔，將冰刀用力扎進冰面。一次，再一次。

彼得已經漏接四通領隊打來的電話了。當蜜拉走進廚房時，他焦躁不安地看了一眼時間。她笑著看看流理台和地板上黏兮兮的液體，知道彼得此時一定在心中歇斯底里地尖叫。他們兩人對乾淨的定義不同：蜜拉不喜歡衣服被丟在地上，彼得痛恨所有又髒又黏的東西。當他們剛認識對方的時候，他的公寓看起來就像剛遭過小偷，廚房和浴室卻乾淨得像手術室。蜜拉的公寓正好相反。保守的說吧，他們兩個其實並不像天生一對。

「妳可出現了！俱樂部要開會，我已經遲到了。妳看見我的車鑰匙嗎？」他氣急敗壞地說。

他身上的西裝外套和領帶的搭配一如往常讓人搖頭，蜜拉的打扮則無懈可擊，彷彿布料任她的肢體擺布似的。她正一邊喝咖啡，一邊穿上大衣，動作流暢俐落。

「對。」

他滿面通紅杵在原地，怒髮衝冠，腳上的襪子沾了奶昔。他問道：

「妳能告訴我鑰匙在哪嗎？」

「在我口袋裡。」

「啥？為什麼？」

蜜拉親親他的額頭。

「這是個好問題，親愛的。因為這樣我就可以開你的車去上班了。要是我的客戶看見他們的律師開著一部冒煙的車子出現，應該不太得體吧！」

彼得用雙手撓著頭髮。

「可是……搞什……為什麼不能開妳的車？」

「因為你得送那部車去修啊，等你送小孩去學校之後。我們早就講好的。」
「我們才沒講這件事！」
出於本能，彼得抓起一張廚房紙巾抹了抹她的咖啡杯底部。她笑了笑。
「親愛的，冰箱上的日曆可是寫得清清楚楚。」
「可是妳不能在上面愛寫什麼就寫什麼卻不跟我說啊！」
她謹慎地皺起一邊眉毛。
「我們說過了，就像現在，我們都最會說了。至於聽沒聽進去，又是另外一回——」
「拜託，蜜拉，我有會要開！要是我遲到——」
蜜拉點點頭，擺出極具強調意味的手勢。
「那是當然，親愛的，沒錯。要是我遲到，也許會有無辜的人因此被關進監獄呢！抱歉我打斷你的話，請你繼續說要是你遲到會怎樣？」
他用鼻孔用力吸氣，盡可能保持冷靜。
「明天可是今年最重要的比賽，親愛的。」
「我知道，親愛的。明天我會假裝這個比賽非常重要。可是在那之前，只有你和全鎮其他的人認為這件事很重要。」
她總是一副處變不驚的態度。在他眼中，這是她最吸引人也最煩人的一點。他還想找到更有利的論點，但蜜拉戲劇化地嘆了口氣，拿出車鑰匙放在桌上，在丈夫眼前伸出握緊的拳頭。
「行。那就猜拳。」
彼得搖搖頭，試圖忍住笑。

「怎麼，妳還是八歲小女孩嗎？」

蜜拉抬起一邊眉毛。

「怎麼，你怕了？」

彼得臉上的笑意瞬間消失，眼睛緊緊鎖住她的雙眼，握起拳頭。蜜拉大聲數到三，彼得出了布，蜜拉狡猾地等了半秒鐘，迅速用手指比出剪刀。彼得對她大嚷一聲，但她已經抄起鑰匙往門口走去。

「妳作弊！」

「別輸不起，親愛的。掰啦，孩子們，別給爸爸找麻煩，或是少找一點麻煩！」

彼得還站在廚房裡，大叫：

「妳不准走，騙子！」

他轉身看著冰箱上的日曆。

「這上面根本就沒說要修……」

前門在蜜拉身後關上。門外，他的車發動了。安娜站在廚房裡笑著，嘴唇上方黏著厚厚的奶昔八字鬍。

「你到底有哪一點贏得了她啊，彼得叔？」

彼得伸手按摩著頭皮。

「妳可不可以去找我的女兒和兒子，叫他們穿好衣服上車？」

安娜興奮地點頭。

「當然可以！先等我把這裡擦乾淨！」

彼得狀似懇求地搖搖頭，拿出一疊乾淨的抹布。

「別……不用了，安娜……別動手。我想這樣只會越擦越髒。」

一等辦公室裡的笑聲消失之後，某個贊助廠商臉色沉重地看著領隊，用指關節敲著桌面問道：

「所以呢？彼得會不會有意見？」

領隊抹了抹眉毛，搖頭：

「彼得總是以俱樂部為優先，你也很清楚。」

贊助商站起身，扣上外套，喝光杯子裡的咖啡。

「那好，我還有別的會要開，相信你會跟他解釋。記得提醒他，是誰給他這口飯吃。我們都知道他和蘇納的感情，可是不能讓媒體挖到俱樂部內部的矛盾。」

領隊不需要回應這幾句話。沒人比彼得更了解團結的重要性。當他必須剔除蘇納時，他絕對會以俱樂部為優先。

5

人們在乎運動的原因是什麼？

也許得看你是誰。來自哪裡。

沒人確切知道蘇納的年紀，他是那種二十年前看起來就像七十歲的人，而且也不記得自己究竟看過幾次甲組教練更迭。年紀讓他身形變矮，壓力和飲食讓他往橫長，如今他的身材比例就像個雪人。今天，他比平常早上班，但是當那群男人從冰館走出來時，他刻意躲在森林邊緣，一直等他們上了車揚長而去。並不是因為他感到羞愧，而是不希望看到他們在他面前感到羞愧。那些男人，他幾乎每個都認識了一輩子，甚至訓練過他們。他們想叫他走路，改由少年組教練來取代他這件事，是鎮上最公開的祕密。沒人需要告誡蘇納別公開撕破臉，因為他根本不會跟俱樂部過不去，而且他也心知肚明，背後的原因遠超過冰上曲棍球。

大熊鎮位在一片廣袤森林的貧瘠角落，但仍有幾位闊氣的居民。他們曾經幫助俱樂部脫離破產的險境，如今他們要的是回報：少年組隊伍必須打回全國的菁英層級。明天，他們將贏得全國巡迴賽的半準決賽；下星期，他們必須贏得冠軍。如此一來，地方議會在決定以冰上曲棍球為重點新成立的高中校址時，就勢必無法忽略擁有全國頂尖少年組冠軍的小鎮。俱樂部將再度成為本鎮未來計畫的核心，新的高中也會帶來新的冰館，然後是新的會展中心和購物廣場。冰上曲棍球將不只是冰上曲棍球，而是觀光資源、註冊商標、代表資金，以及生死存亡。

所以，俱樂部不僅僅是俱樂部，而是森林裡最強的男人們權力爭鬥的王國。王國裡沒有蘇納立足之地。他凝視著冰館，他奉獻了一輩子的地方。他沒有家人、沒有嗜好，甚至連一條狗都沒有。眼看著就要失業了，他不知道接下來該如何活下去，或為了什麼活下去。即使如此，他卻沒辦法怪罪任何一個人，領隊、少年組教練，甚至是彼得。

可憐的彼得，說不定根本就還不知情，但是董事會肯定會強迫他執行開除令，先讓他當劊子手，事後再被媒體拷問。一切都是為了俱樂部的團結，以及不可對外洩漏的衝突。

每個俱樂部遲早都得決定要實現的目標，大熊鎮俱樂部的目標已經不僅止於打球了。他們之所以決定由少年組教練取代蘇納，只有一個原因：蘇納在賽前對球員們的精神講話，是一大篇關於用心打球的論述。而少年組教練僅僅站在更衣室裡的球員面前吐出一字箴言：「贏」。少年組就真贏了。十年來都是如此。

蘇納已經不了解冰球俱樂部要的只有一樣：一幫永遠不輸球的男孩們。

一部小車在鏟雪機剛鏟平的路上行駛。瑪亞的頭靠在車窗上，這是十五歲的權利。再往南一點的地區已經有了春意，但是大熊鎮似乎只有兩個季節。冬天似乎打算永久滯留在這裡，因此當夏天來臨的時候，居民反而被殺了個措手不及。大家還沒適應老天爺賞給他們的那兩三個月陽光，就馬上又被陰冷攫住，一年中剩下的時間裡，他們覺得自己彷彿住在地底一般。

安娜用手指用力彈了一下瑪亞的耳朵。

「搞什麼鬼……？」瑪亞大叫，邊用手揉著半邊臉頰。

「我快無聊死了！我們來玩遊戲！」安娜充滿渴望地祈求。

瑪亞嘆了口氣，並沒反對。因為她愛極了這個大口喝奶昔的笨蛋，因為她們都是十五歲，而她媽媽總是告訴她：「妳永遠不會再交到一個像妳十五歲時交的朋友，瑪亞。就算那些後來交的朋友能維持一輩子，還是不一樣。」

「好吧，選一個：妳寧願瞎眼可是很會打架，還是耳聾可是很會——」安娜在後座說。

「瞎眼。」瑪亞不假思索地回答。

這是安娜最喜歡的遊戲，她們兩人從小時候一直玩到現在。保持某個小時候的共同嗜好，讓她們兩個覺得有種安全感。

「妳都還沒聽我說完第二個選項！」安娜抗議。

「我才不鳥什麼第二個選項，沒有音樂我就活不下去，可是每天看不到妳的傻相我還是能活得好好的。」

「怪咖。」安娜沒好氣。

「白癡。」瑪亞噗哧一笑。

「好啦，那換我：妳要鼻子裡永遠塞滿鼻屎，或是跟鼻子永遠塞滿鼻屎的男生約會？」

「鼻子裡塞滿鼻屎。」

「妳選的答案真的太適合妳了。」

安娜想給瑪亞的大腿一拳，瑪亞避過了她的攻擊，轉而用力捶了一記好友的手臂。安娜尖叫一聲，兩人相視大笑，笑彼此的傻氣。

妳在十五歲時交的朋友，是一輩子再也交不到的朋友。

坐在前座，沉浸在自己世界的李歐經過多年的訓練，已經有本事把姊姊和死黨的聲波阻絕在腦子外頭。他轉頭問爸爸：

「你今天會來看我練球嗎？」

「會……我盡量……可是媽會去！」彼得回答。

「媽本來就都會去。」李歐說。

十二歲的男孩只不過是在陳述事實，不是在指控。可是聽在彼得耳裡，仍然充滿指控意味。他不斷檢查手錶上的時間，甚至用手指敲了敲錶面，確定它還在走。

「你是很緊張還是怎樣啊？」安娜在後座問，她的聲調能令真正緊張的人開始狂摔東西。

「我只是有會要開，謝謝妳關心，安娜。」

「跟誰開？」安娜追問。

「俱樂部領隊。我們要討論明天少年組的比賽……」

「老天爺喔拜託，每個人都在講少年組比賽，你也知道那只是一場白癡比賽，對吧？哪有人真的在乎啊！」

她其實只是在開玩笑，因為安娜很愛冰上曲棍球。可是瑪亞趕緊低聲斥責她：

「今天可不能跟他講這種話！」

「他會抓狂！」李歐附和。

「你說抓狂是什麼意思？誰會抓狂？」彼得問。

瑪亞從後座湊過來。

「你不用載我們到校門口，爸。你可以在這裡放我們下車。」

「不麻煩的。」彼得堅持。

「也許是對你來說……不麻煩。」瑪亞嘟囔。

「這是什麼意思？我讓妳覺得很丟臉嗎？」

安娜幫腔：

「沒錯！」

李歐加了一句：

「她不想讓別人看到你是因為她不想讓班上每一個人都跑過來跟你聊球賽。」

「那有什麼不對嗎？這個鎮就是愛冰球啊！」彼得吃了一驚。

「是沒錯，可是那也不代表生命裡就只能有那個該死的冰球。」瑪亞忍不住抱怨，同時思索著是否能趁車子還在行駛時打開車門跳下去，路邊的積雪還很厚，她應該不至於摔斷什麼，也許值得冒這個險。

「你為什麼講這種話？李歐，她為什麼講這種話？」做爸爸的從駕駛座大聲質疑。

「反正你停車好不好？不然開慢一點也行，連停都不用停。」瑪亞懇求。

安娜俯身輕拍李歐的肩膀。

「好啦，李歐，試試這個：永遠不能打冰上曲棍球，還是永遠不能打電玩？」

李歐偷眼瞧他爸爸，心虛地小聲咳了一下。他動手解開安全帶，壓下車門把手。彼得絕望地搖頭：

「你別給我回答那個問題，想都別想。」

蜜拉坐在彼得的車裡，朝大熊鎮外駛去。今天早上，她聽見彼得在浴室裡嘔吐。如果連鎮上的大男人對明天的比賽都有這種反應，那些才十七歲的球員們又是如何面對的？大熊鎮的婦女們之間流傳一句玩笑話：「但願我先生看我的眼神像看冰球一樣。」蜜拉從不覺得這句話好笑，因為她太了解這句話背後的意義了。

她很清楚鎮上的男人怎麼評論她，也知道她的形象遠遠不及他們期盼見到的運動總監妻子。

他們並不當俱樂部是有僱傭關係的事業體，而是軍隊：士兵們必須隨時奔赴需要他們的崗位，家人只能驕傲地站在門檻向他們揮別。蜜拉第一次和俱樂部領隊會面，是在一場贊助商舉辦的高爾夫球友誼賽。當他們在賽後吃晚飯前喝酒交際時，領隊把自己喝空的酒杯順手遞給了蜜拉。他的冰球世界裡幾乎沒有女性，所以當他看見她時，根本就沒意識到她是誰，僅僅認定她是女侍應生。

在他醒悟到自己認錯人後，只不過一笑置之，像是表示蜜拉也該覺得這個錯誤很有趣。她並沒笑，於是他嘆了口氣說：「妳可別太認真了，嗄？」當他聽到蜜拉打算繼續工作時，他驚呼：「那誰來帶孩子呢？小孩子還得吃奶，對吧？」她盡力保持緘默。好吧，也許不算「盡力」，但事後回想，她認為當時自己的確「試過」保持緘默。最後，她轉向領隊，指指他油膩膩酷似香腸，正捏著炸蝦三明治的手指，然後又指指他幾乎撐破襯衫鈕子的大肚腩說：「我想也許你可以帶他們。反正你的胸部比我的還大。」

再下一次的高爾夫球友誼賽裡，晚宴邀請卡上就再也沒有「攜伴參加」選項了。男人的冰球版圖擴張，女人的益形縮小；蜜拉那天沒衝到冰館裡揍人，就足以證明她的確很愛彼得。她已經學會要在大熊鎮存活，妳的皮就得厚到足以抵擋寒冷和羞辱。

十年過去了，她發現只要車子裡有一套夠好的音響，就不會覺得一切都很糟。她調高音量播放瑪亞和李歐的「越大聲越好」歌單。其實並不是因為她喜歡那些歌，而是因為這樣能讓她覺得自己更接近孩子們。當孩子們還小的時候，妳以為每天早上出門時的罪惡感總有一天會減輕，事實不然，妳的罪惡感只會日益加深。所以她的手機裡存著他們喜歡的音樂，當收音機播放這些歌時，她的孩子們總是大叫：「再大聲！再大聲！」瑪亞放音樂的音量高到車門開始震動起來，因為森林的寂靜幾乎要把她逼瘋。這個地區的天空每每一過中午就開始在樹梢間暗了下來，對於一個向來將大自然當成螢幕桌面或背景的城市人，這是很難適應的現象。

大熊鎮每一個人都天生討厭大城市，他們滿懷嫌惡地認定森林負責產出富饒的資源，但最後得利的都是森林以外的地區。有時候大熊鎮居民熱愛這種險惡的天氣，是因為並非所有人都能耐得住：自然條件提醒他們自己的堅強與韌性。彼得教給蜜拉的第一條本地說法就是：「熊在森林裡拉屎，可是每個外地人都在大熊鎮頭上拉屎，所以來自森林裡的人自立自強！」

自從定居在此地之後，她已經在許多方面自我調適了，但是仍然有許多事她永遠無法理解。譬如為何在這個人手一根釣竿的小鎮上，卻連一家壽司店都沒有；或是為何這裡的人強韌到能夠住在酷寒到野獸幾乎都受不了的地方，卻永遠無法說出自己的感受。蜜拉還記得，當她問彼得為什麼這裡的人如此討厭大城市來的人，彼得解釋：「因為大城市裡的人臉皮都很厚。」要是蜜拉在他們受邀到別人家吃晚餐時買了一瓶很貴的酒當伴手禮，他就會鑽牛角尖地猜別人會怎麼想。也是因為這個原因，彼得不願意住在大熊丘上比較貴的房子裡，即使蜜拉的薪水大可以負擔。他們純粹是出於禮貌，才一直住在鎮中心。就算當蜜拉試著用「會有更多地方放你的唱片喔」來遊說彼得，他也完全不為所動。

十年了，蜜拉還沒完全學會和這個鎮一起生活，頂多只能算是共生。寂靜仍然令她忍不住想買一套鼓，邊敲邊在鎮上遊行。她又往上調高音響的音量，手在駕駛盤上用力敲打。她用力地唱著歌，隨音樂搖擺。直到她的頭髮纏在後照鏡上，幾乎駛出路肩。

她為什麼在乎這項運動？其實她一點都不在乎。她只在乎這項運動的中心人物。因為她夢想著有一個夏天——一個就好——她的丈夫能直視自己的故鄉，絲毫不覺得羞愧。

蘇納往冰館的大門走去，胸膛在耷拉著的肩膀下起伏。他這輩子頭一次意識到自己的年紀。他的肢體動作黏滯不順，像是一大袋套著運動衣的水母似的。不過當他打開大門時，一股巨大的平靜感像往常一樣湧來，沐浴他全身。這是全世界唯一一個他了解的地方。

所以他試著回想這個地方帶給他的收穫，而不是別人想從他手中奪走的一切。他這一生都獻給了運動，沒有幾個人能望其項背。他夠幸運，經歷過幾個神奇的時刻，也見證了兩位永世奇才的誕生。

大城裡只知道動嘴的混蛋們永遠不可能了解，在一個鳥不生蛋的小鎮俱樂部裡培育天才球員的感覺。就像在冰封的花園裡看見一株盛開的櫻桃樹。你也許可以等許多年，甚至一輩子，就算只經歷一次，也像神奇的魔法；經歷兩次更是不可能的奇蹟。奇蹟，似乎不像是會發生在這個小鎮上才對。

第一個奇蹟是彼得．安德森。那是四十多年前了。蘇納當時剛被指派為甲組教練，在滑冰課上看見彼得。瘦巴巴的小男孩，戴著別人給他的舊手套；他的爸爸是酒鬼，每個人都看到他身上的瘀青，卻沒人過問。就在沒人注意到他的時候，冰上曲棍球注意到他。冰上曲棍球以暴風雪之勢改變了彼得的人生。小男孩長大後，將瀕臨破產邊緣的冰球俱樂部拉到全國第二名，自己打進國家冰上曲棍球聯盟，從森林一路直奔星斗。但是，命運硬生生從他手中攫走一切。

就是那時，蘇納在葬禮之後打電話給住在加拿大的彼得，告訴他大熊鎮需要一位運動總監，這座還沒倒的小鎮裡仍然有一個還沒倒的俱樂部需要援手。當時彼得也需要能讓他伸出援手的對象，這就是安德森舉家遷回大熊鎮的原因。

第二個奇蹟發生在大約十年前。蘇納和彼得決定不和救援隊伍走同一條路，因為蘇納醒悟到他們正在尋找的不是其他人認為的普通小男孩，而是一個冰上曲棍球選手。他們兩人在清晨的湖面上找到凱文，臉頰已經被凍傷，但眼睛裡有大熊魂。彼得抱著七歲的小男孩一路走回家，蘇納默默地走在旁邊，鼻孔用力地吸氣。深冬裡的大熊鎮，空氣中又再度出現櫻花香味。

也是同一年，當一個沉默寡言的二十二歲甲組球員放棄繼續和舊傷以及卡在瓶頸的天分搏鬥時，蘇納在停車場裡攔下了他。就在其他人只看見一個失敗的球員時，蘇納看見能成為優秀教練的璞玉。那位二十二歲的年輕人叫大衛，他很不自在地站在蘇納面前，悄聲說道：「我會當不好教練。」但是蘇納輕吹了聲口哨說：「那些說自己是好教練的，沒有一個夠格。」大衛訓練的第一支隊伍是十七歲的男孩組成，其中一個球員就是凱文。大衛叫他們贏，他們就贏了。而且一路贏到現在。

如今凱文已經十七歲，大衛仍然是少年組的教練。下一個球季，他們會一起升入甲組球隊。他們會和彼得攜手組成未來的黃金三角：冰面上的手負責打球、教練椅上的心負責指導、辦公室裡的腦負責規劃。蘇納眼前面對著自己的頹勢。彼得將會開除他，大衛接收他的工作，而凱文會向每個人證明這是明智的決定。

老人已經預見自己的未來，殘酷的事實足以將他壓垮。他打開冰館的門，任由冰館裡的聲響向他劈面蓋下。

他為什麼在乎這項運動？因為若沒有這項運動，他的生命將會一片死寂。

為什麼？沒人問過阿麥。冰上曲棍球很傷人，它要你毫無人性的犧牲，肢體上的，心理上的，和感情上的。它打斷阿麥的腳、拉傷他的筋，卻仍能強迫他在日出之前下床練球。它吃掉阿麥所有的時間，吞沒他所有的精力。那，究竟是為了什麼？因為當他還是小孩子時，他聽人說過「沒有『前』冰球選手這回事」，他一聽就了解這句話的意思。那是在一堂滑冰課上，阿麥才五歲，甲組教練到冰場來給孩子們講話。那時的蘇納已經是個胖子了，他直直盯著阿麥的眼睛說：「你們之中有些人生來就有天分，有些人沒有。有些人吃穿不愁，有些人什麼也沒有。可是記住一句話：當你們在場子裡的時候一切平等。還有一件事你們得知道：渴望永遠能打敗出身。」

對一個孩子來說，只要有人告訴他們，他一直努力做某件事就能夠成為最棒的，孩子就會禁不住愛上那件事。沒人比阿麥更想成為最棒的球員。冰上曲棍球成為他和媽媽融入這個社會的踏腳石。他想利用打球做更多的事，讓打球成為離開此地的出路。

他身上無一處不痛，每一個細胞都在哀求他躺下來休息。但他轉了個彎，眨眼撇掉汗水，更用力地握緊球棍滑過冰面。盡可能地快、盡可能地用力。一次、一次、再一次。

每一樣事物都會老化，直到再也沒辦法讓人感到新奇。人老了就變得沉悶，冰上曲棍球更是如此。無數的聰明人將自己的一生貢獻給這項運動，運動規則也被逐條解構成厚重的典章。大多數的時間，人們以為已經沒有更新的點子了，該想到的早就已經想到，由自信心一位更勝一位的教練們口傳手寫規範出來。但仍有那麼罕見的幾天，冰上曲棍球場上會出現少許無法解釋的事件。

令人驚訝、改變一切的事件，殺得你措手不及。如果你打算全心全意奉獻給這項運動，你就要相信自己，當這些事發生的時候，你能馬上意識到它的存在。

工友正往看台走去，打算給一道老舊的扶手上幾個新螺絲釘。他頗為訝異地看見蘇納拉開大門，因為蘇納向來不會這麼早出現。

「你今天來得可真早啊！」工友笑道。

「比賽越接近吹哨，就越得努力打。」蘇納無力地微笑。

工友哀傷地點點頭。蘇納將被辭退的消息，是全鎮最不言而喻的祕密。老人正走上看台前往他的辦公室時，卻停下腳步。工友抬起一邊眉毛。蘇納向冰面上的男孩方向點了點頭，瞇起了眼睛，他的視力已經大不如前。

「那是誰？」

「阿麥，少年組的十五歲小孩。」

「他這麼早在這裡做什麼？」

「他每天早上都這麼早來。」

男孩將手套、帽子和外套放在界線之間當標記。他用最快的速度滑向它們，接著毫不失速地轉變方向，最後猛地停下來。冰球碟始終沒脫離他的球棍掌控。一趟一趟，五次，十次。同樣的力道和速度，然後射門。每一次射門，冰球都落在球網裡同一個點。一次，再一次。

「每天早上？是有人罰他嗎？」蘇納喃喃納悶。

工友笑了。

「他只是很愛冰球罷了。你還記得那種感覺吧，老兄？」

蘇納沒回答。他看看手錶咕噥著，繼續往看台上方走去。當他快走到頂層時，突然又停了下來。他想再邁出一步，但是他的心不允許。

他在滑冰課上見過阿麥，其實每個孩子他都見過，只是當時他的表現沒這麼突出。冰球是一種熟能生巧的運動。一樣的練習、一樣的動作，直到球員的自然反應深深烙進骨子裡。冰球碟不光是在冰面滑，它也會彈跳，所以加速比滑得快還重要，手眼協調比力量還重要。你必須能夠隨時變換方向，思考得比其他人都快，才能通過冰面的考驗。這也就是頂尖選手與普通選手的不同之處。

這些年來，能夠令我們眼睛一亮的比賽已經如流星般稀少了。當新星無預警地出現時，我們必須相信自己的慧眼。因此，就在冰刀切過冰面的聲音迴盪在看台之間時，蘇納停下了腳個奇蹟。

步，往背後再看最後一眼。他看見那個十五歲的男孩在冰上轉了個彎，手中輕巧地握著球棍，然後再度以閃電之勢滑出冰面。蘇納將會記得這個生命中幸運的時刻：親眼目睹大熊鎮的第三個奇蹟。

工友的眼神從扶手螺絲轉向坐在看台頂端的老教練。剛開始，老教練看來似乎有什麼毛病，但工友隨即意識到，那是因為他自己並沒看過老教練笑過。

蘇納的鼻子裡用力吸著氣，眼中閃著淚光，冰館裡瀰漫著櫻花香。

為什麼人們在乎這項運動？

因為它背後無數的故事。

6

阿麥走出冰場，身上每一吋衣物都因為被汗水浸濕而顯得半透明。坐在看台頂端的蘇納目送他離開。這個男孩夠幸運，因為他沒看見甲組教練正盯著他瞧。否則他會緊張得在冰上鏟個狗吃屎。

男孩離開之後，蘇納仍然坐在原地。他的老化已經不是一天兩天的事了，但是今天他特別明顯地感覺到自己的年紀。有兩件事情格外能夠提醒我們自己有多老了：「孩子和運動。」就冰上曲棍球來說，二十五歲是有經驗球員的年紀，三十歲是老鳥球員的年紀，三十五歲是退休球員的年紀。蘇納的年紀已經是三十五歲的兩倍了。隨著年紀漸長，他變矮變胖，洗臉時必須洗的面積越來越大，梳頭時必須梳的面積越來越小，越來越容易被狹窄的座椅和品質欠佳的拉鍊激怒。

當大門在阿麥身後闔上時，老人的鼻子裡仍充滿櫻花香。十五歲，該死的，前途還大好啊！蘇納羞愧地意識到自己直到今天才注意到這個男孩。當其他人的眼光只停留在少年組球隊上時，他卻以爆炸性的速度進步了。要是早幾年，蘇納是絕不可能漏看這樣的天才。他不能全怪自己老眼昏花，因為很顯然他的心也老了。

他知道自己不可能繼續留在這裡訓練這孩子，但是他希望沒提前將孩子選入甲組隊將不致埋沒他的天分，抑或是揠苗助長。無論如何，他很清楚希望什麼都沒有用。因為當別人看出來這孩子的潛力之後，他們就會馬上壓榨出他的每一滴天分。俱樂部需要這樣的天分，整個鎮需要這樣的天分。這麼多年來，蘇納一直跟董事會爭執這一點，而他永遠吵不贏。

短話長說，蘇納被大熊鎮冰上曲棍球俱樂部開除的原因可以說上幾天。但長話短說就能以五個字總結：「凱文．厄道爾」。贊助商、董事會和俱樂部領隊全都要求蘇納將這個十七歲的天才小子編入甲組球隊，蘇納堅決不讓步。在他的世界裡，賀爾蒙不是將男孩轉化為男人的唯一元素。資深組冰球需要相等的成熟度和天分，過早出現的機會，比過晚的機會更能扼殺球員的未來，他已經見多了。但是他這番道理，已經沒人聽得進。

大熊鎮的人很得意自己輸不起。蘇納知道這得怪他。從他執掌教鞭的第一天起，他就灌輸每一個球員「俱樂部至上」的觀念。俱樂部的利益比球員的自尊還重要。現在，他們以子之矛攻子之盾。他大可以藉由將凱文編入甲組球隊來保住自己的飯碗，況且他無法確定自己的堅持是對的。但是他再也不曉得孰是孰非。也許董事會和贊助商才有理，也許他只是一個剛愎自用的老糊塗。

大衛在家裡，躺在廚房地板上。他今年三十二歲，一頭蓬亂的紅髮像是隨時準備四處逃竄。他小的時候，其他孩子都嘲笑他的紅頭髮。他們假裝自己被紅頭髮燒得吱吱叫，他因此學會和外界對抗。他沒有任何朋友，所以才能將所有的時間投入冰上曲棍球。他也從來沒興趣發展其他嗜好，因此才能專心成為頂尖球員。

他在飯桌下頭瘋狂地做著伏地挺身，汗水落到地板上。他的電腦在飯桌上，因為他整晚都在看之前的比賽和訓練錄影。身為大熊鎮冰上曲棍球俱樂部的少年組教練，他是一個容易了解但是不可能一起生活的人。當他的女朋友不耐煩時，她會說大衛這個人「就連空氣也會礙著他」。這句話也許說得沒錯，大衛的表情看起來永遠像是在逆風中行走。大家總是說他太認真了，因此冰球正好適合他。在俱樂部裡，沒人會覺得他過於認真看待這項運動。

明天的比賽是大衛畢生最重要的一場，同時也是少年組有史以來最重要的比賽。一個講話比較富有哲理的教練也許會告訴球員們，這場比賽將是他們成年之前在冰場上的最後一次六十分鐘，因為他們大部分的人都將在今年滿十八歲，到時就算是成年男人和資深球員了。大衛這個人毫無哲學細胞，所以他只會重複講同樣的一字箴言：「贏」。

他手下並沒有全國最棒的球員，差得遠了。但他們是最有紀律的，而且接受的是最好的戰術訓練。他們這輩子都在一起打球，而且他們有凱文。

他們打球的風格並不漂亮。大衛堅信細節周到的戰術和嚴格的防守，最重要的是他相信結果會說話。對於董事會和家長們不斷建議「放手讓他們打」，和「看起來更舒服的球賽」，他置若罔聞。

他甚至不懂什麼是「舒服的球賽」，他只知道讓人「不舒服的球賽」：對手得分比我們還多的比賽。他從不讓任何人牽制他，從不因為關說而讓某個贊助廠商行銷經理的兒子加入球隊。他從不妥協，即使明知這種作風不能幫助他交到朋友，他也不在乎。想成為受歡迎的人？很簡單，只要站在冠軍舞台上就行了。所以大衛不惜犧牲一切只為了能爭取冠軍舞台上的一席之地，這也是為什麼他眼中的球隊跟其他人眼中的不同，因為就算凱文是最好的球員，也不代表他是最重要的。飯桌上的電腦正播放著今年球季稍早的一場球賽，當時有個對手球員緊咬凱文不放，明顯地想從後方絆倒凱文，但是下一秒鐘被放倒在冰面上的卻是對手球員自己。大熊鎮另一個背號十六的球員正矗立在他面前，手套和頭盔早已脫下。一陣如雨的拳頭落在對手球員身上。

凱文或許是個明星，但班傑明．歐維奇卻是全隊的心臟。因為班傑明和大衛有一點相同：他不惜一切只為贏球。所以打從班傑明還是孩子時起，教練就不斷灌輸他一個觀念：不要管其他人怎麼想，班吉，等我們開始贏球，他們就會喜歡我們。

班吉今年十七歲，他的媽媽每天一早叫著他的全名催他起床。她是唯一叫他全名「班傑明」的人。大熊鎮其他人都叫他班吉。他還賴在床上，這是大熊鎮最外圍的兩層樓公寓裡最後一棟最小的房間，他們家再往下走就是大熊窪。班吉的媽媽又進來叫了他三四次，一等她的吆喝聲裡參雜了俄文母語，班吉便應聲而起，因為這代表她是來真的了。班吉的媽媽和三個姊姊習慣用母語表示盛怒或是愛意，因為這個國家的文法不足以表達出班吉一無是處媲美蠢驢的懶骨頭，或是她們對他連十萬座滿溢金子的井都不足以抗衡的愛。他的媽媽能將兩種感情融合在同一個句子裡。語言就是有這種神奇的力量。

班吉的媽媽目送他騎著腳踏車遠去。她討厭在天還沒亮之前就把他從被窩裡挖起來，但是她知道如果不在自己出門前把兒子趕出門，他就會整天待在家裡。她是帶著一個兒子三個女兒的單親媽媽，可是這個十七歲的兒子卻讓她最操心。這個孩子對未來想得太少，卻被記憶削蝕得最多：沒有什麼能比這件事還令做媽媽的沮喪。她的小班傑明，一個讓大熊鎮女孩們輕易就愛上的鬥士。這孩子有女孩們所見過最英俊的臉龐、最悲傷的雙眼，和最狂野的心。她媽媽非常清楚這種感覺，因為她自己嫁的男人跟他一模一樣。而這樣的男人，人生中充滿了荊棘。

大衛正在廚房裡煮咖啡。他每天早上總是多煮一壺，灌進保溫瓶裡。冰館的咖啡難喝到要是有人請你喝，你都有權利告他傷害罪。他的電腦正播放著去年的一場比賽，凱文被對方防守員追趕著，直到班吉突然不知從哪殺出來，用球棍在對手後頸上敲了一記，對手橫飛出去一頭撞在己方的休息凳上。對手隊伍有半數人全部出籠想教訓班吉，後者站在場上等著，雙手握拳，連頭盔也沒戴。裁判們花了十分鐘才控制住這場群架，而凱文早已滑回休息區靜靜坐下，心平氣和，毫髮無傷。

有些人試著替班吉找藉口，將班吉火爆的脾氣歸咎於他坎坷的童年，因為他很小的時候父親就去世了。大衛卻不認為需要找任何藉口，他很喜歡班吉的壞脾氣。別人叫班吉「問題兒童」，但所有班吉在球場外製造出的問題，到了場上卻讓他顯得與眾不同。如果你叫班吉去搶球，那麼無論擋在中間的是毒蛇、怪物或是地獄來的妖魔，班吉都必定將球搶回來。如果在球場上有任何人試圖接近凱文，他也會打破一堵牆衝到凱文身前，這些反應都不是教練教得來的。每個人都知道凱文有多棒，全國每個頂尖俱樂部的少年組教練都試圖爭取凱文，同時也代表他們的每一支競爭球隊裡都有一個想打傷凱文的瘋子。所以大衛無法接受別人評論班吉幾乎每一場球「都在打架」。班吉並不是在打架，他只是在保護這個小鎮有史以來最重要的投資。

不過大衛已經不在他女友面前講這個特別的字眼了：「投資」。因為她說：「你們非得用這個字眼來形容一個十七歲的小孩嗎？」大衛已經學會別多費唇舌解釋。你要嘛能從這個角度了解冰上曲棍球，要嘛就永遠不會懂。

在公寓通往鎮中心的路上，班吉等到出了母親的視線之後便停下腳踏車來，燃起一根大麻，任煙霧填滿肺部，感覺一股甜美的平靜在體內遊走。他又長又密的頭髮在冷風中顯得僵硬，但寒冷對他來說從不是問題。無論哪個時節，他都騎腳踏車。練球的時候，大衛常常在其他球員面前讚美他發達的小腿肌肉和平衡感。班吉從來不回答，因為他暗忖「那是因為我每天在雪地裡騎車的時候都嗨上天」不是教練想聽到的答案。

要去他最要好的朋友家，他得穿過整座大熊鎮：先經過仍然是全鎮最大雇主的工廠，它已經連續三年「有效地做人力規劃」，也就是裁員的好聽說法。然後是迫使其他小對手關門大吉的超市，一條狀況良莠不齊的商業街，一個越來越安靜的工業區。運動用品店裡，一區是漁獵用品區，另一區是冰上曲棍球配備，可說是毫無看頭。更遠一點是一家酒館「熊皮」，本地男人為主的主顧群，為想體驗被本地住戶痛扁的好奇觀光客提供了絕佳去處。

西面，往森林的方向是一座修車廠；更遠處的森林裡則是班吉長姊經營的狗場。她繁殖兩種狗：獵犬和守衛犬。這裡已經沒有人養狗當寵物了。

除了冰上曲棍球，此處已經沒有別的可愛之處。話說回來，班吉這輩子也沒機會愛過其他東西。他深吸一口菸。其他球員警告他說，如果大衛抓到他抽大麻，肯定會把他踢出球隊，但班吉只是笑笑，相信這件事永遠不會發生。並非因為班吉優秀到不會被踢出球隊，絕對不是，而是凱文太優秀。凱文就是寶石，班吉是保全公司。

蘇納抬頭看了冰館天花板最後一眼。天花板上吊著旗幟和球衣，它們代表的是即將被年輕一輩忘卻的回憶。旁邊掛著一幅邊緣殘破的俱樂部舊標語：「文化，價值，歸屬」。蘇納親手幫忙掛起那幅布標語，如今他卻再也不確定標語的意義。有時他甚至懷疑當時的自己是否了解那幾個字。

每個人都說，拿「文化」來描述運動，是奇怪的說法，沒人能解釋到底是什麼意思。每個俱樂部都喜歡吹噓他們打造了一種文化，但是說到底每個人心裡只在乎一種文化：「勝者為王的文化」。

蘇納很清楚這個道理放諸四海皆準，但是也許在小團體裡更加明顯。我們都喜歡贏家，即使他們毫無可愛之處。他們通常過於著迷於單一事物、自私，又吝於為他人著想。不過沒關係，我們願意原諒他們。只要他們贏，我們就能喜歡他們。

老人站起身來往辦公室走，他的背部喀啦作響，心情沉重。辦公室門在他背後關上。他的個人物品已經全收進桌子下面的小盒子裡。當他被開除時，他不會吵吵鬧鬧，也不會對媒體發表任何意見，他只會靜靜消失。他受的教育如此規範他，他也用同樣的規範教育別人。俱樂部的利益至上。向來如此。

沒人知道他們兩個是如何成為好友的，但是大家早就放棄拆散他們兩個。班吉按下門鈴，這座房子比他住的半個社區還大。

凱文的母親打開門，臉上照例掛著和善但不失緊張的笑容，手裡抓著電話放在耳邊，凱文的父親正在屋裡稍遠的地方踱步，大聲地講手機。他們家的牆面裝飾著全家福照片，但是唯有在這些照片裡，班吉才能看見厄道爾一家三口站在彼此身旁。真實世界中，他們三人總是一個在廚房，一個在書房，凱文則在後院。砰——砰——砰——砰——砰。一扇門關上了，有人對著電話那一頭道歉：「是，對不起，是我兒子。冰上曲棍球球員，沒錯，就是他。」

在這棟房子裡，沒人提高音量說話，但也不會降低，所有對話裡面的感情都被動了截肢手術。凱文是班吉見過最受寵但是也最沒被寵壞的孩子：冰箱裡塞滿即食餐點，整齊地按照俱樂部的營養規劃排好，每隔三天，外燴公司就會送一次貨來。厄道爾家的廚房造價，比班吉媽媽的公寓房子還貴上三倍不止，但是沒人在裡面做過一餐飯。凱文的房間是每個十七歲孩子的夢想，其中包括自從他滿三歲之後除了清潔婦之外，就沒有大人進過他房間這件事。大熊鎮上沒有哪一個父母比他們在兒子的運動事業上投資更多，沒人比凱文爸爸的公司提供更多贊助費用，但是班吉能用單手的手指數出來凱文父母出現在球賽觀眾裡的次數，就算其中兩根手指被車床鍘斷也還夠用。班吉曾經問過他的好友，凱文只說：「我的父母不喜歡冰上曲棍球。」

班吉追問他們喜歡什麼，凱文回答：「成功。」當時兩人只不過是十歲的小孩。

當凱文的歷史考試一如以往得了全班最高分，他會回家告訴爸爸，五十題裡他答對四十九題，他爸爸僅僅用不帶感情的語氣問：「你答錯的那一題是什麼？」在厄道爾家裡，完美不是目標，而是常態。

他們的房子既潔白又一絲不苟，在在反映出精神層面的堅持。班吉先確定沒人盯著他，然後靜靜地將鞋架子推歪幾公分，又用手輕輕戳斜幾幅牆上的相框；當他踏過地毯時，還故意用大拇趾弄亂地毯邊緣的流蘇。他走到後院門口，從玻璃中看見凱文母親的倒影，她正回過身機械式地將所有被碰過的東西調整回原位，同時兼顧正在進行的手機對話，一拍不漏。

班吉走進後院，抓了一張椅子在離凱文不遠處坐下，閉上眼聆聽砰砰聲。凱文停了下來，領子的顏色因為汗水浸濕而變深。

「你緊張嗎？」

班吉沒張開眼睛。

「凱子，你還記不記得第一次和我到森林裡那天？你從來沒打過獵，拿槍的樣子活像那把槍會咬你一樣。」

凱文深深嘆了口氣，深到彷彿要把全身的空氣都洩掉。

「你到底什麼時候才會認真過日子啊？」

班吉咧開嘴笑了起來，露出一排顏色有些許差異的牙齒。如果你叫班吉去搶球，他便必定將球搶回來，無論代價是他自己或是別人的牙齒。

「你差點沒把我的兩顆蛋給打掉，我當然認真囉！」

「所以你真的不緊張明天的比賽？」

「凱子，只有你手上拿著槍在我的蛋附近晃才會讓我緊張。冰球根本不能讓我緊張。」

凱文的父母向他們大聲道再見，打斷了他們的對話。他的爸爸和他說再見的聲調，跟向餐廳侍者說再見沒兩樣，他的媽媽則在句末小心翼翼地加了聲「寶貝」。彷彿她盡了最大的努力，卻沒辦法說得不像在背台詞。前門關起，兩部車往遠處駛去。班吉從外套內袋掏出一根大麻，點了起來。

「那你緊張嗎，凱子？」

「才不……緊張。」

班吉大笑，他這位朋友向來沒辦法對他撒謊。

「真的假的？」

「好吧，去他媽的，班吉，我緊張得都快要剉賽了！你就是在等我說這句對吧？」班吉看起來像是快睡著了。

「你今天到底已經抽了幾根啊？」凱文覺得好笑。

「還早呢。」班吉喃喃說完，在椅子上蜷起身子，像是準備在此冬眠。

「你知道我們一個小時之內就得去學校吧？」

「再知道也不過了。」

「要是大衛發現，你就會被踢出球——」

「我才不會。」

凱文斜拄著球棍，一言不發地看著班吉。他最嫉妒好友的一點就是：班吉對什麼事都不在乎，卻也總是活得好好的。凱文搖搖頭，投降似地笑了：

「的確不會。」

班吉陷入沉睡。凱文轉向標靶，眼神頓時蒙上殺氣。砰，砰，砰，砰，砰。一次，一次，再一次。

廚房裡，大衛又做了最後一輪伏地挺身。然後沖澡，穿衣服，打包裝備袋，抓起車鑰匙準備出門前往冰館，開始他的一天。但就在這位三十二歲的教練走到門邊時，他急急地將咖啡暖瓶放到門邊的小桌上，隨即衝進廁所。他鎖上門，同時打開洗手台和浴缸的水龍頭，不想讓他的女朋友聽見自己的嘔吐聲。

7

「那不過只是一場比賽」，凡是在球場上比賽的人，或多或少都聽過這句話。許多人告訴自己這句話說得沒錯。但是如果你了解冰球徹底塑造了這個鎮上的居民性格，你就會知道這句話有多蠢。

凱文在和班吉出發去學校前，總是得再去一趟廁所。他不喜歡用學校的廁所。不是因為學校的廁所很髒，而是因為它們讓他緊張，就連他自己也不曉得為什麼。只有在家裡的廁所裡他才能放鬆，身邊被要價過高的磁磚和限量卻不實用的洗臉台包圍，這些陳設都是一位為自己虛報遠超過工人好幾倍工時的室內設計師仔細挑選的。是這棟房子唯一凱文能夠獨處的空間。

出了屋子，無論是在冰館、學校，或是來回學校的路上，他都屬於一個團體。他永遠位於團體的中心，身邊的人依照球場上的表現優劣圍繞著他。最好的球員離他最近，越往圈子外地位就越低。在家裡，凱文自小就學會獨處，如今已成自然；但現在出了門的他，卻無法忍受一個人獨來獨往。

一如往常，班吉在門外等他。自制力比凱文弱的男孩，肯定會給班吉來個擁抱。但是凱文只不過點點頭說：

「我們走。」

瑪亞快步走離爸爸的車子，安娜得小跑步才追得上她。安娜遞給瑪亞一個塑膠杯：

「妳要不要？我現在只喝奶昔減肥喔！」

瑪亞慢下腳步，搖搖頭。

「妳幹嘛用這些怪方法減肥？妳真的想跟自己的味蕾過不去？它們哪裡得罪妳了啊？」

「閉嘴啦，很好喝喔！喝喝看！」

瑪亞慢吞吞地將嘴唇湊上塑膠杯邊緣，淺啜一口後便馬上吐掉。

「裡面有好多顆粒！」

安娜快活地點頭。

「花生醬呀！」

倒胃口的瑪亞用手指挑著舌頭，彷彿上面沾了許多隱形的頭髮。

「妳有毛病，安娜，很嚴重的毛病。」

大熊鎮從前的學校比現在多，因為這裡從前有更多孩子。現在只剩兩棟建築物了：一棟是小學和國中校舍，另一棟是高中校舍。學生們都在同一個食堂吃飯，鎮上的孩子已經越來越少。

阿麥在停車場裡跑步追上力法和查克。他們的課表一模一樣，而且從幼稚園就是好朋友，不是因為他們有什麼特別相似之處，而是因為他們和別人無法打成一片。在大熊鎮這種地方，最受歡迎的孩子很小的時候就被視為領袖，從在幼稚園操場上就開始自然而然分出孩子們能被接納的隊伍。阿麥、力法和查克在幼稚園就黏在一起。力法比一棵樹還沉默，查克比收音機還吵，阿麥純粹只是喜歡跟他們作伴。他們三人組成一支鐵三角隊伍。

「……那槍打爆他的頭媽的真太漂亮了！他還裝孬想躲……搞什麼鬼啊？你聽沒聽我講話，阿麥？」

查克穿著黑色牛仔褲配黑色連帽上衣和黑色棒球帽，他似乎自從十歲起就一直穿著同一套衣服。他暫停發表有關自己昨天晚上在虛擬世界裡和一個重裝備狙擊手的對戰，用力推了阿麥肩膀一把。

「什麼啦？」

「你聽沒聽到我剛講的話？」

阿麥打了個呵欠。

「是是是，打爆頭，很棒啦。我只是很餓而已。」

「你今天早上去練球啦？」查克問。

「對啊。」

「你是頭腦有問題喔？那麼早起來。」

阿麥露齒一笑。

「那你昨天晚上幾點睡覺的？」

查克聳聳肩，按摩著自己的大拇指。

「四點……嗯，五點，也許吧。」

阿麥點點頭。

「你花在打電動的時間跟我練球的時間一樣多，查雞。我們看看到底誰會先變成職業選手！」

查克想要回答，卻沒機會說話。一隻巴掌從後面猛拍了一記他的後腦勺，他的頭陡然往前一衝。查克、阿麥和力法還沒轉過身，就知道又是波波幹的好事。震耳欲聾的笑聲中，查克的帽子掉在地上，一群高三學生不知何時已經把他們團團圍住。查克、阿麥和力法今年十五歲，高三學生只比他們大兩歲，但是他們過於發達的體格顯得比三人大上十歲。波波是這群高年級生裡最壯碩的，他跟穀倉門差不多寬，一張醜臉可以把老鼠嚇到搬家。他經過查克身邊時，故意用肩膀狠狠撞了查克一下，查克一個踉蹌，跪倒在地。波波發出假裝吃驚的笑聲，包圍他的高三學生也應聲加入。

「你的鬍子不錯啊，查雞，很像夏天的陣雨——東一塊西一塊！」波波揶揄，就在高年級生還沒笑完前他又繼續：

「你的屌上長毛了沒啊？還是你洗澡的時候發現原來只是內褲的棉絮，還哭得慘兮兮啊？媽的，查雞……說實在的，有件事我一直想不通：你和阿麥還有力法第一次上床的時候，你們三個人到底是怎麼決定誰被破處的咧？」

高三生繼續往教室走去。三十秒鐘之後，他們就會忘記今天這場對話，但是他們的笑聲仍在後面的三個男孩腦中迴盪良久。阿麥把查克拉起來的時候，清楚看見查克眼中無聲的憎恨。這股憎恨一天比一天巨大。阿麥擔心總有一天那股憎恨會爆發。

無論大小，各種事情都有可能令你愛上成為團體的一分子。當凱文還在唸小學時，他和爸爸到海德鎮的聖誕市集去。爸爸得去開會，因此放凱文自己到處瀏覽。凱文在市集裡迷了路，晚了五分鐘回到停車地點，發現爸爸已經走了。凱文不得不獨自一人在黑暗中走回大熊鎮。路邊的雪堆埋到他的大腿高度，他花了大半夜才走回家。走進一片死寂的家門時他已經幾乎站不住腳，又濕又累。他的父母早就上床睡了，爸爸藉這次機會教訓他準時的重要性。

六個月之後，冰球隊在另一個城裡參加錦標賽，大熊鎮的球員們從沒看過這麼大的冰館。在往遊覽車走去的路上，凱文又迷路了。稍早被凱文狠狠羞辱的三個對手球員的兄長找到凱文，把他抓進廁所痛揍了一頓。凱文永遠不會忘記，當另一個小學生猛然出現，一陣拳打腳踢將對方三人打倒在地時，那三人臉上無法置信的表情。四十五分鐘後，班吉和凱文滿身血跡和瘀青回到遊覽車旁。大衛還站在車外等他們。他原本告訴其他隊員先回去，等班吉和凱文回來時他再帶兩人坐火車回家，但是隊上的所有人都拒絕上車。他們的年紀還太小，不太了解時刻表的意義，但是他們知道如果隊員之間不能互相支持，就不能叫一支球隊。知道有人不會放棄你，就是一件意義重大的小事。

凱文和班吉走進校門，沒有其他同伴，但是當他們走在走廊上時，卻放射出一股吸引力。波波和其他高三學生迅速集結在他們身邊，才走出十步之遙，就形成十二人的團體了。凱文和班吉不覺得有什麼奇怪，他們這輩子一直是這樣過的。說不上究竟是什麼吸引了凱文的注意力，因為通常地球上沒有任何東西能在比賽前一天讓他分心，但今天當他走過一排置物櫃時，他的眼睛對上了她的。他絆了一下撞上班吉，班吉罵了他一聲髒話，凱文渾然不覺。

瑪亞剛把背包放進置物櫃裡，她剛一轉身，就對上了凱文的眼睛。她用力摜上置物櫃的門，不小心打到自己的手。才一下下的時間，走廊上就擠滿了人，凱文已經被人群淹沒。但是你在十五歲時交的朋友是不會漏看這一類細節的。

「所以……你突然喜歡起冰上曲棍球囉？」安娜揶揄她。

困窘的瑪亞揉著手。

「別亂講。搞什……？」

她的臉孔隨即綻放出一個快閃笑容：

「不喜歡吃花生醬，不代表妳就不可以喜歡……花生。」

安娜狂笑，笑到奶昔灑滿置物櫃。

「好啦，行！可是如果妳跟凱文講到話，那至少要把我介紹給班吉，好吧？他好……嗯……我可以把他活活吞掉。就像……吞奶油。」

瑪亞揪起眉毛表示噁心，然後抽出置物櫃的鑰匙往教室走。安娜看著她，雙臂往空中大大一甩。

「怎樣啦？妳可以講那種話，我就不行嗎？」

「你們知道那些笑話不是他自己發明的吧？他哪有這麼聰明。都是網路上偷來的。」被羞辱的查克抖掉衣服上的雪說著。

力法撿起他的帽子，拍拍上面的雪。阿麥伸出手，想安撫他的好友。

「我知道你很討厭波波，但是我們明年底就會進少年組球隊了，情況會好一點。」

查克沒回答。力法對阿麥做了一個一閃即逝的表情，半是氣惱，半是無奈。他們比現在還小的時候，力法就放棄打冰上曲棍球了。人們總是告誡他別太在意更衣室裡的「玩笑」。這個話題後來成了話柄，因為當力法放棄打球時，每個人都責備他：「都是因為你是太在意冰球圈裡的玩笑。」若不是因為查克的父母太愛冰上曲棍球，他們也沒辦法撐這麼久；而要是阿麥沒這麼棒，他對冰球的熱情也勢必無法持續。

「等我們進了少年組一切都會更好！」阿麥重複。

查克仍然沒說話。他很清楚少年組球隊裡沒自己的份，今年就是他最後一年打球了。阿麥是唯一還沒醒悟出自己將和好友們漸行漸遠的人。

阿麥並沒注意到朋友的沉默，他拉開門，在一個走廊轉角之後，耳中便只聽見含糊不清的嗡嗡聲。他眼中除了她誰都看不到。

「嗨，瑪亞！」他高聲說，音量顯然稍嫌過高。

她輕巧地轉過身，看見阿麥，但僅止於此。當你十五歲時，這樣的眼神最令人受傷。

「嗨，阿麥。」她空洞地回答，連他的名字都還沒講完，就已經心不在焉了。

阿麥站在原地，試著避開查克和力法的視線，因為他知道他們不會放過開他玩笑的機會。

「嗨～瑪～亞～……」查克模仿阿麥，力法咯咯大笑，笑得鼻涕都噴上了毛衣。

「去你媽的，查雞。」阿麥低聲說。

「對不起對不起，可是你從小學起就一直這樣，你暗戀她的這前八年我已經夠給你面子了，所以現在我應該有權利開你個玩笑嘛！」查克笑著說。

阿麥走向自己的置物櫃，心臟像灌了鉛似地低落。他愛那個女孩，勝過滑冰。

8

那只不過是一場球賽。至多只能解決微小、不起眼、沒人注意的問題，比如誰會被肯定，誰講的話有人聽。球賽是如此微不足道，能夠輕易一笑置之，被冠上「一場誤會」或「言過其實」之類的標籤。它大不了讓某個人成為明星，其他人成為觀眾。球賽充其量只能分配權力和劃清界線。

如此而已。

大衛走進冰館，逕直前往他位在走道盡頭面積最小的辦公室。他關上門，打開電腦，開始研究明天決戰隊伍的影片。對方是一支非常出色的球隊，就像一座效率奇高的機器，而且——只論球員的話——只有凱文搆得上他們的水準。大衛的球隊必須發揮最大的努力才有機會打贏，但他知道至少還有機會。如果有需要，他手下的球員們將願意為了任何一個機會戰死在冰場上。不過，讓大衛覺得不舒服的並不是這一點，而是這支球隊缺乏的一個要件：速度。

這些年來，少年組球隊的三名前鋒包括凱文、班吉和一個叫威廉·里特的球員。凱文是天才，班吉是打手，威廉的特色是滑得慢。他十分高壯，過人技巧也不壞，因此大衛替他想出了能夠藏拙的戰術，面對水準平平的隊伍綽綽有餘。但是明天的對手夠強，能夠輕鬆堵住凱文，除非隊裡有一個速度夠快的球員幫凱文製造空間。

大衛揉了揉太陽穴。看著自己在電腦螢幕裡的倒影，一頭亂髮和疲憊的雙眼。他站起身走進廁所，又吐了一次。

相隔兩道門，另外一間大一點的辦公室裡，蘇納也坐在電腦前。他看的比賽錄影跟大衛看的一樣，他看了一遍又一遍。曾幾何時，他們兩人看球賽的角度一樣，理念也相同。但是許多年過去，大衛的年紀和野心變大，蘇納則越來越像個老頑固。當大衛宣稱應該允許場外打架，因為「要是他們知道打得太爛會被扁，場上就不會有那麼多人受傷」。蘇納駁斥：「那豈不像是說如果我們禁止車子保險，車禍就會減少，因為車主會更小心照顧他們的車？」當大衛打算「增加少年組的訓練」時，蘇納說「質重於量」。如果大衛說「往上」，蘇納就會大吼「往下」。最近有其他幾個運動協會建議，小型聯賽不需要再記錄每一場的得分和犯規點數，十二歲以下組別也不需使用積分表，蘇納認為聽起來「很合理」，大衛則嗤之以鼻「共產黨做法」。大衛認為蘇納應該放手讓他做事，蘇納認為大衛搞不清楚他該做的事是什麼。他們兩人待在各自的壕溝裡對峙，壕溝越挖越深，到最後根本形成盲目的敵對狀態。

蘇納靠在椅背上揉著眼睛，隨著他的嘆氣聲，椅子也被他的體重壓得咯吱作響。他想向大衛解釋，甲組教練是多麼孤單的工作，責任重到讓人發麻。大衛又該如何為大局著想，調適自己、改變自己。但是大衛還年輕，總是想往前衝，他是不會停下腳步傾聽甚至試著了解的。

蘇納閉上眼，暗罵自己。因為，他自己不也一樣？隨著年紀變老，最難的一件事就是承認已經無法挽回的過錯。有權掌握其他人的未來，就代表你有時也會做出錯誤的決定。

蘇納向來反對將年輕球員調升進入較高齡的組別，他相信球員們必須和同儕同步發展的原則，機會來得過早將會扼殺球員的天分。但是此刻他坐在辦公室裡重複看著這些錄影，他必須承認自己和大衛看出一樣的問題。很少人能了解：配速不夠的話，明天少年球隊必死無疑。

於是，蘇納發現自己在懷疑：如果你贏不了，原則還有什麼價值可言？

大熊鎮小到幾乎每個人都彼此認識，但又大到有一堆沒人真正注意到的居民。羅比．赫斯大約四十歲出頭，落腮鬍已經開始轉白。他撓撓鬍子，將老舊迷彩夾克的領口翻起緊緊圍住脖子。一年當中的這個時節，從湖面方向吹來的冷風凜冽得像厲鬼的爪子撕裂你的臉皮。他沿著對面的人行道走著，假裝自己有重要的事情得處理，試著說服自己就算被人看見，也不會有人認為他正在等熊皮酒吧開門。

從這裡，他能看見冰館的屋頂。就像其他人一樣，自從少年組球隊贏了半準決賽後，只要醒著，他嘴裡就掛著明天的決賽，儘管自從工廠開除他和其他九個人之後，他身邊已經沒什麼可以講話的對象了。雖然從前也極有可能沒人聽他講些什麼，但是直到現在他才領悟到這個事實。

他看了看時間，熊皮還要一個小時才開。他假裝沒什麼大不了的。他將雙手插在口袋裡走進超市，免得被人發現他的雙手在發抖，然後在購物籃裡放進一堆他不需要也負擔不起的商品，最後再放進低酒精度的啤酒——超市不能賣烈酒——製造一種衝動性購買的假象。「這個嗎？家裡最好是擺幾瓶啤酒，以防萬一。」他問一家小五金行能否借用廁所。灌下啤酒，走出廁所，和店員閒扯幾句，買幾個非常特別的螺絲，是他那不存在的家具要用的。他再度走回街上，重新看見冰館的屋頂。曾經，羅比．赫斯是本地的王。曾經，他的未來會比今日的凱文．

厄道爾還輝煌。曾經，連彼得．安德森都遜他一籌。

彼得在停車場裡迴轉，駛上大路，手指在駕駛盤上敲打。孩子們全都下車之後，他又感覺到自己的脈搏正在劇烈跳動了。只不過是一場少年組比賽，一場比賽罷了。他重複提醒自己這句話，但他的焦慮不斷啃噬著神經，他的肺像是透過眼窩吸進氧氣似的。冰上曲棍球是一項簡單的運動：當你想贏球的欲望大於害怕輸球，就有一絲希望了。沒有哪個害怕的人能贏球。

他希望在明天的比賽中，少年組稚嫩到不感覺害怕，天真到不曉得眼前的賭注。因為冰球觀眾的眼中沒有模稜兩可，只有上天堂和下地獄。從看台的角度看，你要嘛是個天才，要嘛就是徹頭徹尾的廢物，從來沒有中間值。出界永遠是一拍兩瞪眼，每一次攔阻如果不是乾淨俐落，就是終生禁賽。

二十歲時，彼得擔任隊長，一路打勝仗進全國頂尖聯賽，卻在最後功虧一簣。他回到大熊鎮後，父親的話聲從廚房傳來：「差一點就贏？媽的，沒有差一點就上船這件事，如果你上不了船，就只能掉進水裡。如果一堆蠢蛋一起掉進水裡，根本就沒人在乎你是不是最後一個掉進去的。」

當彼得和國家聯盟簽了約，即將搬到加拿大時，他父親斬釘截鐵地告訴他別以為「自己有什麼特別的」。也許老人家真正的用意比講出口的溫和，也許他想說的是謙虛和努力讓這孩子爬到這個高度，將也能讓他爬得更高。也許是酒精加強了他話中的殺傷力。也許彼得不是故意用盡全身力量甩上門。總之現在都無關緊要了。一位大熊鎮的年輕人靜靜地離鄉，等他再度回來時，說任何話都已經太遲。你不可能看著墓碑的雙眼請求原諒。

彼得還記得當初他走在自小生長的街道上，卻意識到他一輩子熟悉的人們看他的眼神已經不一樣了。他也記得當自己走進一個空間時，裡面原本的人們全突然停止交談。一剛開始，他還會緊張地看一下手錶，深怕是自己開會時太晚到場。所以當這一段過渡時期結束後，他覺得如釋重負。後來人們眼中的他已經不是運動明星，而是運動總監。這幾年來俱樂部在分組比賽的排名直直下滑，人們開始在他面前發表他們的真實想法，彼得又忍不住希望大家仍然當他是運動明星。冰球支持者的字典裡沒有「差不多」三個字。

他究竟為何還沒放棄？因為他從未考慮另外一條路。很多人想不起來他們怎麼喜歡上這項運動的，但是彼得卻沒忘記。從他穿著冰刀鞋首度站穩的那一刻起，他對冰球的熱愛最大原因就誕生了：寂靜。冰館外的一切、寒冷、黑暗、生病的母親和當他回家後肯定又是酒氣熏天的父親……他一踏上冰面，腦中一切就靜了下來。那時他才四歲，但冰球已經毫不保留地要求他全心全意奉獻自己。他愛這種感覺，直到如今。

一位和彼得同齡，但外表比他蒼老十五歲的男人看著彼得的車穿過鎮中心。他將迷彩夾克拉得更緊，抓了抓落腮鬍。在他們十七歲時，整個大熊鎮上只有一個人認為彼得較羅比更有打冰上曲棍球的天分。「天分像是放兩顆氣球到天上，最有趣的不是看哪一顆爬升得最快，而是哪一顆的繩子最長。」老混蛋蘇納老愛說這句話。當然，他說得沒錯。蘇納說那孩子的心智還不夠成熟，董事會和贊助商卻聽不進他的意見，強迫他把羅比升進甲組球隊。羅比自此之後成了比賽中對手的攔阻標靶，肢體受傷之外，心理也產生畏懼感，剩下的球季裡，他老是把冰球碟打向護欄，而不敢冒險一戰。觀眾們第一次對他喝倒采的那天，他回家之後痛哭了一陣；觀眾們第二次對他喝倒采，他回家之後喝得酩酊大醉。

羅比滿十八歲時，表現比十七歲時還糟。在此同時，彼得的優異表現，乃大熊鎮前所未見。當甲組隊要求彼得加入陣容，他身心都已經做好準備。羅比每一次踏上球場冰面就開始懷疑自己，彼得則一無所懼。彼得遠赴國家聯賽的那一年，羅比也開始到工廠上工。冰球這個圈子沒有所謂的差一點。一名球員達成了他的夢想，另一名球員卻在雪地裡踱步等著酒吧開門。

一道樓梯朝下通往酒吧，五個台階。在那裡，你看不見冰館的屋頂。

蘇納聽見大衛離開辦公室。他一直等到洗手間的門打開又關上，然後在一張便利貼上寫下六個字。他站起身，走進大衛的辦公室，將便利貼黏在電腦螢幕上。蘇納沒有任何宗教信仰，但是在那個當下，他向各種不可思議的力量祈求自己沒做錯事。他希望這六個字不會毀了另一個小男孩的人生。

有那麼一會兒，他想留下來等大衛回辦公室，然後他會直視大衛的眼睛，告訴大衛實話，他的想法：「我希望你不要放棄爭論，大衛。我希望你永遠別放棄叫大家去死。正因為這樣，你今天才會這麼成功。」但是他選擇回到自己的辦公室，關上門。運動讓人變得複雜，驕傲到拒絕承認自己的錯誤，但又謙虛到永遠以俱樂部為優先。

大衛從洗手間回到辦公室，看到那張寫了六個字的便利貼。「阿麥。男孩組。快！！！」

那不過是一場比賽。最多不過是人生因此而改變罷了。

9

所有的成人都會在某些日子感到特別無力。當我們再也不知道花這麼多時間奮鬥，到底是為什麼；當現實生活裡日復一日的煩惱淹沒我們，讓我們懷疑自己還能撐多久。神奇的是，我們竟然可以撐過比我們想像還久的時日而不崩潰。糟糕的是，我們永遠無法預期到底有多久。

當她的家人都睡著以後，蜜拉會在屋子裡繞一圈，數一遍所有的人。她的母親也有同樣的習慣，每天晚上都得清點一遍蜜拉和她的五個手足。蜜拉的母親曾說，她不了解有孩子的人怎麼能夠不清點自己的孩子；怎麼有人能不恐懼隨時失去孩子的可能。「一，二，三，四，五，六。」小蜜拉聽見母親在屋子裡輕聲點數，每個孩子都閉上眼睛臥在床上，感覺到媽媽看見自己的存在。那是她童年時期最美的回憶。

蜜拉從小不啦嘰的大熊鎮開車前往位在森林外的稍大市鎮。對大多數正常人來說，這段通勤路途長得令人難以忍受。但是假如你在下車時有一種橫越過整個宇宙來到另一個世界的感覺，那麼這段路就顯得微不足道地短了。即使這座市鎮和她出生的首都相較小得多，一旦和森林裡那個小鎮相比卻又像是另一個世界，一個廣闊的世界。這裡有和妳互相砥礪、討論文化和政治的同事，也有彼此監視鬥爭的競爭對手。

人們常常告訴她，一個不懂冰上曲棍球的人卻嫁給球員，是件非常奇怪的事。這個說法其實也不對，因為她只是不懂訓練過程而已。至於球賽本身，她認為十分合乎邏輯。腎上腺素、勝敗懸於一線的恐懼、奮不顧身縱入深淵，不知自己將會浮上來抑或被吞沒……這些蜜拉都懂。她在法庭和談判桌上也有相同的經驗——法律是規則不同的另一種比賽，妳要不是競爭心旺盛的人，要不就什麼也不是。就像大熊鎮人常講的那句老話：「有些人就是有大熊魂。」

或許，這就是十九歲之前從沒生活在居民少於百萬的大城裡的蜜拉，排除萬難在森林裡的小鎮安家立戶的原因。她懂他們對戰鬥的熱愛，因為她也愛。

她知道為成功而戰鬥，最好笑的一點——老天爺最清楚，蜜拉艱苦奮鬥成為法律人的路上，不斷得和從不需要在自家餐館裡幫忙洗盤子的富二代競爭——就是妳永遠不可能停止戰鬥。妳將會永遠擔心著自己從成功的頂點往下掉，因為當妳閉上眼時，仍然能清楚感覺到往高處爬時的每一步，在雙腿肌肉中累積的痠痛。

彼得走向俱樂部領隊辦公室的路上，便已經開始感到胃痛了。領隊辦公室裡很亂，到處散放著舊照片和獎盃，牆角的一張小桌上擺著幾瓶很貴的酒和鍍金球棍獎座，半開的衣帽櫃裡有一套備用西裝和乾淨的襯衫。這幾件衣服遲早會派上用場，因為此時領隊在辦公桌後大嚼三明治的樣子，活像一頭德國牧羊犬正在啃食填滿美乃滋的氣球。彼得強忍著用紙巾擦抹桌面和領隊的衝動，走到領隊面前。

「你把門關上好嗎？」領隊邊嚼邊咕噥。

彼得深深呼吸，感到自己的五臟六腑全攪在一起。他知道鎮上的每一個人都認為他很天真，以為他不知道事情會如何發展。其實他只是還抱著一線希望。他關上門，放棄了希望。

「我們要指派大衛成為甲組教練。」領隊說，彷彿是從「如何講話不留情面」的教學影片中走出來的人。

彼得苦澀地點點頭。領隊從領帶上撢掉一些麵包屑。

「每個人都知道你和蘇納很親……」他用這句話代替道歉。

彼得沒回答。領隊的手指在褲子上抹了抹。

「別這個樣子嘛，老天爺，你的樣子活像我剛把你的狗賣給中國餐館一樣。我們得把俱樂部的利益放在第一位，彼得！」

彼得低頭看著地板。他向來認為自己是一個合群的人。作為合群的人，首要就是認清自己的角色和權限。今天一整天，他將會一直對自己重複這句話，強迫理智管住自己的心。當初說服他接任運動總監一職的人是蘇納，當他遇到困難時，蘇納的辦公室門也永遠為他敞開。

「恕我直言：你知道我不同意這個決定。我不認為大衛已經準備好了。」他靜靜地說。

彼得的雙眼並不和領隊的交會，而是在牆面上游移，像是在尋找什麼。

每每當他感到極度不舒服時，他便會開始閃躲對方的視線。蜜拉說只要他一發現自己身陷衝突，就會開始「用眼睛打飛靶」。就連他向超市店員反映找錯錢時，也會忍不住先冒出一身冷汗，但願自己能夠縮成一團躲起來。領隊身後的牆面掛著照片和錦旗，其中一面錦旗——既老舊又褪色——上面印著「文化，價值，歸屬」。彼得想問領隊，如今他們打算開除建立起這一切的人，心裡究竟作何感想。但他什麼也沒說。領隊將雙臂往外大大一甩。

「我們也曉得大衛逼人逼得緊，可是他能拿出成績。贊助商們投了很可觀的資金……老天爺，彼得：沒有他們幫忙我們早就破產了。我們現在手上有了少年組這個像樣的產品，就有機會重新賺一筆大的。」

彼得首度直視對方的眼睛，緊咬著牙關回答：

「我們可不是在製造什麼『產品』。這根本就跟製造不相干。我們是在培養年輕人，有血有肉的年輕人，不是在計畫做生意或者投資目標。俱樂部的訓練計畫不是經營工廠，不管我們有些贊助商怎麼想……」

他緊緊咬住嘴唇，不再說下去。領隊搔著鬍碴。他們兩人看起來都很疲憊，彼得又繼續望著地板。

「蘇納認為大衛對少年組逼得太緊了。我很擔心要是他的判斷沒錯，這樣下去會有問題。」他低聲道。

領隊笑了，聳聳肩膀：

「你知道煤炭受到高壓之後會怎樣吧，彼得？會變成鑽石。」

安德森一家從沒玩過大富翁，並不是因為做父母的不想玩，而是因為做孩子的拒絕玩。上一次他們玩大富翁，結果是蜜拉抓著遊戲板舉在火爐上方，要求彼得承認自己作弊，否則就要燒掉板子。瑪亞和李歐的父母競爭心太旺盛，所以尷尬的孩子們拒絕再玩。李歐熱愛冰上曲棍球，因為他熱愛身為團隊的一分子。但是也許叫他去管裝備，他也會和身為團隊中心一樣快樂。瑪亞選擇了吉他。沒有任何事能比得上彈吉他，瑪亞已經非常、非常、非常努力地試過了。她最近的跟運動有關的記憶是她六歲的時候，因為被另一個小女孩撞倒而輸了一場乒乓球賽，在頒獎時，原本應該負責發獎牌的兒童組負責人竟然得把自己鎖在清潔工具間裡，免得被蜜拉找到。回家的路上，反而是瑪亞一路安慰她的媽媽。那次比賽之後，瑪亞宣布自己打算開始學樂器。

當蜜拉第一次聽見瑪亞透過擴大器，在車庫裡配合爸爸的鼓聲共同演奏大衛．鮑伊的歌曲時，心裡充滿自豪，或是嫉羨。她既恨又愛彼得的一點是，他有學習的細胞。所以他能在瑪亞愛上音樂藝術時，還緊緊陪在她身邊。

彼得胸中的重量壓得他幾乎無法從椅子上起身。領隊試著表現得很有權威性：

「董事會要你負責告訴蘇納，還有媒體的訪問。務必要讓外面看見我們一致同意這個決定。」

彼得用手指關節揉揉眉毛。

「什麼時候？」

「少年組決賽一比完。」

彼得吃驚地抬頭。

「你是說準決賽？明天？」

領隊平靜地搖頭。

「如果他們輸球，大衛就不會升官。董事會會另外找人，這樣又要再花幾個星期。」

彼得的世界似乎正在分崩離析。

「你開什麼玩笑？你們真的想叫蘇納走人，然後從外面找人進來？」

領隊的頭再次左右搖晃，打開一小包薯片，撈出一把吃完之後，在外套上抹掉手指上的鹽粒。

「拜託，彼得，別太天真了。如果少年組贏了決賽，我們就會大大出名。贊助商、議會，每個人都會想投靠我們！可是董事會對『差一點』可沒興趣……想想我們，想想俱樂部……」

領隊過於激動地甩開兩手，在滿天飛舞的薯片中繼續講：

「不要太假道學了，彼得！你奉獻出這麼多時間給俱樂部，可不是為了『差一點』三個字，你也不是為了『差一點』的目標才當上運動總監的。沒人在乎比賽過程，大家只會記得比賽的結果。大衛是沒有當甲組教練的經驗，可是只要他贏球，我們可以放過這一點。可是如果他贏不了……那你也知道規則：要不就是贏家，要不就只是個跑龍套的。」

良久，俱樂部的領隊和運動總監彼此對望著。他們沒再多說什麼，但彼此心知肚明：如果彼得拒絕和董事會以及俱樂部站在同一陣線，那麼他也將會被取代。俱樂部優先，始終如一。

這個家庭中四名成員的個性迥異。雖然蜜拉不斷提醒其他人，那一次彼得到最後真的承認自己作弊了，但她有時候一想起這個事件就……覺得慚愧。自從她有了孩子之後，她分分秒秒感覺自己在各方面說來都是個不合格的母親。譬如她不夠了解孩子、不夠有耐性、知道的太少、不能做比較像樣的便當、自責除了當母親之外，人生還想要更多。她聽見大熊鎮其他女人在她背後偷偷嘆氣：「是啦，人家可是有全——職——工作喲，妳相信嗎？」無論妳多麼努力地試著讓這些閒話隨風而逝，仍然會有一兩個字烙在身上。

她心虛地對自己承認，上班就像被解放。她知道自己對工作很在行，卻不太會扮演母親的角色。即使在最棒的日子裡，那些短暫但是閃閃發亮的假期中，彼得和孩子們在海灘上淘氣而且每個人都快樂地大笑，她也覺得自己很虛假。彷彿她不應這麼快樂，彷彿一切只是為了能夠向全世界展示一張修圖完美的全家福照片。

她勞心勞力的工作不容易做，但是直截了當，條理清楚。但是當母親則不然。如果她工作時的每一件事都做對了，事情通常就會照計畫進行；但就算她做對了全宇宙裡身為母親該做的每一件事，最糟的情況還是會發生。

彼得接掌運動總監後，認知到的第一個殘酷事實就是：每個人都對他不滿意。對於向來想讓大家都高興的人來說，這是不容易接受的課題。蘇納告訴他別被這事影響，說他善於妥協的天分將能幫助他克服困難，還說彼得是個善於傾聽的人，並且能夠用理智而不是感情做決定。

也許當蘇納講這番話時，並沒料到自己會被開除。也許隨著他漸漸老去，對彼得的看法也有所改變。也許變的是彼得自己，他也說不上來。他走出領隊辦公室，關上身後的門，頹喪地站在走廊上，額頭抵著牆。他知道規則，每個人都知道規則。你要不是俱樂部裡不可或缺的一員，要不就是平凡的其他人。

認清現實並沒讓他稍微覺得好過。他只知道自己一直以來總是令別人失望。始終如一。

蜜拉辦公桌的角落塞滿異常擁擠的全家福照片。其中一張是彼得剛和國家冰球聯盟簽約後，他們搬到加拿大之前拍的。今天她放下公事包之前留意到這張照片，還看見了自己反射在玻璃上的疲憊臉孔，她笑了起來。天哪，那時他們真年輕。她剛拿到律師執照，才懷了孩子，而他即將成為超級巨星。當時一切似乎都輕而易舉，但是神奇的魔法在幾個星期後就失效了。

當她一回想起照片裡的笑容消逝的速度，相框玻璃反射出的這張臉，也瞬間收起了笑容。

彼得在球季前的訓練中跌斷了腳，痊癒之後只能一路在小聯盟裡力爭上游，就在他終於獲准比賽，打了四場國家聯盟賽後，腳又再度斷了。後來，他又花了兩年的時間返回國家聯盟賽場。他在生平第五場國家聯盟比賽開賽六分鐘時跌倒之後便再也起不來。她大聲尖叫，完全忘了自己從前曾發誓永遠不會為了任何一個男人失態。接下來，她在手術室外陪他度過九次手術以及數不清多少小時的復健和專科醫師會診。他所有的天分、所有的汗水，只換來眼淚和苦楚。彼得的肉體無法承受他全心全意追求的渴望。她還記得諮詢師告訴她，彼得將永遠無法再回到頂尖隊伍裡打球，只因為沒人敢直接告知彼得。

那個時候，他們有一個年幼的兒子，女兒即將誕生。蜜拉已經決定了她的名字叫瑪亞。一連好幾個月，孩子們雖然有個爸爸，但卻是個失魂落魄的爸爸。「前」冰上曲棍球選手這個名詞並不存在，因為他們和我們的世界是不一樣的。就像從戰場上回歸的士兵，由於再無可以奮鬥的目標，從此便漫無目的地隨波逐流。彼得的人生向來被時間、比賽日程、遊覽車和更衣室瓜分。他的日子是以用餐、訓練和計算好的睡眠組成的。這種人最不能理解的就是「每一天」這個名詞。

有的時候，蜜拉想放棄，訴請離婚。但她記起彼得小時候的房間裡，到處貼著一句寫在廢紙上的蠢標語：「每一回我往後退，就是為了朝目標衝去。」

彼得獨自站在走廊上。蘇納的辦公室門緊緊闔上。彼得二十年來頭一回看見這道門闔著，他恨不得自己不需要看任何一個人的眼睛。他想著領隊辦公室牆上的字：「文化，價值，歸屬」，接著他想到蘇納在很久以前的季前訓練中告訴他：「文化也就是鼓勵球員做所有我們允許他們做的事。」從教練的身分來說，這個道理正說明蘇納為何叫球員們在森林中跑步直到嘔吐，但對其他時候的蘇納來說，這句話是人生的最佳寫照。

彼得倒了一點咖啡喝下去，儘管咖啡的味道像是有東西爬進杯裡就此暴斃。然後他站在走廊上的牆前面。上面掛著球隊得到亞軍的那個球季，那是最棒的回憶。整座冰館裡到處看得到這張照片。羅比・赫斯站在中間排，彼得的旁邊。自從彼得回到大熊鎮後，他們幾乎沒和對方講過話。每一天，彼得都好奇地想知道，如果當初他們兩人的位置互換，事情又會有何發展？如果羅比才是比較有天分的那個，如果是他去加拿大，如果彼得留在這裡的工廠工作，人生將會完全不同。

有一天早上，蜜拉在孩子沒起床前把彼得拉下床，強迫他看著熟睡中的孩子們。「他們現在跟你是一隊的。」她悄悄地說，說了一遍又一遍，直到眼淚從他的雙頰滑落。

那一年起，他們重新打造新生活，繼續留在加拿大，努力克服命運擲向他們的挑戰。蜜拉在律師事務所找到一份工作，彼得兼差賣保險。他們讓日子正常運作、安定下來，然後——就在蜜拉開始為未來做打算時——那些不對勁的夜晚卻開始了。

男孩們小的時候都會被教導，要盡力做到最好。只要他們盡了全力就夠了。彼得看著照片裡自己的雙眼，當時的他出奇地年輕。他第一次見到蜜拉，是他們在首都輸了最後一場比賽的晚上。對他來說，那不只是一場比賽，而是小鎮向大城宣示：不是有錢就買得到一切。首都的報紙紛紛用優越的語氣給這場比賽下標題：「野性的呼喚」，彼得盯著隊友們的眼睛咆哮：「他們是有錢沒錯，可是冰球屬於我們！」他們傾盡全力，最後仍然功虧一簣。

當晚，球隊到街上慶祝贏得亞軍。彼得一整晚獨自坐在旅館旁一家小家庭館子裡。蜜拉在吧檯後工作。彼得當著蜜拉的面痛哭流涕，他並非為自己難過，而是因為他再也沒辦法直視家鄉父老們的眼睛，他讓他們失望了。就頭一次約會來說，狀況實在很尷尬，但如今他回想起來卻忍不住露出笑容。她那天對他說了什麼？「你能不能不要老是覺得自己很可憐啊？」他被這句話逗笑了，還連笑好幾天。自從那晚之後，他一天比一天愛她。

還有一次，距他們第一次見面之後很久，蜜拉喝了酒，講話開始大聲起來，就跟她每一次喝了酒之後一樣。她用力揪著彼得的耳朵，用力到他認為自己的耳朵真的會被揪掉。他將頭往下湊近她的，聽見她輕聲說：「你這個天殺的可愛小笨蛋，難道不曉得我就是那個時候愛上你的嗎？你是一個樹林裡來的農村小男孩，在大城裡沒地方去，你雖然已經是全國第二棒的，卻還因為讓你愛的人失望而哭得唏哩嘩啦，這樣的人是個好人，會是個好爸爸，會保護他的孩子們，絕對不會讓他的家庭出任何意外。」

蜜拉還記得黑暗的深淵是如何一公分一公分地吞沒他們。那是身為父母最大的恐懼，妳會在半夜驚醒，傾聽小小的呼吸聲。每個夜晚，當妳一如往常聽見呼吸聲時，會覺得自己很傻，會覺得自己杞人憂天。「我怎麼會變成這種人呢？」妳自問。妳向自己保證會放輕鬆，因為妳當然曉得什麼事也不會發生。但是下一個夜晚裡，妳躺在床上無法入睡，死盯著天花板搖頭，直到妳對自己說「再一晚就好了」。接著，妳躡手躡腳地下床，將手掌輕輕放在孩子小小的胸口上，感覺它的起伏。終於有一晚，其中一個胸口往下沉之後便再也沒起來。

而妳，也一起沉了下去。所有在醫院候診室裡的時間，所有陪在兒子病床旁的時間，那一天早上，諮詢師選擇告訴彼得，因為沒人敢告訴蜜拉。他們全都沉了下去。如果他們當時沒有瑪亞，是否還會決定繼續活下去？又有誰有辦法繼續活下去？

當他們搬離大熊鎮時，蜜拉滿懷欣喜，她永遠無法想像自己有一天會恨不得再搬回來。但是在大熊鎮，他們可以重新開始。彼得、瑪亞，和她自己。然後李歐誕生了。他們很快樂，至少對一個扛著時間無法減輕的巨大悲傷的家庭來說，他們很快樂。

可是蜜拉仍然不知道該如何面對。

彼得將手放在相框玻璃上。蜜拉仍然讓他感覺到脈搏在喉嚨裡跳動，他對她的愛仍然跟青少年的一樣新鮮，他仍然感覺自己的心在胸口裡膨脹直到不能呼吸。但是她錯了，他沒辦法保護他的家庭。每一天，他禁不住想，自己是否有機會改變一切。跟上帝談判？犧牲他所有的天分？放棄他的成功？他的生命？上帝會和他交換什麼條件？倒在棺材裡的能不能是他，而非他的大兒子？

每天晚上，蜜拉照舊在屋子裡巡視，點數他們的孩子。一，二，三。兩個在床上，一個在天國。

10

無論你對大熊鎮有什麼意見，它仍然足以令你屏息。當朝陽自湖面升起，清晨的空氣中充滿爽冽的氧氣，湖邊的樹木為了爭取更多陽光而順從地盡可能彎腰，幾乎碰到在湖面上玩耍的孩子們。這幅景象能讓你不禁懷疑為何會有人選擇住在柏油馬路和建築堆裡。在大熊鎮，四歲的兒童能夠獨自在戶外遊戲，鎮上仍有人家不鎖前門。從加拿大回來後，瑪亞的父母過度保護孩子到了就算在大城市裡也不常見的程度，若以大熊鎮的標準來看，更是超乎理智。在過世兄長的陰影之下成長有一個特點：其他孩子若不是對任何事都感到恐懼，便是什麼都不怕。瑪亞屬於後者。

她和安娜在走廊上以祕密手勢握手之後，便分道揚鑣。安娜在她們上一年級時創了這個祕密握手，但卻是瑪亞意會到若不想洩漏這個祕密手勢，唯一的方法就是速度快到別人看不清裡面包含的元素：拳頭往上、拳頭往下、手掌、手掌、蝴蝶、彎指頭、手槍、爵士手、迷你火箭、爆炸、屁股對屁股、向外翹。安娜負責替這些動作取名。從前每當她們兩人互相撞擊臀部之後，安娜會高舉雙手大叫：「……安娜**出發囉**！小騷貨！」然後越走越遠。瑪亞聽到這句話都忍不住大笑。

但是，安娜最近已不再如此大吼了，除了在學校之外，沒人看到她們的時候。她收緊雙臂，降低音量，試著融入周遭的人群。打從小時候起，瑪亞喜歡這個好朋友的一點是，她和瑪亞見過的任何一個女孩子都不一樣。然而青春期對安娜來說似乎像砂紙，她變得越來越沒有稜角，越來越小。

有時候，瑪亞很想念從前的安娜。

蜜拉看看時間，從公事包裡拿出幾張紙，衝向一場會議，然後又趕向另一場。她跑回辦公室時，已經一如往常地趕不上時間表了。有一個名詞她從前很愛，但現在用大熊鎮口音說出來，卻令她百般厭惡：「職業女性」。

彼得的朋友們如此叫她，有些人是出於激賞，另一些則是鄙夷，倒是從來沒人叫彼得「職業男性」。瑪亞對這一點十分敏感，因為擁有一份「工作」是為了養家活口，擁有一份「事業」倒像是自私似的。兩者由你擇一，因此現在她被卡在這兩個名詞之間，在辦公室和在家時同樣有罪惡感。

每一件事都必須妥協。她年紀還輕的時候，曾經夢想過大城市裡審理重案的戲劇化開庭情節，但是現實生活中卻只有協定、合約、和解案、會議、電子郵件、電子郵件、更多電子郵件。「妳太大才小用了。」當她得到這份工作時，主管如此告訴她，彷彿她有別的選擇似的。憑她的學經歷和技能，她可以在世界任何一個地方輕鬆拿到月薪六位數的工作，但是這個公司只不過是大熊鎮通勤距離之內的律師事務所。他們的客戶都是伐木公司以及和議會有合作關係的企業，處理業務內容一成不變，不需要用大腦，永遠令人精神緊張。她因此常常回想在加拿大的時光，以及冰球教練們愛講的一句話：他們要找「對的人」。不僅僅是可以打球的人，而是能融入更衣室文化、不惹麻煩、盡忠職守的人。懂得閉上嘴用力打球的球員。

她的思路被同事給打斷了。這位同事是蜜拉的死黨，治療無聊的特效藥：「我從來沒宿醉這麼嚴重過，嘴裡的味道好像舔過臘腸狗的屁股。妳昨天晚上應該沒看到我真舔，對吧？」同事喃喃道，一邊栽進椅子裡坐下。

她的身高幾近一九〇，渾身上下散發自信。面對辦公室裡沒安全感的男人們，她不但不彎腰駝背，反而踩著血紅色、鞋跟鋒利有如軍用小刀、高度有如古巴雪茄的高跟鞋。她就像漫畫家夢想中的主角，沒人具備像她那樣壓倒整場會議或整場派對的氣勢。

「妳在幹嘛？」她問。

「工作。妳呢？」蜜拉報以微笑。

她的同事搖了搖一隻手，另一隻手罩住眼睛，彷彿那隻手是冰得透涼的毛巾。

「我等一下會去做點事。」

「我得在午餐之前做完這個。」蜜拉嘆氣，埋首眼前的文件。

她的同事俯身看著文件。

「這些就算是正常人也得花一個月才能看出點頭緒。妳在這裡太大才小用了，妳知道吧？」

她常常說自己很羨慕蜜拉的頭腦，反之，蜜拉羨慕同事使用頻率很高的中指。蜜拉無力地笑了笑。

「妳不是常說那句話嗎？」

「別哀哀叫，閉上嘴，叫他們付錢就對了。」同事咧嘴一笑。

「閉嘴，付錢！」蜜拉重複。

兩個女人隔著桌子互相擊掌。

一位站在教室裡的老師，正在努力叫一群十七歲的大男孩安靜下來。今天早上，她忍不住再度問自己為什麼得過這種日子。她指的不光是教書，而是在大熊鎮的生活。她提高音量，但坐在教室後面的男生們顯然不是假裝沒聽見，而是壓根兒沒感覺到她的存在。其他學生看樣子是想上課，不過和球員們相對之下，是無聲無形的一群。他們只能低下頭，緊緊閉上眼睛，希望冰球球季快點過去。

人和小鎮的相同之處，在於兩者通常不往人們叫他們走的方向發展，而是越來越符合人們的評論。人們總是告訴這位老師，她太年輕、太漂亮了，不適合教青少年，孩子們不會尊敬她。人們用別的字眼評論那些孩子們：熊的子民；贏家；永生不死。

冰上曲棍球要他們成為這樣的人，他們必須為冰球成為這樣的人。教練教他們衝到冰上進行近距離肉搏，因此當他們離開更衣室後，他們不知道該如何轉換自己的態度。如此一來，把錯怪到她頭上顯得容易點：是她太年輕、太漂亮、太容易被冒犯、太難獲得尊敬。

老師打算試試最後一招，她轉向坐在角落裡正在滑手機的球隊隊長和大明星，叫他的名字。他毫無反應。

「凱文！」她又叫一次。

他挑起一邊眉毛。

「嗄？需要幫忙嗎，親愛的？」

圍在他身邊的隊友們像是收到指令似地同時大笑起來。

「你到底懂不懂我正在教的東西？這些都會出現在考題裡。」她說。

「我全都已經會了。」凱文回答。

最讓她不舒服的是，他回答的語氣既不挑釁也沒有侵略性，而是像氣象播報員那樣不帶個人感情。

「是嗎？你真的都會了？」她不相信。

「我已經讀過這本書了。妳現在講的書裡都有，連我的電話都教得比妳好。」

其他球員再度哄堂大笑，連窗戶都為之震動。波波這個全校塊頭最大，行事容易預料的男孩，想當然耳又不放過這個可以乘勝追擊的機會。

「別緊張嘛，小甜甜！」他嘻嘻笑。

「你叫我什麼？」她勃然大怒，隨即醒悟這就是波波想看到的反應。

「我是在誇妳，我喜歡甜甜的東西。」

猛浪般的笑聲向她襲來。

「坐下！」

「冷靜點啦，小甜甜，我說啊，妳應該很驕傲才對。」

「驕傲？」

「對啊。再過幾個星期，妳就能到處告訴大家，妳教過幫大熊鎮贏到冠軍獎盃的球隊喔！」

全班大多數學生一致大聲吼叫表示贊同，手掌拍打著暖氣管，腳在地面用力踏。她知道此時抬高音量並無濟於事，她已經輸了。波波站到課桌上，像啦啦隊似地大喊：「我們是大熊！

我們是大熊！我們是大熊！大熊鎮的大熊魂！」其他球員也跳上桌加入呼喊。老師離開教室時，球員們已經全站在桌子上，上身脫個精光，嘴裡大喊「大熊鎮的大熊魂！」唯一沒加入的球員是凱文。他靜靜地坐在位子上滑手機，冷靜得就像獨自坐在空無一人的黑暗教室裡一般。

辦公室裡，蜜拉的同事狀甚倒胃似地用舌頭左右滑過牙齒邊緣。

「說真的，我覺得自己好像吞了哪個男人的假髮。妳認為我該不會真的親了那個會計部的傢伙吧？我想親的是另一個，管他哪個部門，就屁股很緊，頭髮亂亂的那個。」

蜜拉笑了起來。她的同事一點都不放過單身族的權益，蜜拉自己倒是始終嚴格奉行單一伴侶制。千人斬女郎和鵝媽媽注定要彼此羨嫉。她的同事低聲說：

「好吧，妳會選公司裡的哪個？如果非選不可的話？」

「又來了……」

「我懂，我懂，妳是有夫之婦。那就假裝妳先生死了。」

「拜託！」

「老天爺啊，別這麼敏感啦！好啦，假設他生病，或是昏迷了。好一點吧？如果你另一半昏迷了，妳會跟誰上床？」

「誰也——不會！」蜜拉啐道。

「那要是關係到人類的存亡呢？妳會選有屁股有頭髮的，對吧？絕對不選獾男，是嗎？」

「妳可不可以提醒我，獾男又是哪個？」

同事做了一個維妙維肖的表情，提醒蜜拉最近剛接手管理層級工作，長得活像一頭獾的男人。蜜拉笑得前仰後合，差一點打翻咖啡。

「別這麼壞，他其實人很好。」

「牛也很好啊，可是我們可不讓牠們進屋子。」

蜜拉的同事很討厭獾男，倒不是因為他這個人，而是因為他代表的意義。每個人都知道，他得到的那份主管工作其實應該是蜜拉的。蜜拉不太願意討論這個話題，因為她沒辦法告訴朋友事實真相：公司的確問過蜜拉是否願意接任主管職位，但她回絕了。因為主管工作代表她必須在晚上加班，常常出差；她不願意讓全家跟著她過那樣的生活。此時此刻，她坐在辦公室裡，沒勇氣告訴死黨自己拒絕了到手的管理職位，免得看見她眼裡的失望。

同事咬掉斷掉的指甲一角，往垃圾桶裡啐。

「妳看見他盯著女人瞧的眼神嗎？那個獾男？黑黑小小的豆子眼，我跟妳打賭一千塊，他肯定是那種會求妳把麥克筆塞進他的——」

「我在工作好不好！」蜜拉打斷她的話。

同事一臉困惑。

「怎樣啦？這可是很中肯的觀察心得喔，我對麥克筆有非常詳盡的經驗呢！算了，那妳就繼續高高在上，替妳昏迷的老公守身如玉好了。」

「妳是不是酒還沒醒啊？」蜜拉笑道。

「他喜不喜歡那種啊，彼得？麥克筆之類的？」

「不喜歡！」

同事立刻表示歉意，語氣帶著失望：

「抱歉啦，這個話題很敏感喔？你們因為麥克筆吵過架？」

蜜拉把同事推出辦公室。她今天已經不能再浪費時間在大笑上了。她有工作行程必須遵守，或者至少在一日之始做完表上列出的第一件事。接著，她的老闆之一進來問她是否有空「稍微看一下」一份合約，就此耗掉一個小時。一個客人打電話來討論緊急問題，又耗掉一個小時。李歐也打電話說他的練球時間被提前半個小時，因為必須讓出球場給少年組，也就是說今天下午她得提前半個小時回到家。瑪亞打來要她回家的路上順便買新的吉他弦。彼得傳了簡訊說他會晚點回家。她的老闆又進來問蜜拉有沒有空「開個小會」。她沒空，但還是去開會了。

試著當那個對的球員。即使她沒辦法在同時間做一個對的母親。

瑪亞還記得她第一次見到安娜的那天。她們在正式看見對方的臉之前，便已經先握了手。那天，六歲的瑪亞獨自在湖上溜冰。通常她的父母是絕對不准她獨自出門玩的，但是他們兩人都在工作，保母又在沙發上打著盹。瑪亞抓起溜冰鞋，偷溜出門。也許她想找點危險刺激的事；也許她單純地相信如果有任何狀況，會有大人及時伸出援手；也許她只是跟大部分的孩子們一樣：天生想冒險。暮色降臨得比她想像中的快，她沒注意到冰面顏色的不同。當冰面在她腳下塌陷時，她還來不及感到害怕，冰水便已經癱瘓了她的知覺。一個六歲的孩子，腳上沒穿釘鞋，根本沒有存活的機會。她凍僵的手臂勉強扒住洞緣，生死就在一線之間。無論你對大熊鎮有何看法，這個鎮隨時能讓你為之屏息。就在那一秒，她沒看見安娜的人，卻先看見安娜的手。瑪亞直到如今都還無法理解，一個同樣也是六歲的孩子，如何能拉起另一個全身衣物都吸飽了水的孩子，但這就是安娜。因為這件事，兩個小女孩自此焦不離孟。安娜這個天生愛打獵釣魚，不懂人際關係的孩子，卻和個性恰恰相反的瑪亞成了死黨。

瑪亞第一次到安娜家，聽見她父母的爭吵時，便了解安娜雖然對冰封的湖面瞭如指掌，卻無法預知自己的家何時會如薄冰般崩裂。從那一次起，安娜住在瑪亞家的時間越來越多。她們創造了祕密握手儀式，提醒對方「閨蜜第一，男友第二！」，安娜在還不完全了解這幾個字時，就已經掛在嘴上了。安娜一有機會就叫瑪亞和她一起去釣魚打獵或是爬樹，瑪亞曾經很煩安娜這一點，因為她寧願待在家，坐在暖爐邊彈吉他。但是老天爺知道她有多愛安娜！

從前的安娜就像龍捲風。在一個人人都得是光滑木釘的社會裡，安娜卻是一根未經打磨，表面毫無修飾的木樁。她們十歲時，她教瑪亞射來福槍。瑪亞記得安娜的爸爸習慣把槍櫃的鑰匙藏在霉味撲鼻的地窖中，某個置物櫃頂上的盒子裡。那個盒子裡除了有鑰匙和幾瓶伏特加之外，還塞滿色情雜誌。瑪亞目瞪口呆地盯著那些雜誌，安娜見狀後聳聳肩說：「我爸不知道怎麼用網路。」她們待在森林裡直到子彈全打光。然後，隨身帶著小刀的安娜替兩人削了木劍，她們在林中比劍直到天黑。

現在，瑪亞看著她的好友在走廊上越走越遠，像是有點丟臉似地不敢高舉雙臂，連最後一個「貨」字都沒大聲喊出來，因為現在的安娜只希望自己越融入越好。瑪亞討厭青春期，討厭砂紙，討厭光滑的木釘子。她想念安娜，那個在森林裡假裝自己是武士的小女孩。

我們會越來越符合人們的評論，往那個方向走。而安娜總是被人說她是錯的。

班吉攤在校長辦公室裡的椅子上，落在地上的身體部分倒還比掛在椅子上的來得多。他們兩個人只是在做樣子，校長嘴裡數落班吉這學期遲到次數太多，但心裡卻想和班吉聊冰上曲棍球，就跟鎮上的每個人一樣。在這個非常時期，根本不可能以紀律或處罰加諸班吉。

班吉時不時地會想起他經營狗場的姊姊艾德莉。隨著球隊一步一步晉級，班吉越來越覺得自己像那些狗：如果你夠有用，脖子上的狗鍊就越長。

他們早在女老師衝進辦公室前，就已經隔著門聽見她的怒吼。

「那些野獸……那些……我再也受不了了！」她還沒進門就喊著。

「冷靜點啊，小甜甜。」班吉面露微笑，十分確定她想給他來上一拳。

「你再說一次！你再說一次，我保證你再也打不了球！」她舉起手對他大叫。

校長緊張地哀號一聲，從椅子上一躍而起，拉住她的手臂往走廊走去。也許在那當下，抓住其中一人的手臂確實是正確的反應，但是班吉和女老師都知道，校長原本應該抓的是班吉的手臂。

走廊底端的一間教室裡，仍然光著上身，嘴裡大喊「大熊鎮……」的波波從桌子上滑下來跌在地板上。在他四周，只有兩種十七歲的孩子：喜歡冰上曲棍球的，和討厭冰上曲棍球的。擔心他跌傷的，和希望他跌傷的。

11

有一個常常重複印證，也常常被忽略的事實，就是如果你告訴一個孩子他能完成任何事，或不能完成任何事，兩個說法都會被證明是對的。

本特完全沒有領導風格。他只會大叫。自從阿麥進入球隊以來，本特一直是他的教練。阿麥最擔心的事莫過於明年大衛會擔任甲組教練，而本特就會接任少年組教練，又將和阿麥會合。就算是看在冰球的面子上，阿麥也已經沒辦法再忍受兩年本特。本特根本不懂擒抱或戰術，他認為反正就是上場打仗，他唯一的賽前喊話就是對球員咆哮「替堡壘打勝仗！」，還有他們不能「屁股被幹爛掉！」。如果這些十五歲的孩子們手裡拿的是戰斧而不是冰球棍，想必他還是會對他們吼同一套說詞。

顯然地，對球隊裡其他人來說，情況更糟。只要你是最好的，就可以躲過很多麻煩，阿麥這個球季的表現排在頂尖。查克則必須忍受本特鬼吼時遠近馳名的口水噴泉攻擊：「那些疤是你發春夢時候撓破的嗎，查雞？」和「老天爺，你比孕婦還慢！」可是阿麥全季都過得很順利。當他回想一年前自己幾乎放棄打球時，卻無法決定究竟是高興自己咬牙撐下來了，還是埋怨自己沒乾脆放棄。

他只記得那時覺得很累。不想再戰鬥，不想再忍受別人對他大吼大叫，不想再面對一堆狗屁事情和霸凌，不想再待在更衣室。有一次，高三球員們趁他在練球時，偷溜進更衣室剪爛他的鞋子，把他的衣服丟進淋浴間。他厭倦了證明自己不是他們嘴裡叫的「大熊窪爬出來的小子」。清潔婦的兒子。太矮小，太瘦弱。

有一天晚上練完球之後，他回到家倒了四天沒起床。他的媽媽非常體諒地不吵他。第五天上午她準備出門工作前，打開他的房門說：

「你是在熊堆裡打球沒錯，但別忘了自己是頭獅子。」

她親親他的額頭，將手放在他的心口上，他輕輕說：

「好難，媽媽。」

「要是你爸能親眼看見你打球，他一定會很驕傲。」她回答。

「爸大概連冰球是什麼都不知道……」他咕噥。

「所以啦！」她提高音調回答，她向來自持，從不提高音調說話。

那天早上，她打掃完看台、走道，和辦公室，正準備打掃更衣室時，工友走過來輕輕敲了一聲門框。她抬起頭，看見工友朝球場點了點頭，臉上帶著笑意。阿麥已經在冰面上的界線之間放好手套、帽子和外套。就是那天早上，這孩子醒悟到要比熊還會打他們在行的運動，唯一的辦法就是不照他們的方式打。

大衛坐在看台頂端。在他三十二歲的人生中，他待在冰館裡的時間比在外面還多。他愛冰球的理由很多，最主要的原因是這項運動比他所知的任何事都複雜。學會冰球只需要一秒，成為頂尖卻需要一生。

大衛成為教練之後，蘇納強迫他坐在這排高處座位，看甲組隊整季的每場球賽，而今這已成了他改不掉的習慣。從高處，冰球看起來很不一樣。蘇納和大衛其實對於問題都有共識，不同調的則是答案。蘇納想將球員盡可能留在同齡隊伍裡，好讓他們有時間修正弱點，形成彼此截長補短、心無旁騖、沒有缺點的隊伍。大衛認為這種態度只會養成沒有球員個人特色的球隊。蘇納相信一個和較年長球員同隊的球員將只懂得使用自己的強項，大衛完全同意——他不認為這是什麼問題。他不要一支球員表現清一色還不錯的隊伍，他要個人專長。

蘇納就像大熊鎮：固守著老想法，認為不該有長得過高的樹，天真地相信努力就足以補拙。這就是為什麼失業率飆高時，俱樂部也隨著崩解。工人沒辦法光靠努力工作，得有人有想法。團隊的努力，必須貢獻給位於中心的明星才有意義。

這個俱樂部裡有許多人認為有關冰球的一切「都該跟從前一模一樣」。每回聽到這種說詞，大衛就恨不能把自己裹在地毯裡狂叫到嗓子嘶啞。說得倒像冰球是個一成不變的運動似的！冰球剛發明的時候，球員不准向前傳球；兩個世代之前，沒有人戴頭盔打冰球。冰球就像所有活的有機體：它必須順應環境並且改變，否則只有死路一條。

大衛已經記不得他和蘇納爭論了多少年，但是每天晚上當他滿肚子不高興回到家，他的女朋友會虧他是不是「又跟老爸意見不合了？」。剛開始還算有趣，因為大衛剛當上教練時，蘇納對他來說不僅僅是教練，而是榜樣。冰球球員職業生涯的尾聲，是一連串緊緊闔上的門，把你關在外面。沒了讓他感覺身為一分子的團隊，大衛活不下去。運動傷害迫使他在二十二歲時離開球場，只有蘇納了解這種感覺。

蘇納指導大衛成為教練的同時，也在教彼得如何當運動總監。從很多角度看，大衛和彼得的個性截然不同。大衛可以和一扇門槓上，而彼得太害怕製造對立，甚至連「殺」時間都不敢。蘇納希望他們能互補，然而這兩人卻僅僅助長了對彼此的厭惡。

多年來，最讓大衛感到羞恥的是，他永遠沒辦法克服看見蘇納和彼得一起走進彼得的辦公室，卻沒邀請他時，心裡的那股嫉妒。在那個當下，運動最令他喜愛的同袍情誼，被無法融入圈子的恐懼取代。自然而然地，他做了任何有企圖心的學生會對老師做的事：反抗。

二十二歲的他，當起一群七歲孩子的教練，其中包括凱文、班吉和波波。如今十個年頭過去，這些孩子成了全國頂尖的少年球隊之一，他也認清自己沒辦法繼續站在蘇納這邊。球員更重要，俱樂部優於一切。因為冰球就是建立在這樣的基礎上：團隊優於個人。大衛深信任何一個從未進過更衣室的學院派，是無法了解裡面的文化。那些學院派日復一日在媒體上倡議「菁英制度」的危險，這些自我中心的瘋子完全看不見將團隊利益放在個人利益之前的優點。

大衛知道當他坐上蘇納的位子時，鎮民們會怎麼說。他也知道很多人會不高興，可是等他們看到結果時就會高興了。

本特在查克耳邊吹響哨子表示練球結束，吃了一驚的查克，被自己的球棍絆了一跤。本特不懷好意地咧嘴一笑。

「跟平常一樣，今天練球表現最差的又是查雞小姐。所以，你很榮幸又能負責撿回所有的球和三角錐！」

本特離開球場，後面跟著一串球員。當其中幾個男孩嘲笑查克時，他伸出中指回應，可惜戴著冰球手套很難做好這個動作。此時阿麥早已開始環繞全場撿起冰球。他們的交情一直都是這樣：如果查克還沒離開冰面，阿麥就也不走。

一等本特離開視線，查克便生氣地站起來，誇張的模仿本特身子前趨的滑冰姿勢，同時用手撓著股溝：

「把球撿回來！守護堡壘！屁股別被幹爛掉！別在我的場子上幹屁股！等等……搞什……這是啥？我屁股裡有什麼？好像是一個幹字？一個小小的幹？我屁股裡跑進去一個幹字啦！阿麥！我命令你馬上把這個幹字從我屁股裡拔出來！」

他後退著朝阿麥滑去，阿麥敏捷地邊大笑邊滑開，讓查克直直地一路撞上休息區長條凳，跌個四腳朝天。

「你要不要留下來看少年組練球？」阿麥問，心裡已經知道查克不會願意。

「別再說看少年組啦，其實你指的是『看凱文』。我知道他是你的偶像，阿麥，可是我的人生有更重要的事情得做！人生苦短喔！用力笑用力愛！」

阿麥嘆了口氣。

「好吧，算了……」

「你屁股裡是不是夾了一個凱文．厄道爾呀，阿麥？」查克大嚷。

阿麥焦躁地用球棍輕敲冰面。

「你這個週末要幹嘛？」

他盡可能問得輕描淡寫，彷彿這個問題根本沒困擾他一整天。查克從板凳上搖搖晃晃地爬起來，就像一頭被麻醉槍打中的小象。

「我剛拿到新遊戲！可是你要來打的話，就要自己帶搖桿，誰叫你上次打壞我的！」

阿麥感覺被好友的說詞給冤枉了，因為其實是輸了之後惱羞成怒的查克朝他的額頭丟搖桿，搖桿才因此撞壞。他清清喉嚨，拾起最後一顆球。

「我本來是想我們可以……出去逛逛。」

查克看著好友，神情活像是阿麥建議兩人互相往耳朵裡倒毒藥。

「去哪逛？」

「就是……出門。大家都……出門逛，每個人都這樣。」

「你是說瑪亞吧？」

「我是說**每個人**！」

查克站穩之後，開始踮著腳邊跳邊唱：

「阿麥和瑪亞，坐在大樹下，阿麥讓瑪亞，生個小寶寶……」

阿麥朝身邊的防護板用力丟了一顆冰球，笑得直不起腰。

大衛和本特站在更衣室外的走廊上。

「這樣根本就不對！」本特堅持。

「就算你不信，我已經至少聽你講了十二次不對。去叫少年組來練球。」大衛冷冷地說。

本特用力跺著腳步離開。大衛揉揉太陽穴。本特不完全算是毫無用處的副教練，大衛也能忍受他的大吼和髒話，因為這就是更衣室文化的一部分，況且，老天爺，有些球員確實需要一個暴君盯著他們練球，才能確保他們的護具都穿在正確的位置。可是有時候大衛忍不住懷疑，假設本特真成了少年組的正式教練，究竟球隊還能不能正常運作。那個傢伙並不比坐在看台上任何一個大嗓門的觀眾更懂冰上曲棍球，大衛可以走到街上，丟出一塊石頭，只要隨便打到的活人，知道的都不比他少。

阿麥和查克嘻嘻哈哈地走向更衣室，卻在看見大衛時猛然安靜下來。兩個男孩子盡量貼著牆走，避免擋了大衛的路。大衛舉起手時，阿麥著實被嚇了一跳。

「阿麥，對吧？」

阿麥點點頭。

「我們……我們只是在撿球……開開玩笑而已……我是說，我知道查克模仿了本特，可是只是一個玩……」

大衛看來有點困惑。阿麥用力嚥了口口水。

「其實，如果您什麼都沒看到……那就……沒事……」

大衛笑了。

「我見過你坐在看台上看少年組練球。你比其他球員還常坐在那裡看。」

阿麥魂飛天外地點頭。

「我……對不起……我只是很想學。」

「那很好。我知道你在研究凱文的技巧，他是很好的榜樣。你應該仔細看看凱文在一對一的時候都會回頭看對手，只要他們一調整冰刀角度，把重心挪到身體中間，凱文就會敲敲球開始進攻。」

阿麥呆呆地點頭。大衛正直視著他的眼睛，而男孩還不習慣大人這麼盯著他看。

「每個人都知道你很快，可是你得多練習射門。還有，你必須等守門員開始動作，逆流射門。你覺得自己可以學會這些嗎？」

阿麥又點頭。大衛用力拍了一記阿麥的肩膀。

「那好。學快點，因為你十五分鐘之後要跟少年組一起練球。去更衣室裡拿一件球衣。」

阿麥的一隻手下意識地往耳朵伸去，似乎想清清耳朵好確定自己沒聽錯。此時，大衛早已遠遠走開。

查克一等到大衛轉過轉角，就用雙臂用力環抱住好友的脖子。阿麥用力地大口呼吸。查克清清喉嚨說：

「說真的，阿麥……如果你要選擇和瑪亞上床，或是和凱文上床，你會選……？」

「閉嘴啦！」阿麥笑道。

「我只是確認一下嘛！」查克嘻嘻笑著，拍拍阿麥的頭盔，大吼：

「給他們好看，老兄，給他們好看！」

阿麥深深吸了一口氣，深得就像冰館後面的湖，然後有生以來第一次直直走過低年級組球隊的更衣室，跨過少年組更衣室的門檻。迎面而來的是一陣如颶風般的喝倒采和髒話，還有年長球員異口同聲的「寄生蟲，滾出去！」。但是當大衛從廁所出來時，更衣室裡馬上安靜到能聽見護襠褲掉在地上的聲音。

大衛對本特點點頭，本特不情不願地朝阿麥扔去運動衣。阿麥這輩子從沒這麼開心過。

他的死黨站在走廊上，被排除在外。

冰球這項運動，沒有差不多這三個字。

12

一段漫長的婚姻其實很複雜。複雜到這段婚姻之中的雙方或多或少都會問自己：「我到現在都沒離婚，是因為我還深愛著對方，還是我懶得再讓別人如此了解我？」

蜜拉知道她的牢騷話能把彼得逼瘋，讓他感到如履薄冰。有時候她一天打五次電話給彼得，好檢查他是否做了親口保證的事。

他的書架上排滿他不敢帶回家的黑膠唱片，因為蜜拉會強迫他丟掉唱片，或買一棟大一點的房子。他網購這些唱片後，再直接郵寄到俱樂部，總機已經非常有效率地成為了他的收貨點。有些人背著另一半抽菸，彼得背著另一半網購。

他買這些唱片，因為它們能讓他感到平靜。它們令他回憶起伊薩克。這一點，他從沒告訴蜜拉。

蜜拉記不得暴風雪降臨那一次，孩子們究竟有多大，但無論如何，他們還沒在大熊鎮住得久到她習慣那種大自然的力量。當時是聖誕節前後，孩子們已經放假了，蜜拉的公司有緊急狀況，所以她得到辦公室開一個重要的會。彼得帶瑪亞和李歐去森林裡滑雪橇，蜜拉站在車子旁邊目送他們消失在紛飛的大雪之中，畫面美麗到令她心底隱隱有不祥之感。她悵然若失，一等他們消失在視線中，就一路哭著走回辦公室。

當蜜拉在加拿大開始上班後，受傷的彼得便每天留在家照顧伊薩克。有一天，伊薩克因為肚子不舒服而哭叫不止。彼得在慌亂之下試了各種方法，包括輕搖伊薩克、推他出門逛、所有他聽說過的家常祕方，沒有一樣管用。最後他開始播放一張黑膠唱片。

也許是因為那部老唱機，或擴音器的雜音，甚至是繚繞整個房間的歌聲……總之，伊薩克完全安靜下來，然後笑了，最後在彼得臂彎裡沉沉睡去。那是彼得最後一次覺得自己是個好爸爸，也是最後一次他確切自己知道自己在做什麼。他從未告訴蜜拉這件事，或任何其他人。但是他現在偷偷地買唱片，因為他希望那種感覺會再回來，即使一下下也好。

在聖誕節那次的會議之後，蜜拉打電話給彼得。他沒接。彼得從來不會不接蜜拉的電話。接著，蜜拉聽到廣播裡說暴風雪襲擊了森林區，居民必須待在室內。她瘋狂地撥打彼得的電話，留下一堆大吼大叫的留言，仍然沒回音。最後她跳進車裡，在能見度一公尺的天候中，火速往家的方向開。她跑進那天早上和彼得及孩子分別的森林裡，開始歇斯底里地呼叫，然後撲倒在地開始絕望地徒手挖開積雪，彷彿希望挖出她的孩子們。她的耳朵和手指凍僵了，無法解釋自己的腦子裡究竟發生了什麼事。數年之後，她才醒悟出原來自己當時崩潰了。

十分鐘之後，她的電話響起。是彼得和孩子們打來的，他們一派輕鬆，毫髮無傷，正納悶她去哪了。「你們在哪？」她大吼。「家裡。」他們回答，嘴裡塞滿冰淇淋和肉桂卷。當蜜拉問他們為什麼在家裡，彼得大惑不解地回答：「因為有暴風雪，我們就回家了。」他忘了為手機充電，因為手機放在臥室的抽屜裡。

蜜拉從來沒告訴彼得，或任何一個人，她始終沒忘記暴風雪那天的恐懼。當時她邊開車，邊以為自己已經失去他們三人。所以，現在她常常一天打好幾次電話給丈夫和孩子們發牢騷，好確定他們都還在身邊。

彼得放了唱片，但是今天卻不管用。他沒辦法不想到蘇納。同樣的思緒一直縈繞在他的腦中，他瞪著漆黑的電腦螢幕好幾個小時，將小紓壓橡膠球一次比一次更用力地丟向牆壁。當他的手機響起時，他一點都不在意被打擾，而且完全忘了妻子總是先入為主地認定自己忘了做答應會做的事。

「你把車子送去車廠了沒？」蜜拉問，雖然她已經知道答案。

「送了！我當然送了！」彼得回答，口氣中有說謊時才有的堅定。

「那你怎麼去辦公室的？」蜜拉又問。

「妳怎麼知道我在辦公室？」

「我聽見你咚咚咚地朝牆壁丟球。」

他嘆口氣。

「妳其實應該當律師就好了，有人告訴過妳嗎？」

手機另一端的律師格格地笑。

「等我不能靠猜拳吃飯的時候再考慮一下。」

「妳作弊。」

「你說謊。」

彼得突然壓低聲音說話，話聲因而顫抖起來：

「我真的好愛妳。」

蜜拉大笑，不想讓他聽出來自己在流淚：

「我也是。」

他們掛上電話。蜜拉在電腦前吃晚了四個小時的午餐，好來得及結束工作順便幫瑪亞買吉他弦，然後趕回家送李歐去練球。彼得根本沒吃午餐，因為他不想給身體另一個嘔吐的機會。

漫長的婚姻是件複雜的事。

少年組更衣室比平常安靜。球員們已經開始意識到明天那場比賽的重要性了。威廉・里特才剛滿十八歲，臉上的落腮鬍卻已經和水獺毛一樣厚，體重媲美一輛小轎車。他彎身向凱文輕聲講話，彷彿是在監獄裡向獄友借一把牙刷做成的小刀。

「你有沒有菸草可以給我嚼？」

上個球季裡的某一天，大衛跟本特提到自己讀了一篇報導，指出嚼一份菸草對人體的傷害勝過一整箱啤酒。從此之後，少年組要是有誰的牛仔褲口袋上有口嚼菸草的紙盒印子，就要有心理準備會被本特和家長大聲吼到連髮線都倒退。

「沒。」凱文回答。

威廉感激地點點頭，開始在更衣室裡到處找菸草。他們兩人在球場上同屬前鋒，但無論威廉有多高多壯，凱文始終是發號施令的那個。至於班吉這個向來不把權威放在眼裡的球員，此時正躺在地板上半睡半醒，他伸手抓過一根球棍戳凱文的肚子。

「搞什……」凱文斥道。

「給我點菸草。」班吉說。

「你聾了嗎？我說我沒了！」

班吉躺在地上，平靜地看著凱文，一邊用球棍戳凱文的肚子，直到凱文將球棍一把搶過來，伸手到夾克裡抽出一盒幾乎全滿的菸草。

「你要到什麼時候才知道你騙不了我？」班吉笑問。

「你要到什麼時候才會開始自己買菸草？」凱文回答。

「大概差不多同一個時間。」

威廉回來了，一無所獲。他快活地朝凱文點頭。

「你爸媽明天會來看球賽嗎？我媽幫幾乎所有親戚買了門票！」

凱文不發一語，開始替球棍纏上膠帶。班吉從眼角將這一切看在眼裡，知道凱文的反應代表什麼意思，便轉頭對威廉咧嘴一笑：

「不好意思喔，威廉，可是你的家人是來看**凱文**打球的。」

更衣室裡爆出嘲諷意味濃厚的大笑。凱文也因此不用回答他的父母是否會出席。雖說班吉永遠不自己出錢買菸草，要找到比他更好的朋友卻不容易。

阿麥坐在角落，努力讓自己形同隱形。身為更衣室裡年紀最小的一個，寄生蟲，他有千千萬萬個不想引人注意的好理由。他盯著高處看，避免任何視線交會，但若有人朝他丟東西，他仍來得及躲開。更衣室的牆面貼滿海報，上頭的標語說著：

「努力練習，才能贏得輕鬆」，「球隊優於個人」，「我們為胸前的熊而打，不是背號」。其中一張最大，位在正中央，看來是最新的海報寫著：「我們是輸不起，因為有風度的輸家已經輸習慣了！」

阿麥被海報分心了一下，因此沒來得及看見波波朝他走來。當波波龐然巨物般的影子籠罩著阿麥，阿麥已經抱著被揍的準備，然而波波卻對他露出笑容。照理講，這比他不笑還糟。

「你得原諒這些傢伙，要知道，他們沒什麼家教。」

阿麥因力眨巴著眼睛，不確定該怎麼回答。波波看起來很樂在其中，一臉嚴肅地轉身面向其他正靜觀其變的球員們。他生氣地指著滿地的球棍膠帶碎片。

「看看這一團亂！說，這麼亂是應該的嗎？難道你們以為自己的老媽負責掃這裡嗎？」

球員們嘻嘻笑了起來。波波裝模作樣地繞著更衣室撿起滿手掌的膠帶，然後高高舉起雙手，像是手裡捧著一個新生兒，大聲宣布：

「各位，你們千萬要記得，在這裡掃地的是阿麥的媽媽！」

他看見阿麥凝視著自己，笑了笑說：

「阿——麥——的——媽媽在這裡掃地，各位。」

數不清的膠帶碎片在空中滯留了一下，接著如雨一般，朝坐在角落的男孩撒落。波波溫熱的口氣吹進阿麥耳朵裡：

「叫你媽來掃一下吧，寄生蟲？這裡太亂了。」

當本特大吼「時間到！！！」，十秒鐘之內，更衣室裡面便空空如也。凱文是最後一個出去的。阿麥跪在地上撿起膠帶碎片，下唇上有深深的牙印子。

「他只是開個玩笑。」凱文說，聲音裡不帶一絲同情。

「是啊，只是玩笑。」阿麥默默回答。

「你認識……瑪亞……對吧？」凱文走出門匆匆丟下一句，彷彿只是不經意想起這件事。

阿麥抬起頭。他看過少年組這個球季裡的每一場比賽。凱文不是一個會臨時起意的人，每一件他所做的事，都經過仔細的考慮和計畫。

「認識。」阿麥低聲回答。

「她有沒有男朋友？」

阿麥遲遲沒回答。凱文用球棍尾端敲著地板等他。阿麥眼神低垂，盯著自己的手良久。終於，他的頭遲疑地左右微微搖動了兩下。凱文滿意地點點頭，往外走向球場。阿麥待在原地，咬著下嘴唇內側的肉，艱難地從鼻子裡吸著氣，然後把手裡的膠帶摜進垃圾桶裡，調整身上的護具。他走出更衣室前，看見一張泛黃發皺的紙上模糊不清的鉛筆線條寫著：「有巨大付出的人，才有巨大收穫。」

他在球場中央和其他少年組球員會合。球場中心的冰面下是一個巨大，極具威脅性的大熊圖樣，代表俱樂部想傳達的形象：力量、身形、恐懼。阿麥是冰上最矮小的一個，一直都是。從他八歲起，每個人都說他不可能晉級、他不夠狠、不夠強壯、不夠高大。但此時他環顧四周，這支隊伍明天將參加半準決賽，是全國四支最棒的少年組球隊之一。而他是其中的一員。

他看看威廉和波波，本特和大衛，班吉和凱文，心裡決定讓他們看看自己真的會打球。就算送掉性命也沒關係。

世界上幾乎沒有什麼事像冰球一樣，能讓彼得痛苦。奇怪的是，也幾乎沒有什麼事能安慰他。他左思右想，衡量自己的處境，直到辦公室裡的空氣幾乎讓他窒息。當沮喪和噁心感到了令人無法忍受的程度，他決定走出辦公室，坐到看台上。通常，坐在看台上能讓他思慮暢通，因此他坐在那裡，開始往水泥地上不停地丟橡皮球，就連少年組開始練球，他也沒注意到。

蘇納從辦公室出來去倒咖啡。回來時，他看見彼得獨自坐在看台上。蘇納明知眼前的運動總監已經是個成年人了，但在老教練的心裡，他一手調教出來的孩子永遠是孩子。

蘇納從未告訴彼得，自己很愛他。雖然他只是形同父親，卻和親生父親一樣說不好這一類的親密話。他了解彼得有多怕讓大家失望。每個男人心底都有不同的恐懼，彼得最大的恐懼就是自己不夠好。

不夠格當個好爸爸、不夠格當個好男人、不夠格當個好運動總監。他已經失去了雙親和長子，每天早上，他也害怕失去蜜拉、瑪亞和李歐。他更沒辦法承受有可能失去俱樂部的恐懼。

蘇納看到他終於抬起頭，往場中的少年組望去。剛開始他看似心不在焉，他已經太習慣這支隊伍了，連想都不用想就能叫出他們每個人的名字。蘇納一直站在陰影裡，好在彼得理解發生什麼事時近距離看看他的表情。

十年來，彼得幫忙打造這批孩子，他知道每個人的名字，也知道他們父母的名字。他在腦子裡一個一個點名，檢查是否哪一個缺席了，或是哪一個可能受了傷，但似乎每個人都在場。事實上，多了一個。他又算一次，不理解哪裡出了錯。直到他看見阿麥，裡面最瘦小的一個，身上的裝備稍嫌大了點，像是來上滑冰課的。彼得先是愣了一陣，然後爆出大笑。

每個人都告訴他，那孩子不該繼續再打球、那孩子根本沒機會，而此時他正站在冰上。沒人比阿麥更努力奮鬥，大衛偏偏選在今天給了他這個機會。這是一個小小的夢想，如此而已，但是今天的大衛很需要夢想。

蘇納看在眼裡，半是欣喜，半是傷感。他走回辦公室關上門。今天晚上，將是他最後一次和甲組球員練球，等練球結束後他將回到家裡——內心深處——將會像所有離職的人所希望的：自己一走，一切都會分崩離析。沒有我們，什麼事都做不成；我們是不可或缺的。但什麼也不會發生，冰館還是屹立不搖，俱樂部也會照常運作。

阿麥調整他的頭盔往對手直直滑去，隨即被攔腰阻截跌倒在地，但他一躍而起繼續重來。他不斷地在被擒抱之後跌倒，又不斷重新站起。彼得背靠在看台上，臉上露出蜜拉說他在吃了幾個烤起司三明治配上半杯紅酒後醺醺然的表情。他在看台上看了十五分鐘後才走回辦公室，心裡感覺輕鬆不少。

法蒂瑪正在廁所裡伸展背部，既慢又輕，免得被人聽見她叫痛的聲音。有好幾個清晨，她是真真實實地從沙發床上「滾」下來的，因為她的肌肉拒絕撐起她的身體。她盡量掩飾自己肢體的痛楚，並且總是讓兒子坐在公車靠走道的位子，如此一來下車時先站起來的他便不會看見自己臉上痛苦的表情。她偷偷地不將垃圾袋完全套進垃圾桶底，免得還得彎下腰伸手到桶底清出垃圾。每一天，她都能找到新的妥協方法。

她道了聲歉，輕手輕腳地走進彼得的辦公室。如果不是那一聲抱歉，彼得肯定不會發覺她進了辦公室。彼得從文件上抬起眼睛，看了看時鐘，一副驚訝的表情：

「法蒂瑪，妳在這裡做什麼？」

吃了一驚的法蒂瑪往後倒退兩步。

「對不起！我不是故意打擾您的，我只是想倒垃圾和替植物澆水。我可以等您回家之後再來！」

彼得揉揉額頭，笑了起來。

「沒人告訴妳嗎？」

「告訴我什麼？」

「阿麥的事。」

彼得太晚悟出不能跟一位做母親的這樣講話。她立刻認定兒子若不是出了嚴重的意外，便是被警察逮捕了。當你對一個做父母的人說「你沒聽說你孩子的事嗎？」，對方是絕不可能有模稜兩可的想法的。

彼得不得不輕輕按住她的肩頭，領著她順著走廊走到看台上。法蒂瑪花了三十秒鐘才理解自己究竟在看什麼。然後她雙手一拍臉頰，哭了起來。場上有個小男孩正在和少年組球隊練球，一個比所有人都矮一個頭的小男孩，她的小男孩。

她的背從沒挺得這麼直過。她覺得自己可以拔足奔馳千里。

13

少年組打得很輕鬆，他們被告知使上七成五的力氣練球就行，因為沒人希望他們在比賽前受傷。不過阿麥就沒這個特權了，他奮不顧身地投入每分每秒，用力將冰刀往腳下踩，像是要直踩到冰面下的水泥地基。他這麼拚命並沒得到好處。其他的球員們撲擊他、絆倒他、推他往護欄上撞、球棍紛紛往阿麥的手腕上招呼、想辦法找到他身上護具任何一個能傷害到他的空隙。他被球棍從背後橫掃一記，四腳朝天地跌倒在地，眼睜睜看著威廉腳上的冰刀向他劃個彎滑來，卻還沒時間閉上眼，一陣冰沙便已撲面而來。他沒聽見大衛吭一聲。四十五分鐘之後，阿麥汗如雨下，又怒又累，若不是他有過人的毅力，他早就會怒罵：「我到底在這裡做什麼？如果你根本不想讓我打球，幹嘛還叫我來？」他聽見其他球員在他背後笑。他知道無論自己說什麼，都只會讓他們笑得更大聲。

「我已經不想再說了，他太弱。」本特在阿麥不知道第幾次從地上爬起來時，嗤之以鼻地說。

大衛看看時間。

「我們來練習一對一，阿麥對波波。」他宣布。

「你開什麼玩笑？阿麥已經連續練了兩場球，腿都軟了！」

「把東西排好。」大衛明白地說。

本特聳聳肩，吹了聲口哨。大衛靠在護欄上。他知道自己對冰球的看法並不完全令人認同。他很清楚必須繼續贏球，俱樂部才會讓他照他的想法做事。但其實他在乎的只有贏球。如果沒有輸家，就不能成就贏家；沒有團隊裡其他人的犧牲，明星就不會誕生。

大衛的一對一訓練很簡單：一列三角錐排在冰面上，從場子的一頭排到另一頭，三角錐和護欄之間形成一條過道。兩個球員面對面，一個防守一個進攻。如果球碟超出過道，算防守球員贏。這個練習強迫進攻球員在十分有限的空間裡過人。

本特在距離護欄大約七八公尺處放下三角錐，但是大衛要他再排窄一些。本特看來有些訝異，但仍然依言照做，大衛隨即做手勢表示還要再窄。幾位球員不安地躁動著，但不敢講話。最後，過道窄得只有幾公尺寬，窄到令阿麥沒辦法使用他的速度優勢對付波波。過道裡沒有閃躲的空間，他勢必得正面迎擊波波進行肉搏戰。比波波輕了四十幾公斤的阿麥，也看出了這一點。當他開球時，大腿裡累積的乳酸正在高聲狂叫。這個練習是以攻擊與防守兩方各保持相當距離為前提，但是波波完全不理這套。他直直撞上阿麥，把全身的重量甩到阿麥身上。阿麥像一袋麵粉般跌倒在冰面，休息板凳的方向傳來哄笑聲。大衛手一比，示意他們兩人再來一次。

「站起來！像個男人！」本特大吼。

阿麥推推頭盔，試著自然地呼吸。波波這次迅速接近，阿麥的眼前一黑。等他再睜開眼時，不理解自己怎麼會倒在護欄底下。他聽不清楚長板凳上的笑聲，耳中只有嗡嗡的回音。他爬起來撿回球。波波用球棍打了他的胸膛一記，就像猛然揮棒敲打垂下的樹枝枝條。

「起來！」本特又吼。

阿麥趴跪在地上，血從他的嘴裡往下滴，他想大概是咬到自己的嘴唇或舌頭了。波波正彎腰看著他，但是看起來並不凶狠。這回，他似乎有些擔心阿麥，眼中帶著一絲同情，或些許人性。

「何苦呢，阿麥……你就躺著別動吧。你還不懂嗎？這就是大衛想要的。這就是你今天來這裡的原因？」

阿麥望向板凳區，大衛站在那裡抱著雙臂，冷靜地等著。此時就連本特看起來也有些擔心了。直到那個時候，阿麥才了解波波的意思。大衛唯一在乎的就是贏球，而唯有具有自信的球隊才會打贏重要的比賽。所以，在重要的比賽前該讓球隊做什麼練習？讓他們狠狠教訓弱者。阿麥不是來這裡練球的，他是獻祭品。

「躺著別起來了。」波波告訴阿麥。

阿麥拒絕服從。

「再來。」他低聲說，大腿顫抖著。

見波波不回答，阿麥便用球棍敲打冰面，吼叫：

「再來！！！」

他不該大吼的。因為整個休息區的人都聽得清清楚楚，他根本沒給波波選擇的餘地。波波的眼神一暗。

「好吧，你自找的。笨蛋，驕傲個屁。」

阿麥開始往前滑，波波在場子中心等著他，等著把他往護欄上逼。波波完全不將球放在眼裡，而將重點擺在阿麥身上。阿麥的頭撞上護欄，跌趴在冰面，花了好幾秒才跪起來。

「還來嗎？」波波從齒間惱怒地迸出一句。

阿麥沒作聲。他滑向球場盡頭的藍色界線時，身後留下一條血跡。他撿回球，再度站直身子。當波波渾身充滿威脅性地滑過場中心的大熊標誌，準備進入三角錐過道，將這場鬧劇做個了斷時，阿麥看到波波全身的肌肉都緊繃了起來。「做個男人」，阿麥告訴自己。做個男人。

他原本已經沒力氣再一鼓作氣滑出去，他早就應該在被波波教訓幾次之後，放棄直直朝波波衝去。但是在人生中總有某個時刻，你要不被淹死，要不全力泅泳，在這個時候一切都不重要了。他們還能拿他怎麼樣？去他們的。波波朝他全速衝來，但就在最後一刻，阿麥並沒像個男人一樣站得直挺挺的。他彎身蹲低，一看到波波的冰刀改變方向，就將球從波波的雙腳之間打出去，同時靈敏地旋身避過波波的撲擊。

才滑一步，他就已經閃過波波；再滑一步，他已經追上球碟；第三步時，他已經進入對方防守區。他聽見波波撞上他背後的護欄，可是此時他眼中只有守門員。他將球勾向右邊、左邊、右邊，等守門員朝旁邊移動，等一下，等一下，再等一下。當他一見到守門員的冰刀微微傾斜幾公釐，就馬上將球射入球門角落。逆流射門。

一頭在大熊群中的獅子。

暴怒之下的波波從球場另一頭衝過來。他是全隊最不會溜冰的球員之一，但是當他高舉球棍抵達阿麥面前時，他的餘速和體重優勢仍足以將阿麥送進醫院急救。波波沒聽見另一雙冰刀從場邊迅速逼近的聲音，因此他的下巴被那副肩膀撞上之後，疼得腦中嚶嚶作響。稍遠處，阿麥累得往地上一坐，但毫髮無傷。波波仰面朝天倒在冰上，眼睛正被燈光照得睜不開，同時看見班吉的臉孔俯視著自己。

「夠了，波波。」他說。

波波僵硬地點點頭。班吉將他扶起來，同時不耐煩地揉揉自己的肩膀。

當你十五歲時，球彈上球門網的聲音可以是全世界最美妙的樂聲。就算你是三十二歲也不例外。

「把他排進明天的比賽裡。」大衛離開板凳區時說道。

少年組球隊已經相繼往更衣室走去，阿麥仍然躺在冰面上。本特的聲音像是穿過一股濃霧般進入他的耳中：

「把球和三角錐撿回來。我通常會警告那些傢伙，比賽前一晚不准打炮。可是我看你這德行大概也沒對象打炮，所以今天晚上不准打手槍了，因為你明天要上場比賽。」

阿麥花了一個小時半爬半走，蹣跚地回到更衣室。裡頭空無一人。熱水器已經被關掉了，他的鞋子被剪得支離破碎，衣服被扔在淋浴間裡浸得濕透。那是他有生以來最棒的一天。

14

星期六，一切即將在這一天發生。最棒的，和最糟的事。

清晨五點四十五分，瑪亞翻遍廚房的櫃子尋找止痛藥。她回到床上蜷縮在安娜身邊，覺得全身發熱，鼻子裡充滿鼻涕。就在她快睡著時，安娜踢了踢她，滿是睡意地咕噥：

「彈吉他給我聽。」

「安靜。」

「彈吉他給我聽嘛！」

瑪亞不耐：

「好吧，我先問妳一個問題：妳是要每次要求我彈的時候乖乖聽我彈，還是求我別用吉他敲死妳!?」

安娜碰了釘子，良久不吭一聲。然後她輕輕用永遠冷冰冰的腳趾碰了碰瑪亞的大腿。

「拜託啦？」

瑪亞拗不過她，拿起吉他彈了起來。因為安娜很愛聽著吉他入睡，也因為瑪亞太愛安娜。頭還痛著的瑪亞邊咳邊進入夢鄉之前，想著自己明天應該在床上睡一整天。

她將會希望自己真的在床上睡了一整天。

彼得將小車停在車庫前面時，院子還籠罩在黑暗之中。這座車庫位在小鎮西部盡頭，和森林接壤的邊界。他只勉強睡了緊張的三個小時，醒來後只感到全身上下有一股沉重的壓力。

他的兒時友伴野豬正俯身修理一輛老舊不堪的福特汽車引擎，那部車看來需要的是魔法，而不是扳手。朋友們都叫他野豬，因為他打球的風格就像頭野山豬。他跟彼得一樣高，卻有彼得的兩倍寬。自從不打冰球後，他的腹肌已經不再堅實，但手臂和肩膀看起來仍像鐵打的。

儘管車庫門沒關，野豬身上依然只穿了一件T恤。他逕自和彼得握起手來，根本不顧彼得沒有東西可以擦掉油汙和灰塵組成的黏稠物體。他明知黏兮兮的東西能讓老友抓狂。

「我記得阿蜜說你昨天就會把車開來。」他朝車子咧嘴一笑。

「本來是的。」彼得承認，一邊避免對手指上的髒東西表現得過於驚駭。

野豬仰天乾笑，遞給他一塊抹布，抓了抓自己的大鬍子。他的鬍子既濃密又蓬亂，態勢已經開始像一頂毛茸茸的巴拉克拉瓦頭套。

「火大啦？」

「她確實不太高興。」彼得說實話。

「要不要咖啡？」

「你有新煮的嗎？」

野豬笑了一聲。

「新鮮咖啡，你現在是上流社會不成？角落有即溶咖啡和燒水壺。」

「那算了。」

野豬走過彼得身旁時，刻意拍了拍他的手。彼得擦擦手，笑得很勉強。四十年的老朋友了，還是一樣的惡作劇。野豬抓起一把手電筒，往院子裡走出去。彼得跟出來站在他旁邊發抖，心裡滿是一種某個年齡層的男人因為看到別的男人替自己太太修車，自覺無能為力而產生的內心自我折磨。野豬站直身子，並不跟彼得大談修車之道。

「小問題。波波睡醒以後就能幫你修好。你九點再來拿。」

他走回車庫，心不在焉地拿起福特車的一個輪子，費勁的樣子媲美彼得將瓦楞紙板塞進回收垃圾桶。波波很不幸地繼承了父親的蠻力和鬆散的滑冰技巧。野豬年輕的時候是個能嚇死人的防守球員，但蘇納總是嘆氣：「那傢伙連滑到藍色中線都會絆倒。」

「也許你今天應該讓波波睡到飽？今天下午有一場大比賽。」彼得說。

野豬抬起一邊眉毛，視線卻仍然望著下方，接著他用手抹掉臉上的汗，在鬍子上留下油亮亮的痕跡。

「修你的車只要兩個小時。如果你九點來拿車，波波七點開始修就可以了。已經能算是睡到飽。」

彼得張開嘴，卻一個字也沒說。冰球賽歸冰球賽，這一家人明天還是得起個大早賺錢。波波是個可靠的後衛，但是卻遠遠不及專業水準。他們家裡還有兩個更小的孩子，全球經濟局勢不等人的。熊在森林裡拉屎，但全世界都在大熊鎮頭上拉屎。

野豬可以送彼得回家，但彼得想走路鎮靜一下神經。他走過工廠，裡面的員工一天比一天少。接著走過趕走一堆小商家的超市。他轉向一條通往鎮中心的路，然後是主要的商店街。隨著季節更迭，這條街越來越短。

拉夢娜活得夠久，已經到了拿退休金的年紀。但是擁有一家小酒館的好處是，沒人能逼你退休。她從母親手中接下熊皮酒館，更早之前是她外公的。熊皮看起來跟從前一樣，不過從前外公在酒館裡抽菸，現在拉夢娜在酒館外抽。早飯前抽三根，她用第二根菸的餘燼點燃最後一根菸。那些每天晚上賒帳在這裡打撞球喝啤酒的男孩子們親暱地叫她「萬寶路媽媽」。她沒有自己的孩子，因為霍格沒有辦法讓她受孕，也或許是因為他們根本不覺得有必要生。除了拉夢娜之外，他只在乎的是他嘴裡常常掛著的「運動家人」。曾經有人問他是否有不喜歡的運動，他說：「政治。電視台應該停止播任何有關政治的新聞。」如果房子失火了，他會先救拉夢娜，但前提是她手裡先抓牢大熊鎮的冰球比賽季票。這項荒謬的運動是屬於他們的。所有霍格最響的笑聲，和緊握著她的最溫暖的手，都屬於冰館看台。抽菸的人是她，得癌症的人卻是他。「我得的這個叫諷刺病。」他輕鬆地宣布。拉夢娜拒絕允許任何人說他死了，她只說他離她而去，因為她是這麼想的。就像背叛。她被獨自留下，站在雪地裡，就像沒有樹皮的樹。他走了以後，她便失去了保護。

她已經學會如何打發日子。你自然而然地就學會了。當工廠下午放工時，熊皮酒館裡會擠滿她口中所說的「孩子們」，雖然在警察和俱樂部口中可不這麼好聽。這些孩子們常常惹各式各樣的麻煩，但他們用霍格愛拉夢娜的方式愛她，她也知道或許是她太護著他們了。大熊鎮養出來的人都很能吃苦，生活的挑戰讓她的孩子們變得一點都不柔軟，但在她願意回溯的記憶中，他們是他留給她的唯一聯繫。

死亡會對充滿愛的靈魂造成奇怪、難以理解的效果。她仍然住在酒吧樓上的公寓裡。自從路口的小雜貨店關門之後，幾個在超市裡開堆高機的孩子們會替她買食物，這位老太太的活動範圍自此不超過門口的菸灰桶。霍格已經離開她十一年了，每一場甲組球賽，就算位子全賣光，看台上仍然有兩個空位。

彼得大老遠便已經看到她，她等著彼得走近。

「你在找什麼東西嗎，先生？」拉夢娜問。

她是多添了幾年歲數，但是就像她的酒館：永遠那個樣子。城裡有些人不喜歡熊皮酒館每天晚上提供小痞子們買醉之處，說她是既討人厭又離群索居的瘋老太婆，但就連彼得這個不常造訪熊皮酒館的人，一來到此地也不由得生出旅人回到老家的親切感。

「我還不知道。」他笑道。

「很擔心比賽吧？」

他根本不用回答。她用腳踏熄第三根菸，將菸屁股塞進菸盒裡說：

「威士忌？」

他抬頭看看天空。小鎮已經快甦醒了，就連太陽似乎也計畫早一點露面。每個人都會抱著少年組比賽將改變一切的美夢醒來。這場比賽真的能令議會將注意力轉往這一片森林嗎？會不會因此有機會成立冰球學校，甚至蓋一座購物中心？讓「繼續開，略過海德鎮」的路標改變過客們的行進方向，而不是目前的「如果你看到大熊鎮，你已經走過頭了」路標？彼得已經花了太多時間說服別人，反而再也不確定自己究竟相信什麼。

「一杯咖啡就很好了。」他說。

她爆出粗啞的笑聲，慢慢往下走進酒吧。

「爸爸太愛威士忌的小孩，就是這樣：你要嘛也愛喝，要嘛就一點都不沾。有些家庭裡，不是黑就是白。」

彼得十八歲之前去熊皮酒館的次數多於之後。他從前常得到酒吧裡扛爸爸回家，或是幫爸爸教訓某個海德鎮來的債主。

酒吧裡看起來跟從前一模一樣，菸味沒從前重。除了菸味，陳舊的地下室裡面還可能有其他發出味道的東西。就這一點來看，也許菸味重一點也沒什麼不好。當然，此時酒吧裡空無一人。彼得晚上從不來這裡，因為身為表現不佳的甲組球隊運動總監來說，這不是個健康的環境。以前，酒吧裡老一輩的人喜歡發表意見，現在的年輕一輩嘴裡常常不怎麼乾淨。彼得的成長過程中，從沒注意過這個鎮上某些人骨子裡隱藏的暴力因子。在他從加拿大回來後，這個發現讓他大受震撼。學校和經濟環境永遠沒辦法或是在乎如何化解冰球球迷那股沉默的憤怒。他們現在被稱為「熊迷」，雖然他們其中沒人這麼稱呼自己。

球隊的支持社群被稱為「棕熊會」。表面上，光顧熊皮酒館的人也和隸屬退休人員、幼稚園老師，和年輕家庭的社群成員一起分享看台。「熊迷」沒有會員卡或會員T恤，這個鎮小到能有自己的大祕密，但彼得知道即使在全盛時期，這個社群的成員也不過三四十個，但卻足以令警方派出額外警力在甲組球賽坐鎮，以確保安全。有些從外地雇來，表現不夠好，與薪水不成正比的球員們會無預警出現在彼得的辦公室裡，威脅毀約走人。本地報紙的記者常會在問了問題之後的第二天又毫無理由地漠不關心。「熊迷」把對方支持者嚇得不敢來大熊鎮，很不幸地，也嚇跑了贊助商。熊皮酒館裡二十郎當的年輕人們已經變成鎮上最守舊的一群：他們不想見到現代化的大熊鎮，因為他們知道現代化的大熊鎮將會唾棄他們。

拉夢娜將咖啡杯從吧檯對面推過來，並敲敲木頭檯面。

「有什麼事想發洩一下嗎？」

彼得抓抓頭。萬寶龍媽媽向來是大熊鎮最一針見血的心理醫生。雖然她一貫的建議是：「振作起來，事情本來有可能會更糟呢！」

「我只是腦子裡事情太多了，沒別的。」

他看看牆，牆上掛滿球衣、球員的照片、錦旗和圍巾。

「妳上一次去看球是什麼時候，拉夢娜？」

「從霍格離開我之後就沒看過了。你應該很清楚，年輕人。」

彼得用指尖轉動著咖啡杯，接著拿出皮夾。拉夢娜不認同地揮手，但彼得仍然在吧檯上放下鈔票。

「如果妳不想收咖啡錢，就放在貓盒裡吧。」

她點點頭，欣然接受。貓盒是她放在臥室的小盒子，她用裡面的錢貼補失業之後沒錢付酒帳的年輕人。

「這錢剛好可以幫你的老戰友。羅比．赫斯丟了工廠的工作，他不該這麼常來這邊的。」

「喔，媽的。」彼得只說了三個字，因為他不知道該說什麼。

他在加拿大時，曾想打電話給羅比；他搬回大熊鎮時，也曾想打電話給羅比。但是好意和實際行動無法畫上等號。二十年過去，如今的他已經不知道該怎麼打破沉默。他應該道歉嗎？為什麼道歉？該說什麼？他的雙眼再度在牆上梭巡起來。

「冰球，」他說：「妳有沒想過這是種多麼奇怪的運動，拉夢娜？它的規則、球場……怎麼會有人發明這種運動？」

「也許是某個人想給手上拿獵槍的醉鬼發明一種比較不危險的運動？」年事已高的酒吧老闆娘說。

「我的意思是……該死……也許聽起來有點瘋狂，可是有時候我會忍不住想，也許我們都把這個運動看得太認真了，也許我們給少年組的球員們太多壓力。他們說穿了也只不過就是一群……孩子。」

拉夢娜替自己倒了一杯威士忌。畢竟早餐是一天之中最重要的一餐。

「那得看我們對孩子的期望是什麼。孩子對冰球的期望又是什麼。」

彼得更用力地抓緊酒杯。

「那我們要的究竟是什麼，拉夢娜？這項運動究竟能帶給我們什麼？我們付出一輩子，究竟希望能獲得哪種最大回報？如果只是幾個片段的時刻……幾場勝利，能讓我們覺得比實際上還偉大的那幾秒，或者那幾個讓我們以為自己能……永生不死的機會。這些都是謊話，根本沒那麼重要。」

結結實實的沉默橫亙在兩人之間。終於，彼得將喝空的咖啡杯向吧檯對面推去，老寡婦同時喝乾威士忌，咕噥道：

「這個運動是給我們片段的時刻沒錯，但是彼得，如果不是這些片段的時刻連接起來，生命又算個什麼鬼？」

鎮上最一針見血的心理醫生。

蜜拉將李歐的護具和疊好的乾淨衣物放進玄關的裝備袋。她知道李歐應該自己打包，但是她也知道要是讓李歐自己打包的話，先開車送他去練球又得趕緊回家幫他補帶一半裝備的人是她。她打包完後，又在電腦前坐了半個小時。當李歐還在唸幼稚園時，他的老師在家長座談會上告訴蜜拉和彼得，李歐說自己的父母「我爸爸的工作是冰球，我媽媽在電腦上寫信」。

她啟動咖啡機，從必做事項清單和日曆上劃掉幾件事，深呼吸幾口氣，感到胸中的壓力。「焦慮恐懼症」心理醫生六個月前如此診斷，從那次之後蜜拉再也沒回診過。她覺得很羞恥，彷彿她的人生不夠快樂，她不夠知足，她該怎麼向家人解釋？身兼律師、運動總監的妻子、冰球球員的母親，天知道她有多愛這三個角色。但是有時候她仍會在上班或回家的路上，將車子停在森林邊緣的陰影中哭泣。在這種情況下，她記得自己的母親會抹去孩子們臉上的淚痕說：「沒人說這一切都會很簡單呢！」身為一個母親，她總是覺得自己就像一張不夠大的毯子。無論她多想照顧到每個人，總是有人得受凍。

她在八點鐘叫醒李歐，早餐已經在桌子上了。半個小時之後，她將載他去練球。然後她會回家來接安娜和瑪亞，她們三人將一起在少年組比賽時到食堂當義工。比賽完之後，她得再分別載李歐和瑪亞去不同的朋友家。接著，蜜拉希望彼得能夠來得及下班回到家一起喝杯酒，也許加上一盤加熱過的冷凍千層麵，然後他會累到睡著，而她還得坐在電腦前，從那個永遠爆滿的信箱回電子郵件。明天是星期天，她得洗球衣、打包裝備、叫醒兩個青春期的孩子。之後又是星期一。至於工作，說實話，最近糟得很。諷刺的是，自從她婉拒那個升遷機會之後，公司對她的要求卻更高了。她知道公司之所以默許自己早上最後一個到辦公室，下午第一個離開辦公室，是因為她對自己的工作駕輕就熟。但是她已經很久都不曾體會到自己將潛力發揮到極致。她沒時間，也沒興趣。

孩子們還小時，她看過許多在冰館裡失控的父母卻無法感同身受，現在她了解了。孩子們的嗜好，不只是他們的嗜好，父母也得付出同樣多的時間，年復一年。做父母的犧牲奉獻，砸下大把的金錢，直至這些嗜好的意義深深蝕刻進父母的腦袋裡。孩子的嗜好開始代表其他的一切事物，彌補或強調出父母的失敗。蜜拉知道這聽起來很蠢，她知道這只是一項蠢運動裡的蠢比賽，但在她內心深處，她也同樣緊張。她今天為彼得、為球隊、為俱樂部、和整個小鎮感到緊張。她也深深希望能贏，什麼都好。

她走進瑪亞的房間，撿起地上的衣服。當她的女兒在睡夢中呻吟時，她將手放在女兒額頭上。溫度很高。幾個小時之後，蜜拉會很驚訝女兒會不顧身體不舒服，主動甚至迫切地要求和他們去冰館。要是在平常，一根分岔的頭髮都能讓她悲壯地當成不去冰球比賽的藉口。

事後想來，蜜拉會在心裡懊悔上萬次那天沒強迫女兒留在家裡。

15

許多事，會在我們毫不知情的狀況下傷害我們。焦慮能在內心形成巨大的重力，壓縮我們的靈魂。班吉向來很容易打瞌睡，卻很難睡熟。比賽當天他一早就醒了，但並不是因為緊張，他從來不會因為緊張而睡不好。在母親起床前，他已經騎著腳踏車出門。他將腳踏車停在森林邊緣，接著徒步走向艾德莉坐落於幾公里之外的狗園。他坐在院子裡摸著狗群，直到另外兩個姊姊卡娣亞和蓋比出現。她們親親小弟的頭頂髮心。他們的大姊從屋裡走出來，手掌用力在他的後頸上拍了一記，問他是否真的叫老師「小甜甜」。在艾德莉面前，他永遠不會扯謊。她又拍了他的後頸一下，然後用力地親他，說自己很愛他，也不會讓他受到任何傷害；但是如果再讓她聽見他這麼對老師說話，她就會把他宰了。

姊弟四人在狗群圍繞下吃了早餐，沒有太多交談。這是他們每年一次的例行聚會，安靜的紀念儀式，永遠是一大早，以免母親發現。她仍未原諒丈夫。班吉當時年紀太小，還不足以心懷恨意，三個姊姊則似懂非懂。每個人都有自己的掙扎。班吉站起身時，並沒問誰想跟他一起去，她們也沒問他要去哪。她們只是輪流親了親他的頭髮，說他是傻蛋，她們好愛他。

他穿行雪地往腳踏車走回去，騎向墓園。在墓園裡，他背靠著埃倫．歐維奇的墓碑蹲了下來，點起大麻抽著，直到心底堅硬的傷痛軟化，眼淚也開始往下掉。他用手指順著墓碑上的字母畫著。十五年前的這個三月清晨，埃倫在家人起床之前拿出獵槍，帶走讓他痛苦的一切走進森林中。無論你對一個孩子解釋多少遍，當每個人都對他說「這不是你的錯」時，一個以這種方式失去父親的孩子仍然清楚大家都在說謊。

人們之所以感到痛苦，因為痛苦壓縮了他們的靈魂。

午餐時分悄悄來到。凱文正以輕柔、自制力很高的複雜動作，在冰面上排列的四十個玻璃瓶之間練習盤球。任何旁觀者都會認為他的動作快得不可思議，但對凱文來說，他的手腕絲毫不感覺費力。時間對他比對任何人都緩慢，連他自己也不知道為什麼。他小時候常因為表現太好而被大孩子們欺負，直到某一天練球時，班吉突然出現在他身旁。在那之後幾個月，他們兩個常常在彼此家裡過夜，一起躲在被子裡用手電筒看班吉姊姊們的舊超能英雄漫畫。兩人的人生突然有了意義，他們各自的超能力將彼此緊緊連在一起。

「寶貝？」凱文的母親在落地窗邊叫他，邊指著手錶。

凱文滑到她身邊時，她伸出手從凱文肩膀上拂去幾片雪花，她的手在他的肩上停留了比平常稍微久的時間，是一種他不太習慣的輕柔。她咬著下唇：

「你緊張嗎？」

凱文搖搖頭。她驕傲地頷首。

「我們得走了，你爸爸幫我們訂了一班更早到馬德里的飛機。我們會順便載你去冰館。」

「你們會留下來看第一節吧？」

從她的眼裡，他看見母親已經柔腸寸斷，但是她永遠不會承認。

「我們趕時間，甜心，你爸爸得和客戶開一個重要的會。」

「不過就是一場高爾夫而已。」凱文帶著火氣說。這是他唯一的回嘴方式。

他母親沒回話。凱文知道說什麼都沒意義：這個家裡的共同嗜好不是冰球，而是逃避說出真正的感受。如果提高音量講話，他就輸了。他只會得到一句簡短的「如果你只會大聲吼，那我也沒必要跟你對話」。然後是屋裡某扇門關上的聲音。他邁步走向玄關。

他的母親猶疑著，再度將手伸向他的肩膀，但馬上克制住自己，轉而輕輕碰了碰他的脖子。她負責經營一家大公司，員工都很喜歡她，因為她平易近人，又為他人設想。彷彿她在工作上和家裡是兩個不同的人。多年來，她在晚上睡覺之前總是夢想著等自己年紀大了以後，有空閒時要做哪些事；現在的她常在沮喪中醒來，因為她已經再也想不起當初那些想做的事。她想給凱文自己孩提時期得不到的東西，也總是以為自己還有時間做想做的事，比如談心和傾聽。日子流逝得太快了，凱文在她的工作和冰球練習之中長大。如今她得仰頭看自己的孩子，卻仍沒學會和他溝通。

「決賽時我們會來！」她保證。在她這個母親的認知裡，她兒子不可能打不進決賽。

食堂裡還沒人，就連冰館裡也才剛開始有人落座。蜜拉剛煮上咖啡，從冷凍庫裡拿出熱狗。瑪亞盯著窗外。

「妳在看什麼？」安娜戲謔地問。

瑪亞用力瞪了她一眼，安娜將雙手環在嘴邊，模仿收訊不良的機艙廣播，宣布道：

「女士們，先生們，請勿在飛行期間打開任何零食，因為機內有乘客對花生過敏。」

瑪亞往她的腳踝上踹。安娜往後一縱躲了開來，繼續用同樣的聲音說：

「我們**也許**能讓各位舔掉花生上的鹽……」

蜜拉將一切看在眼裡，耳中一個字也沒漏掉，幾乎完全懂得她們在說什麼，卻一個字也沒講。放手讓妳的女兒成長幾乎是件不可能的事。唯一的問題是妳根本沒機會不放手。蜜拉自己也曾經十五歲，很不幸地，她還記得那時的自己腦中都在想些什麼。

「我要去車上拿牛奶。」當她看到安娜快大聲說出母女兩人都還沒準備好同時聽見的話時，她打斷安娜。

凱文的父親已經坐在駕駛座上，他叫凱文坐在前座然後開始盤問他下星期一的英文考試。凱文父親一輩子都在追求完美。他的人生就像是一場棋局，唯有領先別人兩步，他才會感到快樂。他總是說：「成功不是偶然。」他在商場上的冷酷無情令人膽寒，但凱文從沒見他對任何人抬起手，或高聲講話。如果他願意，他甚至可以非常迷人，卻不表現出一絲一毫的真性情。他從不會失去自我控制，從不表現得興奮；因為如果你活在未來，就永遠不會對眼下感到興奮。今天是有一場冰球賽，但下星期一有英文考試。永遠領先別人兩步。

「我的責任是當你爸爸，不是你的朋友。」凱文唯一一次向爸爸提起來，班吉的媽媽幾乎出席了他們每一次的比賽，他的爸爸如此解釋。他不需要帶著火氣向凱文解釋他的重點：班吉的媽媽並沒一年捐幾百萬給俱樂部，她也不用確保冰館裡的燈光全都運作。所以她才有那麼多時間看球賽。

班吉沿著湖邊騎，才不會被人看到他邊騎邊抽大麻。否則威廉的母親又會發起另一次連署抗議。發起連署抗議，是因為幼稚園時，威廉看到班吉在非週六的日子吃糖。威廉的母親十分醉心於公義和平等，只要這兩件事符合她的標準。鎮上所有的家長都跟她很類似。班吉一直認為，在這個鎮上成長是件很糟的事。他將大麻菸屁股埋進雪地裡，然後閉上眼站在樹林間，思考究竟要不要轉身走回來時路。遠離這裡，再偷一部車看著大熊鎮在後照鏡裡越來越遠。他想，也許那樣他會比較快樂。

冰館前的停車場擠滿了人。凱文的父親在距停車場不遠處停下車。

「我們今天沒時間講話了。」他邊說邊向停車場裡的球迷和家長們點頭。大人們豔羨厄道爾家的財富，孩子們豔羨凱文的球技。

如果你在一個從不講出內心話的家庭裡長大，你就能聽出來話語中的言外之意。他不用因為未能一路載凱文到冰館門口而向他道歉，因為他話中已經表達了。他們快速地拍拍彼此的肩膀，凱文下了車。

「晚點再說。」他的爸爸說。

每次比賽完畢，凱文必定會打電話給父親。有些父親會問：「你贏啦？」但是凱文的父親總是問他：「你贏了幾分？」凱文也必定會聽見父親記下筆記。他們家的地下室裡有一大疊排放整齊的紙箱，裡面是他爸爸鉅細靡遺記下來的凱文每場比賽的細節和統計數據，紀錄可以追溯到凱文的幼年組比賽。也許有些人會認為，應該問孩子「你進球了嗎？」而不是「你進了幾球？」，但是凱文的父親和他自己只習慣問：「他們的小孩進了幾球？」

凱文沒問父親是否有時間留下來看第一節比賽，他僅僅關上車門，將球袋甩到肩上，彷彿今天只是尋常的星期六。但當車子開走時，他轉頭目送車子駛出視線。停車場裡的父母比球員還多。對他們來說，今天並不是個尋常的星期六。

凱文的母親不由自主地回頭望出後方車窗。她通常不會這麼做：就像她的丈夫，她不贊同情緒化，並且力求將凱文教導成獨立的孩子。他們已經看太多在大熊丘被寵壞的孩子們，長大之後變成軟弱、無病呻吟的庸才，一輩子都得依賴父母。他們不會讓這種災難發生在凱文身上。即使過程讓人心痛；即使還在唸幼稚園的凱文得自己摸黑從海德鎮走回家，只因為他父親想教訓他遲到的後果；即使當孩子終於回家後，他母親得假裝已經熟睡；即使當時她的枕頭已經被眼淚浸濕。讓父母覺得最安心的做法，對孩子並沒有幫助。她確信凱文能長成一個堅強的孩子，是因為他們放手讓他面對一切挑戰。

但是凱文的母親將永遠記得那個星期六上午自己朝後車窗外看，還有兒子站在停車場裡的身影。在他人生中最重要的一天，他卻是全世界最孤獨的孩子。

阿麥盡量假裝自己只是不經意走過食堂門口，他的一番努力讓他看來像是堅稱自己只是不小心吃錯了死黨的冰淇淋。蜜拉正朝走廊另一頭走去，她快活地向他打招呼，稍嫌大聲地說：

「嗨，阿麥，你在找瑪亞嗎？」

阿麥當下覺得顏面盡失。蜜拉開心地往食堂一指，往樓梯走下，但隨即又轉過身叫道：

「祝你今天一切順利！」

講完後，她感到全身肌肉緊繃，用力低聲咒罵，就像當她聽見城裡年輕人祝彼此順利時說「給他們死！」的感覺。

阿麥羞赧地笑了笑。食堂裡，安娜和瑪亞的爭論聲越來越響，蜜拉在她們說出有關男孩子們的露骨內容前迅速衝下樓梯，免得之後必須用肥皂、清水和大量白酒把腦中的記憶刷得乾乾淨淨。

凱文根本沒聽見班吉的腳步聲，班吉便已經站在他身邊。班吉的手放在好友肩上，對於凱文眼睛裡含著的晶瑩淚光隻字未提。同樣的，凱文也沒提忌日和墓園。他們永遠不需要提這些事。他們只是看看彼此的眼睛，提起每回比賽前的唯一話題：

「全世界第二酷的事是什麼，凱子？」

當凱文沒立刻回答時，班吉給了他小腹輕輕一肘。

「全世界第二酷的事是什麼，大情聖？」

「打炮……」凱文笑了起來。

「可是首先你得到冰館裡，完成全世界**最酷**的事！」班吉大嚷，大動作揮舞手上的球袋，逼得凱文蹲低身子躲避。

出發往更衣室之前，凱文挑起眉毛問：

「欸，班吉，你去了廁所沒？」

他們小時候第一次並肩上場比賽時，坐在休息區板凳上的班吉尿濕了褲子。並非因為他不能去廁所，而是因為對方有一個球員在整場比賽裡試圖撲擊凱文，班吉深怕錯過更換球員的機會，而害凱文在場上單打獨鬥。

班吉爆出大笑，凱文也是。然後他們撿起球棍，出發去完成全世界最酷的事。

「妳沒聽過他們的新歌？他們真的**酷斃了**！那些歌能讓妳嗨得要死！」安娜絮絮聒聒。

「妳是哪個字聽不懂啊？我不喜歡電子樂！」瑪亞大叫。

「他們才不是**電子樂**，是**浩室**！」安娜急了，覺得受到侮辱。

「隨便啦，我喜歡那種至少有**一種樂器**還算能聽的音樂，還有，歌詞至少要超過**五個**字。」

「拜託，妳能不能別再聽那種自殺音樂啊？」安娜納悶，讓頭髮蓋住全臉，做出在彈吉他的樣子，嘴裡喃喃唱道：「我好傷心，好想死，因為我的音樂太難聽……」

瑪亞大聲笑著，舉高拳頭在空中掄著圈子，另一隻手放在隱形的電腦鍵盤上反唇相譏：「好吧，這是妳的音樂品味：『嗯吱——嗯吱——嗯吱……**嗑藥！耶！**嗯吱——嗯吱——嗯吱！』」

阿麥在她們身邊清了清喉嚨。兩個女孩子在食堂裡瘋狂地蹦跳，安娜已經撞倒了一整架QQ熊軟糖。瑪亞停止蹦跳，卻仍止不住大笑。

「妳……沒事吧？」阿麥問。

「我們只是有非常、非常不一樣的音樂品味而已。」瑪亞笑笑。

「那好……我……那個……只是……剛好經過，我……今天也許會上場。」阿麥說。

瑪亞點點頭。

「我聽說了，恭喜。」

「反正，我也許整場都會坐在板凳上。可是我……被拉進球隊了……我……可是如果妳之後沒有事。晚一點，我是說。今天晚上。要是妳已經有事，那……我只是想問問也許我們……我是說，如果妳願意……跟我……」

安娜踩到兩包糖果，腳下一滑，幾乎帶垮一整個冷飲冰箱。瑪亞笑得差點反胃。

「抱歉，阿麥，你說什麼？」

阿麥正要回答，卻仍然遲了一步。此時凱文冷不防出現在他旁邊，根本不用假裝自己只是正巧經過。他是為了瑪亞而來的。瑪亞一看到他，便收住了笑聲。

「嗨。」他說。

「嗨。」她也說。

「妳叫瑪亞，對嗎？」

她輕輕點頭。上下打量著他。

「對。你叫什麼名字？」

凱文愣了幾秒才悟出來她在開玩笑。大熊鎮上每個人都知道他的名字。他笑了。

「我叫狗屎大王伯爵。很榮幸認識您。」

他誇張地向她一鞠躬，其實他是個幾乎不說笑的人。她也笑了起來。阿麥被冷落在一旁，不是滋味地聽著那全世界最美妙的笑聲，然而對象卻不是自己。凱文極具興味地看著瑪亞。

「我們球隊今天晚上要辦轟趴慶祝勝利。我爸媽不在家。」

瑪亞狐疑地挑起一邊眉毛。

「看來你認為自己一定會贏。」

凱文看起來不了解她的意思。

「我向來都會贏。」

「是沒錯，對吧，狗屎王？」瑪亞笑道。

「是狗屎大王。」凱文也笑道。

瑪亞繼續笑，安娜從地上爬起身，不自在地順了順頭髮。

「班……吉也會去轟趴嗎？」

瑪亞踢了她脛骨一腳。凱文雀躍地向瑪亞點點頭。

「瞧，帶妳朋友來吧？很酷喔！」

然後，他首次轉向阿麥大聲說：

「你也會來吧？你已經是球隊的一分子了！」

阿麥試著表現得有自信。凱文比他大兩歲，當他們站在一起時，差別更是明顯。

「我也可以帶一個朋友來嗎？」他低聲問。

「抱歉，阿馬！這是球隊的慶功宴，你瞭吧？」凱文回答，在阿麥背上拍了一記。

「我叫阿麥。」阿麥說，但是凱文已經走遠。

瑪亞和安娜走回食堂，仍在格格笑著。阿麥被獨自留在走廊上。

如果他有機會在今天晚上的比賽中做出任何決定性的表現，他說什麼都會全力以赴。

16

團隊榮譽可以建立在各種基礎上。來自於地域的榮譽、或是社區、或僅僅是一個人。我們願意投入一項運動，只因那項運動提醒我們自己有多渺小，它又如何令我們感到自己無比巨大。

蜜拉讓兩個女孩子留在食堂裡，忍不住自顧自笑了起來。如果彼得曾經聽過她十五歲時和朋友之間的對話，他可能會心肌梗塞。剛開始，他們兩個人常常令彼此大吃一驚。她說他是「最迂腐的冰球球員」，而當她跟其他酒吧員工開玩笑時，他恨不得摀起耳朵。無論是在律師事務所或餐館裡，她早就習慣身為工作團隊裡唯一的女性，睪固酮對她來說根本不是問題。當某個沒了門牙的甲組球員，施施然地在一次球員妻子受邀出席的球隊聚餐上告訴蜜拉他「用下面那根戳過桌上每一個酒杯」，以為運動總監的太太聽了會花容失色，然而當時需要對著紙袋大口呼吸的人反而是彼得。她若無其事地回敬對方女性版本的對策，直到那個沒門牙的傢伙接下來整晚都不敢看蜜拉一眼。彼得當時覺得羞愧無地，直至今日。他是臉皮最薄的尼安德塔人。這麼多年了，他們兩人仍能令對方感到驚異，其實也不是壞事。

她穿過冰館走向停車場。經過球場時，她停下腳步盯著冰面瞧。無論她如何努力，在這個世上她扮演的角色最多只會被視為彼得的另一半。她猜想，所有的成年人或多或少都會想過另一種人生，另一種與現實不同的人生。他們揣想這件事的頻率，多半與他們現實生活中快不快樂有關。

她的母親總是說這個女兒是無可救藥的浪漫主義者，卻也要命地好勝。蜜拉認為這個看法也許沒錯，從她和彼得打過三次保齡球，卻還沒離婚這件事便可看出一斑。他們第三次打完保齡球後，同意在清晨一點半上網搜尋「婚姻危機指南」。老天爺，他有時候讓她煩得要死，但老天爺，她也好愛彼得：那並不是慢慢累積起來的愛，而是猛然來襲的重病。是一種永不消退的症狀。她但願每天有四十八小時。不過她並不貪心，就算只有三十六小時也好。她只希望能和彼得喝一杯酒，一起看幾集連續劇，難道這算是奢望嗎？她只希望有足夠的時間織就一條夠大的毯子。

她太常思考另一個人生了。別人的人生。彼得拿到職業球員合約時，她為他高興；但她也慶幸彼得不能再繼續當職業球員，因為他的人生中又有了她的空間。她有沒有辦法對他承認這個事實？那段時間裡，當他既不是球員，又不是運動總監，而只是一個試著讓自己快樂起來的保險推銷員時，其實是她記憶中最快樂的一段時光？妳該怎麼告訴自己最愛的人這種話？

當伊薩克夭折時，每個人都盡全力幫他們。他們的肺喘不過氣，只能靠著營造出來的愛提供他們氧氣。於是蜜拉做了畢生最困難的決定：她意識到自己必須將冰球還給彼得。

生活和存活只有一線之隔，但身為好勝的浪漫主義者有一個好處：妳永遠不會放棄。蜜拉從車裡拿出牛奶，站在原地忍俊不禁，理解到自己最近越來越習慣做這種事：她拿出一條上面有「大熊鎮冰球隊」字樣的綠色圍巾，圍在脖子上。走回冰館的路上，她和戴著同色圍巾的人們打招呼、擁抱，在那一瞬間，其他的一切都不重要。妳不需要懂冰面上發生的一切，也能愛冰球；妳不需要愛一座小鎮，也能為它感到驕傲。

彼得在冰館裡遊走，就像個被驅趕的鬼魂。他一整天都在「走進某個房間裡卻忘了為什麼」中度過。在辦公室外面的走廊上，他心不在焉地撞上大尾。大尾的體積通常不會令人無視他的存在。他大約有兩公尺高，如今的肚圍已經比當年他們一起打瑞典冠軍錦標賽時還夠看。他向來是一個以吸引注意力來彌補自信心不足的人。孩提時，他戴著耳機講話震天價響；青少年時，他刻意西裝筆挺地出席其他人都穿牛仔褲的派對，因為他在雜誌上讀過，女孩子喜歡這樣的打扮。高三生涯接近尾聲時，俱樂部的一位贊助者去世了，球隊被告知必須穿著西裝出席葬禮。當天，他一身燕尾服盛裝出現。他的綽號由此而來。

現在的他擁有連鎖大型超市事業，在大熊鎮和海德鎮各有一家超市，其他地方也有幾家。彼得從來不記得大尾何時開始做生意的。他被本地幾個狩獵俱樂部踢出來，因為他沒辦法在森林裡閉嘴不講話。當他還在同一個球隊裡時，只要他被判犯規，就會揮舞長長的手臂抗議。他大笑、大哭、失望、大怒的情緒變化如此之快，連蘇納都說自己像在訓練一個「無法閉上嘴的默劇演員」。大尾是個表現普通的球員，但他很愛比賽的競爭感。當他的冰球生涯告一段落後，同樣的心態卻讓他成為表現不俗的業務員。如今的他每年換一部新車，手上的勞力士手錶跟心率監視器一樣大。那些是另一種賽場上的獎盃。

「今天可真要得，是吧？」超市老闆咧嘴一笑，朝下望著彼得。

他們正站在球隊的老照片旁，照片中兩個人並肩站著。

「現在，你是運動總監，我是主要贊助商。」大尾臉上得意的笑容令彼得忍住不說其實大尾離主要贊助商還早得很。

「是啊，真要得。」彼得同意。

「我們必須罩對方，對吧？大熊鎮來的熊！」大尾吼了一句。彼得還來不及回答，他已經繼續說：

「我今天碰到凱文．厄道爾，問他緊不緊張。你知道他說啥？『不緊張。』所以我問他，這場比賽的戰略是什麼，你知道他說啥？『打贏。』然後他死盯著我說：『你就是為了這個贊助俱樂部的，不是嗎？投資就是為了獲利？』他才十七歲耶！我們十七歲的時候會講這種話嗎？」

彼得沒回答。他甚至不確定記得自己曾經十七歲。他走向咖啡機。咖啡機又故障了，不斷震動並且發出嘶嘶聲，最後終於不情不願地吐出一股顏色媲美過期口嚼菸草、密度有如膠水的液體。彼得照喝不誤。大尾抓抓雙下巴其中之一，壓低音量。

「我們跟議員見過面了，幾個贊助商和董事……當然，是私下會談。」

彼得忙著尋找奶精，擺明了他不想聽這些。大尾完全沒注意。

「少年組贏了決賽之後，他們會選大熊鎮當作冰球學校預定地。如果他們到時爽約，就會很難看，當然，這是從公關術語角度來說。我們還談了冰館翻修的計畫……」

「當然也是非官方的討論，我猜。」彼得嘟囔，很清楚在本地的政治語言中，所謂的「私下」就是一隻手負責抓癢，另一隻手負責將鈔票塞進口袋裡。

大尾用力拍了一下他的後背，朝彼得的辦公室一努嘴。

「難說喔，彼得，說不定我們還可以替你們買新的義式咖啡機！」

「太棒了。」彼得喃喃道。

「你辦公室裡有沒有更來勁的東西？」大尾看著彼得的辦公室大聲說。

「緊張今天的比賽嗎？」彼得笑笑。

「達文西要是沒有足夠的顏料，也畫不出畫蒙娜麗莎吧？」

彼得笑開了，向他隔壁的辦公室點點頭。

「領隊那裡有一兩瓶。」

大尾瞬間開心了起來。彼得在身後叫他：

「你今天不會脫上衣吧，大尾？可別像半準決賽那天，家長們會不高興！」

「我保證！」大尾撒了個謊，頭也不回地補上一句，彷彿只是順帶一提：

「比賽前我們一起喝一杯吧？你可以只喝水，或是汽水。我還請了幾個贊助商，也許我們可以聊聊。你知道……私下聊聊。」

他回來時手上拿著兩個瓶子，身邊跟著領隊，額頭晶亮有如剛拋光的冰面，胳肢窩有兩塊汗漬。彼得當下醒悟到自己中了圈套。

法蒂瑪從來沒置身於擠滿人的冰館裡。她通常只會參加阿麥的低年級組比賽，出席的一向是父母和不得不被拖來的球員手足。今天，冰館外的停車場裡有大男人四處哀求，願意出四倍的高價買一張準決賽的票。阿麥老早就買了兩張票，她曾經納悶為何阿麥不像從前一樣跟查克一起看球賽，但阿麥說想讓她看看自己以後想一起打球的球員。那只不過是一個星期之前的事，從當時的角度來看，這一天竟然如此快速成真，就像在作夢。她的手緊緊握住門票，避免在人群中擋路。然而，還是有人注意到她了，因為有一隻手猛地抓住她說：

「妳！不趕快來處理一下，還等什麼？」

法蒂瑪轉過身。梅根．里特正向她揮動雙臂，指著某人掉在地上的玻璃瓶。

「妳快去拿掃帚和畚箕來行嗎？妳也看得出來遲早有人會被絆倒，也許是哪個小孩！」

法蒂瑪認出那個掉了玻璃瓶的女人是另一個球員的母親，女人並沒打算自己撿起玻璃瓶的樣子，同時已經逕自往看台區走去。

「妳到底有沒聽我講話啊？」梅根高聲叫，抓起法蒂瑪的手臂。

法蒂瑪點點頭，將門票收進口袋裡。她走到玻璃瓶旁邊彎下腰，卻有另一隻手放在她肩上阻止了她。

「法蒂瑪？」蜜拉親切地說了一聲，隨即不怎麼親切地轉向梅根：

「妳有什麼問題？」

「我有問題？她不是在這裡工作的嗎？」梅根反擊。

「今天可不是。」蜜拉說。

「妳說今天不是是什麼意思？那不然她在這裡幹嘛？」

法蒂瑪直起腰桿，往前走一小步，小到除了她以外沒人注意到。然後她看著梅根的眼睛說：

「我不是『她』。我人就站在這裡。我來這裡的原因跟妳一樣，看我兒子比賽。」

蜜拉從沒看過哪個人比她還自豪，也從沒見過梅根啞口無言。當威廉的母親被人潮帶走後，蜜拉從地上拾起玻璃瓶。法蒂瑪靜靜地問：

「對不起，蜜拉，可是……我不習慣……我想……今天能不能跟妳坐在一起？」

蜜拉咬著嘴唇，緊緊握住法蒂瑪的手：

「喔，法蒂瑪，該問能不能跟妳坐在一起的人應該是我。」

蘇納坐在看台最高處。在樓梯上與他擦身而過的贊助商全假裝沒看見他，所以他很清楚這些人要到辦公室裡討論什麼主題。奇怪的是，他已經不再生氣或傷心。他只覺得疲憊。他對政治和金錢感到疲憊，對俱樂部的一切已經和運動無關而疲憊。他真的累了。所以也許這些人的決定沒錯，他已經不適任了。

他向冰面望去，鼻子用力吸了幾口氣。對方的幾位球員顯然因為害怕而早早準備好，已經出場熱起身來。無論時空如何變換，緊張和焦慮永遠不變。蘇納發現，無論辦公室裡那夥人如何想辦法將冰球變成別的東西，冰球說到底仍然只是一項運動，這個發現讓他感到安慰。一個球碟，兩座球門，充滿熱情的心。有些人說冰球就像宗教，其實不然。冰球像信仰。宗教是介於你和其他人之間的事，充滿不同演繹、理論，和個人見解。至於信仰……只有你和神。那是當你看到裁判滑進場子中心裡的兩個球員之間時，胸口裡的感覺；當兩支球棍一陣搶攻之後，黑色的球碟落在球棍中間時。因為櫻桃樹永遠散發出櫻桃樹的花香，而錢聞起來什麼也不是。

大衛站在進場隧道裡，凝視看台頂端正往辦公室裡走的贊助商。他知道他們如何批評他，如何談論他的成功，但是他也知道假使明年甲組球隊無法維持現在的水準，他們將會翻臉不認人。而且，老天爺，這個鎮上究竟有沒有人了解，這對這支少年組球隊來說有多麼難？冰球世界裡已經沒有灰姑娘的傳奇了，大俱樂部早就在球員進入青春期前，把小俱樂部裡有天分的球員們挖走。即使在大熊鎮——難以置信地——所有球員都還留在這裡，但其中也僅有一個真正算得上菁英的球員，至於其他人的球技，到外面打一場敗一場。雖說如此，他們還是打進了準決賽。這支隊伍像大黃蜂一樣充滿拚勁。

人們總是愛問大衛，他的進攻戰略是什麼。他說不出來，因為他們不會懂。他的戰略是愛。他開始擔任凱文的教練那年，凱文還是一個膽怯的七歲孩子，若沒有班吉的保護，他早在場外被大一點的孩子給揍扁了。那時的班吉，就已經具備大衛從未見過的勇氣，凱文則是天分。除了往前滑，大衛還教他們往後滑。他告訴他們，過人和射門同樣重要。

他叫班吉練球時整場不拿球棍，還強迫凱文用頭部彎曲角度怪異的球棍打了好幾個星期的球。但他也告訴他們，他們只有彼此。這個世界上，在球場上的你只能相信身邊的人；在你沒歸隊前就不願坐上遊覽車的人，只有你的隊友。

大衛教這些男孩子們如何給球棍貼膠帶，如何磨利冰刀，但他也教他們打結和刮毛。至少，是臉上的鬍子。其他地方該刮的，他們自己解決。他一想起波波的一則往事就想笑：那個既任性又過動的胖孩子，十三歲時的某一天在更衣室裡原地打轉問班吉，他們在刮睪丸毛的時候是否也得刮屁股的毛。「這種鳥問題有什麼好問的？」當大衛自己還是少年組球員時，強迫新進球員刮掉下體體毛被當作一種下馬威手段，用意在於羞辱新球員。他不知道時下的下馬威手法是什麼，但他懷疑現在的年輕人只怕自己被綁在椅子上任由恥毛長回來。

冰球一直在變化，因為人在變。當大衛打少年組時，他的教練要求更衣室裡保持絕對安靜，可是大衛的球隊無時無刻不充滿笑聲。他知道幽默感能拉近人們彼此之間的距離，因此當他們還是容易緊張的小孩子時，他總是會在比賽前說笑話。他們小時候最喜歡的一個笑話是：「要怎麼讓一艘海德鎮民開的潛水艇沉沒？潛下去敲潛水艇的門。那要怎麼讓它沉沒第二次？潛下去再敲一次門，因為他們會開門說：『少來，我們才不會再上一次當！』」孩子們長大一點後，他們最愛的笑話變成：「你怎麼知道自己參加的是海德鎮民的婚禮？因為每個人都坐在教堂裡的同一邊。」等他們大到能自己說笑話，大衛便越來越不常待在更衣室裡。因為有時候教練不在場，反而更能凝聚球隊的向心力。

他看看時間，算了算到球賽開始之前還有幾分鐘。看台上的贊助商們永遠不會理解他的戰略，因為他們永遠不了解這支球隊裡的成員們願意為彼此犧牲的程度。贊助商們曾經向大衛叫著「讓他們任意進攻」，大衛卻耐著性子分配每個球員的職責、讓他們以精準的位置演練運球路線、如何控制球碟方向和角度、如何評估和避免不必要的冒險。他教他們從技術和速度上瓦解對手的優勢、如何壓制對手的能力、如何讓對手感到一籌莫展和不耐煩，因為唯有那時他們才能贏，因為他們有別人沒有的：凱文。如果他有機會，就有辦法得兩分；如果班吉在他身邊，他就至少有一次機會。

「別管看台，也別管人家說什麼。」大衛不斷重複這句話。他的戰略重點是主從關係、謙虛和信任，十年的訓練和努力，如果大熊鎮這次除了比數外，其他一切都輸了，大衛將會告訴更衣室裡的每一個球員他們打了場好球。他們信任他，他們愛他。當他們七歲時，他告訴他們，自己會一路帶他們打進今天這場賽。當時每個人都笑他，但是他實現了自己的諾言。

在他轉身走回更衣室時，他看見蘇納獨自坐在看台頂端。兩人彼此對望片刻。無論他們如何爭執，大衛知道這個頑固的老混蛋是俱樂部裡唯一仍然了解，支撐眼前這一切的，是愛。

17

有些人說，冰球的世界裡非黑即白。這些人肯定是瘋了。法蒂瑪和蜜拉剛在位子上坐下，蜜拉卻突然站起來道聲歉向樓梯走去。她攔下一位中年人，法蒂瑪認出他是工廠的中階主管之一。蜜拉不耐煩地抓住男人紅色的圍巾說：

「克里斯特，老天爺啊，拿掉這條圍巾！」

男人明顯地很不習慣在大庭廣眾下脫掉身上的衣物，更別提動手的還是個女人，睜大眼瞪著蜜拉。

「妳開什麼玩笑？」

「你才開什麼玩笑！」蜜拉高聲回答，聲音大到樓梯上的其他人都回頭看。

男人環顧四周，臉上的猶豫之情驟然升起。每個人都在看他。在他身後不知道是誰，喃喃說道：「拜託喔，老天爺，克里斯特，她說的沒錯啦！」然後其他聲音也加入陣容。克里斯特緩緩取下圍巾塞進口袋裡。他的妻子帶著歉意，俯身向蜜拉悄聲說：

「我已經試著提醒他了，可是妳也知道男人都是這樣。有時候，他們就是不懂冰球。」

蜜拉笑起來，回到法蒂瑪身邊坐下。

「紅圍巾，他一定是瘋了！對不起，我們剛剛講到哪？」

大熊鎮上沒有黑白這兩個顏色。不是綠色就是紅色，而紅色是海德鎮的顏色。

阿麥的手指沿著球衣縫線摸著。深綠色的底，配上銀色的背號，胸前有一頭棕熊。這些是大熊鎮的顏色：森林、冰，和土地。他是八十一號。在少年組裡面，他是九號，但在這支隊伍裡凱文才是九號。他周遭的更衣室一片混亂。十六號的班吉當然又照例躺在角落，跟平常一樣睡眼惺忪。但是其他球員全被熱衷於陣前訓話的家長們逼得縮在長板凳上。離開賽時間越近，家長們的嗓門就越大。這種狀況常見於所有運動：家長們總是認為自己的專長能自動優化孩子的表現，彷彿若雙方角色對調，這個道理就不成立。

更衣室裡的喧鬧聲已經到了令人無法忍受的程度，其中最吵的就是梅根．里特，她自認身為前鋒球員的母親，就有大聲講話的特權。班吉的母親從不來更衣室，凱文的母親甚至幾乎不進冰館，所以多年來，梅根已經把這裡當成她的勢力範圍。威廉十三歲之前，她每回比賽之後必定跟進更衣室裡幫威廉脫冰刀鞋，他們咬牙不買第二輛車，也省下出國度假的錢，好搬進大熊丘和厄道爾家做鄰居，讓威廉能夠和凱文成為好朋友。她因為威廉遲遲無法介入凱文和班吉的友誼之間而焦躁不已，變得越來越有攻擊性。

大衛跨進門時，更衣室裡的成年人連珠炮似地發出各種質問、問題，和要求。他視而不見地直直穿過人牆，身後的本特將家長們往門外驅趕。梅根大感受辱，拍開本特的手：

「我們是來給球隊打氣的！」

「所以才給你們準備了看台。」大衛回答，根本沒正眼瞧她。

她猛地發起飆來。

「還有你，大衛！你這是哪門子的領導？在最重要的比賽之前換球員？」

大衛無法理解似地對她揚起眉毛。威廉．里特一副「讓我死了算了」的表情。阿麥似乎和威廉想法一致。大衛刻意維持同樣的音量，逼得其他家長不得不閉上嘴。

「我不會向任何人解釋跟球隊有關的決策。」

梅根的額頭青筋暴露。

「聽清楚了，你得向我解釋！這些孩子們為你打了十年的球，結果在他們最重要的一場比賽裡你竟然選了一個低年級組的？」

她大動作向更衣室裡的成人們激動地揮舞雙臂，逼他們不由得點頭咕噥表示認同。她瞪著大衛命令：

「你到底知不知道這個比賽對我們有多重要？我們所有人？你知道我們為了這個運動犧牲有多大？」

阿麥感到坐立不安，一副想溜進走廊一路跑出冰館永遠不再回來。尤其是當大衛的臉瞬間漲紅，嚇得梅根往後一路退到牆邊。

「妳想跟我談犧牲？」大衛怒氣沖沖地向梅根逼近，不讓她有一絲回答的機會。

「看看他！」他指著阿麥說。梅根還來不及反應，大衛便已經攫住她的胳臂往前拖過大半個房間，直把梅根拖到阿麥面前。

「看看他！妳以為妳的兒子比他更夠格打球？妳敢說他們付出的努力是一樣的？難道你們一家人比他更能吃苦？好好看看他！！！」

大衛放掉梅根的胳臂時，她已經瑟瑟發抖。大衛拍拍阿麥的肩膀，拇指抵在阿麥的頸側，直直盯著阿麥。他什麼話也沒說，只是靜靜看著阿麥。

然後，大衛走到更衣室另一邊，將手放在威廉的臉頰上輕輕說：

「我們是為自己打球，威廉。不是為任何人。你和我，我們都是為自己打球，因為我們是憑自己的本事打到這裡，不是別人。」

威廉點點頭，擦掉眼睛裡的淚水。

波波的腳在地板上遲疑地打著拍子，他發現自己坐不住。當本特將所有的家長，包括梅根，攆出更衣室之後，更衣室裡突然安靜得能令人窒息。波波沒辦法在這種情況下保持安靜，一直都是這樣。他不是凱文或班吉，他永遠渴望成為人們或是更衣室裡最受注目的焦點。自從他有記憶以來，他就很怕坐在角落、被忽視、不被認同。他看到此時自己最好的朋友們全都低著頭，沉默不語。他心裡很想站起來給大家一點精神講話，就像電影裡一樣，但是他卻覺得詞窮，也沒氣勢，他只想打破這股寂靜。終於，他站起來清清喉嚨說：

「嗨，大夥，你們知不知道蕾絲邊吸血鬼怎麼跟另一個蕾絲邊吸血鬼說再見？」

隊友們全訝異地看著他。波波咧嘴一笑：

「下個月見？」

幾個球員們笑了起來，波波得到鼓勵，便繼續講：

「蕾絲邊通常都是怎麼死的？」

更多球員加入笑聲陣容。

「被毛球噎死的！」波波大叫，又追加最後的高潮：

「為什麼蕾絲邊這麼容易感冒？因為缺乏維他命屌！」

更衣室裡開始哄堂大笑。既是笑那些笑話，也是笑波波，不過他不在乎，只要他們笑就夠了。得意洋洋的波波轉頭看大衛，大衛的表情仍然一派嚴肅。波波大聲問：

「你有什麼好笑話嗎，教練？」

更衣室裡再度陷入寂靜，大衛坐著一動也不動。波波的臉先是漲紅，接著變得死白。最後還是本特出聲拿波波開刀打了圓場。本特清清喉嚨，站起身說：

「為什麼每次波波打炮之後，眼淚卻流個不停，耳朵還痛得要命？」

波波不安地扭動身體。有幾個球員開始滿懷期待地吃吃笑。本特的嘴大大咧開笑得開懷：

「因為防狼噴霧和防狼哨！」

少年組的瘋狂大笑令更衣室為之震動，最後就連大衛都笑了起來。之後他將會常常回想起這個時刻：笑話究竟是否真的只是笑話；是否那個笑話太過火了；是否更衣室裡和更衣室外可以有不一樣的規矩；比賽前為了減輕壓力和消除緊張感而超越尺度是可以接受的嗎？當時他是否應該打斷本特，對球員們講些別的。但在那個當下，他什麼也沒做，只任他們大笑。當他回到家之後看著自己的女朋友，他將想起這件事。他將永遠沒辦法完全忘掉它。

此時，坐在角落的阿麥聽見自己的笑聲。因為和大家一起笑能讓他放鬆，讓他感覺自己是他們的一分子。因為能跟周遭的人發出同樣的聲音，感覺很棒。他將永遠為這個想法感到羞恥。

班吉睜開眼，發現凱文正在搖醒自己。一路睡過梅根的戰略演講和本特的幽默表演，是他最大的本事，但是不在半路被搖醒則是特權。許多父母總是愛質疑班吉在球場上和球場外的行為，大衛卻總是說：「如果其他球員在場上出的力能有班吉的十分之一，我根本就不會管他們剩下的時間是不是在板凳上睡完整場比賽。」

波波坐了下來，一副被大人在自己好友面前修理得顏面盡失的樣子。另一個大人走過來在他身邊坐下，手放波波肩上，拇指抵著他的頸側。波波抬起頭，大衛面帶微笑。

「你知道嗎？你是隊上最不自私的球員。」

波波用力抿著嘴唇。大衛向他湊近：

「今天晚上，你要擔任第三組後衛。我知道你一定會覺得失望。」

波波強忍住眼淚。歸功於他的體格和力氣，他小時候一直是球隊裡最棒的後衛，但是這幾年，他卻被欠佳的滑冰技術給拖累了。他先是被調到第二組後衛，現在又是第三組。大衛的手輕輕放在波波頸後，認真地看著波波說：

「可是我需要你，你的球隊需要你。你非常重要，所以我要你今天晚上在每次換位時，拿出所有的本事。我要你們耗盡最後一滴血來打這場球。如果你盡力，如果你相信我，我向你保證，我不會讓你失望。」

大衛站起身時，波波的腳已經再度在地板上打著拍子。如果在那個時刻大衛要他出去殺人，他也會二話不說完成任務。隊員們看到教練站在更衣室中央，十年的朝夕相處下來，他們每個人心裡想的都跟波波一樣。他逐個看著他們的眼睛說：

「我不想講太多。你們都很清楚今天的對手是誰，我知道你們比他們還強。所以我只期望一件事，我只允許一件事。如果你們達不到目標，就別再回這個更衣室。」

他的雙眼，緊緊扣住凱文的雙眼：

「贏。」

「贏！」凱文眼神裡有赴死一般的堅定。

「贏！」大衛又吼一聲，拳頭向空中一擊。

「贏！！！」整個更衣室裡異口同聲大吼。

他們從板凳上一躍而起，用力跺足、不斷打著拳頭、同時粗重地呼吸，期待隊長領他們上場。大衛從他們身邊走過，用力在每個人的頭盔上拍一記。當他走到隊伍前面，手放在門把上時，他用只有對方聽得見的聲音，輕輕對九號球員說：

「你讓我很驕傲，凱文。我愛你。不管今天晚上結果如何，是你最好的一場也罷，最糟的一場也罷，在這個世界上我只會選你當我的球員。」

門打開了，凱文並不僅僅是走向冰面。

他是以排山倒海之勢向冰面衝去。

18

孤獨是肉眼可以察覺的病。自從霍格離開她之後，拉蔓娜便越來越像在安眠藥也不管用的夜裡，她在電視上的動物紀錄片裡看見的動物；那些動物已經被圈養太久，以至於當圍欄撤掉後，牠們也不想嘗試逃走。任何被關在柵欄後太久的生物，終將會害怕未知，遠勝於害怕被禁錮。剛開始，她只願待在屋子裡，因為她還能聽見他的笑聲、他的嗓音，還有他的趾頭踢到酒吧後面的台階時發出的咒罵。他們在這棟建築物裡一起生活了一輩子，但是他卻仍然搞不清楚那道該死的台階在哪裡。離群索居的現狀降臨得比她想像還快，當你生活在室內的時間多於在室外，每一天的分界就會漸漸模糊。就在她努力確保熊皮酒吧和公寓裡的狀況和從前一模一樣的當兒，屋子外面一年又一年地過去了。她怕要是走出這棟房子，自己就會忘了他；她怕去了一趟超市之後再回到家裡，會發現他的笑聲已經消逝。直到十一年後的某一天早晨，鎮上除了她的「孩子們」之外，所有居民都認為她已經神智失常。她成了被困在時光機裡的時空旅人。

人們有時說憂傷是心理狀態，但渴望卻是生理狀態。它們一個是傷口，另一個是被截掉的肢體；凋萎的花瓣和被折斷的花莖。就像兩株相愛的植物緊挨著彼此生長，終將結成同一個根系。我們可以用言語談論失去至親這件事，用方法治療它，給它時間恢復，但是生物本能仍然強迫我們依照某種規則生活：從中間被剖成兩半的植物不會康復，只會死亡。

她站在門外的雪地裡抽菸，連續抽三根。從這裡可以看見冰館的屋頂，大熊鎮少年球隊以一比零領先的那幾秒，冰館裡傳出的如雷叫好聲幾乎掀翻這條街上每一棟建築物的屋頂、拔起整片森林丟進湖裡。拉夢娜試著往街上踏出一步。當腳尖一碰到人行道邊緣，她的身體便無法克制地發起抖來。她摸索著身後的牆，在零下氣溫中渾身大汗淋漓。她走回溫暖的屋裡關門熄燈，躺在酒吧後方的地板上，手裡緊緊攥著霍格的照片。身旁是那道階梯。

人們說她瘋了，那些人顯然不懂什麼叫做孤獨。

阿麥非常害怕，雖然他連一秒鐘都還沒上場過。他跟著凱文和其他人衝出場時，觀眾全部起立吆喝直到他的耳鼓發脹。他走到休息區的板凳上坐下，十分確信自己要吐了。有一天，他將會回想起這一刻，才了解無論你有多成功，原來這個感覺永遠不會消逝。

凱文在開賽後第一分鐘就進了一球。這並非偶然，因為在每一場比賽剛開始時，他總是會抓到一小段空檔，因為對手還沒看出來他有多棒，他的手腕動作有多麼流暢，他又能多靈巧地閃避他們。這些動作的差別就在一公分之內。但是對手不會再犯同樣的錯誤，於是整場比賽其餘的時間裡，他們死死地咬住他，近到他和對手看起來就像穿著同一雙冰刀鞋滑行。對手以二比一扳回一城，想當然耳，因為他們出人意料地好，既勇猛又有條理地祭出一波又一波攻勢。阿麥驚訝地發現，每回他抬頭看計分板時，對手都只以一分領先。對手是他所見過最強、技巧最好的球隊，他相信這支隊伍甚至能打贏大熊鎮的甲組隊。在場每個人也都看出來了。每一次更換球員，阿麥就看著身邊的隊友們重重地癱坐在板凳上，他們越來越沒力氣用球棍敲防護板，就連本特咒罵的聲音也漸漸小了下去。第二和第三節之間的休息時間裡，阿麥在往更衣室走的路上聽見看台上兩個成人苦笑著說：「沒關係啦，能進半準決賽也不算丟臉了，我們就希望下一季的球隊會更好吧。」他很驚訝這句話竟然激怒了他，喚起他體內的某個聲音。當他走進更衣室裡時，他已經氣得想砸東西。大衛是唯一注意到他的人。

羅比．赫斯獨自站在街上，厭惡他自己。今天如果不是因為家裡又沒酒了，否則他根本就不打算出門。他看著冰館的屋頂，思索比賽現在進行到哪裡了。他身上燃燒著的，是一股很特別的怒火，因為他的人生巔峰是十七歲那一年。在他成長的過程中，每個人都對他說，他將會成為職業球員。他如此深信這個說法，因此當他確定當不成職業球員後，他認為每個人都對不起他，錯不在他自己。

每天早上醒來，他覺得原本那個更好的人生被硬生生從他手中奪走，一個令人無法忍受的幽魂，橫亙在他原本應該成為的那個人和現在的他之間。苦楚能夠腐蝕一切，像洗刷犯罪現場一樣毀掉你的記憶，直到你只記得讓自己好過一些的往事。

羅比走下通往熊皮酒吧的樓梯，卻驚訝地停在半路。屋裡沒有燈光，拉夢娜正嚥下最後一杯威士忌，拿起外套。

「你來得正好。」她輕聲說。

「為什麼，妳要去哪？」他納悶地問。因為他和鎮上所有人都知道，這個老瘋婆子十幾年來的步行範圍不超過酒吧幾步之遙。

「我要去看球賽。」她說。

羅比笑了起來，因為除此之外別無選擇。

「妳要我幫妳看著酒吧？」

「我要你和我一起去。」

就在這時，他的笑容收斂了。她保證會將他過去四個月的酒帳一筆勾銷，他才願意和她一起踏出酒吧。

大尾雖然付了座位的錢，卻寧願站著。在他後排的人沒有一個顧得上抱怨。

「那個他媽的威廉．里特，老天爺，那些當祕密證人的都比他會看狀況！」他朝其他贊助商怒罵。

「你說什麼？」前方兩排之外的梅根．里特回身對他大叫。

「我說祕密證人，梅根！」大尾又說了一次。

坐在他們兩人之間的觀眾都暗自希望自己也能申請加入祕密證人。對大熊鎮來說，冰球並不重要，而是生命的全部。

第三節開始時，波波坐在板凳上一言不發。他光用一隻手就能算出來自己今天出場的分鐘數。他不知道如果不是團隊的一分子，他又該如何當自己是他們的一員。他試著控制自己的情緒，但他愛他的球隊，他愛他的球衣和背號。因此當他看出某件事不對勁時，他不相信別人看不見。他抓著同樣坐在板凳上的威廉大吼：

「他們的後衛故意要你往他們中間切進去，你看不出來嗎？他們就是希望中間擠滿人，把凱文堵住。假裝你要往中間過去，然後馬上滑出來，只要一次就好，我保證……」

威廉用戴著手套的手摀住波波的嘴。

「閉嘴，波波！你以為自己是誰？第三組防守線沒權利告訴第一組該怎麼做。去把我的水拿來！」

威廉的眼神既冷酷又優越，波波甚至聽不見其他球員的嘲笑聲。最難忍的痛，就是從金字塔頂端往下跌。波波和威廉從小就認識，而今朋友看著他的眼神在波波心口上烙下印子。苦楚會在某些男人身上永遠滋生，令他們在半夜醒來，認定別人偷走了原本應該屬於他們的人生。波波拿來水瓶，威廉一言不發地拿過。波波是全隊最高壯的球員，但他在坐下之後，卻成了板凳上最渺小的一個。

拉夢娜在冰館外停步，她站在雪地裡發抖，悄聲說：

「我……對不起，羅比，我沒……我沒辦法……再往前走了。」

羅比正握著她的手。她不該過這樣的日子，霍格應該跟她一起坐在冰館裡的，他們兩個人應該一同享受這場比賽。他用手臂環住她，一個生命的一部分被偷走的人，安慰另一個同病相憐的受害者。

「我們回家吧，拉夢娜。沒關係。」

她搖搖頭，凝視著他。

「我們說好了，羅比。你去看球賽，我就不跟你算之前的酒帳。你看完馬上來跟我報告結果，我就在這裡等你。」

羅比有很多特質，但是勇敢到和拉夢娜爭執並不是他的強項之一。

球員的人生中，會有那麼一個特別的時刻，讓他理解到自己好到什麼程度。威廉的特別時刻在第三節中途來到。他的速度跟不上這種水準的比賽，但此時就連他的體力也明顯不足。他跟不上節奏，沒有精力，他們的對手根本不用接近，也能任意逼他改變方向。凱文被兩個球員緊盯著，胸前始終有四條手臂將他卡死。班吉就像一陣龍捲風，滿場狂掃。但是大熊隊需要更多空間。威廉使出全力，卻仍然不夠用。

大衛在這好到不可思議的球季裡不斷灌輸球員們，他不相信命運的邏輯。他們不能只希望結果會很好。他們不是胡亂揮舞著球棍往前滑，他們有計畫，有策略，每一組隊形和行動都有目的。但就像蘇納這個老傢伙常說的：「球不光是會滑，它還會跳。」

威廉被撲擊時，正往休息區板凳方向滑去。他跌在冰面上，看見球碟跳過對手的冰刀，便出於本能地推了球碟一下。球碟又接連跳過三根球棍，凱文想攔截，卻被重重撞倒在地。沒人有辦法及時繞過那一堆跌撞在一起的肢體，但幸運的是，班傑明．歐維奇不是個喜歡繞道的人。他喜歡直來直往。當球碟滑進球門時，班吉在後面緊緊跟著，他的脖子順勢槓上球門門楣。就算當時擊在脖子上的是一把中世紀寶劍，他也不會喊一聲痛。

二比二。梅根早已衝到記分員的包廂裡用力拍門，確定他們看見了威廉助攻。

大衛點點頭，拍拍阿麥的頭盔。當本特意識到這代表什麼意思時，他的瞳孔因為緊張而擴張。

「老天爺，大衛，你確定嗎？」

大衛就跟一顆盲目亂飛的流彈一樣確定。
「再換一次人，威廉就需要氧氣筒伺候；換兩個人，他就小命不保。我們需要速度。」
「威廉剛剛還能助攻！」
「他只是運氣好。我們打球不能靠運氣。阿麥！」
阿麥怔怔地望著教練。大衛抓起他的頭盔說：
「等一下在我們的防守區裡爭球時，我要你全速往前衝。我他媽的不管你有沒有球，只要讓他們知道你有多快。」
他指向對手的休息區。阿麥遲疑地點頭，大衛仍然盯著他的眼睛。
「你想有一番表現嗎，阿麥？你真的想告訴整個鎮你有能耐？現在就是你讓他們刮目相看的機會。」
輪到他們進攻時，班吉站在凱文一邊，阿麥在另外一邊。梅根站在板凳區外，兩手貼在透明防護板上鬼叫著，把她兒子從半準決賽裡換下來的人，一定會遭到報應。本特看著大衛。
「要是我們輸了這場球，她肯定會閹了你。」
大衛若無其事地往前靠在防護板上。
「這個鎮上的人，向來都會習慣原諒贏家。」
冰面上，班吉照著大衛的指示，將球盤打出進攻區，球滑進對手的地盤。阿麥也照著大衛的指示做：全速往前衝。他一滑出去沒多遠，就被對方的後衛盯上，等他脫身之後，要再追上球碟已經太晚，然而他還是追了上去。看台上，了解冰球的觀眾發出一聲驚呼；不了解的人釋出一口深深的嘆息。對手的守門員鎮定地滑出來將球碟撥開，球隨即被射進大熊隊的球門裡。

當裁判吹起重新爭球的哨子時，阿麥正站在六十公尺外的對手防守區裡。贊助商們都在低聲抱怨：「那傢伙需要一個指南針還是怎樣？」只有大尾看出來大衛眼中看見的，蘇納也看見了。

「快得就像屁股著火的狼人！他們絕對追不上他！」他滿面笑容。

大衛往前靠著防護板，趁阿麥滑回原位時拉住他的肩膀。

「再一次！」

阿麥點頭。爭球開始，班吉根本還沒機會將球打出防守區，阿麥便已經不顧一切全速衝向對手的球門，直到他碰到對面的護欄。他可以聽到看台上喝倒采、譏諷和哄笑聲：「你迷路了嗎？球離你還遠哩！」但阿麥眼中只有大衛。大熊隊的守門員擋下球，又得進行一次爭球。大衛用手在空中畫了一個圓，「再一次」。

第三次，阿麥飛速劃過冰面。球在哪已經不重要了，因為冰館裡還有一個人注意到他的速度，了解到發生了什麼事。對手教練從助理手中搶過一疊紙大吼：

「那個鬼傢伙是誰？八十一號是從哪鑽出來的？」

阿麥抬頭看著看台，瑪亞在食堂下面的階梯上，她看見他了。打從他幼稚園起，他就一直渴望這個時刻，現在她真的看見他了。恍神的他直到已經快滑回休息區板凳，才聽見波波大叫他的名字：

「阿麥！」

波波從護欄外探過身，揪住阿麥的領子：

「就算你想昏倒，也要照樣滑！」

他們彼此對望半秒鐘，波波什麼都沒說，但恨不得自己身在冰面上的渴望溢於言表。阿麥點頭表示懂了，他們互相拍拍對方的頭盔。瑪亞仍然站在階梯上。回場中心爭球前，凱文和班吉滑過來停在阿麥面前，低頭看著他。

「你那雙竹竿腿裡還剩一丁點力氣嗎？」凱文笑著。

「把球給我，你就知道了。」阿麥睜大充滿血絲的眼睛說。

就算凱文的雙手被反綁在身後，頭上又抵著一把手槍，他也不會漏失那次爭球機會。班吉沿著防護板推送球碟，就算明天早上他的大腿會疼到起不了床，他現在也渾然不覺，他一把撂倒兩個對手球員。阿麥覺得內心深處已經累得快昏倒，但仍然穩穩地控球，接著從外側超過對方後衛，快到連原本死盯著凱文的兩個對手球員都不得不放棄九號球員，轉而追趕八十一號。大熊隊就是在等這一刻。一根球棍用力擊上阿麥的手臂，他以為自己的手腕斷了，但他仍勉力將球從防護板邊趕了出來，轉個向滑到球門正面。他利用吸一口氣的時間抬眼觀察，等凱文的桿刃落在冰面上。他將球碟釋給凱文的同時，自己也被撲擊在地。凱文瞬間多了兩公分的空間，比他需要的足足多了兩倍。

球門後方的紅燈亮起，看台上的大人們東倒西歪地互相擁抱。贊助商彼此擊掌時，手中的咖啡到處飛濺。食堂裡，兩個十五歲的女孩興奮得滿屋子蹦跳；看台上方，一位從不大笑的老甲組教練已經笑得合不攏嘴。法蒂瑪和蜜拉用力緊抱對方倒在地板上，分不清自己是在慶祝還是在哭。

冰館外的雪地裡，拉夢娜靜靜站著，感覺聲波向她陣陣湧來。「我愛你。」她輕聲告訴霍格。然後她轉過身獨自走回家，胸口帶著一抹微笑。那是一個人類和冰上曲棍球合為一體的時刻。多年來全世界都要他們放棄，這個鎮上的居民卻始終堅信他們做得到。在那一刻，冰球館裡沒有一個無神論者。

凱文轉身滑回休息區，揮手撥開每個衝上來抱他的隊友，爬過防護欄，任大衛緊緊將他擁在懷裡。

「為你打的！」凱文輕輕說。大衛抱著他，就像抱著自己的兒子。

十二公尺之外，阿麥拖著身子離開冰面，他覺得自己似乎置身事外，反正沒人注意到他。就在他超過後衛之後，對方後衛用球棍和手肘在他後頸上用力敲了一記，阿麥的頭撞到冰上，就像撞到沒水的游泳池底，他連進球都沒看到。等他爬起身跪在地上的時候，所有的大熊隊球員都已經跟著凱文回到休息區，看台上每個人眼中只有凱文，包括瑪亞。

八十一號，他選擇這個號碼，因為這是他母親的出生年。八十一號球員站在防護板旁，看著記分板。這是他在球場上所經歷的最棒也最糟的一刻。他推了推頭盔，孤零零地朝板凳區滑了兩步。有個人從後面向他滑來，敲了他的頭盔兩下。

「等我們贏了決賽，她就會注意到你了。」班吉笑著說。

阿麥還來不及回答，班吉便早已滑到了中場線上。威廉正往防護欄滑去時，被大衛攔下來，並叫阿麥別離開冰面。凱文往球場中心滑過來時，九號和八十一號球員向對方點了個頭。阿麥成了他們的一分子。就算看台上沒什麼人了解這一點，也無關緊要。

終場哨聲響起時，彼得徹底失去自我控制，他先是狂叫著和大夥擁抱，接著頭下腳上地從看台上滾了下來，當他站起來時，耳中早已因為周遭觀眾的大喊聲而嗡嗡作響。年紀大的、年輕的、熱愛這項運動的，或甚至不在乎這項運動的觀眾。他根本不知道這件事是怎麼發生的，他只知道自己突然置身於一群狂野的群眾之中，用力擁抱了一個他根本不認識的人。當他抬頭看時，他才知道那個正和他在看台上手舞足蹈的人是羅比・赫斯。他們停下來看著對方，接著又開始笑不可抑。就在那一天晚上，他們又重新活了一次十七歲。

冰上曲棍球只不過是一種很傻的運動。我們一年又一年再一年不斷付出，絲毫不求任何回報。我們全力以赴，燃燒自己、揮灑血淚，明知道在最好的情況下，這項運動能回報給我們的只不過是幾個貧乏又不值錢的激情時刻。如此而已。

但是這不正是該死的人生嗎？

19

腎上腺素對肉體會造成奇怪的影響。終場信號響起，看台上做父母的紛紛跳過防護板，受人尊敬的企業老闆和工廠經理們穿著會打滑的鞋子在冰面上溜來溜去，彼此擁抱的樣子活像疲勞過度的小童。凱文用一幅巨大的綠色旗幟裹住自己和班吉，一起繞場滑行一周向觀眾致謝，但是看台上幾乎已經沒幾個人。全鎮的人都擠到場子裡了。到處都是人們不斷蹦跳、滑跤、跌撞、大笑、歡慶、喜極而泣。兒時老友、同學、家長、兄弟姊妹、親戚、鄰居……。這個鎮將記得這一刻多久？不多久，永遠而已。

輸一場冰球，感覺就像心被沸水燙過；但是贏了，你會覺得連天上的雲朵都聽自己指揮。這一天晚上，大熊鎮的居民感覺飄飄然像是升了天。

彼得走到防護板的一角停下來，接著獨自在冰上坐下，逕自笑著。所有耗在辦公室裡的時間、所有的爭執、所有失眠的夜晚和餘怒猶存的清晨，如今都值得了，一絲一毫都值得。當鎮上其他的居民一個接一個離開冰面時，他還坐在原地。羅比．赫斯走過來坐在他身旁，兩個人相視一笑。

腎上腺素會造成奇怪的影響力，尤其是當它離你而去之後。彼得還是球員的時候，就已經知道「控制你的腎上腺素」很重要，然而他從來都不了解那種感覺。對他來說，他在冰上無庸置疑的絕對專注，和活在當下的特點，都是與生俱來。唯有這一回，他第一次在看台上從頭到尾看完整場比賽，才悟出腎上腺素和瘋狂是一體兩面。激發肉體奮鬥和達成目標的元素，同時也往大腦灌注能逼死人的恐懼。

在他的球員生涯中，彼得常常感覺終場的信號好比雲霄飛車在終點停下來：有些人想「太好了，終於結束」，另外有些人想「再來一次！」。從前每打完一場球賽，他的第一個念頭總是再來一場。如今身為運動總監，他卻需要在賽後吞幾顆頭痛藥，身心才能正常運作。

一個多小時之後，最後幾位樂不可支的球迷、家長和贊助商，終於邊高聲歡呼「我們是大熊，我們是大熊，大熊鎮的熊」邊走出冰館，駛離停車場，留下彼得、羅比和他們共同的回憶。

「你要不要上來辦公室坐坐？」彼得提議，羅比爆出大笑。

「去你的，彼得，我們今天才第一次約會耶——我才不是那種隨隨便便的女生。」

彼得也被逗笑。

「確定不要？我們可以喝茶，看看球隊的老照片？」

羅比伸出手。

「幫我跟小子們打招呼，好吧？告訴他們，今天晚上有個驕傲的老兵也來看他們打球。」

彼得用力握住羅比的手。

「哪天來家裡吃個晚飯。蜜拉會很高興見到你！」

「一定！」羅比撒了個謊。他們兩個人都心知肚明。

他們道了再見。人生不過是片段而已。

更衣室裡，人已經都走光。在腎上腺素消退之後，在唱歌跳舞在板凳上跳和捶牆壁之後，在擠滿上身脫光、頭髮灑滿啤酒的年輕和年長男人之後，衣室裡只剩一片寂靜。阿麥是唯一一個留下來的，他一一撿起散落各處的膠帶碎屑。彼得從走廊上經過看見，驚訝地停下來問：

「你還在這裡做什麼，阿麥？」

男孩滿面通紅。

「不要講出去好嗎？我在這裡幫忙打掃的事？我只是想把最難掃的先處理掉。」

彼得的喉嚨因為羞愧而發緊。他記得這孩子八歲還是九歲的時候，常常撿拾看台上的空罐，好讓法蒂瑪有足夠的錢幫他買第一套球具。他們自尊心很強，不願接受別人的好意施捨，於是彼得和蜜拉便在本地報紙上登假廣告，如此一來每年就有符合阿麥身材的廉價二手球具「無巧不巧」地出現。蜜拉召集了一群遠至海德鎮的居民，輪流扮演賣家。

「不，不……當然不會，阿麥，我一個字都不會告訴其他球員。」他囁嚅道。

阿麥抬頭困惑地看著彼得，接著啞然失笑：

「球員？我才不在乎你告訴別的球員。別告訴我媽！要是她知道我幫她打掃，會很火大！」

彼得當下但願自己能夠跟這孩子說幾句什麼，譬如阿麥今晚在球場上的表現讓他感到驕傲得不得了。但是他覺得詞窮，不知道該如何改變話題，彷彿自己是個演技很差的演員。有時他很氣自己羨慕大衛有辦法讓這些年輕人打心裡愛他。他們信任大衛，追隨他，崇拜他。彼得嫉妒大衛，就像一個在遊樂區裡被獨自撇下的父親，心中滿不是滋味地看著用幽默感逗得所有孩子捧腹大笑的陌生父母。

因此他並沒說出真正想對阿麥說的話，只對他笑笑，點個頭，擠出一句：

「你應該是唯一一個因為太常打掃而被媽媽罵的青少年吧。」

阿麥遞給他一件成人的上衣。

「有一位贊助商忘了這個。」

上衣聞起來滿是酒味。彼得緩緩地搖頭說：

「其實……阿麥……我……」

他找不到適當的用詞，只說出：

「我想你應該趕快去停車場。你還沒在這樣的比賽之後從冰館走出去過。我想你應該……這是個難得的經驗……不是很多人都有機會體會這種經驗。你可以用……勝利者的身分……走出那道門。」

阿麥直到打包完裝備，走過走廊，推開冰館大門，才了解這幾句話的意思。大人們一看見他就開始歡呼鼓掌，幾個學校裡的高年級女生大聲叫他的名字，波波給了他一個擁抱，班吉伸手揉亂他的頭髮，每個人都想和他握手。他看到凱文在稍遠處接受地方報紙的訪問。然後凱文為一大票小孩簽名。每個小孩的母親都叫凱文和他們母子拍兩張照：一張是凱文和小孩，另一張是凱文和小孩的母親。

阿麥在擁抱和用力拍在他後背的手掌之間團團轉，他加入陣容用力大吼：「我們是大熊鎮來的熊！」吼到他胸口發疼。他聽見其他人跟著他更用力地吼，因為他們想成為他所屬榮耀的一分子。

激情讓他飄飄然，他的腦內啡正在發酵，事過境遷之後他會回想：「怎麼會有哪個人在經歷這一切之後，不認為自己能永生不死？」

蜜拉正在打掃食堂。瑪亞和安娜從廁所走出來，換好衣服也化了妝，渾身散發笑聲和期待。

「我……今天晚上會住在安娜家。我們要……唸書。」瑪亞笑著說。

當然，做女兒的在撒謊；做母親的也假裝沒發現。她們正走過人生中同等關心彼此的脆弱階段。青春期是童年之後一陣短暫的平等時期，之後，平衡便會改變，瑪亞將會長成到比父母擔心她還要擔心父母的年紀。很快地，她便不會再是蜜拉的小女兒，然後蜜拉會成為瑪亞的小老媽媽。要放手讓孩子做自己，父母並不需要付出太多。只需要付出全部，如此而已。

彼得走進領隊辦公室，裡面滿是醉到連站都站不穩的大男人。

「這才是我想要看的比賽！」光著上身的大尾鬼吼鬼叫，接著搖搖晃晃地向彼得走來，一把從他手上搶走自己的上衣。

彼得怒視大尾。

「我下次不想再聽到你帶酒進球員更衣室，他們還是孩子，大尾。」

「少來，他們才不是孩子，彼得，拜託！就讓他們慶祝一下嘛！」

「我沒不讓他們慶祝，可是成年人也該有個限度。」

大尾擺手，像是趕蒼蠅一般想趕開彼得的話。他身後兩個手中擎著啤酒罐的男人，正激動地討論俱樂部的甲組球員們。一個前鋒被形容成「他媽的肥到連去買塊麵包都得有人攙著」，另一個守門員則是「軟弱得要命，所以才娶了一個結婚前睡了他半個球隊的太太，而且結婚後八成還睡了另一半球隊」。彼得不清楚這些人是贊助商，還是大尾的朋友，這一類的批評他已經聽了上千次，卻還是不習慣這些辦公室裡的階級生態。球員們可以在背地裡把裁判罵得狗血淋頭，卻永遠不能罵教練；教練可以批評球員，卻不能批評運動總監；運動總監不能批評領隊，領隊不能批評董事會，董事會不能批評贊助商。金字塔頂端的是現在在這個房間裡的男人們，厚顏無恥地談論球員們，彷彿他們是賽馬，或是商品。

大尾友好地用手扭一下彼得的耳朵，企圖和緩氣氛。

「別不高興，彼得，今晚是屬於你耶！你還記不記得十年前說過要打造我們的少年組？你還說總有一天我們的少年組球隊會跟全國最棒的球隊比賽？我們那時都笑你，每個人都笑你。瞧瞧現在！這是你的晚上！你讓今晚成真！」

彼得藉故逃離醉開懷的大尾試圖箝制住他的鎖喉絕招。其他贊助商開始喧鬧地互相比較冰球球員時代留下的戰果：身上的傷疤和假牙數量。沒有一個人問彼得。他身上沒有疤，也沒打掉任何一顆牙，因為他從不介入打鬥。他向來不是個會使用暴力的人。

一個六十來歲，在空調公司當主管，已經喝啤酒喝到反應遲鈍的董事跳過來在彼得背上用力一拍，嘻嘻笑：

「大尾和我跟議員見過面了！他們今天晚上也在這裡！我私下告訴你，你看樣子很快就會有一台新的咖啡機囉！」

彼得嘆了口氣，說聲告退之後便遁入走廊。他看到大衛時竟然感到如釋重負，因為通常大衛高傲的態度令彼得大不以為然，不過此時舉目望去只有大衛是唯一清醒的人。

「大衛！」他大叫。

大衛稍微瞥了他一眼，並沒慢下腳步。彼得快步趕上。

「大衛！你要去哪？」

「去看今天晚上的錄影。」大衛機械式地回答。

彼得笑起來。

「你不去慶功嗎？」

「等我們贏了決賽，我再慶功。這不就是你花錢雇我的原因，贏球？」

今晚他的傲慢比平常還明顯，彼得又嘆了口氣，默默地將手插進口袋裡。

「拜託，大衛。我知道我們兩個人平常是有意見不合的時候，可是今晚你可打了勝仗，是你努力得來的。」

大衛瞇起眼睛，然後向擠滿贊助商的辦公室點點頭說：

「不對，彼得，就像裡頭每一個人說的，今天晚上是你的勝利。總而言之，你是這個俱樂部的明星，不是嗎？一直都是。」

彼得被釘在原地，胃裡像是有一股黑霧升起，不確定那是羞愧還是憤怒。他開口叫住大衛，語調裡蘊含的怒氣稍嫌濃了點：

「我只是想恭喜你！」

大衛轉身，臉上一撇苦澀的笑。

「你其實應該恭喜蘇納。他才是預測你我會有這一天的人。」

彼得清清喉嚨。

「我……他……我在看台上沒見到他。」

大衛逼視彼得，直到彼得垂下眼皮。大衛哀傷地點點頭。

「他就坐在老位子，你清楚得很。我也知道你很清楚，因為你從辦公室出來的時候故意繞路，免得經過他面前。」

彼得低聲咒罵，轉身要走。大衛的話卻從背後幽幽傳來：

「我知道我們在這裡的責任，彼得，我沒那麼天真。蘇納的工作之所以會給我，是因為時候到了，因為我努力得來，我也知道大家都認為我是混蛋。可是別忘了誰幫他打開門讓他走，別騙你自己假裝這不是你的決定。」

彼得猛地轉身，拳頭握得緊緊的。

「講話小心點，大衛！」

大衛絲毫不讓步。

「不然呢，你要打我？」

彼得的下巴氣得顫抖。大衛動也不動。最後，他冷笑一聲。他的下巴有一條長長的疤橫越而過，還有另一條劃過他的下巴和臉頰之間。

「料你也不會動手，因為你是彼得．安德森。你的專長就是讓別人替你被罰禁賽。」

大衛走進辦公室時，並沒連帶甩門，僅僅安靜地闔上。彼得最厭惡他的就是這一點，因為大衛說得沒錯。

當地報社的女記者採訪凱文的時候，他看起來根本沒有任何情緒起伏。其他同齡的男孩子肯定會激動不已，但是他既平靜又專業。

他看著記者的臉，卻不看她的眼睛。他的眼睛緊盯著她的額頭或鼻子，放鬆但又漠然。他並不讓人感到不舒服，卻也不讓人感到親切，他回答記者所有的問題，卻又什麼都沒透露。當她詢問比賽時，他說：「就是一直滑，把球打進球門，創造機會。」當她問他認為決賽勝利對大熊鎮和居民的意義為何，他像個機器般重複：「我們對每場球賽都一視同仁，只專注在冰球這個運動上。」她指出在比賽接近尾聲時，一位被他隊友班傑明．歐維奇撲擊的對手球員因而腦震盪，凱文眼睛眨也不眨地聲稱：「我根本沒看到。」

他只有十七歲，從容應付記者的態度卻已經像個政客。她還來不及再問下一個問題，凱文便被人群一擁而去。

阿麥在人群裡找到母親，用力親了她的額頭。她眼中含淚，簡短地輕聲說：「去吧，去吧！」他開懷大笑，擁抱了母親，並且保證不會太晚回家。她知道他在撒謊，而她打從心裡感到快樂。

查克遠遠站在停車場另一頭，人群的最外圍，他最好的朋友這輩子第一次站在人群中心。

大人們鑽進車裡開走，留下年輕人享受他們最重要的一晚。幾乎所有的球員和女孩子們已經陸陸續續前往慶功宴地點，留下來的幾個痛苦地認清自己只是局外人。

查克永遠沒問阿麥，他究竟是忘了還是根本不在乎。但是他們兩人其中之一離開了停車場，另一個留下來。從此之後一切都不一樣了。

彼得走向食堂的路上遇到瑪亞和安娜。他的女兒出人意表地張開雙臂環抱住他的脖子，就像在她五歲的時候，他每天進門時受到的禮遇。

「我好為你驕傲喔，爸。」她悄悄說。

他很少像今天這樣捨不得放開她。兩個小女孩嘻嘻哈哈地跑下樓梯後，整座冰館陷入寂靜。他自己的呼吸聲打破了寧靜，並聽見妻子的聲音：

「輪到我了吧，大明星？」蜜拉叫道。

彼得的臉孔綻出感傷的笑容，走向蜜拉。他們輕輕握起彼此的手，很慢很慢地，繞著很小很小的圈子跳起舞來，接著蜜拉用手捧住他的臉深深地吻他，直到他不好意思起來。她對他仍然有這種魔力。

「你看起來好像沒那麼開心。」她輕聲說。

「喔，我很開心。」他碰運氣扯個謊。

「是因為蘇納？」

他把臉埋在她頸間。

「贊助商要公布大衛在決賽之後接手的消息。他們還要強迫蘇納自動交出辭呈。他們認為如果開除他，會很難看。」

「這不是你的錯，親愛的。你沒辦法拯救每個人，也不能把全世界的責任都扛在自己身上。」

他沒回答。她用手指挑著他的頭髮微笑。

「你看到你女兒沒？她要去安娜家『唸書』。」

「算算術應該不用化那麼濃的妝吧？」彼得咕噥。

「關於信任青春期的孩子，最難的就是我們自己也有過青春期。我還記得從前有一個男孩和我——」

「我不想聽！」

「別大驚小怪，親愛的，遇到你之前我又不是沒交過男朋友。」

「別講了！」

他將她一把抱起摟在懷裡，她覺得喘不過氣。他對她也還有這種魔力。他們像兩個孩子般格格笑。

透過食堂窗戶，他們看見瑪亞和安娜跟著球員們還有學校裡的朋友一起往遠方走。黑暗中，氣溫急速下降，雪花在兩個女孩子身邊紛飛。

此時還沒人意識到，一場暴風雪正在醞釀。

20

腎上腺素會造成奇怪的影響力。厄道爾家的窗戶被擴大器傳出的音樂震得隆隆顫動，一樓人潮塞滿的速度之快，就像他們是穿過屋頂上的洞從天而降似的。幾乎所有的球員都已經無可救藥地爛醉，大部分的客人也一樣。他們都不是第一次造訪沒有父母坐鎮的住家。每個人都用免洗杯喝酒，牆上的照片和易碎物品也已經全部移走，家具上罩著塑膠布。兩個少年組球員整晚輪流看守樓梯口，不准任何人上樓。無論你對凱文有何評價，他跟教練同樣相信事前準備和周詳的計畫，不讓任何意料之外的巧合發生。清潔婦明天一大早就會來打掃，她常說就算凱文在這個屋子裡殺了人，事後也絕對找不到任何蛛絲馬跡。凱文付她一筆豐厚的封口費。在今天這樣的晚上，他也知道鄰居會戴著耳塞上床，要是有人問起，他們也會假裝毫不知情。

已經沒人再問凱文，他為何看起來似乎不怎麼享受自己辦的派對。客廳裡，青少年們邊喝酒邊唱歌，脫衣服的速度越來越快。但在隔音效果極佳的厚實牆壁外，院子裡幾乎一點聲響也沒有。汗從凱文臉上落下，他正一球接一球接一球地射門。每次比賽完，他總是沒法放鬆，但是至少贏了球他就不會太火爆。如果他們輸球，後院和小冰球練習場就會到處可見斷掉的球棍和碎玻璃。跟平常一樣，班吉再平靜也不過地坐在一張塑膠桌子旁靈巧地擺弄一枝菸，在剔出菸草的同時卻又不弄破捲菸紙。他用大麻填滿空菸紙管，將尾端扭緊，小心地用牙齒咬住濾嘴，除下濾嘴後再用一片捲起的紙板取代。他如此大費周章，是因為大熊鎮菸酒鋪的老闆娘是學校教務主任的姊姊，他要是只買一堆菸紙卻不買菸草，就會被盤問半天。網購是死路一條，因為班吉的母親像頭緝毒犬似地檢查所有寄到家裡的包裹。所以，即使沒人看過凱文抽菸，從幾年前起他便開始要求來參加轟趴的人繳交一或兩支菸充當門票，

如此班吉就有充足的大麻菸材料。怪的是凱文認為看自己的笨蛋麻吉全神貫注地準備大麻，是一件令他放鬆的事。

「我要把你賣到亞洲當童工，你那幾根手指太靈敏了，縫起足球一定比其他小孩都快。」凱文戲謔地說。

「要不要我幫你縫一張大球門網，這樣你才能偶爾進個球？」班吉反唇相譏，接著馬上低身一躲，根本不用看凱文朝他腦袋發射的球盤從哪個方向襲來。球盤打中他背後的籬笆，籬笆持續搖晃了好幾分鐘。

「別忘了替清潔阿姨捲幾根。」凱文提醒他。

班吉沒忘。這不是他們合辦的第一個派對了。

阿麥走進屋裡，忍不住張口結舌。

「真的嗎？這裡只住了一個家庭？」

波波和威廉大笑，將他推進廚房。威廉已經醉到沒辦法將磁鐵吸在冰箱上。他們在喝「一口殺」。阿麥不知道裡面究竟有什麼，但是喝起來味道像私釀蘭姆酒和喉糖的混合，每次一口喝下之前，他們得給彼此胸口來上一拳同時大叫：「一口殺！」在喝了五六杯之後，這個飲料的名字和效果開始有了關聯。幾乎每個孩子都在喝。

「你可以跟這裡任何一個你看上眼的女孩子上床。只要我們一贏球，她們每一個都會搶著跟球員打炮！」威廉口齒不清地說，手指向屋裡數不清的肉體。過了一會兒，他用力抓住阿麥的上衣鬼吼：

「除非凱文或班吉或是我要先上她，前鋒有優先權！」

事後，阿麥會記得威廉講這句話時，波波看起來和他自己一樣不自在。那是他第一次看見波波猶豫。威廉蹣跚走開，嘴裡大叫：「我今天晚上助攻進球了！誰想和我上床？」留下阿麥和波波在廚房裡面面相覷。他們又喝了幾杯，用力捶對方胸口之後高聲叫：「一口殺！」好避免和對方對話，因為他們兩個都相信，從一個男人的聲音裡就能聽出來他是不是處男。

瑪亞和安娜屬於最晚到達的一批客人，因為安娜堅持在路上停下來無數次檢查她的妝。每個月，她都比之前更在乎身體的某個部分，最近是她的顴骨。不久之前是髮線，她可憐兮兮地要瑪亞幫她調查有沒有整型手術能把髮線調低一點。

她們走進屋子之前，瑪亞在路上佇足片刻欣賞眼前的景色。從厄道爾家外的街上，你可以看見整座湖面和對岸的森林。那是一片野林，樹木生長得十分茂密，就連雪似乎也積得比較厚。更遠的地方是一片廣闊的白雪世界，站在其中的小孩子都會幻想全世界只剩自己一個人。大熊鎮的孩子都知道，如果不想被大人看見，樹林外的原野是唯一的選擇。瑪亞知道小的時候，安娜差點就沒辦法憑一己之力救回她們兩人。當她們十二歲時，安娜偷了一部雪上摩托車，載著瑪亞整晚亂闖。瑪亞從沒講出來，但那是她感到最自由自在的一次。

一年之後，安娜不再上網搜尋如何給雪上摩托車接電線，轉而搜尋節食方法。所以瑪亞在走進派對之前，站在門外哀悼當年一起在湖對面探險的兩個女孩。如果她知道幾個小時之後，走出那棟房子的自己將會是一個截然不同的人，她肯定會在當下遠遠越過冰面逃走。

凱文站在後院，透過落地門看見瑪亞走進屋裡。他緊盯著瑪亞，沒留意到班吉正在看他，觀察他的反應。當凱文快步走向落地門時，班吉惱怒地收拾帆布背包跟了上去。他們一言不發地推開客廳裡的人群往不同的目標走去。凱文在瑪亞面前停下來，拚命壓下胸口用力蹦跳的心；而她用盡最大的努力掩飾自己的雀躍，以及她多麼得意地看見廚房裡一群高年級女生正恨恨地瞪著自己和凱文。

「女士，」凱文戲劇化地笑著深深一鞠躬。

「狗屎大王伯爵，真高興見到您！」她也大笑，回敬一鞠躬。

凱文正要張嘴說些什麼，卻愣在原地，因為他看到班吉消失在前門外。他看起來跟廚房裡的安娜一樣失望，他和安娜兩人不約而同感到自己像是要碎成片片。

屋外的路邊，班吉將帆布背包甩到肩上，用手擋住風以免打火機被吹滅，等著煙鑽進自己的肺裡。他聽見凱文叫他，卻沒回頭。

「別這樣，班吉，你這個怪胎！別蠢了！」

「我不跟小女孩玩，凱子，你很清楚。她們幾歲？十五？」

凱文雙手往外一甩。

「不要這麼計較，又不是我請她們來的！」

班吉轉身，望進好友的眼睛裡。幾乎過了整整十秒，凱文終於忍俊不禁。他裝不下去了。

「你騙不過我，凱子。」

「還是留下來吧？」凱文帶著笑容問。

班吉冷靜地搖搖頭。凱文失望地眨眼。

「那你現在要做什麼？」

「辦我自己的派對。」

凱文看著帆布背包。

「你可別又抽太多，搞到眼前出現拿著刀子的小精靈，還在森林裡拉屎，好嗎？我可不希望得再去找你一次，看見你縮在哪棵他媽的樹下又哭又叫。」

班吉哈哈大笑。

「那也只有一次，而且也不是因為大麻。」

「你記不記得自己打電話給我鬼叫『我忘記怎麼眨眼睛了！』？」

「別開玩笑，我那次狀況糟透了好不好。」

凱文看起來想用手碰碰班吉，但是並沒行動。

「還有如果你要偷車，別在大街上偷，行嗎？爸會非常火大。」

班吉點頭，卻不做任何承諾。接著，他從口袋裡拿出一根大麻，輕輕放在凱文耳後。

「給你晚一點抽的，加了一點菸草，就像你喜歡的那樣。」

凱文給了他一個飛快的擁抱，快到沒人注意，但又緊得傳達了一切。他在比賽後往往無法入眠，因此也成了他唯一抽菸的時刻。這一類的祕密，唯有好朋友之間才互相懂得；只有兩個曾經並肩躲在被子下，用手電筒一起看超能英雄漫畫的男孩子才懂得。當年，他們恍然大悟自己總是感覺與外界格格不入，是因為他們也是超能英雄。

班吉走進夜色裡，凱文目送他良久，心中感到又嫉又羨。他知道女孩子們喜歡他，是因為他冰球打得好，如果沒有冰球，他就只是一個普普通通的十七歲男孩。但是班吉不同。女孩子喜歡他是為了完全不同的原因。他具備每個人想要的特質，和他在冰球場裡完全不同的特質。他的眼神不斷透露出只要他高興，他將能隨時離開你，毫不流連。他毫無牽絆，根本不在乎任何事物。凱文害怕孤獨，但是班吉擁抱孤獨。凱文在成長過程中一直擔心有一天起床之後，會發現另一個超能英雄已經丟下他一個人。原來另一個超能英雄根本不把這一切放在心裡。

班吉身體裡流的血和其他人不一樣。他順著通往湖面的路走去，消失在森林裡。凱文忍不住認為班吉是他所知道唯一一個真正自由的個體。

那是他們在童年時期最後一次看見對方。他們的童年在今晚正式畫下句點。

21

凱文走回屋裡後，瑪亞將他的一舉一動看在眼裡。剛開始，他看起來就像是隻被遺棄在大雨中的小貓。他的神情活像沒人記得他是誰，雖然瑪亞知道他向來是眾人注目的焦點。接著，他到廚房裡仰頭灌下兩杯酒，和波波以及阿麥大叫：「一口殺！」又將手臂搭在威廉肩頭一起使勁蹦跳大聲吼：「我們是大熊！」力道之猛連地板也為之震動。

她不記得凱文何時遞給她第一杯酒精飲料，但是第二杯喝起來已經比第一杯更容易入喉。他和威廉打賭誰能先乾掉手裡的酒，凱文回回都贏。瑪亞笑著說：

「真是，你們這些球員就連喝酒也要比賽！」

凱文直直看著她，彷彿周遭的人都不存在，像是把她的話當成挑戰。

「去多拿幾杯。」他告訴威廉。

「對！用跑的，威廉！我來計時！」瑪亞故意激威廉，一邊拍著手。

威廉拔腿一跑，正正撞上一面牆。凱文笑得喘不過氣。瑪亞很驚訝凱文看起來似乎永遠活在當下，在冰場上，他全心全意只想著打球；到了場外，他看來什麼也不掛心，只在乎眼下的每一分每一秒。她但願自己也能這樣。

她不知道他們究竟喝了多少，她只記得自己連著三回合喝贏威廉，還站在一張椅子上高舉雙臂，像是舉著一座巨大的獎盃。

凱文喜歡她，因為她與眾不同；他喜歡她的眼睛永遠不斷梭巡，永遠觀察著周遭；他也喜歡她知道自己是誰，他但願自己像她一樣。

第一杯酒之後，安娜便不再喝了。她不知道怎麼回事，但班吉已經不見蹤影，而他是她來轟趴的唯一目的。她和瑪亞一同站在廚房裡，但是旁人不停介入她們兩個之間。每回凱文因為瑪亞講的話而發笑，安娜就看見高年級女生看著瑪亞，介於嘲弄和死亡威脅的眼神。她也感覺到威廉放在她脊椎底部的手慢慢往腰側游移。無論她如何打磨自己的稜角，如何縮小她的自我，她將永遠無法融入這群人裡。

班吉穿越冰面，直到他站在湖中央。他站在那裡抽著大麻，看鎮上的房子一戶接一戶陷入沉睡。腳底下堅硬的冰層微微晃動，即使在大熊鎮的這個季節裡，此時孤身待在野外也太晚了點。他從孩提時代起，就常常玩味墜入寒冷黝黑的湖裡就此消失的可能性。他納悶在那底下，是否痛苦的事都不會感覺那麼痛。說起來也奇怪，或許他父親的死，反而相反地讓他不那麼懼怕死亡。班吉唯一不理解的是，為何父親決定用獵槍。森林、冰、湖和寒冷——這個鎮提供了上千種自然死亡的手段。

他站在原地直到煙和零度以下的氣溫令他從裡到外徹底麻木，然後他向鎮上走回去，在一個小住宅區裡偷了一部摩托車，騎往海德鎮方向。

「妳為什麼不喜歡冰球球員？」凱文問。

「因為你們不怎麼聰明。」瑪亞笑道。
「怎麼說？」他認真地問。
「因為你們先發明護襠，七十年後才發明頭盔。」她說。
「那是因為我們知道哪一樣比較重要啊！」他笑。
他們又灌下幾杯酒。每次打賭都是他贏，他永遠不會輸。
「穀倉」並不是個響亮的酒吧名字，尤其是它的確是個穀倉。但是就像卡娣亞的老闆常說的：在海德鎮，人們永遠不會對彼此說：『知道嗎，你真的太有想像力了！』一支樂團正在台上演奏，台下是一小撮對音樂明顯不感興趣，醉意或深或淺的中年男人。酒吧保鑣來找她時，卡娣亞正在吧檯裡。
「妳弟弟有摩托車嗎？」
「沒。」
保鑣笑了。
「那我會叫他停在後面。」
身為二姊的卡娣亞，在令全家頭痛的弟弟走進來時，嘆了一口氣。她不知道究竟是他老是找麻煩，抑或麻煩不請自來，她只知道麻煩和這個小弟永遠是一體兩面。她想，幸好他的大姊不在，否則早就已經扭斷他的脖子了。可是卡娣亞並不生氣，她永遠沒辦法對這個弟弟發火。
「別急，我會把摩托車還回去的。」班吉向她保證，並努力擠出笑容。她看得出來，他已經心情低落一整晚了。

「我聽說你們今天贏了，你在這裡幹嘛？」他姊姊問。

「我在慶祝，妳應該看得出來。」他語氣苦澀地回答，她俯身向前用力親他的髮心。

「你去看了爸爸？」

他點頭。她很清楚為何所有的女孩子都迷戀她摯愛的小弟，「哀傷的雙眼，狂野的心，未來的人生除了麻煩什麼也沒有。」他們的母親如是說，這是她的經驗之談。卡娣亞從沒造訪過父親的墳墓，一次也沒有。但是她有時候會想起他，也會思索他活得這麼不快樂卻又沒辦法告訴任何人，一定非常痛苦。必須在你愛的人面前隱藏這麼大的祕密，實在是件可怕的事。

當班吉生氣的時候，就會去找最小的姊姊蓋比，和她的孩子們玩耍直到雨過天晴。當他需要安靜地思考時，就去最大的姊姊艾德莉開的狗場。但是當他覺得受傷時，他會來這裡找卡娣亞。因此她僅僅用手輕拍他的臉頰，而不大聲斥責。

「如果你能幫我看著吧檯一下，讓我到辦公室裡處理一點事情，等一下你就能跟我回家過夜。他們會把摩托車處理掉。」她說著，向保鑣們點點頭。

明天一大早，將會有兩個你最不願意發生口角的對象，將摩托車物歸原主並且解釋「你肯定是不小心忘在海德鎮了」。等摩托車被送進車廠時，車廠也會免費修理。在這個小地方，大家不需要知道太多細節。

「還有別碰那些啤酒！」卡娣亞下命令。

班吉繞進吧檯裡，一直等到他姊姊走進辦公室，才打開一瓶啤酒。台上的樂隊正在翻唱搖滾老歌，因為要在海德鎮表演，就非得表演這些歌曲。他們看起來沒什麼特殊之處，肥油過多、天分過少，平庸得可以。除了貝斯手。他看起來與眾不同：黑頭髮，黑衣服，但是不尋常地耀眼。其他團員使盡渾身解數，但是他卻彈得一派輕鬆。他站在台上，剛好填滿音箱和香菸販賣機中間一公尺半見方的範圍，可是看起來就像在自己的小王國裡跳舞。彷若這座穀倉不是世界末日，而是宇宙的開端。

在兩首歌之間，貝斯手注意到那個一頭亂髮的酒保，就在那一刻，穀倉裡彷彿只有他們兩個人。

安娜從洗手間走出來，威廉堵在門外。他壯碩的身子俯向她，企圖緊抱起安娜往玄關走。要不是他已經醉了，他很有可能會得手，但是安娜敏捷地閃開往客廳方向衝去，他抓住洗臉台保持平衡。

「拜託！媽的！我今天助攻成功欸，難道不該得到獎品嗎？」

安娜往後躲開，迅速掃視左右兩側，狹窄的玄關裡有何退路，就像林中的困獸評估脫身路線。威廉張開雙臂，口齒不清地大聲說：

「我看見妳看班吉的眼神，沒關係。可是他今天晚上不會再回來，他是一個大麻鬼……懂吧？所以他早就嗨翻天了！忘掉他，把重點……重點……放在我身上！我今天晚上他媽的助……助攻……而且我們贏了！」

安娜甩上洗手間的門，朝廚房跑去找瑪亞。瑪亞不見蹤影。

班吉在吧檯倒啤酒。樂團已經停止演奏，卡娣亞開始播放鄉村樂。班吉急急轉向下一個客人，手上的啤酒杯差點就打到那個客人臉上。貝斯手笑了起來，班吉揚起眉毛。

「乖乖，有音樂家來我的吧檯呢，你想喝點什麼？本店請客。」

貝斯手揚起頭。

「威士忌沙瓦？」

班吉的笑容直咧到耳邊。

「你他媽的以為自己在哪，好萊塢？我這裡只有傑克丹尼爾和可樂。」

他邊說邊混合威士忌和可樂，用準確的手勁將酒杯滑過吧檯。貝斯手望著飲料片刻卻不動手，最後終於承認：

「抱歉，我其實根本不喜歡威士忌，我只是試著聽起來像個搖滾樂手。」

「威士忌沙瓦聽起來也他媽的一點都不搖滾。」班吉給他一個忠告。

貝斯手的手梳過髮間。

「曾經有一個酒保告訴過我，一旦你在吧檯後面工作夠久，就會開始把每個人都看成是一種酒。就像算命的人講什麼『精神靈獸』的理論。你知道我在說什麼嗎？」

班吉大笑，他平常很少大笑。

「那麼你的精神靈獸肯定不是威士忌，我可以告訴你這一點。」

貝斯手點頭同意，謹慎地湊過身子。

「我其實不想被可樂淹死，只想被蒙在煙霧裡頭。有人說你也許有辦法幫我個忙？」

班吉乾掉貝斯手的飲料，點頭說：

「你想要什麼？」

阿麥和波波並不真想走進後院，只是湊巧。他們兩個都很不習慣派對，不知道有什麼可做的。自然而然地，他們開始找自己了解的，知道該怎麼動手的事物。於是他們站在院子裡，一人拿一根凱文的球棍，輪流射門。

「你怎麼能滑得這麼快？」波波帶著濃濃的酒意問。

「因為我在學校裡花很多時間逃離像你這樣的人。」阿麥半開玩笑半認真地回答。

波波半是客套，半是真心地笑了。阿麥注意到只要波波還能站穩，平靜地瞄準片刻，出手就比他想的還猛。

「對不起……我……你知道我只是開玩笑，對吧？你知道……就是這樣……甲組不讓我們好過，我們就不讓你們……」

「對，對，只是玩笑……」阿麥撒謊。

波波又更用力射門，心中充滿罪惡感。

「你現在在第一組前鋒了，有權利把我的衣服丟在淋浴間裡，我不會再做這種事。」

阿麥搖頭。

「你太臭了，我根本連碰都不想碰你的衣服，波波。」

波波發自心底的笑聲在房舍間迴盪。阿麥也看著他笑。波波忽然降低音量：

「我得在秋天之前提高速度，要不然他們不會准我繼續打。」

這是波波在年齡超過少年組上限之前的最後一個球季。在其他城裡，有些少年組的年齡上限是二十一歲，但是大熊鎮的高中畢業生太少。有些孩子搬到別的地方繼續求學，有些則開始工作。最好的球員才會晉升為資深球員，剩下的就被自然淘汰。

「可是還有甲組隊啊！」阿麥充滿信心地說，但波波乾澀地悶哼一聲。

「我根本進不了甲組隊。如果我的速度沒辦法更快，這就會是我最後一個球季。之後一輩子只能和我爸一起修車。」

阿麥沒再說什麼，因為他不需要。每個只要打過五分鐘冰球的孩子都知道，全宇宙裡你只想繼續做的就只有打冰球。你只想一打再打，因為這項運動具備所有運動的要件：速度和力量，準確的技術和全面進攻，百分之百的腦和百分之百的心。沒有比冰球更棒的運動了。沒有比冰球更刺激的速度，它是令人無法抵抗的迷幻藥。阿麥深呼吸一口氣，透露他沒向任何人承認過的事實：

「我今天其實很害怕，波波。我整場比賽從頭怕到尾。就連最後贏了，我也不覺得高興，我只覺得鬆了一口氣。我……該死，你記不記得小時候在湖上打球？那個時候只是覺得好玩，根本就不會想太多，我只知道那是我想做的。我到現在還認為這是我唯一想做的事。我根本不知道要是不能打球，我還能幹什麼。冰球是我唯一在行的。可是現在……感覺就像……」

「工作。」波波替他做下結論，根本不用看阿麥的表情。

阿麥點頭。

「我今天真的害怕死了，這樣講聽起來很奇怪嗎？」

波波搖搖頭。他們沒再繼續談這個話題。只是無言地輪流射門。砰，砰，砰，砰，砰。波波清清喉嚨，換個話題。

「我能問你一件事嗎？」

「好啊。」

「你怎麼知道自己的屌長得很好看？」

阿麥盯著波波想確定他在開玩笑。波波看起來很認真。

「你有多醉？」

波波臉色漲紅。

「我……只是有時候會想知道而已，因為每個人都在講女生的奶啊。我只是在想，說不定她們也會討論我們的屌。那你怎麼知道你的長得好看？你想女生會在乎它長得好不好看嗎？」

阿麥快速地連續打出三球，波波站在他旁邊，長得像棵樹一樣高大，卻緊張得像隻在獸醫診所的小狗。阿麥笑一笑，拍拍他的肩頭。

「你知道嗎，波波？我想也許你應該別想這麼多，這樣對大家都好。」

波波點頭露齒一笑。他們分別是十五歲和十七歲，十年之後他們仍會記得這個夜晚，當其他人都在屋裡開派對時，他們兩個站在屋外，成了好朋友。

今晚天氣晴朗，天上繁星點點，樹木紋絲不動，他們兩個站在穀倉後頭抽菸。班吉通常不和陌生人一起抽大麻，因為這對他來說是私密又孤獨的舉動，他不知道為何今晚開了特例。也許是貝斯手在台上自成一國的態度，就像他身處另一個時空。班吉懂那種感覺，或者該說他渴望那種感覺。

「你的臉怎麼了？」貝斯手問，指著班吉下巴上的疤。

「冰上曲棍球。」班吉回答。

「所以你很會打架囉？」

他的口音透露出他不是這個地區的人，但是這個問題透露出也許這是他第一次造訪這個國家。

「如果你想知道這一類的事，就不該注意人們臉上的疤。你應該注意他們手指關節上的疤。」班吉回答。

貝斯手深深吸幾口菸，吐氣吹開眼睛前的瀏海。

「在所有我不懂為什麼人們會喜歡的運動之中，冰球是我最不懂的。」班吉回敬：

「聽說不會彈吉他的人才去彈貝斯？」

貝斯手哈哈大笑，笑聲如歌聲般在樹林間彈跳，撞上班吉腦袋的同時，也正中他的胸口。沒有幾個人有這種能耐，沒有幾個人是龍舌蘭酒和香檳的混合。

「你一直住在海德鎮？在這種小鎮裡，難道你不會得幽閉恐懼症嗎？」貝斯手笑問。

他的眼神介於害羞和貪婪之間，射向班吉的雙唇。班吉任由煙霧往雙頰上竄。

「我住在大熊鎮。相較之下海德鎮算是大的了。你來這裡幹嘛？」

貝斯手聳聳肩，企圖聽起來一派輕鬆，但是他內心的傷痛卻隱隱浮現：

「我表哥是樂團主唱，他們的貝斯手去外地上大學了，所以他們問我想不想搬到這裡和他們一起表演幾個月。他們真的爛斃了，我們每次的演奏酬勞多半是一箱啤酒之類的，可是我……感情很不順利，必須脫離那段關係。」

「要比這裡更遠幾乎不太可能了。」班吉說。

貝斯手聽著樹木的聲音，感覺雪花緩緩降落在手上。他的聲音在黑暗裡聽起來微微顫抖。

「比我想的還美。這個地方。」

班吉閉上眼抽完煙，他但願自己早已抽了更多菸，或喝醉了。也許那樣一來他就有勇氣。但此時他只說：

「跟你來的地方不一樣。」

貝斯手吸進班吉呼出的煙。向地面點點頭。

「我們下個星期天還會來這裡表演，如果你想來看。我會很……我想認識人，在這裡。」

他的一身黑衣被風吹得在瘦削的身上輕輕振動。他的動作既輕又柔，似乎不費一絲一毫的力氣。在充滿掠食者的森林裡，他站在雪地上，輕盈得像隻鳥。他冰冷的呼吸碰到班吉的皮膚，班吉熄掉手裡的菸，往後退兩步。

「我得在老姊看到我站在這裡之前先進去。」

「你這樣一個高大又難纏的冰球選手，卻會怕姊姊？」貝斯手笑問。

班吉輕輕聳肩。

「要是你也會。你他媽的以為誰教我打架的？」

「那就下星期天見了？」貝斯手叫道。

他沒得到任何回答。

瑪亞站在廚房裡，忽然意識到安娜已經不在那裡。她走出來尋找安娜，男孩子們看到她扶著牆壁平衡自己，因為她體內的酒精已經令她感到天旋地轉，就像站在搖晃浮冰上的企鵝。威廉靠近凱文的耳邊悄悄說：

「運動總監的女兒，凱子，老天爺，你永遠把不到她的！」
「想打賭嗎？」凱文嘻嘻笑。
「一百塊。」威廉點頭。
他們握手為諾。
在那之後，瑪亞只記得一些奇怪的細節，譬如凱文的酒灑在她衣服上，看起來就像是隻蝴蝶。沒人會想聽她講這個。他們只會問她那晚究竟喝了多少酒；她是不是喝醉了；她是不是握著他的手，給他暗示；她是不是自願走上樓。
「迷路了嗎？」他在樓梯口旁邊看見她，笑著問。
當時她已經在樓下轉了三圈，卻找不到洗手間。她大笑，張開雙臂。別管安娜了。
「這個屋子好瘋狂喔，就像住在霍格華茲裡面！你爸媽到底有多少錢啊？」
「妳想看樓上嗎？」他問。
她將會不停希望自己並沒跟他走上樓。
卡娣亞的車在第八次或是第九次發動時才不情願地發動起來。
「你今天晚上可以睡在艾德莉的狗場。」
「不要，帶我回家。」班吉半睡半醒地說。
她拍拍他的臉頰。
「不行，小乖，因為你也知道，艾德莉和我都很愛我們的小弟弟。如果你回家以後再被媽聞到一次啤酒和大麻味，我們就再也不會有小弟弟了。」

他咕噥著，扭動著脫掉夾克，把它摺成枕頭靠在車窗上。她戳戳他露在T恤袖子下的手臂，上面有一隻大熊刺青，說道：

「那個貝斯手很可愛。可是我猜你會告訴我他不是你的菜，跟你每次講的一樣？」

班吉閉著眼回答：

「他不喜歡冰球。」

她笑他的回答，但是當她的弟弟睡著後，卡娣亞用力眨眼，趕走眼裡的淚。

他的整個童年，在沙坑裡和鞦韆上，卡娣亞都看見女孩子們看他的眼神。她們想馴服他的同時，也知道這個渴望根本不可能實現。但是她們始終不了解為什麼。

一年一年過去，班吉漸漸長大，卡娣亞但願他能過另一個不同的人生。換一個地方，換一個時機，也許他會是一個不同的男孩。比現在更溫和，更有安全感。但是在大熊鎮卻不可能。在這裡，他背負太多沒人看見的束縛，還有冰球。球隊、隊友、凱文，他們是他的一切，所以他必須扮演他們要他成為的一切。想到就令人害怕。

必須在你所愛的人面前隱藏祕密。

每個人都會告訴妳這件事。學校的護士、必須負責講解性教育的可憐老師、緊張兮兮的父母、愛說教的電視節目、整個網際網路，每個人。妳這一輩子已經聽多了別人講的過程。即使如此，卻沒人告訴妳會在這種情況下發生。

瑪亞仰躺在凱文的床上，這是她第一次抽大麻。抽大麻跟她想像的不一樣，彷彿溫度也有它獨特的氣味，煙霧飄升進入她的大腦中，而不是往下通過喉嚨。凱文房間的牆上有冰球選手的海報，滿架子的獎盃，可是在角落有一架舊唱機。她會記得這個細節，因為那個唱機看起來格格不入。

「那是我爸的老唱機，我喜歡它的聲音……開始播音樂就會有的雜音……」他語帶歉意地說。

他開始播放音樂，她不記得放了什麼，只記得沙沙的雜音。十年之後，她會在地球另一邊的某個酒吧角落或是服裝店裡聽見唱機傳出的沙沙聲，記憶會立刻回到這個房間，這個時刻。她感覺到他的身體壓在她身上的重量，並因而大笑起來，她也會記得這件事。他們互相親吻。有兩個問題，將是她在之後的人生中最常問自己的：究竟誰先親了誰？妳也回親他了嗎？是他先親她的，沒錯，她也的確回親了他。但是當他用力脫下她的褲子時，她阻止了他。他以為她在鬧著玩，於是她用力抓住他的手：

「我不想要，今晚我不想。我從來沒……」她小聲說。

「妳一定想。」他堅持。

她被激怒了。

「你聾了還是怎樣？我說不要！」

他抓住她手腕的力道變大，剛開始並不明顯，接著大到令她感覺痛。

卡娣亞在「歡迎光臨大熊鎮」的路牌之後，轉向通往森林的小路，開往狗園。一路上並沒有路燈，因此當班吉睡醒往車窗外瞧時，他們都已經開過頭了，他才意識到自己看見什麼。

「停車。」他喃喃道。

「什麼？」卡娣亞回問。

「停車！」班吉大吼。

嚇了一大跳的卡娣亞猛然踩下剎車。此時她的弟弟已經打開車門衝進黑暗裡。

每個人都會講那件事。一輩子都有人告誡妳事情是怎麼發生的：放假時，妳在慢跑跑道上被襲擊，先被痛毆之後再被拖進一條暗巷；或是在酒吧裡被陌生男子下藥，關在大城裡某個骯髒的角落。每個人都警告妳，一次又一次。他們警告所有的女孩子：這種事可能會發生在妳身上！這種事很容易就發生！

只不過沒人告訴妳，這種事也會這樣發生：對方是妳認識的人。妳信任、一同分享笑聲的人。就在他男孩子氣的房間裡，牆上滿是冰球選手海報，樓下是滿屋子的學校同學。凱文親吻她的脖子，將她的手挪開，她將會記得他撫摸她的身體，彷彿那不屬於她，彷彿那是他贏到的獎品，彷彿她的頭腦和其他部分是分開的兩個物品，彼此獨立。沒人會問她這一點。他們只會問她到底反抗到什麼程度，她究竟有多「清醒」。

「住手，凱文，我不想……」

他的呼吸聲在她耳中迴響。

「我會很小心的，我保證。我知道妳喜歡我。」

「我是……可是我從來沒……停止，拜託！」

她用力撥開他的手，指甲在他的皮膚上留下兩條血痕。她將會記得看見血滴滲出來，很慢，很慢，很慢，很慢地，他甚至根本沒注意到。他用自己的體重壓制住她，根本不多費一絲力氣，然後他的語氣突然改變：

「別這樣，媽的！妳別再裝模作樣了！我大可以到樓下隨便抓一個女的來搞！」

瑪亞奮力一扯，掙脫一隻手，用全身所有的力量摑了凱文一巴掌。

「那好，你去啊！快去！！！放開我！！！」

他並沒放開她，眼中充滿殺氣。在那個當下，似乎今晚和她一起說笑的凱文已經不存在。當她又試圖擋下他的手時，他用另一隻手緊緊地扣住她的脖子。她想大叫，他的手指卻已摀住她的嘴。缺氧令她的意識時而迷糊時而清醒，在這一切混亂之中，她將記得某些沒人問起的細節：當他扯開她的上衣時，有一顆釦子也同時被扯落，她聽見釦子掉在地板上，彈向房間某個角落的聲音。她也會記得自己不斷思索：「我待會兒要去哪裡找它？」

他們會盤問她酒和大麻，不會問她自此糾纏她一生的無邊恐懼。也不會問這個有唱機和海報，將她永遠禁錮其中的房間。地板的某個角落有一顆上衣釦子，這一股驚恐將跟隨她一輩子。她在他身下無聲地哭泣，在他的手掌之後空虛地尖叫。

對施暴者來說，強暴只是幾分鐘的事。對受害者來說，卻永不停止。

22

現在是星期六晚上，一切都已經發生，只不過安娜還不知情。她只知道當她詢問瑪亞的下落時，廚房裡那些高年級女生殘忍地嘲笑她。

「那個小賤貨？她跟凱文走了。別擔心，小可愛，等他玩完了就會把她丟回來，球隊裡沒人在乎這種小角色！」

她們的笑聲刺穿安娜的肺，她的喉嚨緊繃。她手中握著手機站在那裡好幾分鐘，卻沒撥電話。沒錯，她可以趕緊去找她的好朋友，但是憤怒勝過了她的理智。沒有幾件事能比第一次因為男孩子而被妳最好的朋友拋棄還令人失望，也沒有哪一次在熱鬧的派對之後獨自走回家，會比妳十五歲的那一次更寂靜。

安娜和瑪亞還小的時候，因為救了彼此的命而結識，一個從冰湖上的洞拉出另一個，於是被救的反過來將救她的那個從孤獨裡拉出來。她們在許多方面大相逕庭，可是她們都喜歡跳難看的舞、大聲唱歌，和飛速飆雪上摩托車。她們的友誼歷久彌堅，最好的朋友，閨蜜第一，男友第二。她們向彼此做了許多承諾，最重要的就是：絕不拋棄對方。

廚房裡的女生們還在笑安娜。她們批評她的打扮和身材，可是她置若罔聞，那些話她已經在學校走廊和網路留言裡看過、聽過。威廉搖搖擺擺地轉過牆角看見她，安娜說：「去死。」因為他們每個人都該去死，所有的人。

她在走出前門時停下腳步考慮打電話給瑪亞，甚至轉身走上樓找她。但是她不想苦苦哀求別人的注意。即使在一座一年有九個月都被白雪覆蓋的小鎮上，站在另一個稍微比妳受歡迎的人的陰影之下，也令人感到無比寒冷。安娜將手機關成靜音，丟進包包裡。人性有很多弱點，但是沒有一個比自尊心還頑強。

她看見阿麥，抓住他的肩膀。他已經醉到唸不出來視力檢查表的最上排字母。安娜嘆了口氣。

「如果你看見瑪亞，告訴她，我不想再等她決定她喜不喜歡花生。」

阿麥困惑地口吃起來：

「哪裡……我是說……什……我的……誰？」

安娜翻了翻白眼。

「瑪亞。跟她說我先走了。」

「她……她在哪？」

這個問題讓他自己的腦子清醒起來，聲音也清楚了。安娜差點覺得為他感到難過。

「喔，阿麥，你還不懂嗎？去凱文的房間看看！」

阿麥碎成千千萬萬片，但是安娜不想再逗留。她不想在這棟房子裡崩潰。安娜甩上前門，寒冷向她的臉頰襲來。她覺得呼吸變得容易了，心跳慢了下來。她是在戶外長大的，被關在室內讓她有種坐牢的感覺。社交關係、試著交朋友、試著被接受、永遠吃不飽，還得把真正的自我打磨得越小越好，這一切都能引起她的幽閉恐懼症。在黑暗中，她選擇穿越森林的小路，心裡感到比擠滿人的屋子裡還安全。大自然從來沒傷害過她。

在厄道爾家二樓一扇緊閉的門後，有瑪亞唯一一個不讓童年死黨知道的祕密：直到最後一刻，在她被凱文壓得喘不過氣的時刻，都還不斷告訴自己：「我不能害怕，安娜會來找我，安娜不會丟下我。」

阿麥永遠無法解釋他的出發點。也許是嫉妒，也許是自大，或者複雜的自卑感，但肯定是因為衷心的迷戀。樓梯口有兩個球員坐守，當他們告訴他不准上樓時，他對他們大吼，不但嚇著他們也嚇著自己：「你們他媽的排第幾組攻擊線？」

這麼多年來在小球隊和低年級隊伍裡，人們都說他的腳程佔了優勢，但不僅僅是這樣。還有他看事物的方法。他的眼睛永遠動得比其他人的都快，看到的比其他人都多，他記得每一次進攻的每一個細節。後衛的位置、守門員的動靜、隊友將球棍放在冰上時，他眼角抓到的微小變化。

被震懾住的低年級組球員讓了開來。樓梯共有三段，最頂端的玄關有厄道爾家的全家福照片，那張照片旁邊是凱文的獨照，到處都是他的照片。他五歲、六歲、七歲時穿著冰球裝備的照片。每一年都是相同的笑容，相同的眼神。

他們會問阿麥究竟聽到什麼，他究竟站在哪裡。他將永遠沒辦法說清楚自己會採取行動，究竟是因為聽見一聲「不要」或是「住手」，抑或是從手掌後傳出來的絕望、氣悶的慘叫。也許根本都不是，也許他只是憑直覺打開那扇門。他們會問他是否喝醉了，還會氣沖沖地看著他，質疑他：「可是你不是已經暗戀原告好多年了？」對這個問題，阿麥唯一的答案是他的眼力優於常人，看東西的速度甚至比他的腳程還快。

他壓下門把，站在通往凱文房間的甬道裡，看見屋內的暴行和被扯破的衣服。眼淚和男孩在女孩頸上留下的紅色掐痕。一個肉體強行侵佔另一個肉體。他看得清清楚楚，並且在事後會夢見特別的細節：牆上幾張國家冰球聯盟球員海報。因為最簡單不過的原因：他自己的床頭也貼了一張。

阿麥衝進房門時，凱文分心了兩秒鐘，已經是瑪亞所需要的兩倍時間了。她不記得那是自然反應，倒更像是生死搏鬥，身為生還者的直覺。她拚命用膝蓋頂開凱文，打開一個能夠推開他身體的小空隙。她用力捶凱文的脖子，然後拔腿就跑。她不記得自己如何跑出房間，也不記得掠過誰的身邊，或是她打了還是踢了守在樓梯口的低年級組球員。也許派對裡的每個人都醉得沒注意到她，也許他們只是假裝沒看到。她跌跌撞撞地衝出門，頭也不回地跑。

已經是三月初了，但當她獨自在黑暗的馬路邊走著的時候，雪依然厚厚地裹住她的腳。她的熱淚湧出眼眶，但滑到下巴時卻已經結冰。就像她母親說的：「人是沒法在這個鎮上生活的，你只能苟延殘喘。」今晚這句話聽起來特別有道理。

瑪亞拉緊夾克包住身體，她不知道自己怎麼會記得抓起夾克，她的上衣已經碎成破布，脖子和手腕上有手指形狀的瘀青。她聽見阿麥的聲音在身後叫她，卻沒慢下腳步，阿麥在雪地裡上氣不接下氣地又踏了幾步，接著便跪倒在雪中。他叫著瑪亞的名字，又醉又痛心。終於，她停下來，緊緊握著拳頭轉過身死盯著他，她的眼淚裡融合了羞愧和憤怒。

「發生什麼事？」阿麥輕聲問。

「你認為該死的發生什麼事？」她回答。

「我們得……妳得去……」

「什麼？我得去做什麼，阿麥？我他媽的需要做什麼？」

「跟誰談一談……警察……誰都行，妳必須……」

「那樣又不能改變什麼，阿麥。不管我說什麼都不會有用，反正沒有人會相信我。」

「為什麼？」

她用手套背面擦眼睛，上面沾染了一道眼影痕跡。阿麥也哭了起來。他們才十五歲，整個世界卻在一個晚上崩解。一部車子駛過他們身旁，頭燈照映之下，瑪亞的眼睛透出熊熊怒火。車子駛遠後，她的心裡和眼睛裡有某樣東西隨之熄滅。

「因為這是一個狗屁的冰球鎮。」她悄聲說。

她消失在下坡路的盡頭，留下跪在雪裡的阿麥。在夜色吞沒她的身影前，她走過那座「歡迎光臨大熊鎮」的路牌。

很快，大熊鎮將不再歡迎她。

安娜打開家門，剛上過油的門毫無聲息地擺動。她的父親已經睡著，母親早已不住在家裡。她穿過廚房往儲藏室走去，獵犬用冰冰的鼻子和熱熱的心跳和她打招呼。從她孩提時起，每回父母在酒氣沖天的屋裡大聲爭執時，她就會做這件事：和動物們睡在一起。因為動物們從來沒傷害過她。

對於不習慣黑暗和寒冷，而其他一切天候都是反常的人來說，他們肯定無法了解為何會有人因為在雪地裡敞開外套甚至裸體以至於凍斃。但是當你感覺非常冷的時候，你的血管會收縮，心臟便會全力阻止血液透過行經被凍僵的身體部位輸送回冰冷的血。就像一支犯規被處罰，又在在處於劣勢的冰球隊：考量資源優先順序，以防守為上，先保住心臟、肺部，和腦子。當防守線潰堤，你的身體冷到足夠的程度時，也就是你的布局瓦解的時候。你的守門員會做出蠢事，後衛之間不再彼此溝通，之前被切斷連線的身體部位將會忽然重新啟動。然後熱血會重新流往凍僵的手腳，你會感覺到一股極度的熱流。所以你會突然以為自己穿得太多，而開始脫衣服。接著，冰冷的血液流回心臟，大勢已去。每隔幾年，大熊鎮就會有人在派對之後醉醺醺地抄近路穿越結冰的湖面，因而在森林裡迷路或坐下稍微歇歇腿，後果就是第二天上午才被發現冰封在雪裡。

瑪亞小的時候常常納悶，像她父母這樣全宇宙最保護孩子的一對父母，竟然會選擇在大熊鎮定居。在這裡，就連大自然都天天企圖謀殺他們的女兒。她長大一點才了解，原來「別單獨跑到冰上玩」和「別自己到森林裡去」之類的告誡，都是推廣球隊運動的最佳說法。每個在大熊鎮長大的孩子都被耳提面命地警告，如果你孤身一人，死亡的威脅就會盯上你。

她打電話給安娜，但是沒人接聽。她沒力氣從大街穿越鎮中心，於是便拉緊夾克，取道森林裡的小路。

黑暗中，那部車經過她的身旁，在她身前五十公尺處緊急剎車，驚恐用力攫住了她。腎上腺素在她體內迅速作用，她確信車子裡會有人跑下來抓她，惡夢將再重演。

那天晚上，瑪亞被硬生生奪走的還有她不會感到害怕的安全地帶。每個人都有一塊安全地帶，直到它被摧毀的那一天。在那之後，你將永遠無法再擁有這樣一塊地盤。從今以後無論身在何處，瑪亞將不會停止恐懼。

班吉剛睡醒的雙眼透過車窗看到她。沒有人會出於自願地在晚上走這條路，他也看得出來她跛著腳走。他叫卡娣亞停車，在車沒停穩之前便已經跳出車外。瑪亞躲在樹後面。你沒辦法在零度之下的氣溫裡保持靜止超過一分鐘，無論你願不願意，寒冷會逼你活動保持血液循環。

班吉在大得可以握住獵槍時，便常和姊姊們在這片森林裡打獵，所以他看得見她。瑪亞也知道他看見自己。卡娣亞在車裡叫班吉，出乎瑪亞意料之外，班吉大叫著回答：

「沒什麼，姊。對不起，我看見……我以為我看見了……喔，我大概是菸抽多了！」

瑪亞直直望著他，他就站在十公尺之外，她的眼淚和他的以同樣的速度凍結。但是他僅僅向黑暗中稍微點了個頭，接著便轉身消失。

他太了解不得不躲藏的感覺，因此不願意揭發另一個必須躲藏的人。

車尾的紅燈在夜色中消失，瑪亞還留在原地，額頭抵在樹幹上，無聲地哭到歇斯底里，沒流一滴眼淚。她受的傷並沒將肉體擊倒，但是她的心已經停止跳動。

在大熊鎮，人們有上千種死法。其中一種是心死。

23

彼得和蜜拉開心地醒來，笑聲不斷。他們將會如此記得這一天，並因此討厭自己。打擊一個家庭的最不幸事件：我們永遠會記得比任何其他片段都還鮮明的，一切崩塌之前的最後一段快樂時光。車禍前最後一秒、意外之前，加油站裡的冰淇淋、假期結束前最後一趟游泳，直到返家後接到診斷報告。我們的記憶總是強迫我們回到那些最快樂的時刻，夜復一夜，逼我們問自己：「如果我當初採取別的行動？為什麼我只顧著開心？如果我早知道會發生這種事，該做什麼來阻止它？」

在悲劇發生之前，每個人都有成千上萬的願望；悲劇發生之後卻只有一個。孩子誕生的時候，父母夢想著孩子越與眾不同越好。等到孩子生了病，他們一心一意卻只盼望孩子一切正常。伊薩克夭折後幾年，蜜拉和彼得每回一笑，就有一種撕心的罪惡感。愧意仍然在他們快樂時糾纏著他們，令他們揣想：在孩子死後便不再將他包含在他們所有的生命裡，算不算是一種背叛？哀悼的可怕影響是，我們將停止哀悼解讀為自私。沒有辦法解釋在葬禮之後，你將如何繼續過日子，如何重新拼湊起破碎的家庭，如何不活得怨天尤人。結果是，你只寄望什麼？寄望開開心心的一天。就算開心一天也行，能夠忘記幾個小時也好。

因此，球賽之後的這個早上，彼得和蜜拉開心地醒來，笑聲不斷。他在廚房裡吹著口哨做家事，等她洗完澡走進廚房時，他們兩人親吻對方，兩個成年人像是忘了自己已經為人父母。

十二歲的李歐看見，噁心地從餐桌旁跑開。他的媽媽和爸爸笑著繼續親吻。開心一天也行。

瑪亞在房間裡聽見他們的動靜，她正深深地埋在被子底下。他們甚至沒發現她已經回來了，他們以為她還在安娜家。當他們驚訝地打開房門時，她解釋自己不舒服。她穿了兩條運動褲，好讓額頭的溫度夠高。她沒辦法告訴父母真相，因為不忍心對他們做這種事，她知道他們會活不下去。

她並不是以受害者的角度思考，而是加害者：她只想到不能讓任何一個人知道這件事，她必須湮滅一切證據。因此一等她的父親送李歐去練球，母親也去超市之後，瑪亞就掙扎著下床，把昨天晚上穿的衣服洗乾淨，免得被人看見汙漬。她將被扯爛的上衣包在垃圾袋裡，往大門走去。但是就在那裡，她停下了腳步，接下來持續站在玄關好幾個鐘頭，因為恐懼而發抖，沒辦法舉步走向屋外的垃圾桶。

昨天的上千個願望，今天卻只剩下一個。

班吉的三個姊姊各有不同的溝通方式。他最小的姊姊蓋比用講的，二姊卡娣亞用聽的。至於大姊艾德莉，用吼的。如果在妳的父親帶著獵槍走進森林之後留給妳三個弟妹，妳就會比一般人更快長大，過程也更辛苦。

她不准班吉因為宿醉而賴床，一大早就逼他起床幫忙餵狗。餵完之後，她又把他拖進布置成小型健身房的小屋裡做舉重練習直到他吐。班吉毫無怨言，他從不抱怨。幾年之前，班吉還無法舉起艾德莉能舉起的重量，但是一旦班吉的能力開始迎頭趕上，速度便令人咋舌。她見過班吉在穀倉酒吧裡教訓三個對卡娣亞出言不乾不淨的大男人。三姊妹們常常趁班吉不在場時討論這件事，以及弟弟盛怒時眼裡的神色。他們的母親常說她不知道「要是這孩子沒打冰球會變成什麼樣子」，但是他的姊姊們很清楚會變成什麼樣子。她們看多那種男人了，在穀倉酒吧、健身房裡，以及其他數以千計的場所中。那些瞳孔充滿黑暗殺氣的眼睛。

冰球給班吉樹立了一個規範，一組架構，一套法則。但更重要的是冰球看見他的優點：他的寬容大度還有不可動搖的忠誠度。冰球讓他的精力有了宣洩的目標，將它導入有建設性而不是毀滅性的行為。他小的時候習慣和冰球球棍一起睡覺，艾德莉相信現在有時候也如此。

當她弟弟放掉槓鈴，第三次走下椅凳嘔吐時，她遞給他一瓶水，然後在他身旁的凳子上坐下來：「所以，有什麼問題嗎？」

「我只是宿醉。」他悶悶地說。

他的手機又響了起來。今天不知已響了第幾次，他卻始終拒絕接聽。

「我說的不是你的肚子，蠢驢。是這裡出了什麼問題？」她嘆道，用手指指太陽穴。

他用手背擦了擦嘴，啜了一小口水。

「喔……只是有點事，跟凱子有關係。」

「吵架了？」

「類似吧。」

「所以呢？」

「就是一些狗屎。」

他的電話還在響。艾德莉聳聳肩，倒在椅凳上。班吉站在後方，在她舉起槓鈴時幫她定位。他但願大姊當年能夠多打幾年冰球，她肯定能打趴一整隊少年組。她年紀還小的時候，曾經在海德鎮打過女子組冰球，但是後來他們的母親再也無法負荷每週幾個晚上的開車來回。大熊鎮沒有女子球隊，從來都沒有。有時候班吉會忍不住猜想，他的姊姊原本會有多高的冰球成就。她懂球賽，吼他不該犯的攻擊錯誤，跟大衛說的一模一樣。而且她熱愛這項運動，跟她的弟弟同樣熱愛。她練習終了，拍拍他的臉頰說：

「你們這些打球的男孩子就像小狗。只要一有機會就做蠢事，要做好事卻非得有個原因。」

「那要怎樣？」他嘟囔。

她笑了笑，指著他的手機。

「所以別再像個老女人，弟弟，去找凱文談談。因為如果讓我再聽見一次那個鈴聲，我就會讓槓鈴直直砸在你的臉上。」

阿麥撥了十次瑪亞的號碼，然後是一百次。她沒接聽。他的眼前還能看見所有的細節，他專注地回想那些畫面，直到開始質疑是否自己想像力太豐富。說不定只是一個誤會。天啊，若他以為自己看見的其實都沒發生，那該有多好？畢竟他喝醉了，還有嫉妒作祟。他又撥瑪亞的號碼，一次又一次，卻沒留言，也沒傳簡訊。他到森林裡跑步，直到再一次嘔吐，直到他累得沒辦法思考。他整整跑了一天，如此一來到了晚上才能累到癱軟入睡。

凱文站在院子裡。所有的冰球選手都很習慣背負著痛苦打球。他們身上總有某處帶傷：鼠蹊部拉傷、扭傷、骨折的手指。每個星期，少年球隊裡都會有隊員說，真恨不得長大到不用戴有護柵的頭盔，「不想再戴這個超市手推車了。」即使他們目睹甲組球員的臉被冰球和球棍直接撞擊，他們還是毫不懼怕，反而滿心期待。當他們還小時，他們都看見一個球員在球賽結束後，臉頰掛彩，嘴唇還被縫了二十針。但是當人們問他：「不痛嗎？」他嘻嘻一笑說：「不騙你，嚼菸草的時候的確有點疼。」

星期日下午，厄道爾家的大房子已經被清理得乾乾淨淨，既整齊又安靜。凱文在後院一球又一球再一球地射門。他早已在小聯盟裡學會忍住傷痛打球，甚至享受傷痛。充血的水泡、骨折、割傷、腦震盪，沒有一樣能影響他的表現。但是這一次不同。一隻手上兩道深深的抓痕，便足以讓他的球高高飛過球門頂。

前門並沒上鎖。班吉走過客廳時，注意到屋裡只有通往地下室的門上有個凹痕，顯然是哪個喝醉的傢伙撞凹的。除此之外屋裡一切如常，就像沒人住在裡面似的。他站在通往後院的落地門旁看凱文朝鄰居的花壇裡盲目發球。凱文看見他時，雙眼布滿血絲和怒氣。

「你可出現了！我大概打給你一千次了吧！」

「我這不是來了。」班吉回答。

「我打給你的時候你就應該接！」凱文怒斥。

班吉的回答來得慢吞吞，雙眉充滿威脅地沉了下來：

「我想你應該是把我和威廉或是波波搞混了。我不是你的奴隸。我想接的時候就會接。」

凱文用球棍頂端指著班吉，球棍因為他的怒氣而顫抖著。

「好，你現在吸完毒了？下星期就是決賽，可是每個人都一副已經完成任務的樣子。我們得叫大家集合，讓他們知道我這星期要他們達到的目標！所以你得隨時待命！當球隊需要你的時候，我不會容忍你像煙一樣人間蒸發！」

班吉不懂他的「像煙一樣」是開玩笑，還是凱文笨到不懂雙關語。凱文這個人很難講，他是班吉所知最聰明也最笨的人。

「你明明知道我為什麼離開派對。」

凱文語帶諷刺：

「知道，因為你是個他媽的聖人，對嗎？」

班吉的眼睛瞪著凱文的，沒有一絲轉開的意思。終於，凱文將視線挪開，他的朋友問：

「昨天晚上發生什麼事，凱子？」

凱文猛地一笑，甩開雙臂。

「沒事。大家都喝醉了，你知道那種情況。」

「你的手怎麼了？」

「沒事！」

「我在森林裡看到瑪亞，看起來不像沒事。」

凱文突然一轉身，像是要用球棍打班吉。他的嘴唇在顫抖，瞳孔在燃燒。

「所以你現在又在乎了？見鬼的跟你又有什麼關係？你根本就不在！你寧願跑去海德鬼混也不願意和死黨在一起！你的球隊！」

班吉的雙眼緊盯著凱文的一舉一動。凱文再度避開他的凝視，高高擊出一顆球，反而像是在打飛靶。他喃喃道：

「我昨天晚上需要你。」

班吉沒回答。這是他最令凱文光火的反應，凱文大吼：

「你不在這裡，班吉！我需要你的時候，你永遠都不在！威廉在該死的廚房裡，醉得一塌糊塗，還有一個人撞到地窖門，留下一個大印子！你知不知道等我爸回家看見，會有什麼反應？你到底了不了解？還是你已經抽到連──」

「我在乎你爸個屁。我只要知道昨天晚上到底發生什麼事。」班吉打斷凱文的話。

凱文向前衝上五步，往球門頂上猛敲球棍。球棍斷成銳利的兩截，其中一截朝班吉射去，離他的臉不過一個手掌的距離，班吉的眼睛眨也不眨一下。

「真的？你不在乎我爸的……你這個不知感恩的死……過去十年來，是誰幫你付錢買冰刀球棍和裝備？那些你也不在乎個屁？你以為你媽買得起？老天，我爸說你還真說對了。他從頭到尾說得都太對了！你是一條寄生蟲，班吉，一條他媽的寄生蟲。一定要扒著別人才能活！」

班吉往前踏上兩步，不多也不少。他的臉上看不出任何情緒。

「昨天晚上發生什麼事，凱子？」

「你到底想幹嘛？媽的警察審問犯人嗎？你哪裡有問題？」

「別當個懦夫，凱子。」

「你想教訓我別當懦夫？想談談誰沒擔當？見鬼了，你才是他媽的……他媽的……」

班吉的動作之快，在凱文講出最後兩個字時，班吉的臉已經在他吐氣距離之內。他們的眼睛只相距幾公分。班吉的雙眼圓睜。

「什麼？我是什麼，凱子？告訴我啊。」

凱文的心臟咚咚作響，眼睛充滿淚水，他的脖子一側又紅又帶著瘀紫，像是被一雙小手捶打過。他往後退，撿起半截折斷的球棍掄向球門，發出清脆的金屬撞擊聲。

「滾出我的房子，歐維奇。你已經吸夠我們家的血了。」

班吉離去時，凱文並沒轉頭看。在聽見前門被甩上的大響時也是一樣。

他們很晚才到家。屋裡看起來跟他們離開時一樣。他們的兒子假裝已經睡著，所以他們沒敲他的門。凱文的父親在廚房工作檯上看到兩張裁成正方形的A４紙，凱文在上頭仔仔細細地寫下比賽每一節的重要統計分析：分鐘、射門球數、助攻、得分、優勢和劣勢、控球時間、犯規次數、錯誤。他的父親花了幾分鐘坐在孤燈下檢視資料，臉上帶著他不想讓別人看見的微笑。他驕傲極了，假如他是個自制力比較弱的父親，肯定會上樓給沉睡的兒子額頭來上一吻。

凱文的母親注意到父親沒留意的細節。她發現清潔婦將照片順序掛錯了。客廳裡的桌子稍微有點歪。沙發的一隻腳下壓著一小片塑膠袋。但是最明顯的是地窖門上的凹痕。

趁她的丈夫還坐在廚房裡，她拎起旅行箱用最大的力氣往地窖門上甩。他急急衝了出來，她抱歉地說自己絆了一跤，旅行箱才脫手飛出。他扶起她，輕聲說：

「別懊惱，不過就是一扇門，凹了一點而已，親愛的。」

接著他給她看分析表，說道：

「他們贏了！」

她笑著將頭埋進他的襯衫裡。

24

第二天上午，學校的警鈴在一大清早響了起來。保全公司並沒通知警方，因為警方將會在好幾個小時之後才抵達。他們打給學校的老師。半是巧合半是方便，他們打給弟弟在保全公司工作的那位老師，如此一來她的弟弟就不用花時間回去拿鑰匙。她在空無一人的停車場下了車，將大衣領子拉起來，疲憊地眨著眼：

「你懶成這個樣子，我有時候會猜想你的孩子們八成是領養來的。」

她弟弟笑道：

「拜託，老姊，別再抱怨了，是妳老是說我不常打電話給妳！」

她也格格一笑，從他手中拿走手電筒，打開校門。

「大概又是屋頂上的雪滑下來，砸到後面的警報器吧。」

他們走進走廊，並沒開燈。因為若是有人闖入，那一塊區域的燈會自動打開。可是有哪個白癡會在星期一上午闖進學校裡？

班吉被強烈的燈光照醒，雖然天花板的燈已經亮了。他的背很痛，嘴裡有私釀酒和辣味果仁的味道。這一點稍微令他感到困擾，因為他不記得吃了辣味果仁。他惺忪地眨巴著眼睛，將手擋在眼前，瞇著眼想看清楚究竟是誰用手電筒照他的眼睛。她其實不用動手，但是他聞起來酒氣沖天，令她忍不住伸手搖醒他。

「開什麼玩笑……」老師嘆了口氣。

班吉兩手一撐，在教室裡充當床板的兩張課桌上坐了起來。他長長伸直手臂，像個全世界最疲累的魔術師：

「校長說我得開始早點到學校，所以……噹噹！說真的……現在幾點？」

他摸摸口袋，手錶已經不見了。在他破碎的記憶中，似乎是昨晚喝酒喝掉了。

此時看來，昨晚優游於酒精和大麻後決定闖進學校的原因已經不可考，但是他確信當時肯定認為這是絕妙的點子。

老師將他留在原地，不發一語地走出教室。他看見老師在走廊裡和一位保全人員講話。無論年紀多大，所有的小弟都會聽大姊的話，因此保全人員將會把這次的事件列為假警報。接著，老師走進教室，打開兩扇窗戶讓空氣流通。她嗅了嗅班吉的夾克，皺起眉頭。

「別告訴我你把毒品帶進學校來了。」

班吉歪歪倒倒地向她搖搖食指：

「我從來……從來沒有這種念頭！毒品在學校裡不好！我都把毒品儲存在身體裡。妳想跳舞嗎？」

他從課桌上滑下來背部著地，不斷吃吃笑。老師蹲在他身旁，嚴肅地看著他直到他停止笑聲。然後她說：

「如果我告訴校長這件事，你就得停學，說不定他會把你踢出去。而且你知道我怎麼想的嗎，班傑明？有時候我認為你就是巴不得被退學。因為你想證明給全世界看，你就是有能耐把人生每件事全搞砸。」

班吉沒回答。她把夾克遞給他。

「我會把警報取消，然後放你進體育館裡洗個澡。說真的，你臭到我想直接打電話找除蟲公司。你的置物櫃裡有沒有乾淨衣服？」

她扶班吉起來時，他擠出笑容。

「這樣校長來的時候，會覺得我很稱頭？」

她嘆口氣。

「我不會告訴校長的。你儘管把自己的人生搞砸，我可不想幫你。」

他看著她的眼睛，感激地點點頭。然後他的聲音突然變得懂事起來，眼神不再像個男孩子，而是個男人：

「很抱歉叫妳『小甜甜』，那樣講太不尊重人了。我不會再犯了，隊上的人也不會。」

他揉揉脖子，珍奈特差點就後悔：那一天她和艾德莉在海德鎮的酒吧裡見面，艾德莉問起弟弟在學校的表現時，她毫不保留地說了。她曉得班吉說球隊裡沒有人會再叫她小甜甜是真的，她也想知道班吉怎麼會如此有權威。

只要班吉說話，就能讓學校裡的冰球球員行動或住手。這讓她自己幾乎想念起打冰球了。她和艾德莉是幼時好友，她們當年常常在海德鎮打球。有時候，她覺得自己和艾德莉太早停止打球了，她想像如果大熊鎮有女子冰球隊，又會是什麼樣的情況。

「去洗澡。」她說，拍拍班吉的手。

「是，老師。」他笑著說，又回到小男孩的眼神。

「我其實也不怎麼喜歡被叫『老師』。」她抱怨。

「那妳喜歡我們叫妳什麼？」

「珍奈特。珍奈特就很好了。」

她從車裡的運動袋裡拿出一條毛巾，他跟著她走進體育館。接著她關掉警報器，幫他打開門。他站在門口說：

「妳是一個好老師，珍奈特。只是時機太不對了，剛好在我們表現最好的時候教到我們。」

就在那個時刻，她懂了為何球員們願意跟隨他，就像女孩子願意跟隨他一樣。當他看著妳的眼睛說話時，就算他之前惹了多少麻煩，妳都會相信他。

凱文的父親打好領帶，扣上袖釦，提起公事包。起初，他考慮跟平常一樣，在門口朝兒子大聲說再見，接著他改變主意，走出後院的落地門。他放下公事包，拿起一根球棍。他們並肩站著，輪流射門。上一次他們像這樣射門，大約是十年前了。

「我打賭你打不到球門柱。」父親說。

凱文揚起眉毛，像是聽見笑話。當他發現父親是認真的，就將球碟勾過來幾公分，緩緩轉動他的手腕，將球一擊而中金屬球門柱。他的父親認可地用球棍點著地面：

「運氣好？」

「好球員值得有好運氣。」凱文回答。

他還小的時候就學會了這個道理。就連在車庫裡打桌球，他的父親也不輕易讓他贏。

「你看見比賽的統計分析了？」男孩企盼地問。

他的父親點頭，看看手錶，走過去提起公事包。

「我希望你別以為能拿決賽當作不用百分之百努力上課的藉口。」

凱文搖搖頭。他的父親幾乎碰到他的臉頰，幾乎要問他脖子上的紅色痕跡。但是他父親清清喉嚨說：

「現在鎮上的人會更想纏著你，凱文，所以你必須記得病毒會讓你生病。你必須對它們免疫。這絕不只是一場冰球決賽，而是你想成為哪種男人。上場爭取你想要的東西，或是站在角落等別人施捨給你。」

父親大步走回屋裡，根本不等孩子回答。他的兒子站在原地，手上帶著抓痕，脈搏在脖子裡失控地跳動。

他的母親正等在廚房裡。凱文不太確定地盯著餐桌看。桌上有剛做好的早餐，廚房裡飄著麵包的香味。

「我……這個，也許有點傻……可是我請了半天假。」她說。

「為什麼？」凱文納悶。

「我想我們可以……花點時間陪陪對方。就只有你跟我。我想我們可以……談談話。」

他避開她的視線。她的眼神看起來過於認真，令他招架不住。

「我得去上學，媽。」

她點點頭，牙齒咬著下唇。

「是啊，是啊，當然……有點傻。我太傻了。」

她想追問他成千上萬個問題。昨天深夜，她在乾衣機裡發現床單，他向來頂多只洗自己的襪子。裡面還有一件T恤，上面的血跡沒完全洗乾淨。今天早上當他在院子裡射門時，她走進他房間，在地上發現一顆上衣釦子。

她想追問，但是卻不知道該如何透過一扇緊閉的浴室門，和一個幾乎已長成男人的孩子說話。她收拾公事包坐進車裡，往森林裡開了半小時之後停了下來。她在那裡坐了一整個早上，辦公室才不會有人問她為何來得這麼早。因為她告訴他們今天會和兒子一起度過早上的時光。

蜜拉站在瑪亞的房間外，手放在房門上，但是她沒繼續敲門。她的女兒已經說自己生病了，蜜拉不願意當那種媽媽。愛嘮叨、緊張兮兮、焦慮過度的「直升機父母」。她不想再敲一次門，問問到底發生什麼事。妳不能做這種事，沒有什麼比一句「妳想談談嗎？」更能令十五歲的女孩像蚌殼一樣緊緊閉起嘴。妳沒辦法打開門，問為什麼她開始洗起自己的衣服。畢竟，這算什麼？情報局嗎？

所以蜜拉擺出不嘮叨，不緊張，不大驚小怪，不過度焦慮的酷媽態度。她上車駛了出去。四十五分鐘之後，她在森林裡停下車，獨坐在黑暗中等著胸口的壓力消退。

威廉打開門，表情像是看到一塊大蛋糕。

「凱文！嗨！呃……怎麼了……？」

凱文不耐地朝他點點頭。

「準備好了？」

「準備什麼……好了？上學？現在？跟你一起去？你是說……一起走去學校？和你？」

「你到底準備好沒？」

「班吉去哪了？」

「去他的班吉。」凱文忿忿地說。

威廉驚訝地張著嘴傻站在門口，根本想不出該說什麼。凱文不耐地翻白眼。

「你在等什麼奇蹟出現嗎？媽的閉上嘴，我們走。」

威廉踉踉蹌蹌衝進屋，確定左右腳的鞋子沒穿錯，隨隨便便朝身上披了一件殊堪蔽體的外套。凱文一路上不發一語，直到比他肥大許多的隊友嘻嘻一笑，掏出一張百元大鈔。

「所以我欠你這張嗎？」

凱文伸手接過，威廉開始無法克制地笑起來。凱文試著表現一副滿不在乎的樣子說：

「可是你別大嘴巴，行嗎？你也知道女人都是那樣。」

威廉從來沒看起來這麼開心過，他竟然能和隊長共享祕密。

瑪亞的手機響了，她全心全意盼望是安娜打來的，但還是阿麥。她將手機埋在枕頭底下，像是要讓手機窒息而死。她不知道該跟他說什麼，她很清楚阿麥一定希望自己什麼都沒看到。如果她不接電話，或許他們兩個就能假裝什麼事都沒發生。一切只是誤會。

她拿掉每個火災偵測器裡的電池，打開所有的窗戶，然後將上衣放在浴室地板上點起火。之後她又放火燒一盒優格，先讓表面燒焦，再把火撲滅，讓優格留在廚房流理台上。等她那鼻子嬿美飢餓大熊的母親回到家，問起為何有燒焦味，瑪亞的解釋是自己不小心把一盒優格打翻在廚房的火爐上。

她小心地掃乾淨浴室地板上的上衣殘灰，發現熔掉的鈕子已經黏在下水口蓋，而人造纖維並不如她想像的那麼容易燒乾淨。如果安娜在，她肯定會說：「見鬼了，瑪亞，要是我殺了人，拜託提醒我不要找妳幫忙！」她想安娜。老天，她真的好想安娜。她坐在浴室地板上哭了幾分鐘，想打電話給她最好的朋友。但是她做不到。不能讓安娜蹚這池渾水，也不能強迫安娜一起背負這個祕密。

她花了一個多小時才將浴室清理乾淨，掃掉上衣燒毀的證據。她將餘燼裝進垃圾袋裡，站在玄關發抖，盯著十公尺之外的垃圾桶。此時屋外很明亮，但是並沒多大幫助。即使日正當中，她還是怕黑。

25

安娜獨自走路上學。她把手機拿在手裡，像是拿著武器。手機螢幕上是瑪亞的電話號碼，她的手指放在撥號鍵上，卻不按下去。她們對彼此最重要的保證是絕不拋棄對方，並不是為了安全的理由，而是這個保證讓她們兩個處在對等的地位。除此之外，她們兩人在各方面向來都不對等。安娜擅長的事都在野外，瑪亞需要安娜陪她在大自然中生存；一旦她們從森林回到家之後，安娜卻不得不意識到，瑪亞的人生比她自己的好太多了。瑪亞的父母都還在，還有一個弟弟，一座聞起來沒有菸味和伏特加的屋子。她聰明、有幽默感、受歡迎，成績也比較好。她還會彈樂器，又勇敢。她大可以交更好的朋友，更別提男孩子了。

如果安娜留下瑪亞一個人在野外，瑪亞將無法存活。但是瑪亞不知道自己把安娜獨自留在派對上，相同的結果也會發生。她們保證絕不離開對方，唯有這件事能讓她們兩個的地位平等。

安娜的手指放在撥號鍵上，不撥出去。幾年之後，她會在一份舊報紙上讀到一篇研究報告，指出大腦裡感覺肉體疼痛的部分，跟感覺嫉妒的部分相同。然後安娜就會了解，為什麼嫉妒讓人這麼痛。

阿麥和法蒂瑪跟平常一樣站在巴士站旁，一切卻又跟平常完全不同。昨天法蒂瑪上街買東西的時候，每個人都跟她打招呼。當她準備付錢時，超市老闆大尾走到收銀台來，堅持不收她一毛錢。當然，法蒂瑪沒接受，就算他再有錢也沒用。到最後，大塊頭老闆雙手一攤笑著說：「妳就跟這裡的冬天一樣頑固，我這下知道阿麥得到誰的遺傳啦！」

他的白車慢慢靠近，巴士還有幾分鐘才會來。他停下來，說他剛去巡視其他分店回來，剛好經過巴士站。法蒂瑪不知道他說的是不是實話。剛開始，她婉拒了大尾順便送他們去冰館的提議，但是當她看見阿麥瞧著車子的表情，便改變了主意。大尾開車，法蒂瑪坐在副駕駛座，從後照鏡裡她可以看見自己的兒子有多得意。因為有他的努力，才能讓這一切成真。

那天早上阿麥獨自練球的時候，贊助商和甲組教練以及運動總監一同坐在看台上。稍早，法蒂瑪走進領隊辦公室清垃圾桶，領隊竟然從椅子上站起來，親自端起垃圾桶，還跟她握手。

男孩們走進來時，學校的走廊已經擠滿人。每個人都轉頭看他們，威廉從來沒這麼慶幸班吉不在場。眾人當他是凱文的最新麻吉，這個想法幾乎令他樂昏頭，乃至於當凱文低聲告訴他自己得「去拉屎」的時候，他根本沒反應過來。凱文說完便走進廁所間，鎖上門。假如是他的老麻吉就會知道，要是凱文能忍，就絕不會用學校的廁所。

黑暗的廁所裡，凱文將百元大鈔撕成小碎片，丟進馬桶裡沖掉。他並沒打開燈，看都不看鏡中的自己。

阿麥在置物櫃旁看見查克。從昨天的球賽之前他們就沒看過對方了，阿麥直到此時才想起來，自己早該打個電話給查克。當他看見查克眼裡的失望和不滿，他才了解自己該做的其實不光是打電話。

「嗨……上個星期六真對不起，每件事都發生得很突然，我……」

查克用力甩上置物櫃的門，搖搖頭。

「我知道，球隊轟趴。跟你的新隊友。」

「其實，我的意思不是那個……」阿麥試著解釋，但查克根本不讓他講完道歉的話。

「沒關係，阿麥，你現在是大明星了，我瞭。」

「別這樣，查雞，我……」

「我爸跟你說恭喜。」

最後一句話最讓查克感到心痛。他的父親在工廠工作，工廠裡的每個人都愛冰球，因為俱樂部的創始人是工廠的工人們，他們仍然覺得俱樂部屬於他們。他願意做出各種最荒謬的事，只求能讓他父親以少年組球員父親的身分去上工。而自己兒子的好友是少年組球員，也已足夠讓查克的父親一路帶著笑意去工廠。

阿麥應吞下原本想講的話，改換成別的句子，但是他還沒來得及，只見查克的棒球帽朝天空一飛，身體重重撞上置物櫃。兩個阿麥不知道名字的高三學生放聲大笑。

「哎喲！沒看到你！」其中一個嘻嘻笑著說。

「這大概是第一次有人沒看到你吧，欸，肥子？你到底吃了什麼？別人家的小胖子？」另一個譏笑道，一邊捏查克的肚子。

這麼多年來，類似的事常常發生在查克身上，因此當他突然往前衝，一頭撞上其中一個男孩的胸口時，周遭的學生全都大吃一驚。

年紀比較大的男孩往後退了好幾步，就像一個被用力捶中的沙袋，他花了好一會兒才反應過來，然後立刻出拳砸向查克的嘴。阿麥大叫一聲，擋在他們兩人中間。兩個高三學生顯然不看曲棍球比賽，因為他們不加思索便把阿麥打倒在地。

「看看這是誰啊？一個小恐怖分子？你是大熊窪來的，對吧？」

阿麥不回答。年長一點的男孩繼續說：

「大熊窪裡只有恐怖分子和臭死人的駱駝，你住在那裡沒錯吧？」

阿麥仍然不回答。他花了一輩子的時間學到回嘴只會讓事情變得更糟。另一個男孩揪住他的上衣把他提起來，咆哮著：

「我說：你、是、從、哪、裡、來、的？」

還沒人有機會反應，不知是誰的頭猛力撞上置物箱的聲音震耳欲聾，阿麥起初還以為八成是自己的。波波從地上抓起其中一個比他年紀大，卻至少輕了十公斤的高三學生。波波用怒不可遏的聲音發出聲明：

「大熊鎮。他的名字叫阿麥，他是大熊鎮來的。」

高三學生連正眼都不敢看波波，直到波波又將他往置物櫃上用力一推，自己的臉幾乎貼在高三學生臉上，說道：

「他是從哪裡來的？」

「大熊鎮！大熊鎮！！！靠……我只是開個玩笑，波波！」

波波將手鬆開，兩個高三學生一溜煙地逃走。波波扶阿麥起來，並且向查克伸出一隻手，但是查克將他的手一把拂開。波波什麼都沒說。

「謝了。」阿麥說。

「你現在是我們的一分子了，沒人能動我們。」波波臉上帶笑。

阿麥看看查克，他的鼻子正滲著血。

「我……我是說……我們——」

「我要去上課了。中午吃飯的時候見，球隊裡每個人都固定坐在一起。來找我們！」波波打斷他的話，講完後便走遠了。

阿麥向他的背影點點頭。當他轉過身時，查克已經從置物櫃裡拿出夾克和背包，往門外走去。

「搞什麼，查雞？別這樣，他幫了你欸！」

查克停下腳步，卻未回頭。他拒絕讓阿麥看到他的眼淚。他頭也不回地說：

「才不是。他是幫你。你趕快去吧，重要人物。你的新隊友正在等你。」

門在他身後關上。阿麥的良知、罪惡感和委屈一起湧上來。假若他不是因為不想受傷而錯過決賽，他早就一拳砸向置物櫃了。他從地上撿起手機，卻沒撥給任何人。

班吉往教室走的路上經過廁所，正巧看見凱文從其中一個隔間走出來，他吃了一驚，就像冷不防挨了一肘。因為他知道凱文從來不用學校的廁所。凱文急急從班吉身邊走過，班吉卻動也不動。他不是個容易吃驚的人，但此時他卻站在那裡，嘴半張，雙眼半闔。凱文盡量不看他，就像他不存在似的。

自從這兩個朋友有記憶以來，凡是看過他們一起打球的人都會說他們的頻率相同，一種只有他們懂的頻率。在冰面上，他們不需要用眼睛看，也能知道對方在哪。無論冠以任何名詞，他們兩個沒人能用言語解釋這個現象。如今，這個頻率只剩下靜電干擾。凱文挨著走廊的牆走過，威廉在他身旁護衛，其他的球員自動陸續加入他們的陣容。班吉從前不知道如果沒有球隊，他又算什麼；而今他意識到謎底即將揭曉。

當凱文、威廉、波波和其他人走進教室之後，班吉站在外面試著表現出一副他的人生並沒全被自己搞砸。他真的努力試了。

珍奈特開始點名。她看見班吉站在操場上點起一根菸，騎上腳踏車往馬路方向前進。她遲疑了好一會兒，然後不管三七二十一將他勾選成到場。

安娜將手機螢幕的亮度調到最亮，打開所有應用程式和一部影片，然後把手機留在她的置物櫃裡。她的做法就像一個酒鬼倒光家裡所有的酒瓶，因為她知道不用等到中午，她就會忍不住打電話給瑪亞。

她要電池在那之前就耗盡，自己就不可能打那通電話。

那天吃午餐的時候，無論誰跟誰坐在一起，每個人真正的同伴都只有自己。

26

彼得坐在少年組球隊的空更衣室裡。牆上其中一張勵志海報掉在地上，皺巴巴地，還有好幾個腳印。彼得一次又一次地讀著上面的勵志標語，他還記得蘇納將海報釘在牆上的那一天，彼得當時才剛學會認字。

他原本是個即將墜入黑暗深淵的孩子，是冰球拯救了他。蘇納將他拉到深淵表面，而俱樂部令他不再沉淪。他小學時母親就過世了，父親的心情永遠在樂陶陶的微醺狀態和殘忍的酒鬼之間遊走。在這種情況下，小男孩只要能有一根浮木，便會用力抓著直到關節泛白。走過無數輸贏，蘇納始終在大熊鎮和遙遠的另一個角落陪著他。當他累積多年的新舊傷令他的職業生涯戛然中止，當彼得在一年之間先後埋葬他的父親和兒子——是蘇納打電話給他，告訴他有一個俱樂部需要他的幫助。而彼得需要那個自己能夠救活某樣事物的感覺。

他知道，冰球對你下逐客令之後，一切會變得多寂靜。你又有多快就會開始想念冰面、更衣室、隊友、遊覽車、加油站的三明治。十七歲時的他，在每個球季裡都會看到四十幾歲的退休球員們在冰館裡對越來越小的觀眾群大談自己過去的英勇事蹟。身為運動總監，至少他的人生中還有球隊，也有機會打造更大的，超過他個人的成就。但隨之而來的也有責任：做下棘手的決定，一生背負著痛苦。

他撿起地上的海報，再讀最後一次。「成功只獎賞曾經認真付出的人。」

今天，他必須說服當初將他從深淵裡拉上來的人自請離職。贊助商和董事會不想開除蘇納，因為他們不想付給他一筆不必要的離職金。他們希望彼得告訴他靜靜地離開，因為這樣對俱樂部最好。

一大早，蘇納在他獨居的兩層樓小公寓裡醒來。他很少有訪客，但凡是拜訪過他的人，都對屋內整潔的程度大吃一驚。他的屋裡沒有成堆的雜物，也沒有報紙、啤酒罐和披薩盒一類一般人認定獨居一輩子的王老五屋裡會塞滿的物品。有條理、整齊、乾淨。牆上沒有冰球海報，櫃子上也沒有獎盃，蘇納向來不怎麼在乎身外之物。他的窗台上有植物，放暑假的時候，他會在狹長的後院種花。其他的時候他只有冰球。

他習慣喝即溶咖啡，喝完後馬上洗淨杯子。曾經有人問過他，成為成功的冰球教練需要具備何種重要特質。他回答：「能喝得了爛咖啡。」所有在冰館裡的清晨和深夜、燒焦的咖啡壺和廉價咖啡機、坐遊覽車到外地的比賽、荒郊野地裡的路邊咖啡館、練習營和比賽場地的學校食堂，一個家裡有昂貴義式咖啡機的人如何能夠忍受這些？想成為冰球教練？首先就別擁有其他人都有的：空閒時間、家庭生活、好咖啡。只有最堅毅的男人才能經得起這項運動，必要的時候得喝冷咖啡的男人。

他步行穿過鎮中心，幾乎和每個三十歲以上的男人打招呼。這些年來，他或多或少教過他們每一個人。青少年又是另一回事了，他認得出來的越來越少，而且不再懂鎮上男孩子們說話時的用詞，令他感到自己跟傳真機一樣面臨被淘汰的命運。他不了解，現在越來越少年輕一輩選擇打冰球，自己為何還應該相信「孩子就是未來」。身為孩子，他們怎麼會不想打冰球呢？

他走上通往森林的路，就在狗場的轉角，他看見班傑明。深怕被看見的男孩子太晚踩熄香菸，蘇納卻假裝沒注意到。他自己還是球員的時候，他的隊友常常在每一節之間的休息時間抽菸，有些人還會喝酒精度比較高的外銷啤酒。時代不同了，可是他不確定球賽改變的程度，是否像許多教練以為的那麼多。

他在籬笆前停下來，看著狗兒們蜂擁而出。留著長頭髮的男孩子站在他身旁困惑著，但並沒問蘇納造訪的原因。蘇納輕輕拍班吉的肩膀：

「上個禮拜六你們打得非常棒，班傑明，非常傑出。」

班吉低頭看地面，靜靜地點頭。蘇納不知道那是出於害羞還是謙虛，所以他向籬笆另一邊指著補充：

「你知道，當大衛剛當上教練時，我總是告訴他，最好的冰球球員就像最好的獵犬。牠們生來就自私，只為了自己打獵。所以你必須培養牠們，訓練牠們，還有愛牠們，直到牠們開始願意為你打獵，也為牠們的隊友打獵。只有到那個時候，牠們才算得上很不錯，甚至最棒。」

班吉用手拂開瀏海。

「所以，你考慮養一隻獵犬嗎？」

「我已經考慮好多年了，可是老覺得我沒時間照顧小狗。」

班吉將手插進夾克口袋裡，跺掉鞋子上的雪。

「現在呢？」

「我覺得自己的空閒時間大概很快就會比從前多了。」

班吉點點頭，從對話開始以來頭一次看著蘇納的眼睛：

「我們愛大衛，不表示我們不會為你打球。」

「我知道。」老人回答，再度拍拍男孩的肩膀。

蘇納沒說出自己的想法，因為他不確定說出來對班吉有好處。大衛和蘇納一直以來都在爭執十七歲的孩子究竟能不能進甲組球隊，其實他們一致同意可以。只是他們心中認定的人選不同。凱文是有天分，但是班吉具備其他所有凱文沒有的特質。蘇納始終在意的是氣球繩子的長度，而不是氣球的大小。

艾德莉從屋裡走出來，揉揉小弟的頭髮，並和蘇納握手。

「我是蘇納。」蘇納說。

「我知道您是誰。」艾德莉說完馬上又問：「您覺得下一個球季如何？我們有機會晉級嗎？您肯定得網羅幾個冰滑得好的選手吧？淘汰掉現在第二線和第三線上的那幾頭笨驢。」

蘇納花了好幾秒才悟出來她講的是甲組，而不是少年組球隊。少年組球員的親戚們總是想和他討論少年組，以至於他被問了個措手不及。

「機會總是有的，但是冰球不光是會滑……」蘇納說。

「還會彈跳！」艾德莉笑著接下去。

蘇納看起來甚感興味，班吉進一步解釋：

「艾德莉從前也打球，在海德鎮。她狠得跟什麼一樣，拿到的犯規比我還多。」

蘇納大笑表示理解，艾德莉向籬笆方向做了個邀請的手勢。

「您今天來有什麼事嗎？」

「我想買一條狗。」蘇納說。

艾德莉伸出手按了按蘇納的肩膀，表情認真但帶著友善的笑意。

「恐怕我不能讓您買狗，蘇納。可是我可以給您一條。感謝您建立起這個俱樂部，救了我小弟的命。」

班吉的鼻子用力吸氣，眼睛死盯著狗兒們。蘇納的嘴唇微微顫動。當他平靜下來時，他勉強說出：

「那……你們會推薦哪一隻小狗給一個退休的老頭啊？」

「那隻。」班吉說，毫不遲疑地指向小狗。

「為什麼？」

輪到男孩拍拍老人的肩膀：

「因為牠是個挑戰。」

大衛獨自坐在冰館看台上。他難得往屋頂看，而不是冰面。

他的頭正疼著，覺得身上背負前所未有的壓力，甚至記不得上回一夜無夢地睡一場好覺是什麼時候的事了。在家裡，他的女朋友乾脆放棄和他講話，因為大衛根本不回答。他正活在自己的世界裡，一個二十四小時都想著冰球的世界。除此之外，或許正是因為這個原因，他忍不住目不轉睛地看著頭上的布條：

「文化，價值，歸屬」。

他今天得接受本地報社訪問，是贊助商安排的。大衛確曾反對過，但是俱樂部領隊笑得輕鬆：「你要媒體少報導你一些？那就叫你的球隊打爛一點！」他已經能夠想像所有的問題了：

「凱文．厄道爾這麼成功的祕密是什麼？」每個人都這樣問。大衛將會祭出他一貫的答案：「天分和訓練。一萬件他練習了一萬次的小細節。」可是，真相並非如此。

他永遠沒辦法向一位記者解釋，教練並不能創造出像這樣的球員。因為是凱文全心求贏的渴望，讓他成為頂尖。並不是因為他討厭輸球，而是他根本無法接受「贏不了」的概念。他絕不手下留情，這樣的特質是教不來的。

這是一項很棒的運動，但也很困難。老天，這些孩子得投入多少個小時？大衛自己又犧牲了多少？直到他們二十歲之前，生命裡除了訓練、訓練，還是訓練，而萬一他們不夠好，得到的回報是什麼？什麼都沒有。沒有足夠的教育程度，也沒有社會安全網。像凱文這樣優秀的球員也許可以成為職業球員，也許可以賺進大把鈔票。至於那些幾乎跟他一樣優秀的球員？他們的下場就是到與冰館一片樹林之隔的工廠裡上班。

大衛看著布條。只要他的球隊繼續打勝仗，他就能保住此處的飯碗，但要是他們輸了？他離工廠又有幾步之遙？除了冰球，他還能做什麼工作？什麼都不行。

他二十二歲時，曾經坐在這個位置上，思考一樣的問題。當時，蘇納坐在他身邊。大衛問，那幅布條對蘇納的意義是什麼。蘇納回答：「歸屬是指我們向同一個目標努力。為了達到目標，我們接受自己被賦予的角色；價值是我們信任彼此，愛彼此。」大衛思考他的話良久，又問：「那麼文化呢？」蘇納臉色凝重起來，像是在謹慎地選擇用詞。最後他說：「對我來說，文化也就是鼓勵球員做所有我們允許他們做的事。」

大衛追問這句話的意思，蘇納說：「很多人不光是做我們叫他們做的事，而是我們事後不會跟他們算帳的事。」

大衛閉上眼睛，清了清喉嚨。然後他站起來走到樓下的冰場邊，再也不抬頭看天花板。標語在這個星期裡派不上用場，只有比賽結果才重要。

彼得走過領隊辦公室。雖然只是早上，裡面卻已經擠滿人。只有比賽才能讓贊助商和董事們這些大男人既興奮又不安。其中一位六十多歲，靠三家不同營造公司發財的董事，正大幅度挺出自己的臀部晃動著，表演他認為上星期半準決賽裡大熊隊打贏對手的意義：

「然後第三節簡直就是爽歪的**大高潮**啊！他們還以為可以來搞死**我們**！結果是他們自己好幾個星期都閉不緊兩條腿哩！」

有些男人笑了起來，其他卻沒笑。就算他們有什麼想法，也沒說出來。因為畢竟那只是句玩笑話，而且董事會就像球隊，在優點之外，你還必須包容缺點。

那天稍晚，彼得開車前往大尾擁有的大超市。他坐在老朋友的辦公室裡，閒聊從前的比賽，講那些從他們五歲一起開始上滑冰課就講過的笑話。大尾邀彼得喝威士忌，彼得婉拒了。但是在離開之前，他說：

「你的倉庫裡有沒有空缺？」

大尾遲疑地撓撓鬍碴子，納悶道：

「給誰的？」

「羅比。」

「我這邊有上百個人排隊等著倉庫的缺，你是講哪一個見鬼的羅比？」

彼得站起來，穿過大尾的辦公室，走到牆上一幅老照片之前。照片裡來自森林深處某個小鎮的冰球隊，在當時全國排名第二。彼得先指著照片裡的自己，然後是大尾，在他們兩個中間的，是羅比．赫斯。

「我們要互相罩，大尾，不是你說的嗎？『大熊鎮來的熊』。」

大尾看著照片，甚為羞愧地低下頭。

「我會告訴人事部。」

兩個四十幾歲的男人在他們二十幾歲的照片前握手。無論是好是壞，畢竟只是一場比賽。可是往往比賽不僅僅是比賽，也有例外。

更衣室裡滿是少年組球員，但是卻安安靜靜。他們默默地穿上裝備。班吉沒出現。每個人都注意到了，卻沒人說一句話。

為了打破緘默，威廉有口無心地說有個女生在凱文家的轟趴上替他吹喇叭，但是他遲遲不願說出來那女孩究竟是誰，因此大夥兒認定他在撒謊，每個人都知道威廉守不住祕密。威廉像是要說些什麼，但就在他緊張兮兮地看了凱文一眼之後，決定閉嘴。球員們往球場湧出，威廉用膠帶貼好護具，將多餘的部分撕下之後往地上一丟。波波一等到幾乎每個人都離開更衣室之後，就彎下腰撿起地上的膠帶碎片丟進垃圾桶裡。他和阿麥兩個人都沒談這件事。

練球進行到一半時，凱文才找到一個運球的空檔接近阿麥和他說話，卻又不會被別人聽到。阿麥靠在球棍上，眼睛盯著自己的冰刀。

「你以為自己看到的……」凱文開口。

他並不是在威脅阿麥，語氣既不強硬，也不像在下命令。不過像在說悄悄話：

「你也知道女人都是那樣的。」

阿麥但願知道該怎麼回答，但願自己有足夠的勇氣。但是他的嘴唇始終維持緊閉。凱文輕輕拍他的後背。

「我們能成為一對要命的好搭檔，你和我，在甲組隊裡。」

他往休息區板凳滑去，本特吹起哨子。阿麥跟在後面，仍然盯著自己的冰刀，卻沒辦法看著冰面。因為他害怕看見自己的臉。

27

蜜拉胃裡的大石頭緊緊壓著她。她告訴自己瑪亞沒出問題，只不過是正常青少年會有的過程，她必須當個酷媽。但是這個辦法完全不管用。

因此，當她的同事衝進辦公室裡來時，蜜拉不但不覺得煩，反而心懷感激。雖然她已經快被自己如洪水一般的工作給淹沒，她仍然樂於見到同事站在桌前大叫：「妳得幫我好好教訓這些混蛋！」

「我以為這個客人已經同意之前的協定了？」蜜拉邊檢視同事丟在桌上的文件邊問。

「問題就出在那裡！他們要我讓步！我又不是什麼狗屁的膽小鬼！而且妳知道獾男怎麼說嗎？」

「照著客人說……」蜜拉起頭。

「照著客人說的做！他就是這樣說的！妳能相信他這種人竟然還能當主管？主管欸！這些男人到底哪裡有問題？腦細胞密度跟我們不一樣還是怎樣？為什麼每個長了那根東西的傢伙都想爬到任何一個階級頂端呢？」

「但是，如果妳的客戶已經接受對方的條件了，那──」

「就成了我的工作？去死吧！我的工作應該是幫客戶爭取最大利益，不是嗎？」

蜜拉的同事氣得上下蹦跳，高跟鞋跟在辦公室地板上留下一個一個凹痕。蜜拉揉著額頭。

「是，沒錯，可是當客戶不想要妳去——」

「我的客戶根本他媽的不知道他們想要什麼！」

蜜拉看著文件上代表對方的事務所，啞然失笑。她的同事曾經去那家事務所應徵過，卻沒被錄取。

「好，可是妳想贏這件案子的原因……該不會正好是妳討厭他們吧……？」蜜拉低聲問道。

她的同事從辦公桌對面探過身抓著蜜拉，雙眼閃著怒火：

「不是，我不只是想贏他們，蜜拉。我想把他們踩扁！我要他們知道大難臨頭，我要他們在走出談判室的時候，開始考慮辭職搬到海邊，把小學改造成民宿，我要把那些混蛋傷到他們開始學打禪尋找自己存在的意義！等我教訓完他們之後，他們會開始吃素，套著襪子穿涼鞋！」

蜜拉又好氣又好笑。

「好，好，好……檔案給我看看……」

「套著襪子穿涼鞋，蜜拉！我要他們開始自己種番茄，我要摧毀他們的自信，直到他們放棄當律師，開始試著找尋快樂的人生那一堆鬼東西！好嗎？」

蜜拉保證，她們兩人緊緊關上辦公室的門。她們會贏的，她們向來都會贏。

彼得關上辦公室的門，在桌子前坐下，盯著那份等著蘇納簽名的辭職書。彼得在這麼多年的運動生涯裡學到一個跟人性有關的現象，那就是幾乎每個人都認為自己是個很好的隊友，但真正懂得其中意義的人卻不多。所謂人類是群居的動物這個說法已經深植在我們的腦子裡，因此幾乎沒人肯承認自己根本就不會過團體生活，我們常常不懂得和別人合作，總是自私自利，或者最糟的是：我們這種人就是不討人喜歡。於是我們不斷對自己說：「我是一個好隊友」，直到我們被自己洗腦，而沒準備好應該付出的代價。

彼得待過各種不同的球隊，他也知道應該付出的犧牲。「球隊大於自我」只是不懂運動的人愛講的陳腔濫調；對於其他人來說，這卻是痛苦的事實，因為光是為了奉行這句話過活，就能讓人深深受到傷害，屈就你不想扮演的角色、靜靜地做一件爛差事、擔任防守球員，而非負責射門的那個，並因此成為大明星。當你因為愛這個團體，而願意接受隊友們最糟的一面時，你就成了貨真價實的好隊友。這個道理是蘇納教會他的。

他盯著表格上蘇納該簽名的空位出神，直到電話響起把他嚇一大跳。他看見螢幕上的加拿大號碼時，在鬆了一口氣之餘卻又覺得有些焦躁。他笑著回答：

「屠夫布萊恩？你怎麼樣啊，老小子？」

「老彼！」他的昔日隊友在電話另一頭大叫。

他們曾經一起在小聯盟裡打過球，布萊恩始終沒打進國家冰球聯盟，但是換了跑道後成為球探。如今他任職的公司專門幫聯盟裡最好的隊伍物色有天分的少年球員。每年夏天，當他在國家聯盟選秀之前交出建議人選清單時，不但實現了世界上某些球員的願望，也粉碎了另一些球員的美夢。所以他今天並不是打電話來和彼得敘舊的。

「你家人還好嗎？」

「好啊，好啊，布萊恩！你的呢？」

「喔，就那樣，上個月正式離婚了。」

「那可真不妙，我很遺憾。」

「沒事，彼得，我現在有很多時間可以打高爾夫了！」

彼得心不在焉地笑著。他在加拿大的那幾年，布萊恩是他最好的朋友。他們的妻子也走得很近，孩子們常玩在一起。雖然他們有時還是會給對方打電話，但是不知從何時開始，他們已經越來越少談起自己的生活。到最後，話題只剩下冰上曲棍球。彼得還來不及問：「你沒事吧？」布萊恩便已高聲問起：

「你那個男孩子還行吧？」

彼得深吸一口氣，點點頭。

「凱文？非常棒，棒得很。他們贏了半準決賽。他的表現很傑出。」

「所以如果我要我的人把他加進選秀名單裡，事後應該不會後悔？」

彼得的心跳加快。

「真的嗎？你考慮拉他進去？」

「如果你能保證我們沒看走眼的話。我相信你，老彼！」

彼得從來沒像今天這麼認真回答：

「我可以保證，你們會簽到一個非常了不起的球員。」

「而且他是個……不麻煩的孩子？」

彼得用力點頭，因為他知道這個問題的含意。選擇球員，對國家冰球聯盟等級的俱樂部來說是一項重要的財務投資，他們會將最小的因素都一併考慮進去。光是在賽場上表現好，不表示這個球員夠好，他們更不希望球員的私生活裡有任何會令人難堪的驚喜。彼得知道冰球不該是這樣，但卻是現今的比賽生態。幾年前他聽說一個天分無懈可擊的球員在選秀時被刷掉，只因為球探發現他的父親是個有前科的酒鬼。光是這一點就足夠嚇跑俱樂部了，因為他們不知道萬一那個孩子在一夜之間成為百萬富翁，是否會出現任何脫序行為。所以彼得照實說出布萊恩想聽到的：

「凱文一點都不麻煩。他在學校裡的成績很好，家庭狀況很穩定，家教也好。絕對沒有『冰場之外』的問題。」

布萊恩在電話另一頭開心地說：

「很好，很好。而且他穿的是你以前的號碼，對吧？九號？」

「沒錯。」

「我還以為他們已經不再用那個號碼，把你的球衣掛在天花板上了。」

「他們會的。可是上面會是凱文的名字。」

布萊恩大笑。他們在掛上電話之前，彼此保證將很快再見面，彼得會帶家人去加拿大，孩子們也會重聚。他們兩人都知道這是個謊言，因為他們之間只剩下冰上曲棍球。

阿麥在訓練之後拾回所有的球碟和三角錐，並不是因為有人叫他撿，而是這已經成了習慣，再加上這個差事能讓他避免和其他人互動。他原本希望等自己回到更衣室時，裡面已經沒人了，不過波波和凱文還在。兩個十七歲的男孩子正從地上撿起膠帶碎片，丟進垃圾桶。

阿麥站在門旁，驚訝之後發生的事竟來得如此容易。凱文說得好像這是全世界最自然的事：

「威廉借了他爸的車，我們一起去海德鎮看電影吧！」

波波高興地拍了一下阿麥的背。

「我不是說嗎？你是我們的一分子了！」

二十分鐘之後，他們已經坐在車裡。阿麥發現自己坐在班吉的位子上，卻什麼也沒問。威廉又在誇耀女孩子幫他吹喇叭的戰果。凱文叫波波「講幾個笑話」，波波興奮到可樂從鼻孔裡噴出來濺得座位上到處都是，令威廉大為光火。他們震耳欲聾地笑著，談決賽，談女孩和派對，還有他們一起打進甲組球隊的未來。阿麥融入了他們的談話，剛開始有些猶豫，接著，有一種被接納的歸屬感暖暖升起。因為選這條路，未來會比較容易走。

就連海德鎮的人都認得他們，在那裡，有人拍他們的背恭喜他們。看完電影之後，阿麥以為應該要回家了，威廉卻在大熊鎮鎮口的路標旁就岔往小路上開，然後在湖邊停下車。直到凱文打開後車廂，阿麥才知道怎麼回事。後車廂裡有啤酒、手電筒、冰刀鞋和冰球棍，他們用毛線帽標出球門。可是隨著啤酒數量漸漸變少，他們講話的時間反而比真正打球的時間還多。波波清清喉嚨問：

「你們怎麼知道包皮應該在哪裡結束？我想過……我是說，割包皮的時候，他們怎麼知道要割到哪裡？我很認真觀察過，上面又沒有線還是什麼的！」

「記得提醒我，不要讓你在更衣室裡拿著剪刀晃。」威廉說完，他們一起大笑起來，啤酒泡沫濺上夾克。

那晚，四個男孩子在湖面上打球，世界變得好簡單，彷彿他們還是小孩子。阿麥很訝異，保持安靜的回報就是被接納，竟然如此乾脆。

彼得又在向牆上丟紓壓橡皮球了。他盡量不看桌上的辭職書，盡量不想蘇納這個人，只把他當教練。他知道這是蘇納樂見的，俱樂部優先。

董事會和贊助商們都是混蛋，這一點彼得比誰都清楚，但是他們要求蘇納的，和要求他的是同一件事：成功的俱樂部。成功意味著我們的眼光必須放得比自身地位還高。董事會要求他將一些他明知是阿斗的球員納入球隊時，他得閉上嘴；當事實證明他有先見之明時，他照樣得閉上嘴。有時他們指示他和球員簽七個月的約，如此俱樂部便不用付暑假期間的薪水。一年中其餘的時間，球員們會登記待業，領社會補助，大尾也會造假證明，指稱球員在他的超市裡實習，但實際上他們整個暑假都跟著球隊練球。然後等到球季開始，他們又簽下新的七個月合約。身為小俱樂部，有時你的道德標準必須有彈性，財務才有辦法支撐下去。彼得得將這種做法視為工作職責的一部分。蜜拉有一次說：「那個俱樂部保持緘默的文化讓人很不舒服，彼得，就像士兵和罪犯的那種緘默。」可是有時候這是必要的，用緘默的文化餵養打勝仗的文化。

「我們會內部解決。」每當俱樂部發生事情時，他們總是如此說。因為他們必須信任彼此，無論是在賽場上或賽場外。目標高如天際，團結堅若磐石，無論是好是壞。彼得比任何教練都努力減少熊迷在看台上製造的暴力，以及他們對小鎮的威脅，因此他在熊皮酒館裡是個不受歡迎的傢伙。不過，有時他幾乎難以斷定究竟哪一方才是大熊鎮冰上曲棍球俱樂部裡的不良分子：脖子上有刺青的，或是脖子上打著領帶的。

他放下橡皮球。從辦公桌抽屜裡一個整齊的小盒子裡拿出一枝筆，在辭職書上「俱樂部代表」下的空位裡簽下自己的名字。等蘇納在下方簽上名之後，就會正式地看起來像是蘇納主動辭職。但是彼得知道自己幹了什麼好事，他開除了自己的偶像。

本特站在大衛的辦公室裡遲疑了好一陣，最後終於決定清清喉嚨問：

「你想怎麼處罰班吉？」

大衛的眼睛根本沒從電腦螢幕上抬起來。

「我們不會處罰他。」

著意壓下失望的本特，用指甲敲著門框。

「離決賽只剩不到一星期，他竟然不來練球。如果換作別人，你絕不能容忍。」

大衛抬起眼睛直直看著本特，赤裸裸的眼神讓本特往後退了一步。

「你想贏決賽嗎？」

「當然想！」本特叫著。

「那就別追究。因為我不能保證有了班吉就能贏，但是我可以他媽的保證如果沒有班吉，我們就絕不會贏。」

本特離開房間，不再爭論。獨自在辦公室裡的大衛關掉電腦，深深嘆了口氣，拿起一枝粗麥克筆和一個球碟，在上面寫了一個字。

然後他開車前往墓園。

瑪亞倒在床上，毫無睡意地在清醒與昏迷間遊走，她懷疑自己產生了幻覺。她從父母臥室裡偷了一些母親的安眠藥，昨天晚上她把藥片整齊地排在洗手台上，站在前面思考究竟需要多少顆才能讓她不再醒來。此時，她睜眼看著天花板，但願一切只是一場夢；但願她環顧四周，發現原來自己已經回到現實：今天是星期五，一切都還沒發生。當意識再度敲醒她時，就像又得重新活過一次那個片段。他的手握緊她的喉頭，無底的恐懼，確信自己將喪命在他手裡。

一次。一次。又一次。

安娜和父親在他們十五年來共同營造的獨特的靜默裡吃晚餐。她母親非常厭惡這股靜默，是靜默使她決定離開。安娜其實可以跟母親一起走，但是她撒了個謊，說自己無法想像生活在沒有樹的地方，她母親現在住的城市裡，只有購物商場外才有點綴用的樹。事實上，她留下來的原因是她沒辦法拋棄父親，即使她不太確定究竟是為了他，還是為了自己，他們從來沒談這件事。但是至少在她母親離開之後，他的酒喝得少了一些，因此，安娜比從前還愛她的父母。

安娜自告奮勇帶狗出去散步，她父親顯然被她的主動嚇了一跳，因為他通常得嘮叨一頓，她才願意出門遛狗。但是他沒說話，她也是。

他們住的獨棟房子位在大熊丘的老舊區域，落成時間比昂貴的洋房群還早。他們只是碰巧和大熊鎮的上流社會沾了一點地域上的關聯。安娜選擇了比較遠的遛狗路線，燈火通明的慢跑道是議會自豪的政績之一，因為「轄區內的女士們就能安全地運動」。無巧不巧，第一批路燈正好裝在大熊丘旁邊，而不是森林旁的大熊窪。另外一個幸運的巧合則是那兩家標到議會合約的承包商，剛好都屬於一個住在慢跑跑道旁的大老闆。

她在路燈下鬆開狗兒們的鍊子，讓牠們自由玩耍，這樣能讓她好過一點。樹木和動物，永遠不會讓她心痛。

凱文回到家，看都不用看就經過總是待在廚房裡和客廳裡的父母，走上樓關起房門，開始做伏地挺身直到視線模糊。當房子再度陷入寂靜，他父母的房門緊閉時，他穿上運動服悄悄溜出門，在森林裡一直跑到沒力氣思考。

狗兒們隨意地穿越慢跑跑道，安娜跟在後面。凱文猛地在十五公尺之外停下來。剛開始，她沒有反應，以為他是被狗兒嚇了一跳。隨後，她才意識到讓他停下來的是自己。幾天之前，就算班級大合照裡只有她一個學生，他也肯定認不出她，但是他現在知道她是誰。他看起來既不驕傲也不困窘，她很清楚在學校裡，當男孩子和女同學在週末上床之後，臉上只會掛著其中一種表情。

然而，他的表情是害怕。她從沒見過一個男人怕成這個樣子。

瑪亞試著彈吉他，但是她的手指抖得太厲害了。她的身子在寬大的灰色連帽運動衣下冒著汗，但是當她的父母問起來時，她說自己是因為發燒而發抖。她用帽子裹住脖子遮住瘀青，袖子拉到手掌的一半，蓋住手腕上青紫的握痕。

她聽見門鈴響，這麼晚了，不可能是李歐的朋友。她聽見母親跟門外的人說話，一種既鬆了口氣卻又緊張的語調，她母親的獨有態度。有人敲她的房門，瑪亞假裝睡眼惺忪，直到她看見房門外站著的人。

安娜輕輕將房門關上，一直等到蜜拉的腳步聲往廚房走去。她喘得厲害，因為一路從大熊丘跑來，既氣憤又慌張。雖然瑪亞盡其所能地遮掩，安娜仍然看見她脖子和手腕上的痕跡。當瑪亞總算抬眼和她對望時，兩個人的臉上早已滿布淚水，一路奔流著從下巴滴落。安娜悄聲說：

「我看見他了，他很害怕。那個混帳竟然會害怕，他到底對妳做了什麼？」

在瑪亞大聲說出來之前，這樁事件就像是並不完全存在似的。一旦她開口說，她覺得自己像是又回到男孩擺滿獎盃和冰球海報的房間裡。她一邊說一邊哭，手指在連帽運動衣上摸索著那顆不存在的釦子。

她倒在安娜的懷抱裡，安娜抱著她，像是在勉力維持瑪亞的一絲生氣，安娜但願自己能夠代她承受這一切。

妳永遠不會再交到像十五歲時交的那個朋友。

28

彷彿就在昨天，安娜和瑪亞還是孩子的時候，她們總是夢想著紐約。她們夢想等自己成為有錢人和名人，將會在紐約過著什麼樣的生活。瑪亞想變得有錢，安娜想成為名人。對於一個只想彈吉他，而另一個只想刻木劍的孩子來說，這個未來似乎令人難以理解。她們兩個最大的差別在於瑪亞說「去那片森林裡」，而安娜說「來這片森林裡」。對瑪亞來說，城鎮是很自然的東西，安娜卻認為沒有城鎮才自然。她們的夢想也大相逕庭：瑪亞夢想著有一間靜謐的錄音室，安娜喜歡和人群在一起。成名對安娜來說是肯定，瑪亞想成為有錢人，如此便不需要再介意別人的想法。她們兩個複雜到別人永遠搞不懂，所以她們能了解對方。

她們小的時候，安娜想成為職業冰上曲棍球選手。她曾在海德鎮的女童球隊打過一個球季，但卻過度躁動，無法執行教練叫她做的事，而且總是和別人打架。到了最後，她的父親說，只要不用再繼續載她去海德鎮練球，他願意教她用來福槍打獵。她看得出來，她的與眾不同讓父親感到沒面子，而且她無法抗拒用槍打獵的吸引力。

等她大了一點，她轉而想當電視體育主播。國中時，她了解到大熊鎮很歡迎女孩子們喜歡運動這件事，只不過不是像她那樣的熱愛。她喜歡過頭了，尤其是當她給男孩子們訓話，指出他們在規則和戰略上的錯誤時。青少女們理當對冰球選手感興趣，而不是冰球本身。

於是，她低下頭，臣服於大熊鎮真正的傳統運動：知恥和緘默。她母親受不了這兩項運動。安娜當年差點就要跟母親一起搬走，但卻改變主意留下來，為了瑪亞和她父親，而且也許因為她熱愛樹林，雖說偶爾她也會討厭它們。

她總是認為，是大熊鎮的樹林教導居民們閉上嘴的，因為在打獵和釣魚的時候，你必須保持安靜，才不至於嚇跑獵物。假設人們一出生的時候就教他們這個準則，他們終其一生就不知道還有別種溝通方式。所以安娜總是掙扎著，不知道究竟應該敞開喉嚨大吼，或是一聲不吭。

她們並肩躺在瑪亞的床上。瑪亞輕輕說：

「妳得說出來。」

「跟誰說？」瑪亞輕聲回答。

「每個人。」

「為什麼？」

「因為不然他會再犯，對別人下手。」

一次又一次，她們兩人進行著同樣的爭論，和對方爭論也和自己爭論，因為安娜知道這個要求對瑪亞來說太不合情理：瑪亞現在竟然得考慮她對別人的責任，站出來在全世界最安靜的小鎮裡大吼，將野獸嚇跑。安娜將臉埋在手掌裡，瑪亞的父母才不會聽見哭聲。

「都是我自己狗屁的錯，瑪亞，我根本就不該丟下妳一個人在派對上。我早就該知道了，我應該去找妳的。我真是他媽的他媽的他媽的軟弱。是我不對，是我自己他媽——」

瑪亞輕柔地用手托住好友的臉頰。

「不是妳的錯，安娜，不是我們的錯。」

「妳得說出來。」安娜無助地抽噎著，但瑪亞堅定地搖頭。

「妳能保守這個祕密嗎？」

安娜點頭，吸著鼻子保證：

「我用生命保證。」

「不夠，妳得用電子樂保證！」

安娜笑了起來。妳怎麼能不愛在這種情況下還逗妳笑的人？

「我用所有種類的電子樂發誓。除了九〇年代那種糟透的歐洲電子樂。」

瑪亞也笑了，伸手抹掉安娜的眼淚，望著她的雙眼輕聲說：

「現在凱文傷害的只有我一個人。要是我說出去，就是讓他傷害所有我愛的人。我會受不了。」

她們握住彼此的手，並肩坐在床上數著安眠藥，思索該吃多少顆才夠結束她們的生命。當她們還是孩子的時候，一切都跟現在不一樣，感覺就像昨天。因為那正是昨天。

班吉遠遠看見那樣東西，在墓碑上的黑色物體。它已經在墓碑上放好幾個鐘頭了，他抖掉上面的積雪，看見上面寫的字。只有一個字。

當凱文、波波、威廉、班吉和其他球員們還小的時候，大衛習慣在比賽之前發給他們球碟，上面寫著他要每個人特別留意的細節。「回防更猛」，或「多滑滑你的冰刀」，或「有耐性」。有時候他會寫下逗他們笑的字句。他會在遊覽車上板著臉發球碟給一個看起來最緊張的球員，等到球員低頭一看，發現上面寫著：「拉鍊沒拉，鳥飛出來了。」他的幽默感只讓手下的球員看見，所以他們覺得自己與眾不同。笑話的力量就是這麼大，讓某些人在感到被接納的同時，又將其餘的世界排除在外。它可以創造出我們，還有他們。

最特別的是，大衛能夠讓每個球員覺得他注意到自己。他邀請全隊到家裡吃晚飯，將他們介紹給他的女朋友，但是當俱樂部舉辦「父子對抗日」時，大衛又是全俱樂部唯一不出席的教練。他會從後院和墓園裡接了凱文和班吉，開車帶他們到湖邊打球。

他是名符其實地捍衛他們。班吉九歲還是十歲的時候，已經發展出能激怒對手家長們的球風。在一場海德鎮上的小聯盟比賽裡，一個球員對班吉吼著說會在賽後叫爸爸來教訓班吉。比賽終了，不以為意的班吉在黑暗的進場隧道裡碰見一個彪形大漢，抓著他的後頸提起來之後又凶猛地把他往牆上摜，一邊吼著：「這下子你可凶不起來了吧？小吉普賽流氓？」班吉並不膽怯，但是卻相信自己即將命喪於此。當時四周還有其他成人目睹這樁爭執，卻沒人插手。班吉始終不了解，究竟是因為他們害怕，還是他們覺得他活該。他只記得大衛的拳頭，只消一記便把那位父親撂倒在地。

「如果讓我再看到一個大人在這個冰館裡動小孩一根寒毛，我會殺了他。」大衛說這話的時候，並非刻意對著那位父親，而是對著所有靜靜站在那裡的成人。

然後他向班吉俯下身，在他耳邊輕輕說：

「如果有個海德鎮的人快淹死了，你知道該怎麼救他嗎？」

班吉搖搖頭。大衛露齒一笑：

「那就好。」

回到更衣室裡，大衛在球碟上寫了兩個字塞進班吉的球袋裡。「驕傲」。班吉還留著那顆球。那晚，在回家的遊覽車上，班吉的隊友們都在講笑話。笑聲越來越大，用詞越來越露骨。班吉只記得其中一則本特說的笑話：

「小子們，你們知不知道怎麼樣才能把四個娘娘腔裝在一把椅子上？把椅子翻過來！」

每個人都在笑。班吉記得自己偷眼瞧著大衛，看見他也在笑。被排除在外，就跟被接納一樣容易，容易得就像在創造我們的同時，也創造了他們。班吉從來不擔心萬一人們發現他是什麼樣的人之後，會痛打他一頓，或討厭他，反正他從很小的時候就已經被每支對手隊伍恨上了。他只怕有一天隊友和教練會避免在他面前講某些笑話，用笑聲將他排除在外。

他站在父親的墓碑前，手裡感覺球碟的重量。大衛在上面寫了一個字：

「贏」。

第二天，班吉沒去上學，卻參加了練球。他的球衣被汗浸濕得最厲害，因為當他認為世界上的一切都沒意義時，還有一件事是別人奪不走的：成為贏家的他。大衛拍了兩次他的頭盔，其他什麼都不必說。

威廉坐在更衣室裡班吉的老位子，凱文的旁邊。班吉一個字都沒說，僅僅站在威廉面前，直到威廉收拾東西，老大不高興地踅回對面板凳上。儘管凱文的臉上仍讀不出情緒，眼神卻透露出他的心情。他們兩人向來騙不過對方。

大衛從來沒見過他最好的兩個球員在練球時有這麼棒的表現。

星期六到來，這一天是少年組決賽的日子。每個成年男女都起個大早，穿戴上綠色的球衣和圍巾。冰館前的停車場裡，一輛大遊覽車上頭驕傲地裝飾著布條，準備載一支球隊到首都比賽，車上還有一個預備在回程時擺放獎座的空位。

大清早，三個唸小學的女孩子在鎮中心的路上玩。她們互相追逐，用棍子比劍，拿冗長冬季留下的最後一批積雪做成雪球彼此丟擲。瑪亞站在臥室窗戶看著小女孩。幾年前，她和安娜曾經給這三個孩子當臨時保母，而今有時當安娜聽厭了瑪亞的吉他聲，仍會衝出門和她們打雪仗，直到小女孩們笑得倒在地上。瑪亞用雙臂緊緊環住身子，她整晚沒睡，每分每秒都告訴自己將不會將事情經過說給任何人聽。但是這三個在街上玩耍的小女孩改變了她的主意。

疲憊極了的安娜睡在她的床上，看起來單薄脆弱，閉著眼睛埋在厚厚的被子下面。對這個鎮和這一天來說，瑪亞要說的故事令人驚駭：她決定講出凱文做過的事，不是因為她想保護自己，而是因為要保護別人。那天早上，當她站在窗戶邊時，她已經知道這個鎮會如何對付她。

29

在冰上最危險的事莫過於在沒留神的時候被阻擊。所以冰上曲棍球教你的第一件事就是，永遠，別低頭。否則——砰。

彼得的電話響了一個早上。贊助商和董事們和球員家長們，整個鎮的神經都緊繃到爆炸。幾個小時之後，他就要坐著遊覽車和少年隊一起出發比賽，雖然他很討厭旅行。從前，旅行是他家庭生活的正常型態，每個球季裡，他至少有三分之一的時間不在家。他會愧疚地承認，當時他覺得那樣還不錯。伊薩克生病之後，他就再也沒辦法在旅館的床上入睡。

李歐纏著彼得找人順道載他，剛開始彼得反對這個點子，如今這個點子讓他覺得這趟行程沒那麼糟了。他們會在首都過夜，對十二歲的男孩來說，這是個了不得的探險，所以李歐十分期待。彼得偷偷盼望瑪亞也會一起去。他站在她的門外，竭盡自我克制不敲她的門。

他曾經聽說過，給自己做好當父母的心理建設方法，是和一夥肥胖的呼麻朋友一起住在搖滾音樂節的帳篷裡。你會因為睡眠不足而腳步踉蹌，衣服上滿布的食物殘渣幾乎都不是自己留下的，你會深受耳鳴所苦，每經過一個小水窪，就有不斷傻笑的笨蛋在裡面跳，就連去一下廁所，也有人不停捶門，你會在半夜被搖醒，只因為有人「一直在想一件事」，第二天早上睡醒的時候，你還會發現身上有人尿尿。

這個說法也許正確，但是毫無幫助。因為有了孩子之後，你唯一無法做足準備的是敏感。

不光是一般的感覺敏銳，而是超級敏感。他從來不知道自己竟然能有這麼深的感覺，深到他幾乎無法承受。自從伊薩克出生之後，所有最細微的聲音在他聽來都震耳欲聾，最微小的擔心也成了恐懼，所有的車子都開得過快，他每次看新聞都會受到打擊。伊薩克死後，彼得以為自己會變得麻木，但是他反而發現自己的毛孔全都大大打開，就連空氣拂過都令他感到疼。只要其中一個孩子的眼神流露出不快樂，尤其是他的女兒，他就覺得胸口彷彿被撕裂開來。他在成長的過程中，只希望人生走得快一點，現在他希望人生慢慢消逝，最好時間就此停止，瑪亞也永遠不要長大。

他愛瑪亞到了極點，因為她總是令他覺得自己有點蠢。從小學起，他就沒辦法幫她複習功課，但有的時候出於好意，她仍然會問他。她還小的時候，常常假裝在車裡睡著，好被他抱進屋裡。他總是抱怨自己不但得抱著她和買回來的菜，同時還得推著李歐的嬰兒車，可是他心底其實很愛女兒用力抱住自己脖子的感覺。那個感覺告訴他，她只是在裝睡，因為真正睡熟的她抱起來沉得就像一桶水。裝睡的她會將鼻子埋在他的頸窩裡，兩隻小胳膊用力環住他的脖子，像是深怕失去他。當她大到不再裝睡讓他抱進家門後，他開始天天想念那種感覺。一年前，她在一趟郊遊途中扭傷了腳踝，他得再次將她從車上抱進家裡。他因為偷偷希望女兒常常扭傷腳，而不斷責備自己真是個最糟糕的爸爸。

他站在女兒的房門口，手放在門上，卻沒敲門。手機又響了起來。心不在焉的他，直到幾乎進了車子，才發現手裡還緊握著咖啡杯。

蜜拉推著手推車在超市裡照著手上的清單逐排梭巡，清單上清楚地列出了哪一樣產品在哪一排貨架上。彼得的購物清單完全是隨機排列，每回他購物回來，東西多到可以塞滿世界末日來臨之前的防空洞。

店裡每個人都跟她打招呼，有些人甚至從店的另一頭向她揮手，店員滿臉堆笑，大尾從辦公室走出來，身上穿著背號九號和印著「厄道爾」家姓的大熊隊球衣。他滔滔不絕地講話，蜜拉有耐性地聽著，一隻眼睛盯住時間，因為她不想讓彼得和李歐在她回家之前就出發。

她把購物袋放進車裡時，其中一個袋底破了，停車場裡的人們爭著替她撿起酪梨。他們全都知道她身為運動總監的丈夫，卻又完全不了解他。

「他一定很高興要去比賽了！」有些人說。蜜拉點點頭，雖然她曉得彼得討厭出遠門。自從伊薩克陷入最後一次沉睡再沒醒來後，他鮮少離開瑪亞和李歐在外地過夜。蜜拉曾經因為工作的關係，必須比以前還常出差，那時她常在玄關的衣帽間裡準備好一個打理妥當的小旅行袋。彼得常常拿這件事開玩笑，說他擔心蜜拉還有一個「裝了染髮劑、假護照和手槍的祕密保險箱」。她從沒告訴過他，這個玩笑多傷她的心。她知道自己很自私，也因為這樣討厭自己，但是她幾乎希望李歐不會一起參加這趟小旅行。因為彼得將會以父親的身分和李歐一起出遠門，而不是出差，他們兩個的紀錄不會打平。彼得這次遠行並不會讓她看起來以家庭為優先。

她從地上撿起幾個酪梨，放進另一個購物袋裡。當伊薩克生病時，他們全家過著幾乎是軍隊式按表操課的日子：醫生門診、手術日、出發看診、家屬等候室、吃藥時間、清單和看護守則。葬禮之後，彼得一直走不出來，傷痛壓得他動彈不得。蜜拉負責帶瑪亞去公園玩，打掃屋子和做晚飯，依照清單到店裡採購。她曾經在一本書裡讀過，在巨大的意外比如被攻擊或綁架事件發生之後，受害者的情緒往往得等一陣子，在事件結束之後才會在救護車或是警察局裡爆發。伊薩克死後幾個月，蜜拉有一天突然發現自己坐在超市地板上，一手拿著酪梨，失控地哭到不能自已。最後是彼得來帶她回家。那次之後，彼得就像一部機器一樣有效率：打掃洗衣、做飯、照顧瑪亞。蜜拉了解到，也許這就是他們能存活下來的原因：多虧他們沒同時崩潰。

她帶著笑容開車回家，播放「越大聲越好」歌單。她將能和女兒獨處整個週末，多幸福啊！瑪亞最近長得好快。她還記得就在不久之前，瑪亞還是個包在毯子裡的紅咚咚小葡萄乾。當護士說她們可以回家時，蜜拉驚詫地瞪著護士，彷彿護士說的是要把她和寶寶兩人放在啤酒罐做成的郵票尺寸小筏上，丟進印度洋。然後，這個會哭嚎的小包裹忽然長成了一個完整的人類。她有自己的意見和個性，有自己的穿衣服風格，討厭汽水。哪種小孩不愛汽水？還有甜食？瑪亞向來不會被糖果收買，老天，有一個不會被收買的小孩，做父母的該怎麼辦？

就在不久之前，他們還需要輕拍瑪亞幫她打嗝。現在她會彈吉他了。老天爺，這種令人無法承受的愛會不會停止？

太陽照在樹梢，空氣既乾淨又輕盈，今天是個好日子。一個特別的好日子。蜜拉下車時，彼得和李歐正要上車。彼得給了她一個吻，讓她幾乎喘不過氣，她捏了他一把，令他感到不好意思。他的手上仍然抓著咖啡杯。她拎起購物袋輕輕搖頭，伸手拿過咖啡杯。此時，瑪亞正好出現在門口的小台階上。她的父母將會永遠記得自己轉身看她的那一刻。他們感覺快樂和安全的最後一刻。

十五歲少女閉上眼睛，張開口，告訴他們一切。

當語言靜止之後，地上有滾落在咖啡杯碎片之間的酪梨。最大的一塊咖啡杯碎片上還看得見杯子的正面圖案。一頭大熊。

30

字眼是小事。他們總是說：這話不是故意傷人的。每個人都只是在做自己的工作。警方老是這麼說。「我現在只是在做自己的工作。」所以沒人問問那個男孩，他做了什麼。只要那個女生開口說話，他們就打斷她，問她做了什麼。是她帶頭上樓，還是跟在他後頭？她是自願的，還是被強迫躺在床上的？她是不是自己解開上衣鈕釦？她親了他嗎？沒有？那麼她被親的時候是不是主動回應了？她是不是喝酒了？是不是抽大麻了？她有沒有說不要？她清楚表示拒絕了嗎？她尖叫的聲音夠不夠大？她掙扎得夠不夠用力？為什麼她沒有馬上拍下自己的傷？為什麼她跑回家，而不是當場告訴派對上的其他人？

他們以不同方法問了十次同樣的問題，來驗證她是否會改變自己的回答，他們說，他們必須蒐集所有資訊。他們提醒她，這是很嚴重的指控，彷彿指控本身才是麻煩所在。他們告訴她所有她不該做的事：她不該在一週之後才報警。她不該丟掉當時穿的衣服。不該洗澡。不該喝酒。不該讓自己遇上這種情況。不該進那個房間，不該上樓，不該給他那種印象。如果世上根本沒有她，這些事就不會發生了，她怎麼就沒想到呢？

她十五歲，他十七歲，但是在所有對話裡，他依然是「男孩」，而她是「年輕婦女」。

字眼是大事。

蜜拉大吼，打電話，製造麻煩。她被告誡必須冷靜下來，因為大家都只是在做自己的工作。在海德鎮警察局那個訪談室的小桌邊，彼得與瑪亞坐在一起，握住她的手。他不知道女兒是不是因為他沒有吼叫而恨他。因為他不知道該吼叫什麼，畢竟他沒上過法律課。因為他沒有跑到外頭去要殺了某人，隨便什麼人，因為他無權無勢。當他放開她的手的時候，他們兩人頓時覺得冰冷侵入了骨子裡。

瑪亞在母親眼裡看見無名的憤怒，在父親眼裡看見永遠的空虛。她跟母親去醫院，父親則去了另一個方向，往大熊鎮去。

將來在某些日子裡，別人會問瑪亞，她是否明白自己報警說出真相的後果，她會點頭。有時候她會認為其實自己是唯一一個真正明白的人。十年後，她會覺得最大的問題是自己不像這些大人這麼震驚。他們比她純真，她十五歲了，會上網，已經知道如果妳是女生的話，對妳而言這個世界很殘酷。她的父母沒法想像居然會發生這種事，但是瑪亞希望的只是這種事別發生在自己身上。也許這種想法讓她的靈魂墜落得不那麼極端。

「他們得明白這種事，真是太慘了。」十年後，她會這麼想，而且會記得最特別的細節。比如其中一個警察戴的結婚戒指太大了，不斷滑下來撞到桌面。還有他一直沒有直視她的眼睛，而是盯著她的額頭或者嘴。

她記得自己坐在那裡，思考學校裡一堂關於液體與寒冷的物理課。水結凍的時候會膨脹，在大熊鎮蓋房子就得知道這件事。夏天的雨滲進磚塊的裂縫，然後當氣溫降至零度以下，水氣就結冰，磚塊就會被脹裂。她將會記得，以一個死去大哥的小妹妹身分長大，就是這種感覺。

整個童年就是漫長的、努力不要成為液體，不要去找出父母的裂縫。

當妳像這樣有死亡相伴一路成長，妳就會知道對很多不同的人來說，死亡是很多不同的事物，但是對父母而言，死亡是沉默。沉默在廚房，在家門口，電話裡，汽車後座，星期五晚上，星期一早上，被枕頭套和發皺的床單包起來，在閣樓裡的玩具箱底，廚房流理台邊的小板凳上，在浴缸旁邊地上那些不復見的濕毛巾下頭。到處都是，孩子們在身後留下了沉默。

瑪亞太清楚了，這種沉默就像水。如果你讓它隨意滲進來，它就會結冰，把我們的心脹裂。即使那時候，在海德鎮警察局裡，她也知道自己會倖存下來。就在那時候，她已經知道自己的父母不會。父母是無法痊癒的。

受害者往往是最有同理心的，對全世界來說，這個事實帶來的恥辱感非常怕人，讓人內心不安。在將來會有一段日子，別人會問瑪亞，問她是否明白自己報警說出真相的後果，而她會點頭，是的，而且在她所有的內心感觸裡，罪惡感會是最明顯的。因為她向那些最愛她的人，昭告了無法想像的殘酷現實。

他們坐在警察局裡。她告訴他們一切。她從父母的眼睛裡看得出來，她陳述的事情在她父母心裡不斷迴盪著同一句話，一次又一次。那是每一個為人父母者內心深處最恐懼的事實：

「我們無能保護自己的孩子。」

冰場外停了一輛漆成綠色的大遊覽車。停車場上已經聚集了一大群人，有家長，選手，贊助商，董事會成員，大家都在擁抱揮手。

凱文的父親直接開進停車場，下車跟大家握手，同時寒暄。凱文的母親遲疑很久，才伸手摟住兒子的肩膀。他任由她這麼做。她沒說出口自己以他為榮，而他沒說自己知道這件事。

法蒂瑪站在客廳裡悶悶不樂，問了阿麥好幾次是不是有什麼不對勁，但他保證絕對沒有。他提著冰鞋走出公寓。力法等在外頭，看來已經等了一會兒了。阿麥勉強微笑了一下。

「你要借錢嗎，還是幹嘛？你通常不會等我的。」

力法大笑，伸出緊握的拳頭，阿麥跟他碰了一下。

「幹掉他們！」力法大聲說。

阿麥點點頭。他停了一下，大概是考慮說點什麼，不過決定不說了，而是問：

「查雞在哪？」

力法很驚訝。

「在練球啊。」

阿麥的臉羞得通紅。他自己一被調升到了少年隊，就馬上忘了低年級組這個時候總是在練習。力法伸出拳頭來，不過又改了主意，用力擁抱了自己的老友。

「你是大熊窪第一個打進少年隊的人。」

「班吉也是大熊窪的，多少算是……」阿麥這麼說，但是力法很堅決地搖搖頭。

「班吉住在兩層樓公寓裡。他不算是自己人。」

阿麥想著自己從陽台能看到班吉家，不過原因還不止於此。力法比阿麥晚幾年搬來大熊鎮，之前他家住在海德鎮，可是這裡的公寓比較便宜。他跟阿麥還有查克一起打了兩三年冰球，然後他哥哥叫他不要再打。他哥哥說，冰球是混帳勢利鬼的運動，只有有錢小孩才玩。

「力法，他們會恨你，他們恨我們，他們不會讓住在這一區的人贏過他們。」他說得沒錯，他們小的時候，在更衣室還有冰場上一直聽到這些，大熊鎮的人會一直提醒你來自何處。阿麥跟查克勉強想辦法忍受，力法不行。當時他們還在唸國中，有些年紀比較大的選手溜進他們的更衣室，用螢光筆把他們球衣上的「大熊鎮冰球隊」劃掉，寫上「鐵皮屋冰球隊」。

球隊所有人都知道是誰幹的。但是沒人說話。力法再也不打球了。現在他站在大熊窪的公寓外頭，擁抱阿麥，眼裡含著淚，他輕輕說：

「昨天在我家公寓外頭，我看見六七個小孩在打冰球。他們假裝成自己的偶像。一個是帕維爾．達祖克，一個是西尼．克羅斯比，一個是派翠克．肯恩……你知道最後一個喊什麼嗎？他大喊『我是阿麥』！」

「真是鬼扯……」阿麥微笑，可是力法搖搖頭，用力擁抱他，說：

「兄弟，幹掉他們。贏了決賽加入職業隊把他們都幹掉。讓他們瞧瞧你是我們自己人。」

「你可以告訴他們，更衣室裡有驚喜。」凱文的父親偷偷對他耳語。

「謝謝。」他回答。

他們倆握手，做父親的把另一隻手放在兒子肩膀後頭，權當擁抱。

凱文進更衣室的時候，裡面已經響徹歡呼了。他的隊友們像爆竹一樣四處蹦跳。波波在凱文背上拍了一把，另一隻手裡抓著新收到的球棍，一面大吼：

「你知道這有多貴嗎？你老爸實在是太神了！」

凱文非常清楚這些球棍的價格。隊裡每個球員都收到了一根，就在地上的盒子裡。

低年級組訓練結束之後，查克最後一個離開冰場，他得收拾冰球還有三角錐。他在最後一秒躲過偷襲，力道打得他身後的防護欄都不斷搖晃。他到處張望，剛才那個呼嘯而來的冰球不是從冰上來，而是從走道來的。

「當心啊，肥仔！」威廉取笑他，揮舞著新球棍。

查克知道那個值多少錢，青少年知道價格的東西，一定是他們買不起的。

「去吸屌吧。」他低聲說。

「你說什麼？」威廉馬上變了臉色，威脅他。

「我說，吸，屌。」

波波在走道上，站在威廉後面，他低聲說了「只是玩笑」之類的話，一面拉住威廉。他又說「別忘了決賽」之類。威廉控制住自己，至少表面上如此，然後嘲笑查克。

「球棍不錯嘛！社會福利部幫你媽買的嗎？」

查克抬起低垂的頭。

「你媽是不是又在更衣室幫你穿護襠內褲了，小雞雞？她有沒有小心幫你把蛋蛋包起來？她又買了太大的——」

他還沒說完，威廉就朝他衝過來，舉著球棍，如果不是波波擋住他的話，他會把比自己小兩歲的查克打傷進醫院。驚恐的阿麥從後面衝過來擋在中間，對雙方說：

「該死的，我的天……別鬧了！求你們，別鬧了！」

威廉張開手臂，甩開波波，很快審視了阿麥一眼，然後衝過去，搶過查克的球棍使勁往牆上砸，把它砸成兩截。他把斷掉的球棍丟在查克面前，狠狠地說：

「你告訴社會福利部以後買一根品質好一點的球棍，否則會有人受傷。」

威廉轉身回到更衣室，他的隊友們正在齊聲歡呼「大熊鎮的大熊」還有每個人的名字。

阿麥撿起斷掉的球棍。查克沒過來幫忙。

「已經斷了，你這個白癡。」

阿麥這下子無法再保持冷靜，飛身過來朝查克喊：

「查雞，你到底是他媽的哪裡不對勁？說啊？你是什麼上身了？你為什麼老是這樣挑釁每個人？」

查克只是回瞪一眼，眼神裡已經不見多年的友誼。

「祝你好運，大明星。」

阿麥轉身就走，留下查克在原地站了很久。查克回到更衣室，把斷掉的舊球棍丟在垃圾桶裡，接著發現在他的位子上，有一根新球棍等著他。這是他這輩子第一次拿到手的全新球棍。

波波上了遊覽車，坐在威廉前面兩排。他聽見威廉在說剛剛那個查克球棍的事，一面拿「救濟金乞丐」還有那個「小混蛋」開玩笑。查克的母親目前在領疾病救濟。從前她在醫院裡跟波波母親在同一個病房工作。阿麥上車來，波波讓出旁邊的座位給他。

「我試著阻止他……」波波低聲說。

「我知道。」阿麥點頭。

他們倆都記得被寫上「鐵皮屋冰球隊」的球衣，那是威廉出的主意，動手寫的人是波波。

威廉住在大熊丘，波波住的地方距離大熊窪只有一分鐘路程。關於這件事，波波想對阿麥說點什麼，但是他還沒想好，就有人大吼：「這些該死的警察在這裡幹什麼？」因為有一輛警車開進停車場，擋住遊覽車車門。

大衛遲到了。事實上，這是他有生以來第一次遲到。昨天他吐了三次，甚至還想說服女友跟他一起喝杯酒，幫助他冷靜。而他是從來不喝酒的。他在每一支待過的球隊裡，都覺得自己是個局外人，因為其他人每年總要有幾次把自己灌得不省人事，彷彿這是一種儀式。在他們眼裡，似乎大衛就不那麼靠得住，因為他不肯跟隊友並肩往飯店酒吧的拼花木地板上嘔吐。

他女友的表情非常驚訝，他聳聳肩。

「大家都說可以幫助冷靜。」

她開始大笑。然後又開始哭。然後把額頭抵著他的額頭，輕輕說：

「白癡。之前我不想說，不過我不能喝酒。」

「什麼？」

「我不想在決賽之前說。我不想……讓你分心。可是我……我不能喝酒。」

「妳在說什麼啊？」

她親吻他的唇，一面小聲笑。

「你知道嗎，有時候你的腦袋跟磚頭一樣不開竅。親愛的，我懷孕了。」

所以今天大衛遲到了，他覺得糊裡糊塗，而且非常快樂。他逕直走進停車場裡那一團風暴中間，差點被警車撞倒。這是他一生當中最快樂，同時也是最不快樂、最特別的一天。

如果這場比賽是在本地，他們會讓凱文先去打球。但是比賽場地在別的城市，距離這裡有幾個小時車程，所以他們就說了「保障措施」、「潛逃可能」等字眼。他們只是在做自己的工作。警方推開停車場上那些吃驚的家長，上了遊覽車，叫凱文出來。所有的隊友都吼叫起來。一個穿著警察制服的大塊頭抓住他的手臂，把他從座位上拽起來，於是整輛遊覽車上的怒火都被引爆了。波波跟威廉擋住那個警察的去路，他們倆身材高大，所以又動用了四名警察才把凱文弄下車。在一片混亂中，凱文看起來那麼小，脆弱，無力自保。也許是因為這樣，周圍的大人們才會如此反應，又或者是為了成千上萬的其他理由。

凱文的父親抓住那個帶走他兒子的警察，大吼大叫，當一個警察上前來把他拉走的時候，大尾從後面來了一招鎖喉。一個董事使盡全力一拳砸在警車引擎蓋上。威廉的母親梅根在不到半公尺以外拍攝了所有警察，並且以個人名義擔保他們都會被炒魷魚。

阿麥跟班吉是唯二安靜坐在遊覽車座位上的人。字眼是困難的事。

彼得遠遠站在停車場另一頭，那裡的地面沒有鋪柏油，長著樹。他恨極了自己竟然開車來這裡，因為他來了能幹嘛呢？暴力就像威士忌，在威士忌氾濫的家庭裡長大的孩子，要不就是一樣灌滿了它，要不就是根本不碰它。彼得的父親是個可以幹出謀殺案的人，而他這個做兒子的連打架都不行。在冰上不行，現在不行，對凱文也不行，彼得沒法傷害任何人，但是他還是站在這裡，因為他非常希望看見有人這麼做。

只有大衛發現了他。他們的目光相遇，彼得低下了頭。

31

運動與科學並不總是並存的。當然了，運動喜歡那些跟半月板還有韌帶有關的研究，但如果科學針對的是欺壓行為還有暴力的群體結構，運動就沒那麼喜歡它了。相對來說，大學似乎也只注意運動所造成的錯誤，而忽視它所做的好事。運動說科學只是在沒事找事，科學宣稱運動是戴著眼罩。

但是這兩者還是能在一個目標上達成共識。幾百年來，它們兩者都沉迷於一個問題：領導能力到底是什麼？

瑪亞在醫院裡做遍了所有要求的檢查，回答了所有問題。她沒哭，沒抱怨，沒爭辯，很幫忙，很合作。至於蜜拉，她實在太激動了，有時候簡直無法跟瑪亞待在一起。她的手機不斷響起。她運用了她所有的法律實務，她的女兒躺在光禿禿的房間裡冰冷的金屬床上，知道一場戰爭已經因為自己而發動。她的母親必須領軍，向敵人進攻，必須行動，否則就無法面對這件事。所以瑪亞拿過自己的手機，送了簡訊給安娜：「戰爭開始了。」幾秒鐘以後來了回覆：

「妳跟我一起對抗全世界！」

大衛在自己的職業生涯裡，看過幾百個領導者。有官方的，有天生的，有喜歡吼叫的，喜歡保持安靜的。他一直不知道自己也能成為其中之一，直到蘇納給他一個哨子還有一群七歲小孩，把他往冰面上送。「我不是好教練。」大衛說，可是蘇納揉了揉他的頭說：「那些說自己是好教練的，沒有一個夠格。」這個老傢伙說對了，同時也錯了。

警車帶走了凱文，大衛花了一小時才把其他球員哄上遊覽車，並且讓那些家長明白他們站在那裡吼叫也並不能改善任何事。現在他們已經上路三小時了，遊覽車裡的眾人依然鬧哄哄地講著手機，大家跑來跑去，看彼此收到的簡訊。到目前為止，大熊鎮似乎還沒有人知道為什麼凱文被帶走，警方拒絕說明，所以各種八卦像雪崩一樣，在座位之間沖刷得越來越厲害。連大人也都被帶動，本特激動到連唾液分泌都增加了。

但是大衛獨自安靜地坐在前排，盯著自己手機上的簡訊。是凱文父親寄來的，他剛剛才弄清楚自己的兒子被控了什麼罪名。無論你是自願的還是被指定為領導者，你要明白的第一件事就是，領導能力幾乎就是取決於哪些話你得說，哪些話你不能說。

母親坐在病床旁邊，緊緊握住女兒的雙手，兩人的手都在顫抖，女兒把額頭靠在母親額前。

「媽，我們會沒事的。」

「寶貝，不應該是妳來安慰我，我才是應該安慰妳的人……」

「媽，妳已經在安慰我了。妳已經是了。」

蜜拉的手機又響了，瑪亞知道是法律事務所。她向媽媽點點頭，摸了一下她的臉，她媽媽親親她，輕輕說：

「我就在外面走廊，我不會離開妳的。」

兩人的手還在顫抖。

大衛細心培養這些球員十年，就是為了這一刻。他讓他們犧牲了一切，燃燒自己，教他們在壓力下依然抬頭挺胸，即使肩膀脖子都在狂痛。如果這次輸了決賽，這一切還有什麼價值？如果你不想成為最出色的一群，這算得上什麼比賽？

關於冰上曲棍球，大衛最堅定的信念就是，冰場外的世界，絕對不能侵入冰場內的世界，必須是分離的兩個宇宙。外面在現實裡，生活是複雜的，嚇人的，困難的，但是冰場裡面，是清楚易懂的。如果大衛沒讓這兩個世界保持距離，這些球員在年紀還小的時候，就會因為他們在真實世界裡面對的那一堆爛事而崩潰了。冰場是他們的避難所，是屬於他們的，一個快樂的地方。在這裡他們是贏家，沒有人能奪走這個事實。

不光是對球員而言如此。大衛自己走在柏油路上的時候，也一直覺得不適應，但是在冰上就不會。這是最後一個根據地，群體活動與團隊在這裡凌駕了自我，在這裡俱樂部比個人更重要。那麼，為了保護你的宇宙，你得到允許的範圍有多廣？你的領導地位有多少取決於你說的話，又有多少取決於你不說的？

這位護士知道瑪亞是誰，不過她盡量不表現出來。她的丈夫野豬是彼得的好友，跟他打了半輩子冰球。可是現在她在走廊上走過來，彼得跟蜜拉彷彿並沒有認出她。他們跟她說話的樣子彷彿隔了一層玻璃，但是她並沒有感到不悅。她曾經見過一樣的情況，這是精神創傷造成的，跟她說話的時候，只認得出她的制服，而不去辨認她的臉。她很習慣病人與家屬把她當作發揮功能的工具，而不是一個人。她並不生氣，事實上，這反而讓她對自己的工作更加自豪。

跟瑪亞單獨在病房裡的時候，她靠過去說：

「我知道這讓人很不舒服，我們一起努力盡快完成所有的事。」

瑪亞看著她的眼睛，用力抿住嘴，點點頭。這位護士通常非常留意保持專業的距離，她也一向這樣教導她的年輕同事們。她經常說：「你們會遇上認識的人，但是你們必須把他們當作病人來對待，這件事關乎領導地位。」但是同樣的話她現在說不出口了。

「我叫做安卡琳，我先生是妳父親的老朋友。」

「我叫瑪亞。」瑪亞低聲說。

安卡琳輕柔撫摸她的臉頰。

「我覺得妳很勇敢。」

彼得從大熊鎮回到海德鎮。他走進醫院，打算勝利地向瑪亞宣布凱文已經被警察帶走，她已經贏得正義。然後他走進病房，見到她。躺在病床上的是自己的孩子，世上沒有比她更弱小的了。沒有什麼正義等著贏取。他坐在女兒身邊哭了起來，因為自己不是那種會殺人的人。最後他問：

「瑪亞，我能做什麼？告訴我，我能做什麼。」

他的女兒輕拍他冒出鬍碴的臉。

「愛我。」

「永遠都愛。」

「像你愛冰球還有大衛・鮑伊那麼愛？」

「小南瓜，比那更多，還多更多更多。」

她笑了。十年前取的小名「小南瓜」把她逗笑了，想想挺滑稽的。她九歲的時候，不准父親再叫她這個名字，可是從那時候到現在，她一直很懷念它。

「我需要兩樣東西。」她輕聲說。

「我猜，是安娜還有妳的吉他？」他說。

她點點頭。蜜拉回到病房，夫妻兩人的手很快地碰了一下。彼得走到門邊的時候，他的女兒在後頭喊：

「爸，你還得跟李歐談談。他一定被嚇呆了。」

做父母的彼此看著對方。要多少年以後，當他們回想起這一刻，他們胸口上被刺的這一刀，才能感覺起來不過是一次心臟病發？今天在所有人裡，只有瑪亞這個大姊姊沒有忘記自己的弟弟。

安卡琳坐在員工休息室裡，盯著牆。她跟所有人都聽說了，警察帶走了凱文，但是連她在內只有幾個人知道瑪亞入院的原因，只有她把這兩件事連在一起。瑪亞不認識安卡琳，凱文也是，雖然她幾乎沒漏過任何一場他在小聯盟的比賽。對孩子來說，有些人的家長是絲毫不會引人注意的。

她給自己的兒子發了一條簡訊：「祝你今天好運。」波波幾乎馬上就回覆了：「凱文怎麼樣？？有消息嗎？？？」她騙他：「沒。什麼都沒有。親愛的，專心注意冰球！」幾分鐘後他回覆：「為了凱文贏球！」她忍氣哽咽了一口，然後回：「我愛你。」波波的回答就跟所有青少年一樣：「ＯＫ。」

安卡琳坐在硬邦邦的椅子上往後靠，看著天花板，思考著遭逢這種苦楚的孩子們。在這所醫院裡，能看到很多。所以她的很多同事都請了病假。護士醫生不像冰球運動員，夏天集訓沒有假期，沒有季末，沒有中場休息。一季接一季，日復一日，最頑強的人都會被擊倒，哪怕是來自大熊鎮。

那麼，當最頑強的人都不能面對的時候，誰來領導他們呢？

大衛站起來，一面清清喉嚨，要讓球員們聽他說，但是他看見他們已經開始坐下，於是就停了下來。他們坐下不是因為大衛，而是因為班吉。他站在巴士中央，一個接一個直視每個人的眼睛，直到最後一個，菲利浦。

他幾乎比隊上所有人都小一歲，講話輕聲細語，他也住在大熊丘，跟凱文只隔了三家。

「菲利浦，我們小時候，你是隊上最小最弱的，你經常為了這個不高興。有時候你的球連板子最下頭的黃線都不過，那時候大衛怎麼跟你說的？」

菲利浦很不好意思，低頭看著自己的膝蓋。但是班吉伸手把他的下巴托起來，讓他抬起頭。菲利浦不但小一歲，而且有好幾年在體格狀態方面落後其他選手很多，比如波波。因此從前大家都沒有發現，他在其他事情上很拿手。他在更衣室裡毫不引人注意，從來不說什麼，從來不惹麻煩，只是隨波適應一切。這三年來，他就以這種一貫低調的風格，逐漸成為隊上有史以來最好的後衛，而且沒有任何人注意到這個過程。

「不要管其他，全神貫注在你能改變的事情上。」菲利浦低聲說。

班吉一點頭，輕拍他的頭頂。然後他轉過來，看著威廉。

「威廉，從前所有人都學會了倒退滑冰，而你還沒有，你以為自己不能繼續學打球，那時候大衛怎麼跟你說的？」

威廉用力眨了眨眼睛，生氣地抹了一下臉。

「全神貫注在你能改變的事情上。」

班吉握住威廉的肩膀，看著他的眼睛，重複教練從前說過的話：

「我們是一個團隊，我們給彼此力量。一個人跌倒了，其他人就補上來。」

威廉用袖子擦擦眼睛，接著說：

「團隊優先於自我。俱樂部優先於個人。」

別人都沒注意到的時候，班吉輕聲對他說：

「威廉，我們現在都仰賴你了，今天你是我們的明星，你得帶領我們。」

如果現在班吉要威廉去殺人的話，他也會馬上去幹的。無論科學研究還是運動都無法真正解答，我們追隨的領袖到底是些什麼樣的人。但是當我們發現他們的時候，我們會毫不猶豫。

班吉站在波波前面，這個大個子曾經是隊上最好的後衛，直到後來大家溜冰溜得比他好。

「波波，世界上第二棒的事情是什麼？」

過了一會兒，波波才猶豫著回答：

「打炮？」

有幾個球員輕輕笑了起來。班吉低下頭看著波波的大臉。

「波波，可是首先我們現在要去做世界上最棒的事。你知道現在我必須請你做哪幾件事嗎？」

波波站起來。

「呃，只有一件？」

「就是贏球。」班吉說。

「贏球！」波波大吼。

「贏球！」整輛巴士發出吼聲。

大衛重新在自己的座位上坐下。「贏球！贏球！贏球！」球員們喊著口號，而大衛刪掉了凱文父親寄來的簡訊。本特走過來問他，有沒有得到什麼消息，為什麼凱文會被警察帶走，大衛搖搖頭，答道：

「沒有。本特，現在我們要全神貫注在我們能改變的事情上。」

班吉走到巴士的最後排躺下，一路睡到目的地。

32

森林裡有一個地方喜歡冰球賽。有一個女孩坐在床上，為最好的朋友彈吉他。有一個年輕人，坐在警察局裡。一所醫院的某條走廊上，一位護士與一位律師擦肩而過，一座首都的某個看台上站著一群成年人，大喊著他們是來自大熊鎮的熊，裡面還包括贊助商與董事會，十年前他們還取笑過一位運動教練，因為他說有一天他們會擁有全國最強的少年球隊，現在所有人都在這裡，除了教練自己。

一支球隊在更衣室裡等待，球棍在手，等待比賽開始。一個弟弟坐在長凳上等待，手放在腿上握著手機，等著看他的朋友們知道了關於姊姊的事情之後，會說些什麼。一家律師事務所接到一位富有的客戶來電，在另一家律師事務所裡，有一位母親發起了戰爭。那個女孩彈著吉他，直到她的好朋友睡著，然後一位父親站在房門口，心裡想這兩個女孩將會度過這個難關，她們倆將能應付這一切。這個事實也讓他害怕，害怕這個事實會讓全世界繼續安之若素。

有一個球衣背號十六的選手，從他學會溜冰以來，他學的就是要如何才能獲勝。他知道要打贏比賽，不只靠冰上的技巧，還要動腦筋，他的教練告訴他，運動如同音樂：每個球隊都有自己的韻律節奏。如果你擾亂了他們的韻律，你就破壞了他們的音樂，因為連世上最好的樂手都痛恨被迫演奏不合拍的音樂，而且一旦開始，他們就很難停下來。非靜止的物體保持一個前進方向，雪球越滾越大的時候，如果你笨到敢擋路，出醜的機會就越大。這就是運動員所謂的「衝力」，學校物理課上老師說的「慣性定律」。大衛對班吉說的總是更簡單易懂一點：「對球隊來說，一件事如果順利，那麼每件事都很容易，就會自然越來越好。如果你能給他們一點小麻煩，只有一點點，你就會看到他們會自己接著製造更多麻煩。」這就是平衡。吹一小口氣就能讓它完全改觀。

對手隊伍抵達冰場，準備與大熊鎮冰球隊比賽，這隊上每個人都輕蔑地叫他們「厄道爾冰球隊」。很久以前這些球員就知道，他們和那群來自森林的鄉巴佬一比，領先的距離可以用光年計。現在他們進一步發現凱文根本不會出賽。大熊鎮沒有了他，就根本什麼都不是，只是個笑話，就是被汽車撞死，曝屍在馬路邊的動物。他們抵達冰場，既自信又冷靜，他們知道自己只要上場比賽，就能贏這場球。穩穩地，他們懷抱著如冰的冷靜。

他們的教練還在場外，不過他們已經趾高氣揚，等不及要看看對手，所以就先進去了。通往更衣室的走廊燈破了，一個球員說：「那些可憐的鄉巴佬大概把燈泡偷走囉。」有人接著說：「偷走幹嘛？他們大熊鎮連電都沒有！」一開始，他們的眼睛還沒有適應昏暗的光線，他們以為更衣室門口那一片黑只是陰影，所以走在最前面的球員就撞到了班吉身上。他的胸膛跟一塊水泥一樣，在黑暗裡他的眼白在他們二十個人每人身上轉了一回。如果他們有時間反應，他們會緊張地哈哈大笑，可是現在他們只能默默站在黑暗裡，四處張望。

班吉一動也不動，等在門口。所以他們被迫往他身邊擠過來，才能進入更衣室。他們應該等教練一起進來的，他們應該先去找裁判，可是他們太自大了。果然跟預料的一樣，他們生氣了，班吉也已經看出來，哪兩個人會攻擊他：一個人會猛推他，另一個會用拳擊他的肩膀。班吉擋掉第一個，然後很快猛打第二個人的耳朵，那個人叫了一聲倒在地上。班吉再回身往第一人肋骨上打了兩拳，還不至於讓他骨折，可是會讓他直不起腰，班吉就趁機肘擊他的後頸，把他敲翻在地，跟另一個人倒在一起。第三個朝班吉衝過來，他閃身，往他背後猛推了一把，把他推得直飛進漆黑的更衣室。第四個兩手同時抓住班吉的衣服，這就犯了個錯誤，班吉一記頭槌讓他往後倒下，沒人接得住他。

照理說，如果這個地方照明良好，班吉是不可能一個人把他們拿下的。但是在狹小幽暗的走廊上，一次最多只能一兩個人攻擊他，他們出手前就必須自問：誰先上？

答案是沒人敢。整個球隊一秒的遲疑，這就夠了。班吉朝著他們咧齒一笑，他們還沒想好該說什麼，他就冷靜地走開了。他打開自己球隊更衣室的門，裡頭二十來個瘋狂的聲音喊著「我們是熊！」，在走廊上迴盪，門裡的燈光，剛好能讓對手隊的每一個球員看清楚隊友們如何主動失去了平衡。

他們不會告訴自己的教練，因為他們該怎麼說呢？說他們被一個人拿下了他們最強的四個隊員，其他人就站著看？「到底什麼鬼東西？」有人嘀咕。「神經病。」有人說。他們進了自己的更衣室，打開燈，想要把剛才的事一笑置之。他們向彼此保證，等下會拿下對方的背號十六，保證剛才根本不算什麼，他們很強，不須在意這種事。到了比賽開始的時候，很明顯的，他們的保證並沒有兌現。韻律，節奏，平衡，都已煙消雲散。

班吉穿上背號十六的球衣。大衛站在隊員前面，雙手背在身後，雙眼看著地板。來這裡的一路上他一直在思考，對他而言領導地位是什麼，他最後得到再明顯不過的結論：蘇納是他的導師，而蘇納的強項在於培養領導者。問題是，他從來沒有放手讓他們領導。

隊員們屏氣凝神，大衛抬起頭來看著他們，臉上隱隱帶著微笑。

「小伙子們，你們要聽實話嗎？實話就是，沒有人相信你們有能力打到這個層級。你們的對手不相信，冰球協會不相信，全國賽教練不相信，外面看台上站著的那些人也不相信。對他們來說，這是作夢，對你們來說，這是一個目標。這不是任何人幫你們做到的。所以，這場比賽，這個時刻……屬於你們。絕不要讓任何人來告訴你們接下來要怎麼辦。」

他還想繼續說，可是他們現在進入決賽了，他已經盡了力，所以他轉身走出更衣室。幾秒鐘之後，本特也一頭霧水跟著走出去。球隊坐在那裡，一開始只是驚訝地面面相覷，然後他們一個個站起來，彼此輕拍兩下隊友的頭盔。他們裡頭最安靜的那個人，首先揚起了聲音：

「我們來自哪裡？」菲利浦問。

「**大熊鎮**！」整個更衣室回答他。

威廉爬上長凳大吼：「為了凱文！」

「**為了凱文**！」整個更衣室回答他。

他們出場的時候，班吉已經在冰上了。他獨自站在中場，背號十六，雙眼充滿殺氣。最後從大熊鎮更衣室出來的兩個球員，是這支球隊裡個子最大和個子最小的。波波輕輕拍了一下阿麥的肩膀，問他：「阿麥，你從哪裡來？」

阿麥抬起頭看他，下巴微微顫抖。

「大熊窪。」

波波點點頭，舉起自己的手套。上頭他用麥克筆寫了「鐵皮屋冰球隊」。這是一個笨拙的男孩，一個笨拙的表達方式。

可是有時候，這樣的人與表達，才是最珍貴的。

為什麼會有人關心運動？在看台上有一個女人，她關心運動，因為唯有這件事能給她黑白分明的答案。她從前是越野滑雪菁英，犧牲了青少年時期，在長途滑雪路線上練習，晚上戴著頭燈，流著寒冷與疲憊的淚水，奉獻了那些痛苦與失落，犧牲了她永遠無法參加的高中生閒暇活動。不過如果你現在問她是否後悔，她會搖搖頭。如果你問她，要是能及時回到從前，她會做些什麼，她會毫不猶豫回答：「更努力訓練。」她無法解釋為什麼自己關心運動，因為她早已經學到了，如果你對這件事有疑問，你是怎麼也不可能懂的。

她的兒子菲利浦在第一道防線，而她知道他為了能夠站在那個位置，付出了多少。兩個人戴著頭燈在森林裡跑步；在後院練習發球，他的母親當守門員。當他還是隊上身材最瘦小的球員時，每天早上哭著量身高秤體重，只因為醫生保證他一定會趕上隊友。門框上量身高時畫下的鉛筆痕跡，他母親一直捨不得塗掉。每天早上，母親總得把失望得頹垮在廚房地板上的那個小身子抱起來，因為他量了身高，發現自己還是一樣矮，一樣輕，沒有人注意到他慢慢一點一點躋身隊上最好的後衛，可是他進步的每一公分，母親都陪在他身邊。

整個熱身時間裡，大尾手裡都握著手機，想要知道凱文怎麼樣了。仍然音訊全無。他懷疑凱文的父親有任何消息時會首先聯絡大衛，不過在這裡他沒法跟大衛保持聯絡。

他周圍的贊助商與董事都非常憤怒，因為沒有任何消息。他們現在開始討論要找哪個律師，要找哪些記者公布新聞，哪些人會因為這件事倒大楣。

大尾並不生氣，他的情緒現在提升到了另一個等級。他看著看台上的家長們，一面計算他們為了這支球隊付出的白天、傍晚、黑夜。他感覺到很久以前的那塊銀牌壓在脖子上的重量。他不知道是誰搶走了他們奪金的機會，但是他現在已經開始恨那些人。

班吉提醒大衛跟本特，讓威廉在進攻隊形中央代替凱文。這個安排對威廉的意義重大，言語無法形容。在第一次開球之前，班吉停在阿麥面前問他：

「你今天穿了速度比較快的那雙冰刀嗎？」

阿麥一笑，點點頭。他們的對手坐在長椅上，正在高談闊論「要讓背號十六被罰下場！」。他們不是傻瓜，他們已經看穿了班吉，知道他是個凶暴的瘋子。所以，當裁判一拋下球，班吉舉著球棍，全速衝向搶到球的那個球員，剛才在昏暗的走廊目睹過背號十六的每個人都知道，他不是來搶球的，而是來衝撞截阻球員的。他的對手踩定冰刀，繃起肌肉，準備消解他衝撞的力道。

可是並沒有衝撞。班吉直接截走了球，把它打入進攻區域。威廉在中區接了一著衝撞，像是中了槍一樣的海豹趴在冰上，這是中央球員犧牲自己，讓給進攻線上第三個隊友足夠空間。他們這樣闢出了一個空窗，而他們的對手還不知道阿麥有多快。

他們抓住了這個機會。

大尾高聲喊叫直到聲音嘶啞，阿麥趁著守門員出來防衛，把球打進球門裡最上方。家長們衝下看台，彷彿要跳過護欄一般。阿麥雙手高舉，輕快地繞過球門，一下子就被班吉、威廉還有菲利浦抱住。球隊裡每個人都跑上了場，彼此擁抱成一堆。大尾摟住了不知是哪個球員的母親，同聲大喊：「**我們來自哪裡？**」

不久之前他們還都是一群無神論者，現在已經不再是了。

第一節結束後，他們以一比零領先。大衛沒對他們說什麼，他甚至沒進更衣室，他跟本特站在走廊上，不發一語，聽著球員們互相輕拍頭盔。接下來對手拉回比數，一比一，一比二，但是就在第二節結束之前，波波換攻擊線，球到了他這邊的進攻區藍線上。他要傳球，可是球碰在對方一個球員冰刀上，又彈了回來。如果當時他有時間思考，他當然會明白過來，自己接下來這一步實在有點蠢，不過這時幸好他的腦筋轉得不快，於是他射門了。守門員連動都沒動，當他身後的球門網被球牽動的時候，波波還站在原地，吃驚地瞪大了雙眼。燈亮了，他看見計分板上的數字變成了二比二，還聽見看台上大熊鎮這邊的歡呼聲，但是他的大腦還沒想清楚這一連串是怎麼回事。第一個滑到他身邊的是菲利浦。

「贏！」他喊。

「為了凱文！」波波大吼，然後整個人撲在場邊的強化玻璃上，他自豪得快瘋了，就連比賽重新開始的時候，他都還沒想起來自己的球棍還忘在中場的爭球區。

菲利浦愛冰球，他的母親也是。那些籠統知道一點規則的家長對冰球的態度是不慍不火，她卻跟他們不一樣，她因為這個運動的本質而崇拜它：不屈不撓。誠實。堅決。真實。黑白分明的答案，黑白分明的問題。

梅根．里特站在她旁邊，她們倆在小時候就相識，現在兩家之間只隔了兩戶。她們從前一起溜冰，同一年結婚，兒子出生只相差幾個月，十多年以來一起在看台上跺腳以防腳趾凍僵，就像這次一樣。你敢不敢告訴她們，冰球選手的家長其實只是盲目的狂熱？她們會告訴你，去看看青少年越野滑雪賽，聽聽那些觀眾怎麼說。或者跟障礙滑雪選手的父親談談，他會衝進賽場妨礙比賽，只因為他認為場地安排對他的女兒不利。要不然跟花式溜冰選手的母親聊一聊，看看九歲小孩到底應該訓練多少。永遠有表現得更糟的孩子。如果妳和別人比較得夠多，幾乎每件事看起來都會很正常。

菲利浦的媽媽從來不大聲尖叫，也不吼。既不批評教練，也從不去更衣室。可是如果有人批評梅根的行為，她會一路為她辯護直到地球盡頭再回來一趟。因為她們也是一個團隊。菲利浦的母親知道，如果父母為了孩子的運動奉獻生命，讓家庭經濟陷入危機，你就不能要求他們永遠克制自己的熱情。

所以，當梅根朝著裁判大喊「你眼瞎了嗎」，菲利浦的母親保持安靜。有一位家長吼著：「老天爺！裁判你是包尿布的時候挨揍了嗎？是不是在等別人坐在家裡幫你判球？」她沒說話。又有人說：「這是什麼老太婆傳球法？」然後後面看台上一個男人舉起雙手大喊：「你們在打籃球嗎？」某個對手球員把大熊鎮球員壓在場邊護欄上稍微有點超時，卻沒被罰，家長對著回到長凳上的那個男孩大吼：「你這個二十二號是不是死同性戀？」

前面看台一個帶了兩個小孩的母親轉過來說：

「請妳考慮一下自己說的話好嗎？有小孩在這裡！」

可是梅根語氣嘲諷地說：

「甜心，如果妳這麼擔心他們離開自己舒服的小窩，聽見可怕的東西，也許妳就不應該帶他們來看冰球！」

如果你問菲利浦的母親為什麼不反駁，她會告訴你，人可以喜歡某件事物，但不必喜愛關於它的一切。不用因為自己沒有感到自豪而尷尬。冰球是這樣，朋友也是這樣。

那個帶了小孩的母親故意大動作牽著孩子們的手，走下階梯，坐得離梅根遠一點。在她後面的冰上，菲利浦緊追著對手，用全身撲上前阻擋傳球，結果失去平衡。班吉朝他們滑過去。看台高處一名贊助商轉過來看著大尾，朝那個帶孩子的母親偏了一下頭，咆哮著說：

「我們今天請了該死的模範糾察隊來嗎？她來這裡幹嘛？」

第三節正好開始，兩人的對話就此淹沒在觀眾的吼叫聲裡，因為背號十六在中區搶到了球，使了從來沒有人知道他會的一招，躲過兩個對手，一記進球，守門員根本來不及趕回來。隊友們衝上來擁抱班吉，但是他把他們輕輕推開，從球門裡拿出那個冰球，送到大熊鎮的家長區前面。他在場邊停了一下，朝著兩個小孩揮手，然後把冰球拋給他們的母親。

那個贊助商轉過來問大尾：

「你剛才說，那個……那是誰？」

大尾答道：「那是班吉的姊姊，蓋比。那兩個小孩的舅舅剛剛為我們贏了三比二。」

33

瑪亞從小每當心情不好，就回臥室睡覺。她把所有的不順心都睡過去。她十八個月大的時候，母親開著租來的車行駛在多倫多市中心，她在後座，結果車子在最繁忙的十字路口拋錨了。公車猛按喇叭，計程車司機爆粗口，蜜拉在電話裡咒罵租車公司的總機。而小寶寶瑪亞只是安靜地環視四周，打個大呵欠，然後睡著了，一直熟睡到六小時後，她們回到旅館。

蜜拉站在玄關裡，看著走廊那頭，她的女兒睡在房間裡。她十五歲了，在難過的時候，還是去睡覺。安娜跟她躺在一起，同蓋一條被子。也許，如果妳曾經安葬過自己的孩子，就會這麼不同，又或許天下父母其實都是這樣：蜜拉只要自己的孩子健康，安全，有最好的朋友。

那麼就可以熬過一切了。幾乎。

大衛永遠不會忘記這場比賽。他會對他的女友滔滔不絕講一晚上終局的最後幾分鐘，拍拍她的肚子，說：「喂，別睡著啊！最精彩的我還沒講到呢！」一遍又一遍，每次他都會講，阿麥一再全身撲在冰上，用他的頭盔擋住了那麼多射門，裁判不得不命令他下場，檢查他的頭盔是否裂開了。威廉在場上的時間最長，當他坐在場下長凳上的時候，就像一尊巨像。沒人像他那樣頻頻拍著大家的背，大喊加油，激勵筋疲力竭的隊友。全身已經快解體的波波下場的時候，在階梯上絆了一下，差點跌個狗吃屎，威廉趕緊接住他，為他拿來水壺。而菲利浦就像是經驗豐富的老手，在場上毫無破綻。那麼班吉呢？班吉滿場飛。大衛看見他用靴子擋住一記射門，力道之大，令坐在場邊的助理教練本特抓緊了自己的腳，慘嚎一聲：

「該死，我都感覺到了！」

班吉帶著痛繼續比賽，球隊裡每個人都用頭用力撞那道堅固的防守牆，前仆後繼。每個人都發揮了超乎尋常的能量，每個人都是前所未有的好。他們付出了一切，沒有一個教練能夠要求更多。他們盡了最大、最大、最大的能力。

但是這還不夠。

在離終場不到一分鐘的時候，對手隊把比數拉到了三比三。整支球隊累倒在冰上，二十來個家長癱在看台上，還有一個森林裡的小鎮也是。在加長賽之前的休息時間裡，有三個球員吐了。還有兩個抽筋，勉強回到場上。他們的球衣濕透，身體裡每一個細胞都乾涸了。但是他們仍然支撐了十五分鐘，直到他們的對手最後一次把他們打趴。他們在冰上一再來回盤旋，班吉沒法及時突破。菲利浦的防守第一次露出破綻，威廉的球棍太短，阿麥撲在冰面上就差了那麼一剎那，沒能擋住射門。

大熊鎮冰球隊全部躺在冰上，他們的對手在周圍雀躍起舞，對手的父母朋友們全衝上來祝賀。當他們的喊叫與歌聲離開球場，進了更衣室之後，菲利浦、波波、威廉還有阿麥才爬起來，走回自己的更衣室，傷心欲絕。看台上的大人們還坐在原處，雙手捧額。兩個小孩在母親懷裡哀哀大哭。

輸球之後，在場的二十幾顆心臟，是這世上最巨大的沉默。大衛走進更衣室，看見被打敗的隊員們渾身是傷，倒在地板和長凳上，幾乎沒有力氣脫掉身上的護具。本特站在一旁等著他說話，可是他轉身走了出去。

「他去哪裡？」一個家長問。

「我們是糟糕的輸家，經常輸球的才是好輸家。」本特低聲說。

最後是對手隊的隊長率先伸出手。他已經沖了澡，換了衣服，但是他的球衣仍然滿是香檳酒漬。大熊鎮的背號十六還躺在冰上，腳上穿著冰刀。看台差不多都空了。

「老兄，這場比賽很精彩。如果你想換球隊，歡迎來這裡加入我們。」隊長說。

「如果你想換球隊，歡迎過來跟我一起打。」班吉回答。

隊長笑了，伸手把他拉起來，發現他痛得齜牙咧嘴。

「你還好嗎？」

班吉淡然地點一下頭，不過還是讓他的對手扶著他走進走廊。

「對不起……你明白的……」班吉說著，稍微指了一下頂上破掉的燈。

隊長哈哈大笑。

「是嗎？我還真希望是我們先想到這麼整你們一頓呢，你真是個頑強的混蛋。老兄，你的狀況非常需要一些專業協助，不過你可真是個頑強的混蛋。」

蓋比帶著兩個孩子穿過走廊，一路上有其他大人穿戴著綠色球衣與圍巾，她跟其中一些人點頭打招呼，卻根本不理睬其他一些人。她聽見一個父親說裁判是「神經病」。還有一個嘟囔著「那個渾球能不能把手裡的皮包放下來」。她沒等班吉，而是帶著孩子直接往車子方向走，因為她不想讓孩子聽見這些話，而且她知道如果自己當場反駁的話，那些人會怎麼說她。他們走出門的時候，她的小女兒問她：

「媽咪，『表指』是什麼？」小女孩還沒有學會「ㄗ」的發音。

蓋比想要一笑置之，可是小孩不放棄，指著走廊的方向。

「有個男的說的。『那個裁判是個表指！』」

又過了十五分鐘，大衛回來了，手裡提著裝滿了冰球的塑膠袋。他給更衣室裡的隊員一人發了一個。隊員們低頭看著冰球上的字，有些人微笑了，有些哭了。波波清清嗓子，站起來，看著他們的教練，說：

「對不起，教練，可是我想問問……」

大衛抬起眉頭，波波往自己手上的冰球點了一下。

「你並沒有……你懂的……因為我們變成同志，之類的吧？」

笑聲能讓人解放。全體縱情大笑能讓大家團結。能夠治癒傷口，殺死沉默。更衣室裡到處格格笑起來，大衛滿面笑容，點一點頭，回答：

「拜波波之賜，明天回家，增加森林越野長跑特訓。」

隊友們一陣膠帶卷風暴襲來，波波早已經蹲下來閃躲了。

倒數第二個拿到冰球的是班吉。最後一個是本特。大衛拍拍助理的肩頭說：

「本特，我搭夜車回去。旅館已經訂好了。我相信你可以照顧這些小子。」

本特點點頭。看著手中的冰球。他讀著上頭的字，眼淚滴落在他的運動衣上，上頭的字是「謝謝」。

波波拍拍蓋比的車窗，把她嚇了一跳。孩子們已經在後座睡熟，她自己也快睡著了。

「對不起……妳是班吉的姊姊，是吧？」波波說。

「是的，我們在等他，他說要跟我們一起回家，不想住旅館。他改變主意了嗎？」

波波搖搖頭。

「他還在更衣室。我們沒法脫下他的冰鞋。他要我們來找妳。」

蓋比見到班吉的時候，說自己愛他。然後說他走狗屎運，因為今天母親必須上班，不能過來，不然如果讓她看見自己的兒子頂著腳部骨折打完整個第三節還有十五分鐘加長賽，而且在冰上滑的距離比別人都多，她肯定會殺了他。

菲利浦跟母親在停車場上的遊覽車旁邊站了很長一段時間。她為他擦乾臉頰。他輕輕說：

「對不起，是我的錯。最後對方那個射門，是我防禦的。對不起。」

他的母親擁抱他，彷彿他還是從前那麼小，雖然現在他已經高大得可以一手把媽媽抱起來了。

「喔，寶貝兒子，這有什麼好道歉的？你從以前到現在都沒什麼需要道歉的。」

她拍拍他的臉，清楚這種感覺，她曾經在一場越野滑雪賽結束之後，頹喪地站在原地，直到汗水凝結成冰，當時她的心裡就是這種感覺。

她知道運動能夠給妳什麼，也知道運動要妳付出什麼。她的兒子曾經克服的那些挫折一一浮現在他們眼前：那些沒有選中他的菁英隊，那些他沒有被選中的全國賽，那些他只能在看台上參與的錦標賽。他的媽媽摟著這個一生中的每一天都為了球賽做訓練的十六歲男孩。明天，他睡醒之後，也會從床上再爬起來，重新開始。

在一棟房子的某個房間，在她最好的朋友床邊地板上，安娜蜷起腿坐著，腿上放著電腦。每隔一陣子，她就焦慮地瞄一眼床上，確定瑪亞還沒有醒過來。然後她繼續上網，去學校裡每個人知道這件事之後，會去的每個地方。她悄悄巡視了一圈還沒有更新的狀態，幾張貓還有奶昔的照片，對於冰球隊輸了決賽的失望感言。可是沒有別的了。還沒有。安娜再次刷新所有頁面，她從小生長在這裡，知道這裡消息散布得有多快，總有人認識某人的哥哥是警察或者有朋友在本地報社工作或者誰的媽媽是醫院護士。有人會對誰說些什麼。然後就會一發不可收拾。她再度刷新頁面，又一次，又一次，又一次。越來越用力敲打按鍵。

砰。砰。砰。砰。

本特告訴隊員們，旅館已經訂好了，贊助商付了錢，他們可以隨心所欲使用客房服務，好好休息，明天再打道回府。隊員們問他大衛在哪裡。本特說教練已經回家了，好等警察放凱文出來。

「要是我們想現在回家呢？」威廉問。

「如果你們決定好了，我們可以安排。」本特說。

沒有一個人決定留下。他們是一個團隊，他們要回家，去見他們的隊長。那天晚上，他們還在半路，消息終於透過手機簡訊傳來：為什麼凱文會被警方帶走、他被控什麼罪名、報案的那個人是誰。一開始一個隊員說：「這些人在說什麼啊？我在那個派對上看過他們。她才是對他有意思的那個人！」然後有人說：「全是他媽的胡扯八道！我親眼看見他們兩個上樓去他的房間，她走在前面！」又一個說：「說得好像她不喜歡似的！你們看見她那天打扮成什麼樣了嗎？」

這些年輕人每個都能完美地發出「ㄕ」音。一旦其中一個起頭說了「小婊子」，其他人自然紛紛跟進。

在放滿了球棍、冰球、球衣的臥室裡，有個弟弟被吵醒了，隔壁房間裡，他姊姊的好朋友正用盡全力把電腦甩在牆上，彷彿希望寫出電腦裡那些東西的所有人，都能和那部電腦一樣，摔成千萬個碎片。

34

蜜拉跟彼得坐在家門外那個小台階上，彼此之間有點距離。彼得記得很清楚這道距離，從前他曾經以為是哀傷把他們兩人團結在一起，雖然他並不值，但蜜拉還是選擇留下來，只因為她無法跟別人一起共有對伊薩克的回憶。但就在伊薩克死後，事情馬上改觀了。傷痛分裂了他們兩個，他們的指尖之間有隱形的相斥力場。現在，這個力場又回來了。

「是……是我的錯。」彼得輕輕說。

蜜拉用力搖一搖頭。

「不要說這種話。這不是你的錯！不是冰球的錯！不要給那個混……不要給……不要幫他找藉口！」

「俱樂部一直在培養他。蜜拉，那是我的俱樂部。」

蜜拉沒答腔。她緊緊用力握著拳頭好久好久，等到她終於放開的時候，掌心裡的指甲痕好幾天之後才會消退。她在工作生涯裡一直為正義與法律奮鬥，一直相信公平與人道主義，一直對抗著暴力與報復。所以現在她正用盡所有的力量去對抗那種淹沒她的感受，但是她仍然無法阻止這種感受不斷洶湧掩來，摧毀了她相信的一切。

她想殺了他。她想殺了凱文。

安卡琳與野豬在停車場等著教練回來。安卡琳永遠不會忘記周遭聽起來是什麼樣子：今晚城裡一片寂靜，感覺起來卻像是嘈雜的講話嗡嗡聲，周圍那些房子熄了燈，你卻知道裡面的人都還醒著，透過電話和電腦傳遞消息，內容越來越憤怒，越來越齷齪。大熊鎮的人不常說話，可是有時候又似乎光顧著說話不幹別的。野豬輕輕碰了碰她的手臂。

「安卡琳，我們得等一等。在我們……知道真相之前，我們不能干涉這件事。」

「彼得是你最好的朋友。」

「親愛的，我們不知道實情。沒有人知道實情，我們不能干涉這件事。」

安卡琳點點頭。他們當然不能干涉。每件事都有兩造說法，必須再聽聽凱文怎麼說。她盡量這麼說服自己，並向每一重天的每一尊神明與永恆的女神發誓，她真的在盡力。

安娜站在地上，羞愧地雙手掩面。嚇了一大跳的瑪亞坐在床上，臥室裡電腦碎片四散。蜜拉走進來，牽起她們倆的手。

「安娜，妳知道我有多愛妳，把妳看成我自己的孩子。」

一顆顆碩大的淚珠從安娜的鼻尖落在地上，她伸手抹了抹自己的臉。蜜拉親吻她的頭髮。

「安娜，妳得回家休息一下。我們全家必須……在一起一會兒。」

瑪亞想為安娜抱不平，但是她太累了。大門打開又關上，瑪亞再次躺下來，繼續睡。一直一直一直睡。

彼得開車送女兒的好朋友回家。沿路的屋舍一片漆黑，但是他仍然感覺到許多雙眼睛從窗戶往外看。安娜下車的時候，他希望自己能說點什麼，就像睿智的父親提供安慰，鼓勵與指引。可是他沒話可說。他能說的只有：

「安娜，一切都會沒事的。」

安娜裹緊身上的夾克，把羊毛帽子拉低到額前。她為了彼得才勉強表現出自己相信這句話，可是假裝得並不成功。彼得看得出來，她因為憤怒而全身發抖。他回想到幾年以前，蜜拉跟瑪亞有一次爭執，那時瑪亞剛開始像青少年那樣發洩情緒，爭執過後，蜜拉一個人坐在廚房裡，身心俱疲，吸著鼻子哽咽：「她討厭我。我親生的女兒討厭我。」彼得擁抱她，輕輕說：「妳的女兒仰慕妳，需要妳。如果妳懷疑這一點，只要看看安娜就知道了。在所有人裡，妳的女兒選擇了一個完全像妳的人當好朋友。她跟妳一樣，毫不保留自己的感情心緒。」現在彼得想下車擁抱安娜一下，想告訴她別害怕，可是這不是他習慣做的事。而且他自己太害怕了，已經沒有能力說謊。

車子開走之後，安娜悄悄走進家裡，叫醒了狗，把牠們遠遠帶到森林裡。然後她坐下來，抱著狗，把臉貼在牠們的毛皮上，一直哭，一直哭。

牠們的呼吸噴在她頸子上，牠們舔她的耳朵，用鼻子拱她。她永遠也不懂，為什麼有些人會喜歡人類勝於喜歡動物。

今晚歐維奇家的每張床都睡滿了。蓋比的兩個女兒睡在舅舅床上。艾德莉跟卡娣亞睡在自己媽媽床上，媽媽睡沙發。艾德莉和卡娣亞一直說自己可以睡在客廳裡，可是她們的母親大聲反駁她們，所以她們讓步了。第二天一早，蓋比跟班吉從醫院回到家，他的媽媽與兩個姊姊看看他的枴杖以及上了石膏的腳，拍著他的頭說他會讓她們都擔心死，他是她們的一切，而且是個蠢蛋。

他睡在自己床邊的地板上。醒來的時候，床上的兩個小孩已經抱著毯子蜷起身子睡在他旁邊。他們睡在他的球衣上，背號十六。

蜜拉坐在女兒的床邊。瑪亞跟安娜還小的時候，彼得經常打趣她們倆差異如此巨大，尤其是睡覺的時候。「瑪亞睡過的床，幾乎不用收拾。安娜睡過的床，你得先把它推回原位才行。」瑪亞起床的時候像是一頭發睏的小牛，安娜像是滿肚子火的酒醉中年男子爬起來找自己的手槍。所有人都認為這兩個小女孩唯一相同的一點，就是她們的名字：她們討厭別人說錯她們的名字，說成「瑪加」或者「愛娜」，因為全世界到處都是瑪加與愛娜。瑪亞第一次聽說還有別的小孩跟她同名的時候，大發雷霆，從這件事就可以看出來不少端倪，那時候她的年紀還小，會要求自己的餐具握把顏色與食物顏色必須配合，還會在睡前大哭一番，因為「爸爸，我的兩隻腳一樣大，**我不要這樣**」！所以最讓她生氣的，就是這世界上她不是唯一叫這個名字的人。對她跟安娜而言，名字是私人所有，是實實在在的物品，就跟肺葉還有眼球一樣，所以在她的世界裡，所有瑪加與愛娜都是小偷。有時候蜜拉覺得她們倆在五歲就學會閱讀，是因為她們發現兩人的名字寫出來是不一樣的。她們最不想要的就是普普通通。這些彷彿是一輩子之前的事，又彷彿就在昨天。

人的成長實在快得無情。

彼得靜悄悄地關上門，把鑰匙掛在玄關裡，富豪車鑰匙的旁邊。他與蜜拉在廚房裡坐了幾個小時，不發一語。最後，蜜拉低聲說：

「這件事現在的重點不是我們，而是她得怎麼度過這一切。」

彼得盯著桌面。

「她這麼……堅強。我不知道該對她說什麼，她已經……比我堅強了。」

蜜拉的指甲尖在她的皮膚上又留下了新的印痕。

「我要殺了他。彼得，我要……我要看著他死。」

「我了解。」

蜜拉渾身打戰，彼得打破那片相斥的力場將她擁在懷裡，低聲抽噎的兩人強自抑制哭聲，免得吵醒孩子。這一對律師與運動教練的組合將會責怪自己一輩子。

「彼得，這件事你不能怪自己。這不是冰球的錯。那句話怎麼說……『孩子是整個社群撫養長大的』？」

「說不定這就是問題所在，也許我們選錯了社群。」他回答。

少年隊的家長來冰場接他們回家。他們坐在寂靜的車裡，回到寂靜的家，家裡唯一的光發自於各種螢幕。天還沒亮，威廉就到了波波家，他們倆沒說什麼，只是都感覺自己必須做點什麼，必須行動起來。他們步行穿越小鎮，一路上到各家召集了更多隊員。彷彿是一團黑色的蚊蠅，他們游移在各家花園之間，暗沉的天色下，他們握緊了拳頭，狂野的眼睛往前盯住空曠的街道。一小時一小時過去，直到太陽升起。他們覺得受到威脅，覺得受到攻擊。他們想要對彼此大吼團隊的意義，大吼忠誠與愛，大吼他們多麼敬愛他們的隊長。可是他們找不到言語可以表達，所以他們試圖找出別的方式。他們並肩而行，彷彿一支殺氣騰騰的軍隊。他們非常想保護點什麼，破壞點什麼。殺戮。他們在尋找敵人，什麼樣的敵人都好。

阿麥到家之後，逕自上床睡覺。法蒂瑪靜靜坐在另一個房間裡。第二天早上他們搭公車去冰館，一路上兩人都沒說話。阿麥穿上冰鞋，拿起球棍，狠狠滑過冰面，把身子撞在對面牆上，弄疼弄傷自己。在累到滿頭大汗之前，他不准自己掉下眼淚，然後，他的淚水才能混在汗裡滴下來。

在一座大豪宅裡，一對父母坐在廚房餐桌邊。

「我的意思是……萬一……」母親說。

「妳相信我們的兒子會做這種事！？妳算什麼母親！居然會相信我們的親生兒子做出這種事!?!?!?」父親怒吼。

她絕望地搖頭，雙眼盯著地板。當然了，他沒錯。她這算什麼母親？她輕輕說，當然，當然她不相信自己的兒子做了這種事。她想要解釋現在事情一片混亂，沒有人能理智思考，我們應該睡一下。

「只要凱文還沒被警察放出來，我就不會睡覺，妳應該他媽的很清楚這一點！」父親宣告。

她點點頭，不知道自己是否還能再安睡。

「我知道，親愛的，我知道。」

在另一棟屋子裡，另一對父母坐在另一張廚房餐桌旁。十年前他們離開加拿大，搬到大熊鎮，因為這是他們知道的最寧靜最安全的地方。因為當時他們那麼渴望一個地方，在那裡彷彿不會發生任何壞事。

他們並沒有交談，他們一晚上都沒說話，不過都知道對方在想什麼。「我們無能保護自己的孩子。」

我們無能保護自己的孩子我們無能保護自己的孩子我們無能保護自己的孩子。

35

恨意會成為深刻地激動人心的情緒。如果你把世上的一切區分為朋友與敵人、我們與他人、好的與壞的，那麼一切都會容易得多，也不那麼可怕。團結一個群體最容易的方式不是透過愛，因為愛是困難的，是有許多要求的。恨卻非常簡單。

所以在一場衝突之中，我們第一步會先選邊，因為在腦子裡同時劃分出對立的兩邊比較容易。第二步是找出我們想相信的現象，那些讓我們感到安慰的現象，可以讓生活正常繼續下去的現象。第三步是去除敵人的人性特徵。有很多方法可以做到這一點，但是最容易的就是褫奪她的名字。

所以當夜晚來臨，真相散播出去之後，大熊鎮沒有人在手機或者電腦上寫出「瑪亞」，而是寫「M」。不然就是「那個年輕女人」。或者「那個賤貨」。沒有人談論「強暴案」，他們談論的是「案情」。一開始他們說「根本沒發生什麼事」，然後變成「說得跟真的一樣，其實根本是自願的」，再加碼為「如果不是自願的，她也只能怪她自己，她以為喝醉了跟他進房間除了這個還會做什麼別的事嗎？」一開始是「這是她要的」，最後變成「她活該」。

很快地，大家便說服彼此不再把一個人當人看待。當夠多的人保持沉默的時候，寥寥幾個聲音就足以造成每個人都在尖叫的假象。

瑪亞做了她必須做的每一件事，每個人要求她做的每一件事。她回答了警方的全部問題，去醫院做了所有檢查，坐了幾小時車去見心理治療師，對方只會一直要求她回想那些她只想忘記的事，一遍又一遍，要求她感受那些她想壓抑的，她想尖叫的時候要求她哭，她想死的時候要求她講話。安娜打電話給她，但是她已經關機了，手機接到的全是匿名簡訊。人們這麼快就決定選擇真相，他們很快就買了預付卡，只為了躲在假身分之後告訴她，她是什麼貨色。

她回到家，夾克滑落到玄關地上，彷彿是她自己縮小了，從夾克裡滑出來。她越來越小，器官一件又一件離她而去。肺臟，腎臟，肝臟，心臟。最後留下的只有身體裡的毒。

李歐坐在自己的電腦前面，聽見她走到了房門口。從他們長大之後，這是她第一次進來。

「你在幹嘛？」她的聲音幾乎弱不可聞。

「打遊戲。」李歐回答。

他已經把網路線拔掉了，手機放在背包最底層。他的姊姊站在幾公尺之外，緊緊環抱雙臂，看著他昨天還貼著球衣與海報的房間牆壁。

「我可以玩嗎？」她輕輕說。

他從廚房拿來一把椅子。他們倆坐下玩，沒說話，如此一整夜。

蜜拉在辦公室。跟其他律師開了一個又一個會。戰鬥。彼得正在家裡打掃，每一平方公分都刷過；他用力刷水槽直到肌肉痠痛；用手洗所有的床單毛巾和每一個玻璃杯。

他們失去伊薩克的時候，他們經常希望自己有一個敵人，一個有罪的敵人，這樣就有懲罰的對象。有人建議他們對上帝禱告，可是身為父母，對上帝說話的時候就很難保持正常的語氣，當指尖描繪著墓碑上的年份的時候，很難相信世界上還有一個高於一切的力量。這不是數學的錯，要計算一生的長度很容易：把墓碑右邊的四位數字，減掉左邊的四位數字，然後乘以三百六十五，每一個閏年還要再加上一天。但是無論你怎麼算，都無法讓你理解。你算了再算，又算，可是答案怎麼都不對，你怎麼算，結果數字都不夠大。這個天數實在不能算是一生的長度。

他們不喜歡人們說「疾病」，因為疾病摸不著碰不到。他們要一張臉，一個犯了罪的人，他們需要有這麼一個人，可以被他們淹死在沉重的罪惡感之下，否則他們自己會被拖下去。他們知道自己自私，可是沒有人可以被懲罰的話，他們只能仰頭對著天空嘶吼，他們的狂怒沒有任何人能夠承受。

他們想要一個敵人，現在他們有了。但是現在他們不知道該陪在女兒身邊，還是應該去獵殺那個傷害女兒的人；不知道該幫助她活下去，還是應該想辦法讓他死，除非這些事是一體兩面。恨這件事，比恨的反面容易做到。

父母是無法痊癒的。孩子也不行。

每個國家的每個城鎮裡，所有的孩子在童年裡某個時候都曾經玩過某些危及生命的遊戲。每一群朋友裡都會有人玩得太過火，比如從最高的岩石往下跳的第一個人，火車逼近時最後一個跳過鐵軌的人。這個人並不是最勇敢的，只是最不害怕的。而且通常都是覺得自己反正沒有什麼可以再失去的人。

從前班吉通常會尋找那些最強烈的身體刺激，因為它們會取代其他感受。腎上腺素、嘴裡的血腥味，還有全身激盪的疼痛，在他的腦中匯聚成一股快樂的興奮感。他喜歡嚇自己，因為當你被嚇到的時候，你什麼都不會去想。他從來不會自殘手臂，不過他了解有些人為什麼這麼做。有時候他非常渴望某種他看得見的痛楚，好將注意力放在上面。他會搭幾個小時的火車到外地，等待天黑，然後找幾個最壯的大個子故意尋釁，逼得對方不得不給他一頓好打。因為有時候，如果軀殼受了一頓見血的傷害，內心的痛楚就能稍微減輕一點。

那個貝斯手下台之前看見他。貝斯手驚訝到忘了掩飾自己的微笑。他穿著跟上次一樣的黑衣，衣服披掛著，彷彿布料如雨一樣輕輕落在他身上。

「你來了。」

「這附近的娛樂活動實在很少。」

貝斯手笑了。他們彼此之間隔著三步的距離，一起喝啤酒。不時有些醉漢會走過來，一手拍在班吉背上，稱讚他腳骨折的原因，咒罵那個裁判是「娘們」。然後用放低的聲音嘟囔「發生在凱文頭上那件事，真是他媽的丟臉」。如此大約陸續有七八個不同年齡階層的人，都要請背號十六喝一杯啤酒。貝斯手覺得這可能是自己的想像，不過他覺得隨著一次又一次招呼拍背，班吉就一點一點退避。貝斯手以前也遇過像這樣，言行舉止彷彿隱藏在假身分之後的男孩們。也許在這樣的地方，情況又特別不一樣，因為在這裡你不想讓任何人失望。

最後終於沒有別人了，貝斯手喝乾自己的啤酒，低聲說：

「我要走了。我看得出來有很多人……有很多人要跟你聊冰球。」

當班吉抓住他的手臂輕聲說：「別走……咱們去別的地方。」他覺得手心一股灼熱。

貝斯手走進夜色中，順著酒吧右邊的小徑往前走。班吉等了十分鐘，然後走出去向左轉，揀了一條捷徑穿過森林，然後又跛著腳步繞回來在林間跟男孩會合，一邊踉蹌著一邊咒罵。

「你真的知道怎麼打冰球嗎？你看起來似乎搞砸了。」貝斯手看著他的楞杖微笑。

「你真的知道怎麼彈貝斯嗎？你剛才在台上簡直像從頭調音到尾。」班吉回嘴。

他們抽起菸。黑暗裡起風了，呼嘯聲吹過雪地，不過最後似乎又決定不打擾這兩個男孩了。只是試探地、柔柔地碰觸他倆，彷彿猶豫的指尖，第一次碰觸某人的皮膚。

「我喜歡你的頭髮。」貝斯手在他的頭髮之間呼吸著，一面說。

班吉閉上眼睛，放開楞杖，他希望剛才自己喝了更多酒，抽了更多菸。他錯估了自己對於衝動的自制力，他應該完全麻醉自己該死的衝動，結果卻被它捉個正著。他試圖讓事情順其自然，可是當他把兩隻手掌放在對方背上的時候，卻自動緊握了拳頭。貝斯手嚇了一跳，掙脫開來，班吉的全身緊繃，可是他故意把重心放在骨折的那隻腳上，直到痛楚猶如燃燒的箭簇躥行全身。他輕柔地把貝斯手從自己身上推開，撿起楞杖，輕聲說：

「這是個……錯誤。」

貝斯手獨自站在黑暗的森林中，腳埋在雪地裡，背號十六一瘸一拐地往穀倉酒吧走。貝斯手說：

「天大的祕密會害我們退縮成沒有勇氣的人。」

班吉沒答腔，但是他退縮了。

週一早晨降臨大熊鎮，卻沒有給人們什麼天光，彷彿它跟這些居民一樣，不想醒來。拉高的外套兜帽，沉重的心情，頭頂上低垂著積雲。

一位母親坐在一輛富豪車裡面，正在盡力說服她的女兒不必做這件事。她不必去上學，今天不必。

「不對，我得上學。」女兒說著，拍拍母親的頭髮。

「妳……妳不知道他們在網上說的那些話……」蜜拉啜泣著。

「我很清楚他們說了什麼，所以更必須去學校。如果當初對這些沒有做好心理準備的話，我不會去報案的。媽，現在就出發，我不能……」

她的聲音哽咽了。蜜拉的指甲從方向盤上掐下許多細小的橡膠碎片。

「妳不能讓他們贏，因為妳是妳父親的女兒。」

瑪亞伸出手，把母親臉頰旁的兩縷髮絲掠到耳後去。

「我是我母親的女兒，永遠都是。」

「寶貝，我要殺了他們。我要把他們全部殺了。我已經把整個律師事務所都動員起來了，他們絕不會有一絲絲贏的機會……」

「媽，我得走了。在事情有起色之前，還會先變得更糟。我得走了。」

所以蜜拉看著她的女兒離開。然後她開到森林深處，將音響的音量開到最大。她下車來，空手捶打一棵樹，直到手上都是血跡。

36

關於冰球，大衛所知道最簡單最真實的事就是，球隊贏球。這個跟教練的戰略好不好無關：如果想要教練的戰略有效，首先隊員們必須相信這些戰略。而且每個人都必須把同樣的話印在腦子裡一百萬次：扮演好你的角色，專注在你的任務上，做你的工作。

大衛躺在床上，旁邊是他的女友，他的一隻手放在她肚子上。

「妳覺得我能當一個好爸爸嗎？」他問。

「你會是一個非常、非常、非常煩人的爸爸。」她說。

「妳真不給面子。」

她用拇指與食指扭他的耳垂。他看起來那麼傷心，她輕快地笑了。

「關於這次生產，你會先想出一套戰術計畫，再跟助產士設定子宮收縮戰略，因為你肯定會想打破什麼紀錄。你還會牢牢記住長度與重量的百分位數也可以拿來比。你會是全世界最煩人的、最愛爭論的、最好的爸爸。」

他的指尖繞著她的肚臍畫圈。

「妳覺得這個小男生……或者小女生……這個孩子……會喜歡冰球嗎？」

她親吻他。

「大衛，想要愛你卻不愛冰球，這實在很難。何況想要不愛你是一件非常、非常、非常困難的事。」

他躺在床上，她的腿輕柔地纏住他的腿。

「凱文那件事。跟……每件事都有關的那件事。我不知道怎麼辦。」

她輕聲回答，毫不遲疑：

「親愛的，想想你的工作。你無法干涉這件事，你既不是警察，也不是律師，而是冰球教練。做你的工作。你總是對球員這麼說，不是嗎？」

「我不知道妳要我做什麼……」校長朝著電話裡說。他已經不記得今天早上接了多少個類似的來電。

「我要你做你的工作！」梅根在另一頭厲聲尖叫。

「妳得知道我不能干預警察調——」

梅根說話的時候唾沫星子噴到了電話上。

「你知道這是怎麼回事嗎？這是針對整個冰球隊的陰謀！這是因為嫉妒！」

「所以……妳要我做什麼？」

「你的工作！」

波波在修車間裡整理輪胎。他把工具放回牆上的位置，脫掉髒汙的工作服，感到充滿壓力又憤怒。

「爸，我得去上學了。」

野豬撓撓鬍子，看著自己的兒子，似乎想說點什麼，卻又不知道該說什麼。他點點頭。

「等晚點兒你得幫我做完這個。」

「我們今天傍晚有練習。」

「今天傍晚？可是賽季結束了！」

「不是硬性規定，不過每個人都會去。為了球隊。威廉說我們必須為了凱文團結起來。」

「這是威廉說的？威廉．里特？」野豬大聲說，彷彿他從來沒聽過這個家裡有誰說過要為了什麼事團結起來。不過他從兒子的眼神看得出來，沒有必要討論這件事，除非他想吵一架，所以他只低聲說了一句：

「別忘了你在這裡也有事要做。」

波波沖完澡往外跑的時候，安卡琳與野豬從廚房窗戶看著他。他們看見威廉還有至少十個隊員站在外頭等。他們現在上哪兒去都是一起行動。

「我們必須跟他講清楚。我在醫院看見瑪亞了。我看見她了，她看起來可不像在說謊……」安卡琳說，但是她丈夫搖搖頭。

「阿琳，我們不能干涉這件事。這不關我們的事。」

珍奈特正在奮力壓制自己胃裡那種黑色的堵塞感，試圖克制胃灼熱還有偏頭痛，這些是她沒睡好的時候會出現的症狀。

「我只是說，我們應該對學生談談這件事，而不是假裝什麼都沒發生。」

校長嘆了口氣，晃了一下他的電話。

「拜託，珍奈特，妳根本不知道我受到多少壓力。一早上這電話一直響，家長都瘋了，甚至還有記者打給我！我們根本沒資源對付這種事！」

珍奈特把指節捏得喀喀響，她緊張的時候就會這樣，這是從前她打冰球時留下的老習慣。

「所以我們就保持沉默了？」

「對……不是……我們……老天爺，我們不能……給謠言和猜測加油添醋。這些人到底怎麼回事？為什麼不能等警察完成調查？這不正是為什麼我們有法院嗎？珍奈特，我們不能凌駕於法律之上，這不是我們的責任。如果最後真相是……如果這個學生說的凱文的事……如果是真的……那麼時間會釐清一切。如果不是真的……那麼我們得確定自己在那之前沒做出什麼蠢事。」

珍奈特想尖叫，不過她沒有這麼做。

「那麼瑪亞怎麼辦？如果她今天來上學呢？」

就這幾個字之間，校長的表情從確定轉變成不確定再變成恐慌。

「她不會來的，一定的。她不會吧？妳覺得她會來嗎？」

「我不知道。」

「她不會的。她一定不會來吧？而且她……她上妳的課嗎？」

「沒有，可是球隊一半球員都上我的課。所以你到底要我幹嘛？」

校長高舉雙手投降。

「妳認為呢？」

他們坐在學校餐廳裡，椅子靠著椅子，頭抵著頭。威廉的眼睛裡有火焰。

「班吉滾到哪裡去了？有人見到他嗎？」

他們搖頭。威廉伸出食指用力戳在桌面上。

「我媽已經安排好了，今天有車帶我們去海德鎮。午飯前就離開，不准告訴其他人。如果老師找麻煩的話，讓他們找我們的家長談，知道嗎？」

他們點頭。威廉一拳捶在桌上。

「我們要讓那些渾球瞧瞧，我們是團結在一起的。因為你們都知道這是怎麼回事，對不對？這是針對我們球隊的一項陰謀！這是嫉妒！陰謀，他媽的嫉妒！」

大家充滿決心，點頭同意，他們都掛著睡眠不足的黑眼圈。其中有幾個哭了，威廉一個接一個拍拍他們的肩膀。

「現在我們必須團結在一起！整個球隊！」

他說這句話的時候，兩眼直視著波波。

阿麥站在他的置物櫃旁邊，看起來活像要往裡面嘔吐。波波從學校餐廳出來，朝著他走過來，有點不知所措地停在他後面。

「阿麥，我們必須……團結在一起。凱文今天就要被警察放出來了，所以我們要先去上第一堂課，然後全隊的人要一起去海德鎮。我們必須整個團隊出面，這很重要。去……宣示。」

他們倆都避免把目光放在瑪亞置物櫃所在的那一排。其他經過的學生並沒有直接朝著那個方向看，但實際上眼睛都盯著它，這是身為青少年很快就學會的小伎倆。那個櫃門上塗了黑色墨水，兩個字。現在在他們眼中，她就是這個詞。

在海德鎮，凱文被領出警察局大門，他們的手扶著他，彷彿他不會自己走路。他的一邊是他父親，另一邊是他母親，環繞在他們四周猶如一道血肉組成的保護牆，是一群穿著牛仔褲與帥氣西裝上衣的中年男人，緊緊的領結彷彿他們握緊的拳頭。他們大多數是球隊的贊助商，兩個是董事會的，還有幾個是這一帶有頭有臉的商人與企業家，一個是當地政客。不過如果有人問他們的身分，他們不會這麼自我介紹，而只是說：「是厄道爾家的朋友，只是這家人的朋友。」後面隔著幾步是球隊。其中一兩個看起來還帶點孩子氣，不過整體而言他們已經是成年男人了，沉默但是充滿威脅感，來這裡向某些人證明某些事。

他們扶著凱文上車，母親溫柔地在他肩上披上一條毯子。那些圍繞著他們的男人沒像平時那樣拍他的背，而是鍾愛地拍拍他的臉頰。彷彿這個男孩才是受害者，也許這樣能讓他們感覺輕鬆一些。

二十公尺外，班吉坐在一道矮牆上。他的棒球帽壓得低低的，蓋住額頭。他拉起外套兜帽，讓陰影擋住他的臉。那些大人沒有注意到他，但是凱文看到了。就那麼一秒鐘，在他母親為他蓋上毯子、車門關上之前，他的目光看見自己最好朋友的眼睛，凱文低頭轉開了視線。

等到凱文父親車後那一長串儀仗車隊開出海德鎮的時候，班吉早已經走了。警察局前的街上，只有阿麥一個人。他戴上耳機，調高音量，兩手深深插在口袋裡，獨自一路走回大熊鎮。

安娜走進學校的食堂，裡頭跟平時一樣充滿喧囂與敲擊聲。猶如沙漠孤島的角落裡，瑪亞獨自一人坐著，那麼與世隔絕，沒有人坐在她周圍的座位。每個人都在盯著她看，然而又並非直視。安娜走過去，但是瑪亞抬起頭來，彷彿困在陷阱裡的動物警告同類不要靠近。瑪亞微微搖頭。安娜踏出的每一步腳步，都在轉移地球的重力，她低下頭，走到別的角落裡，在另一張桌子坐下。那一刻她感到的羞愧，會跟著她直到死去的那一天。

一群年齡較大的女孩朝著瑪亞走過來。安娜認得她們曾經出現在凱文的派對上，在他家廚房。一開始她們好像假裝根本沒她這個人，然後一瞬間，又表現得好像全世界只有她一個人。其中一個手裡拿著玻璃杯走過去。瑪亞看見她的同伴圍成了一道屏障，把食堂其他部分隔離開來。這樣一來，即使他們看見了事情經過，等到老師問起來的時候，他們還是可以宣稱他們的視線「被擋住了」。宣稱他們「沒有看到事件經過」。

「說得好像有人願意強暴妳一樣，噁心的小婊子……」

牛奶從瑪亞的頭髮往下淌，流下她的臉，滲進上衣。那個女孩把玻璃杯砸向她眉間，但是瑪亞的眉毛和玻璃杯都完好如初。就在那一瞬間，瑪亞看見對方眼裡的恐懼，擔心自己做過了頭，瑪亞可能會流血，暈倒在地。但是瑪亞的皮膚夠厚。於是對方眼中再次充滿了嘲笑。彷彿她攻擊的這個人已經不再是人類了。

每個人都看見了，卻又沒有人看見。食堂裡同時充滿了噪音卻又完全死寂。瑪亞聽見偷笑的聲音，在她耳裡彷彿模糊的轟隆聲。她冷靜地坐在原處，額頭與眉骨一陣陣刺痛，一面拿起餐盤上幾張小紙巾擦拭自己。紙巾很快用完了。她拒絕到附近去找幾張新的紙巾。突然，有人把厚厚的一疊紙巾放在她身旁，一隻不同的手，幾乎跟她的一樣大，正在開始擦桌子。她看著他，搖搖頭，幾乎是在央求他。

「如果你坐在這裡，只會讓你遇上更多麻煩……」她輕聲說。

「我知道。」李歐說。

她的弟弟在她旁邊坐下開始吃飯。在眾人的目光下，他不為所動。

「那麼你為什麼還要這麼做？」他的姊姊問。

李歐看著她，他長著跟母親一樣的眼睛。

「因為妳和我跟他們不同。我們不是來自大熊鎮的熊。」

37

關於人類對待彼此的方式，每一次討論到最後都會變成一場關於「人類本性」的爭論。生物老師要解釋這件事，從來都不容易：從一方面來說，人類這個物種能夠存活，是因為我們聚在一起，彼此合作，但是從另一方面來說，我們能夠發展，是因為強者犧牲了弱者而興盛。因此我們最後總是爭論，這兩者之間的界線何在。我們可以允許自私到什麼程度？我們必須有多大的義務關心他人？

在這種討論中，總是有人會搬出「普世的人性」以及「人道主義」這類詞彙。但這些只是字眼。誰都可以反駁「那麼快要沉沒的船呢？」，因為這是一種意象。「那麼失火的房子呢？」這種辯論要獲勝是很困難的。因為如果你把道德標準提高到了極限，當你只能救出一個人的時候，會選擇誰？當救生艇只有幾個有限的空位，你會把誰拉出冰冷的海水？

你的家人。你一定會從你的家人開始。她就是這麼告訴自己的。她全身冰冷，她打開所有電暖器，穿著四層衣服，但是她仍然在發抖。她在家裡從一個房間走到又一個房間。她打掃了凱文的房間，丟掉了那些床單與枕套，走了老遠一段路，把洗衣籃裡那些上衣與牛仔褲丟到慈善機構的捐衣箱裡。她用吸塵器吸走了所有可疑的女人襯衫鈕釦，把所有一絲絲大麻都用抽水馬桶沖掉。

因為她是他的母親。第一個先拯救家人。

警察來的時候，她抬頭挺胸站在玄關。他們的律師們已經說了，他們可以提出反對，拖延，讓事情不好進行，因為在案情發生整整一星期之後，警察才出現，房子的搜索結果以及法醫證據，就可能被認定不足採信。但是他母親堅持讓那些穿著制服的人進來。她一再重複，她家人沒有任何需要隱藏的事物，但是她沒法停止懷疑自己想說服的到底是那些人，還是她自己。她無法停止這種冰冷的感覺。但是她是他的母親，如果妳不從家人開始拯救，那麼要救誰呢？

凱文的爸爸坐在已經成為指揮中心的廚房裡。他一直不停打電話，越來越多男人聚集在他家裡。他們都非常理解、非常同情、非常生氣、心裡不好過、有攻擊性。他們準備好了要打仗，可是並非因為他們選擇了戰爭，而是因為他們認定自己沒有選擇。凱文父親的兒時老友馬力歐．里特，是當中聲音最大的一個：

「你知道嗎？那個女孩的家人大可以來找我們談，他們可以試著私下解決這件事。可是他們等了整整一星期，直到他們知道會對我們造成最大損害的時候，才在決賽之前帶著他們的謊話馬上去找警察！如果這件事是真的，為什麼他們不馬上報警？為什麼要等一星期？啊？要我告訴你為什麼嗎？因為這個城裡有些人沒法控制他們的嫉妒！」

本來他可以用姓氏稱呼「那個女孩的家人」。安德森。但是這樣就少了點效果。其實他什麼都不必說，因為這個理論已經傳遍全鎮。

「要是讓一個運動總監太自我膨脹的話，就會發生這種事，對不對？我們分給他太多影響力了，他以為整個球隊都是他自己的。所以現在他無法面對權力被拿走這個現實，對不對？凱文比他從前還要棒，董事會與贊助商反對他的意願，讓大衛接任蘇納當甲組隊教練，這都讓他無法面對，是不是？所以現在這個運動總監要把他的家人都拖下水……」

大衛抵達的時候，房子外頭有三個中年男人正站著抽菸，活像在站崗。大衛已經知道今天晚上會有少年球隊的球員過來換班，彷彿這棟房子需要保護似的。

「簡直是電影《教父》的場景……」大衛低聲說。

大尾答了腔，這個高大的男人彷彿有些尷尬，因此笑聲顯得太響了點。

「可不是嘛！看來科里昂老爺需要我們幫忙？大概一群腦滿腸肥的贊助商出不了什麼力……」

他輕聲笑著，拍拍自己的肚子，想要表現得雲淡風輕，可是最後還是放棄了。他的一隻大手放在大衛肩上，說：

「唉，大衛，你也明白，我們只是來表示支持這家人。你了解吧？我們只是要來表示我們……我們是團結在一起的。你懂嗎？我的意思是……沒有人比你更了解凱文，對不對？老天爺，這個孩子簡直就是你養大的，你相信你隊上的小伙子會做出這種事嗎？嗯？你自己的球員？你能明白我們為什麼要來這裡，對吧？」

大衛沒回答。這不是他的工作。因為，你從什麼開始著手？如果你真的必須選擇的話，你會先救誰？你相信誰的話？

凱文坐在自己的床上。在牆上那些海報襯托之下，他看起來那麼小。他的連帽外套似乎太大了。他在警察局裡待了兩個晚上。拘留室的床有多舒適，或者警局人員有多親切，這些都不重要：當你就寢的時候，聽見背後的門上鎖，這才會對一個人有影響。這就是他告訴自己的。他告訴自己，他沒有選擇，不是他的錯，這一切本來都不會發生。現在他父母的房子裡都是人，他們從他小時候就認識他。他們知道他。在他的一生中，他一直是特別的，被選中的，眾人期待他會有一番不平凡的作為。所以他們不相信他做了這件事，他們甚至稍微思考一下都不可能。他們不會讓他失望。而且，如果有足夠的人站在你身後支持你，你也會開始相信自己嘴裡說出來的一切。

他這樣告訴自己。

大衛把門關上，站在床前，直視著這個男孩的眼睛。他們在冰上一起度過成千上萬個小時，在球隊遊覽車上南北奔波的所有週末，一起吃掉的那些加油站三明治，一起玩過的那些撲克牌局。他在不久之前還是個孩子。如同昨天的不久之前。

「看著我的眼睛，告訴我你沒做那件事。其他我什麼都不要求。」大衛說。

凱文看著他的眼睛。一面哭一面搖頭。他的臉頰都濕了，悄聲說：

「我跟她睡過，因為她想要。是她求我的！你去問派對上任何一個人……該死的，真的……教練……你懷疑我？你真的以為我會強暴別人？我為什麼要做這種事？」

冰館的那些「父子對抗日」，大衛總是與凱文和班吉在湖上度過。他教給他們的一切，他們分享的一切。明年他們就要接下甲組隊，三個人一起。你會從誰開始呢？海水刺骨，但是如果你知道這艘船沒法把所有人都帶到岸邊？你會第一個先犧牲誰？

你會保護誰到最後？如果凱文說實話，遭罪的將不只他自己。還有他愛的每個人。大衛這樣告訴自己。

大衛坐在凱文床邊，擁抱他，保證一切都會沒事，告訴自己永遠不會讓他失望，自己以他為傲。這艘船也許在搖晃，但是並沒有漏水。這棟房子裡每個人的腳都是乾的。凱文轉過來，彷彿還是當年的那個小學生，悄悄對他的教練說：

「球隊今天開始訓練了，是嗎？我可以去嗎？」

一位母親坐在臥室裡的凳子上，回想兒子的童年。凱文十歲或是十一歲的時候，每次她與她丈夫從國外回來，家裡總是一團亂。他的父親總是會責罵，但是他似乎從來沒注意到這一片混亂其實都是安排好的，而他的母親很快就發現了其中的特點。每次被移動位置的總是那幾件東西，總是那幾幅畫被拉歪，垃圾桶裡的冷凍食品餐盒，很明顯都是同時一起打開的。

等到凱文十幾歲，開始舉行派對，每次他母親回到家，就會發現房子裡已經整理過了，彷彿他一直不在家。但是從前當他還小的時候，每次他都很自豪地告訴爸爸，他不怕一個人在家，事實上他總是最後一個傍晚才回來把家裡弄亂，這樣大家都不會發現，這幾天他一直在班吉家過夜。

廚房裡，一位父親坐在椅子上，他周圍的朋友與生意夥伴正在說話，但是他已經不再專心聽他們說些什麼了。他知道在這個城裡自己的地位，在這群人裡自己的階級，純粹來自他的錢。這些人不跟窮人打高爾夫，他知道這一點，因為他自己窮過。他的一生都在為完美奮鬥，這並非出於虛榮，而是求生策略。他從來沒有平白得到過任何東西，也從來不像有錢人家的孩子那樣可以優哉游哉。他相信這就是自己成功的原因，因為他始終準備比其他人更努力工作，更奮鬥不懈。在所有事物上持續追求完美，就必須永不滿足，永不怠惰。你不能只有一半時間這麼努力，你的工作與私人生活必須合為一體，因此他生命中的每一件事物，都投射出他這個人的這些特質。包括他的孩子。表面上的每一絲裂縫，都可能變成一場雪崩。

他在警察局接凱文回來的時候，也許本來是想跟他談談的，但是脫口而出的每個字都是怒吼。他一向自豪自己從不失去控制發火，從來不因為激動而高聲說話，此時他的話聲卻讓整輛車都在顫抖。也許他本來想高聲直問到底發生了什麼事，但是高聲質問原因卻是更容易一點：

「你怎麼能見鬼的在決賽一星期之前放任自己喝醉？！」

討論原因比討論問題容易。對一個工作上與數字打交道的父親來說，數學能提供更容易接受的解釋模式：如果X不存在，Y永遠不會發生。如果凱文不是答應了父母不會開派對卻沒有做到，如果他沒有帶一個女孩去自己的房間，他們就不會有這個問題需要解決。

可是現在這個做父親的別無選擇。他經不起任何人編造有關他兒子的任何謊言，他無法接受有任何人要攻擊他的家庭。當警方涉入這件事，當著全城的面把凱文從遊覽車上拖下來，當本地報社的記者開始打電話來，這就已經越過了此事能夠和平解決的臨界點了。現在已經太晚，這位父親的企業冠著他的姓名，如果這塊招牌被抹黑，就會毀了全家人的一生。所以他不能讓那些人贏，他不能讓他們存在，光是傷害那些人還遠遠不夠。他必須以手中的每一件武器去獵殺他們。

在這棟房子裡已經不再有對與錯，只有生存。

凱文的父親開門的時候，大衛與凱文還坐在床邊。他站在他倆面前，疲倦而蒼白，用一種非常自制的聲音解釋說：

「我知道你們現在只願意想冰球的事，但是如果你們想在下一季進入甲組隊當教練，打冰球，現在你們就得專心聽我說。要不就是你們倆留在這個球隊，要不就是彼得．安德森，沒有折衷。他的女兒在說謊，而且原因可能有一千種。也許她因為愛上了所以有了性關係，可是她發現自己的感情沒有回報，就編造了強暴的故事。也許她父親發現了這事，生氣了，所以她為了保全自己而說謊，因為她想繼續假裝成爸爸的天真小女兒。誰知道呢？十五歲的女孩都是不理智的……」

大衛跟凱文沒回答，低頭看著地板。他們倆都還記得，凱文收到各大球隊的邀請，卻決定不去，因為他不想離開班吉與自己的家，因為他害怕。當時是大衛說服他父親讓他留在大熊鎮。他保證他在這裡能夠發展得一樣好，將來能提前進入甲組隊，而且一旦轉入職業，會有更大的成就。他父親答應了，因為大衛將會擔任甲組隊教練，而且這個決定會讓他的公司在當地更受歡迎：凱文是大熊鎮的孩子，他的父親是大熊鎮人，這樣讓人感覺良好。他的父親在這種形象上投入了很多錢。所以現在他指著凱文，嚴厲地說：

「這不再是一場遊戲了。彼得．安德森等了整整一星期才報警，因為他想要讓警察把你從遊覽車上拽下來。他想要每個人都看見。所以要不他把我們逼出球隊，要不我們一起把他逼出去。沒有別的選擇，是他開始的戰爭。」

大衛沒說話，他只想著自己的工作，他的球隊，所有投入的時間。而且有一件事一直在他的腦海裡：警察到停車場來的時候，他看見了彼得也在。他看見他站在那裡等待。凱文父親說得沒錯。彼得是想要親眼看著這件事發生。

凱文抬起頭說話，他的涕淚滴在地上：

「得有人去跟阿麥談談。他……我什麼都沒做……你們知道我什麼都沒做……可是阿麥可能以為……他進了這個房間，看見我們……她只是害怕了，好嗎？她衝出去，可是阿麥可能以為……你知道我的意思。」

大衛沒抬頭，因為他不想看到凱文的父親那樣盯著自己。

38

人生中，幾乎沒有什麼比承認自己是個偽君子還來得困難。

阿麥獨自走著，一腳在路上，一腳在路邊的淺溝裡。他一身濕冷，先是大腦麻木，然後雙腳麻木。他正在海德鎮到大熊鎮的半路上，一輛舊紳寶開過去，在前面十公尺處停了下來。那輛車等他慢慢走過來，裡面坐著兩個二三十歲的男人，穿著黑夾克，眼神透露著提防。他知道他們的身分。他不知道哪個更危險一點：直視他們的眼睛，還是閃避開來。

幾個月前本地報紙訪問了一位即將進入大熊鎮甲組球隊的選手。這個選手來自城南，所以還不懂，當記者問他怕不怕所謂的「那群人」，也就是大熊鎮城北那一群暴力球迷，他說自己當然不怕「來自一個快死的小城幾個他媽的森林混混」。

第二天，球隊遊覽車穿過森林的時候，被幾輛休旅車擋住了去路。從周圍樹叢裡出來三四十個穿著黑夾克的蒙面人，手上拿著粗大的樹枝。他們在那裡站了十分鐘，讓球隊以為車門會被砸開、他們衝進車裡。可是到最後什麼也沒發生，他們又突然消失在森林裡，擋路的車倒車讓路，放行球隊遊覽車。

那個接受報紙採訪的球員轉過頭，緊張地問一個資深隊友：「為什麼他們什麼都沒幹？」那個隊友說：「他們只是在自我介紹。他們要讓你想清楚，等到比賽結束遊覽車回程的時候，他們可以做出什麼事。」

大熊鎮輸了那場比賽，而那個被採訪的球員的表現是他個人最糟的一次。當他回到自己的老家時，他的車子窗戶已經被砸爛，裡頭塞滿了樹葉與樹枝，然後被縱火焚燬。

「你是阿麥，對吧？」開車的那個人問。

阿麥點頭。那個人朝著後車門歪了一下頭示意。

「要搭便車嗎？」

阿麥不知道「要」或者「不要」哪個才更危險。不過最後他還是搖搖頭。那兩個人看起來並沒有不悅，開車的甚至還微笑著說：

「稍微散個步很不錯是嗎？知道了。」

他扳動排檔，慢慢放開煞車，不過在車開走之前，他又靠在窗前說：

「我們看了你的準決賽，你很帶種。等到你跟其他青少年隊員一起進了甲組隊，我們就能在這裡重建更好的球隊。一支真正的大熊鎮球隊，全是真正的大熊鎮人。懂了嗎？你，班吉，菲利浦，威廉，凱文。」

阿麥知道，他們正在注意研究當他聽到凱文的名字的時候，他臉上的表情。這就是他們停下來的目的。他很快點點頭，雙眼與他們的視線短暫相遇。他們知道他懂了。

他們祝他散步愉快，然後走了。

彼得坐在辦公室裡，面前的電腦螢幕是黑的。他在思考所謂「對的人」。他在幾百個不同場合說過幾百次這個詞，幾百個人都點頭同意，雖然他知道沒有人能真正解釋這個詞的意思。

在運動方面，這個詞的確是無法理解，因為它暗示著，你在冰場外的為人，會影響到你在冰場上的作為。這是很難懂的一件事。因為，如果你愛運動，如果你真的愛某個事物，你會真的希望它是存在於一個與世隔絕的泡泡裡。你想要有個地方，只有那麼一個地方，永遠都是不變的，無論外在的世界如何變化。

這就是為什麼彼得總是說：「運動與政治是兩回事。」幾年前他跟蜜拉有一次爭辯，她當然嗤之以鼻：「是嗎？那麼你認為除了政治，還有什麼能讓冰館蓋起來？你以為只有喜歡冰球的人才交稅蓋冰館嗎？」

在那之後不久，某次甲組球隊在外地比賽，發生了一件事。一個大熊鎮球員一時衝動，用球棍打了對手的頭。那個對手是很有前途的二十歲年輕人，攻擊造成的腦震盪與頸椎傷，完全終結了他的冰球事業。那個大熊鎮球員被罰下場，不過逃過了更長的禁賽。

等到他下了冰場，在回更衣室的路上被兩個人擋住去路，那是對手隊的助理教練，還有贊助商。他們先是爭吵，然後打成一團，那個球員用手套打中教練的臉，贊助商拉掉他的頭盔，想要使一記頭槌攻擊，可是球員用球棍用力打中他的膝蓋，把他打翻在地上。他們都沒有更嚴重的傷，不過球員被報了警，交了相當於幾天薪水的罰金。

彼得之所以記得這件事，是因為直到那個賽季結束，蜜拉都還拉著他討論這件事。「所以，如果某個人下了冰場三公尺然後打架，別人報警是對的囉？可是一分半鐘以前，他在比賽中用球棍打一個二十歲年輕人的腦袋，他只需要被罰坐，尷尬片刻就算了？」她說。

彼得沒法辯贏她，因為他不想說出自己真正的想法：他覺得那個球員場外鬥毆那件事根本也不必報警。這並不是因為他喜歡暴力，也不是他想為那個球員所做的事辯護，只是因為他想讓冰球自己解決冰球的事，就在那個小泡泡裡。

他一直認為沒有辦法向不喜歡運動的人解釋這種想法。可是現在他卻覺得連說服自己都做不到了。他不知道這代表什麼。

偽君子真的很難自己承認。

俱樂部領隊在自己的長褲上擦抹手心，一面覺得汗水順著脊椎往下流。他花了一整天講電話，試圖把這件事延後，越長越好，可是他已經沒有選擇了。取消贊助、辭去會員的威脅聲浪越來越大，而且每個人都問同一句話：「你到底站在誰那邊？」

說得好像俱樂部就非得選邊站似的。領隊很自豪自己代表了一種獨立於所有意識型態、宗教、各種信仰之外的社會風潮。他不相信上帝，但是他真的相信運動，而且他確實相信冰球隊的凝聚力，因為冰球隊給自己的定義就是冰球隊，不是其他。冰球的看台與眾不同，兼容並包了富人窮人，高與低，左與右，一星期又一星期，永遠如此。這社會上還有幾個像這樣的地方？有多少容易惹事的年輕人因為冰球而遠離毒癮酒癮與牢獄生涯？運動為社會省下了多少錢？怎麼可能每件壞事都是「冰球的問題」，而每件好事都歸功於其他？人們都不感激幕後的努力，這讓領隊很生氣。比起聯合國總部，你在這裡才需要更多的外交手腕。

電話又響起來。又一次。再一次。最後他站起來，走到外面的走廊上去，在那裡試圖恢復正常呼吸，但是他胸口感到一股壓力。然後他走到彼得的辦公室門口，平靜地對他說：

「彼得，也許你應該先回家，等到這些……風波過去。」

彼得坐在自己的椅子上，沒抬頭看他。他已經把自己的東西都整理在箱子裡了。他今天甚至都沒打開電腦，他只是在等待。

「你是真的這麼想，還是你只是害怕別人怎麼想？」

領隊皺起眉頭。

「老天爺，彼得，你很清楚我認為這個……情況……糟透了！徹底糟透了！你女兒正在經歷的這個……這個……」

彼得站起來。

「瑪亞。你可以把她的名字說出來。你每年都參加她的生日派對。你教會她騎腳踏車，你還記得嗎？就在這裡，就在冰場前面。」

「我只是想要……拜託，彼得……董事會只是想要處理這個……責任。」

彼得的眉毛顫抖了一下，這是唯一的表現，顯示出他內心激盪著無法承受的暴風火雨。

「責任？我看看，董事會是不是希望我們能『內部』處理這件事？我們不勞駕警察與媒體，只需要『看著彼此的眼睛好好談談』？今天打電話來的所有人是不是一直這樣說？那是**強暴**！你們要怎麼『內部處理』這種事?!」

彼得拿起自己的箱子，走到走廊上。領隊讓開路，最後不太愉快地咳了一聲，說道：

「對他不利的是她的證詞。彼得，我……我們必須首先為球隊考慮。你應該比其他人更明白。在這件事情上球隊不能選邊……」

彼得沒轉過身來，他答道：

「球隊已經選邊了。就在剛才選的。」

他把箱子丟在汽車後座，但是沒把車開走。他慢步穿過這個城，不知道自己往哪裡去。

校長剛剛把電話掛上，就又響起來了。一個聲音接著另一個聲音，一個學生家長接著一個學生家長。他們要什麼答案？他們期待什麼？好像管理學校還不夠辛苦似的。這是警察的事，讓法庭來裁決。那個女孩的母親是律師，那個男孩的父親是這一帶最有權勢的人，一個人的說詞駁斥著又一個。誰想要介入這種事？這當然不是學校的工作。所以校長一直重複一樣的話，對每個人，一遍又一遍：

「請不要把政治扯進來。無論你想怎麼做，不要把政治扯進來！」

有個兄弟在保全公司工作是有好處的，就是夜裡學校警報誤響時珍奈特都得前去查看，久而久之她就發現了這棟建築的一些特點。比如說，她知道那個鴿籠似的小房間在頂樓上什麼地方，那裡頭有一道樓梯，是給清煙囪的工人通往屋頂的。在屋頂上，食堂頂上的通風口後方，老師可以在這裡吸一枝菸，而不會被校長或者學生瞧見。而且最近幾天她特別需要這個。

珍奈特就是從這裡看見班吉在午飯後走過校園。其他的隊員都在曠課陪伴凱文，所以班吉自願出現在這裡，就表示他的想法正好相反。

安娜一個人坐在教室裡，教室裡所有學生都在談論瑪亞與凱文。瑪亞一個人坐在另一個教室裡，那裡根本沒有人說話。她看見他們在書桌上傳遞的字條，還有藏在膝頭的手機。對他們來說，她將會永遠都是這個身分：往好的說，是那個被強暴的女孩；往壞的說，是那個說謊的女孩。他們永遠不會賦予她其他身分。在每個房間，每一條街，在超市與冰場，她一露面永遠都會像個炸彈。他們會害怕碰觸她，甚至那些相信她的人也是，因為他們不想冒著風險，在她引爆的時候被彈片擊中。他們將會沉默地退開，轉到別的方向。他們會希望她消失，希望她從來沒來過這裡。這並非因為他們恨她，他們並不恨她，至少不是全部都恨她：他們並沒有每個人都在她的置物櫃上寫上「婊子」，他們並沒有每個人都強暴她，他們並不是每個人都是邪惡的。但是他們都是沉默的。因為這樣容易得多。

課上到一半，她站起來離開了教室，老師什麼都沒說。她走過空蕩蕩的走廊，走進洗手間，站在一面鏡子前面，用盡全力捶打。鏡子馬上碎了，幾秒鐘之後她的大腦才辨識出痛感，而且在真正痛起來之前，她還有時間看見血。

班吉看見她走進去。他盡力說服自己走另一個方向，保持安靜，別牽扯進去。可是接下來他聽見碎裂聲以及玻璃碎片落在陶瓷洗手台上的鏗鏘，而他自己曾經打碎夠多鏡子了，足以讓他分辨出這是什麼聲音。

他敲門，她沒回應，於是他說：

「我可以踹開門，或者妳打開門，妳自己選一個。」

她站在那裡，胡亂裹住手指關節的衛生紙正在慢慢變紅。班吉把身後的門關上，朝著鏡子點了一下頭：

「會倒楣七年的。」

也許瑪亞應該害怕，但是她沒有精力了。她甚至連恨都懶得感受，她根本沒有任何感受。

「反正我現在也沒好到哪去，不是嗎？」

班吉把兩手插進口袋裡。他們兩人沉默地站著，受害人與好朋友。婊子與兄弟。瑪亞清清嗓子，壓抑住啜泣，然後說：

「我不在乎你要做什麼。我知道你恨我。你以為我在說謊，讓你的好朋友惹上麻煩。可是你錯了，你他媽的錯了。」

「妳才是那個弄錯的人。」

班吉把手從口袋裡伸出來，從洗手槽裡小心撿起碎玻璃，一片一片，丟進垃圾桶裡。

「滾。」瑪亞威脅他，然後走向門口。他敏捷地讓到一邊，所以她不必跟他有實際接觸。可是在過了很久之後，她才明白他這個動作有多麼細心體貼。

班吉輕輕說了幾句話，一開始瑪亞以為自己聽錯了。

「瑪亞，妳才是那個弄錯的人，因為妳以為他還是我最好的朋友。」

珍奈特在課間有一個小時的空檔。等到走廊沒有人的時候，她趁機走到洗手間，想洗掉手指上的菸味。她看見瑪亞走出來，就停了下來。瑪亞臉上有淚，指節流血，似乎是捶打過什麼東西。瑪亞沒看見她，只是朝著位在反方向的大門跑去。

緊接著洗手間裡一聲巨響，一座洗手台從牆上被拔起來摔在地上，一個馬桶被踹成四分五裂，一個垃圾桶被直甩出窗外。沒有多久，走廊上就滿是學生與大人，可是那個時候，洗手間裡的每一樣東西已經逐個被砸壞了。最後校長加上一個管理員，兩個體育老師，才終於拉住班吉，把他弄出洗手間。

之後校方會將此事描述為「一個素有攻擊性問題的學生突然情緒爆發」。他們會說這件事「可以理解，因為他跟那個被控……呃……你知道的，跟那個學生的關係」。

珍奈特站在那裡看著一片狼藉，她的目光與班吉相遇，然後又看著他被帶走。這個男孩砸爛了整個洗手間，眼睛眨也不眨一下，就接受了雙重處分，包括停學，還有負擔修理費用，只因為他不想讓任何人知道是瑪亞砸破了玻璃，他認為她流的血已經夠多了。唯一能看穿這件事的成年人只有珍奈特，而她一個字都不會透露，她知道有些祕密必須保守。

她回到屋頂上。抽完了一整包菸。

蜜拉在自己的辦公室裡，埋首在之前的性犯罪審判書與判例之中，不斷與同事們討論，她已經完全動員起來準備戰鬥。她此時充滿了各種感受：憤怒，哀傷，無能為力，復仇的欲望，恨意，威脅，恐懼。但是當她的手機震動起來，螢幕上出現她女兒的名字，所有的感覺馬上離她而去。螢幕上幾個小字：「妳可以回家來嗎？」從來沒有一個母親像她這樣飛速開過森林。

瑪亞坐在浴室的地上，把手上的血跡沖洗掉之後，整個人倒在地板上。她一直克制的一切，她一直試圖壓抑的一切，她一直試圖不要表露出來以保護她所愛的人，防止他們跟她一樣痛苦。但是除了自己的，她也無法擔住其他人的痛，無法連帶應付別人沉重的哀傷。

「我不想讓那些混蛋看到我流血……」她低聲跟母親說。

「有時候我覺得他們必須看到妳流血，才會明白妳是真實存在的人。」她的母親啜泣著，把女兒牢牢擁抱在臂彎裡。

39

社群是什麼？

阿麥從遠處看見它。大熊窪沒有人有這麼貴的車，而且有這麼貴的車的人，不會自願開來大熊窪。那個人下車了，看起來充滿自信，背脊挺直。

「嗨，阿麥。你知道我是誰嗎？」

阿麥點頭。

「你是凱文的爸爸。」

凱文的爸爸微笑了，他看著阿麥。他看見這個男孩瞄了一眼他的手錶，而且知道他正在思考，這樣的一只錶會花掉他母親多少個月的薪水。他注意到這個男孩看著那輛車，好奇他選擇了哪些配備。他記得自己在這個年紀的時候是什麼樣子，那時候他一無所有，而且痛恨那些擁有東西的人。他記得自己有一座幻想中的豪華別墅，他照著一本限量家具目錄，花上幾個小時想像如何裝飾它，目錄是他被店員轟出去之前，從一家店裡偷來的。

「阿麥，我們可以聊聊嗎？你跟我……男子漢之間的談話？」

大尾坐在超市一頭的辦公室裡。他一手捧住額頭，大塊頭把椅子壓得吱嘎作響。電話上那個聲音很不高興，而且毫無同情心。

「大尾，這與私人恩怨無關。可是你一定看得很清楚，在這……這件事之後，我們不能在大熊鎮創立冰球學院。我們不能讓媒體把這件事弄得好像我們……你懂我的意思。」

電話那頭是一個本地議員，大尾是一個中小企業家，不過他倆也曾經是一起在湖上打冰球的小男孩。他倆的對話有時候有官方紀錄，有時候只是私下談談，而今天的是介於兩者之間。

「大尾，我對議會有責任。還有對黨。你一定能了解的，對吧？」

大尾了解。他一向相信困難的問題與簡單的答案。企業是什麼？是一個想法。城鎮是什麼？是一個社群。金錢是什麼？是可能性。在他身後，隔著那面牆，有人正在敲釘子。大尾正在擴建他的超市，因為成長就是生存。一個企業家如果不前進，卻也不代表他處在靜止狀態，因為他其實是在倒退。

「大尾，我得掛了。我有個會。」對方向他道歉。

電話掛上了，一個可能性也隨之消逝。一所冰球學院將不再存在。這代表著什麼？大尾年輕的時候，大熊鎮有三所學校，現在只剩一所。一旦冰球學院建在海德鎮，還有多久，議會就要關閉這最後一所學校？如果這裡最優秀的青少年球員一整天都在海德鎮的冰館訓練，到了晚上他們自然只會在海德鎮的甲組球隊打球。如果大熊鎮的甲組球隊無法網羅本地最好的年輕人，俱樂部就會瓦解。冰館不會再翻新，不會有新的就業機會，本來會很自然連結到其他發展的：會議中心，購物中心，工業區，比較好的公路網，甚至有機場。

什麼是冰球俱樂部？也許大尾是無可救藥的浪漫主義者，他的妻子老是這麼說，但是對他而言，藉由每週一次的比賽，冰球俱樂部讓這個鎮裡的每個人記住他們共同擁有的事物，而非那些分裂他們的事物。這個俱樂部證明他們能夠一起合作，完成更美好的事物，它教他們如何夢想。

他相信困難的問題與簡單的答案。如果一個城鎮不成長，會怎麼樣？它會死去。

彼得走進店裡。每個人都看見他，但是又沒看見他。員工與顧客，年輕的與年老的，他的兒時玩伴與鄰居，在他走過來的時候，都閃到一邊去了。消失在貨架後面，消失在走道上，假裝專注在購物單與比價之中。只有一個人直視他。

大尾站在辦公室門口，迎上了彼得的視線。運動總監是什麼？隊長是什麼？兒時玩伴是什麼？大尾猶豫地踏出一步，張開嘴彷彿要說話，但彼得只是輕輕搖了搖頭。他永遠也不會知道自己的女兒在學校食堂朝著安娜搖頭是什麼情景，她不想讓朋友被衝著自己來的恨意傷害，但是他在這裡跟女兒做了同樣的事。

當大尾走回辦公室關上門的時候，他的羞愧也是所有朋友感受到的羞愧。這個鎮上的人很擅長於感到羞愧，因為他們從很小就開始練習了。

凱文的父親沒等阿麥回答，只是搓著手輕輕笑。

「三月還是這麼冷，我一直不習慣。要不坐到車裡去談？」

阿麥沉默地坐進去，彷彿怕弄壞車門一樣關好它。車裡有真皮還有香水味。凱文的父親看著前面一整區的公寓。

「我就是在這樣的公寓區裡長大的。我想我家那棟大概還要再矮一層樓。你爸爸沒跟你們住，是吧？」

他直截了當問道，沒多費口舌。他指揮自己的企業也是這樣。

「他死在戰爭裡，我剛出生沒多久。」阿麥說著，很快眨著眼睛，凱文的父親雖然沒有面對他，但是注意到了。

「我母親也是獨立養家。我還有三個兄弟。這是全世界最困難的事了，對吧？你母親的背部不適，是不是？」

阿麥試圖掩飾，但是凱文的父親看見他的眉毛抽動了，於是繼續體貼地說：

「我認識一個很好的物理治療師。我可以安排你母親去看看。」

「您真是太好心了。」阿麥低聲說，但是沒有看著對方。

凱文的父親舉了一下雙手。

「我真的很驚訝，居然沒有人幫她處理這件事。在俱樂部工作的某些人應該問問她情況如何，你不覺得嗎？她已經在那裡工作那麼久了，是吧？」

「從我們搬來這裡。」阿麥說。

「在這個城裡我們應該互相照應，是吧，阿麥？在我們的城裡還有俱樂部裡，我們互相照應。」凱文的父親說著，遞出一張名片。

「這是那個物理治療師的電話？」阿麥問。

「不是。這是海德鎮一家公司的人事經理電話。告訴你媽媽打電話去，讓對方安排面談。辦公室的職位，不用打掃。輕鬆的管理，整理檔案，這一類的工作。這裡的語言她熟悉吧？」

阿麥點頭，不過稍微快了點，比他自己想要表現的更急切了點。

「是的！是的……是的……當然了！」

「那很好，你就打電話去吧。」凱文的父親說。

然後他很久沒說話，彷彿這件事就是他此行的唯一目的。

團體是什麼？如果你去問他們，他們會回答什麼也不是。團體根本不存在。在熊皮酒吧圍坐在桌子四周的那些人們沒有任何共通點，除了他們都是男人。年紀最大的年過四十，最年輕的還沒有投票權。有些在脖子上有熊刺青，有些在胳臂上，很多人完全沒有。有些人有一份好工作，有些人有不好的工作，很多根本沒工作。有些成了家，有孩子，有貸款，參加旅行團，有些單身而且一輩子沒離開過大熊鎮。當警方試著把他們定位為「熊迷」的時候，麻煩就在於，當你看見他們聚在一起，他們只有某些地方彼此類似。一旦他們彼此相距一公尺遠，他們就是一個個的個人了。

那麼俱樂部是什麼？如果你去問他們，他們會說，俱樂部屬於他們。不屬於那些老混蛋，那些穿著昂貴西裝外套去看球賽的人，那些贊助商與董事，領隊與運動總監，他們都一樣。在一個賽季裡這些老混蛋能走得一個不剩，但是俱樂部永遠都在，「那一群人」也在。這是一個並不存在的事物，但是又永遠存在。

他們並不是一直充滿威脅性。只要不在比賽日而且附近沒有對手隊的球迷，他們很少涉及暴力。但是他們一直強調，必須不時讓那些老混蛋知道，這個俱樂部屬於誰，還有如果他們危及了俱樂部的存續，會有什麼事發生。

拉夢娜站在吧檯後頭，那些穿黑夾克的男人坐在她店裡的桌子邊。他們是她所認識最體貼的男人。雖然她從來沒有開口，但是他們為她買吃的，在公寓裡裝上新燈泡。有一次她問他們為什麼這麼討厭彼得，他們的眼神轉陰，其中一個說：「因為那個蠢蛋從來沒有為冰球奮鬥，他得到的都是別人準備好了送來的。所以他害怕，那些贊助商用狗繩拴住了他，所以他把他們該死的商標放在第一位，在俱樂部之前。每個人都知道他的出身也是站票區，可是當那些贊助商要取消站票區、引進會花錢買熱狗可樂的觀眾，他什麼也沒說。每個人都知道他愛蘇納如父，而且不想讓大衛當上甲組球隊的教練，可是他也還是什麼都沒說。這算什麼男人？我們怎麼能讓他當我們俱樂部的運動總監？」

拉夢娜盯住他們，嚴厲地低聲說：「那你們呢？鎮上有幾個人敢不同意你們？你們以為這就表示你們是對的？在所有該死的事情上？」

他們默不作聲，如果不是拉夢娜此時從面對街上的窗戶裡看見彼得獨自走著，可能還有時間對黑衣男人的反應感到驕傲。他慢慢地走著，彷彿不知道自己的目的地。他手裡抱著一袋雜貨，停了下來，遲疑地往窗子裡望進來。

拉夢娜可以走出去招呼他。遞給他一杯咖啡。就這麼簡單。可是她在熊皮酒吧四下望了一望，看見坐在那裡的那些男人，那麼現在在這個鎮上，唯一一件比遞給彼得咖啡更簡單的事，就是不這麼做。

當你十二歲的時候，世界有多大？既無限，也極小。世界是你最狂野的夢，也是你在冰館裡的破舊置物櫃。李歐坐在球凳上。他的球衣正面有一隻大熊。沒有人看他，但每個人都在看他。他坐下來的時候，他最好的朋友站起來，移開凳子。一整節訓練都沒有傳球給他。他希望有人擒抱阻截他。他希望他們把他的球衣丟到淋浴間裡。他幾乎希望他們對他大喊，說他姊姊的壞話。

就為了逃避這樣的死寂。

阿麥的手指一再描過那張名片的邊緣。凱文的父親看看手錶，好像急著離開，然後對阿麥微笑了一下，好像已經沒事要談了。阿麥甚至還有時間伸手放在門把上，然後凱文的父親充滿父愛地拍拍他的肩膀，彷彿他這才不經意想到這件事，他說：

「對了……那個派對，我兒子的那個派對。阿麥，我知道你以為自己看到了什麼。不過我想你也知道，當時有多少人看見你喝了很多酒，是吧？」

那張名片微微顫抖，透露出了阿麥全身抖得多麼厲害。凱文的爸爸把手放在他手上。

「你喝酒的時候，腦子裡會有好多念頭。阿麥，可是未必這些想法都是真實的。人們喝醉的時候會做出蠢事。我自己也做過很多，相信我！」

他大笑起來，那麼溫暖又自責。阿麥還盯著那張名片。人事經理的名字，大公司，一條不同的人生路。

「你愛上瑪亞了是嗎？」對方突然問，阿麥還來不及反應就點了頭。

他從來沒有對任何人提起過這件事。他的眼睛被淚水刺得生疼。凱文的父親還輕輕握著他的手，說：

「那麼她讓你陷入一個很糟糕的局面裡了，你跟凱文。他媽的糟糕的局面。你覺得她在乎你嗎，阿麥？你認為如果她在乎你，她會做出這件事嗎？你現在還不懂，不過跟男孩子比起來，女孩子需要的是另一種關注。而且她們為了得到關注，會做出奇怪的事情來。小女生喜歡八卦，散播謠言，可是男人不這樣。男人們直視對方，解決彼此之間的問題，不牽扯其他人。你說是不是？」

阿麥瞄他一眼，抿住唇，點點頭。凱文的父親靠過去，彷彿透露機密那樣小聲說：

「那個女孩選了凱文。不過你相信我，很快她就會希望自己當初選了你。等到你進了甲組球隊，等你轉為職業，女孩子會蜂擁而至。然後你就會明白，其中有些人不能信任。她們就像病毒。」

阿麥沉默不語。他感覺到對方放在自己肩上那隻手的重量。

「阿麥，有沒有什麼事你想告訴我的？」

他搖搖頭。他手指上的汗已經開始沾上了那張名片。凱文的父親拿出皮夾，遞給他五千元鈔票。

「我聽說你可能需要新的冰鞋。從現在起，你需要任何東西的時候，打電話給我就好了。咱們彼此照應，在這個城裡，在這個俱樂部裡。」

阿麥收下鈔票，摺疊起來捲住名片，打開車門，下了車。凱文的父親打開車窗，對他說：

「我知道今晚的訓練是自願參加，不過如果你在現場會更好。球隊需要團結在一起，是吧？阿麥，在這個世界上一個人要是孤零零的，就什麼也不是！」

他答應了會去。這個男人笑了起來，然後裝出生氣的臉，聳起肩學熊的低吼：

「因為我們是熊，來自大熊鎮的熊！」

那輛名車轉過彎，開上路走遠。停車場的另一頭，停著一輛便宜得多的車，是一輛引擎蓋打開來的舊紳寶。車的主人是穿著黑夾克的年輕人，脖子上有熊刺青，正彎腰敲打著引擎。

他假裝沒注意到那輛名車，也沒注意到站在一片公寓前從車上下來的那個男孩。可是凱文的父親離開之後，阿麥有東西掉在雪地裡。他站在那裡很久，低頭盯著看，彷彿在考慮要不要把它撿起來。最後他抬手抹一抹臉，走進一棟公寓樓的樓梯間。

那個年輕人等了一分鐘，然後走過去，撿起那五千元。鈔票已經皺了，因為剛才被緊緊攥在汗濕的手心裡。

年輕人把鈔票放在自己的黑夾克口袋裡。

阿麥關上家門。看了看那張名片。把它藏在自己的房間裡，然後拿出冰鞋。冰鞋已經太小了，而且磨損嚴重，上頭的顏料已經開始剝落。他很清楚五千元可以買到怎樣的冰鞋。大熊窪的每一個孩子都很清楚自己買不起的東西是什麼價格。他裝好背包，走出去，跑下樓梯，打開大門。

錢不見了。他永遠也說不清這到底讓他感到失望，還是鬆了口氣。

彼得站在安靜的街上。他從這裡就能看到冰館的屋頂。什麼是家？是一個屬於你的地方。所以，如果你在此不再受到歡迎，這裡還是你的家嗎？他不知道。今天晚上他會跟蜜拉談談，她會說「我在哪裡都能找到工作」，而彼得會點點頭。雖然他沒法在任何地方都能找到工作。他們會討論搬家，而他會認真地決定以後試著丟開冰球，繼續生活下去。

他沒注意到，當他繼續往前走的時候，一輛舊紳寶從他旁邊開過去。

蜜拉正要出門倒垃圾。本來這是她女兒負責的家務，這是當初她得到那把吉他的時候他們說好的，不過現在情況不一樣了。現在甚至夏天也無法治好她女兒對於黑暗的恐懼。

從他們鄰居的窗戶裡飄來新鮮咖啡的香味。老天，當初他們剛搬到大熊鎮的時候，蜜拉對於這個地方的咖啡有多麼感慨：「咖啡，咖啡，咖啡，這裡的人除了喝咖啡什麼也不幹嗎？」她對彼得嘟囔，彼得一聳肩，對她說：「他們只是想表示，他們願意跟你交朋友。『我可以當你的朋友嗎？』這句話很難出口，『想來點咖啡嗎？』容易得多。這個城的人……好吧……我不知道該怎麼說。這裡的人相信困難的問題與簡單的回答。」

最後蜜拉習慣了這件事。在森林裡的這個鎮上，人們用一杯咖啡表達那麼多事物。當他們想說「謝謝」或者「對不起」或者「有我陪著你」，他們就說「想來點咖啡嗎」。或者「我給你來罐啤酒」。或者「請來兩杯酒，算在我帳上」。

蜜拉把垃圾放在垃圾桶裡。鄰居的窗戶透出燈光，但是沒人開門。

大衛領著球隊走出更衣室，走出冰館，今天晚上他們要在森林裡訓練。他讓他們做伏地挺身，其中波波最賣力。他下個賽季還未必能上場。對少年隊而言他的年紀太大，對高年級球員而言，他又不夠好，但是他依然自願參加訓練，流血流汗。大衛要他們跑步，菲利浦每次都跑第一。下一季會是他最重要的一季，能讓大家看看他有多好。大家會說他是「爆紅的黑馬」。沒錯，只不過花了他從五歲以來的所有時間，只不過他與他母親付出了一切。「爆紅」。老天爺。只不過這花的是一輩子。

大衛讓他們玩拔河。威廉為了獲勝，差點把肩膀扯脫臼。至於阿麥呢？他什麼也沒說，可是他完成了每一項練習，照做了每一件要求。

俱樂部的領隊站在森林邊上，可以看見他們，但是距離又夠遠，不會讓他們發現。他在流冷汗。當那輛名車在冰館停車場停下來，凱文與父親下了車，這是大家第一次見到凱文的父親出席練球。凱文已經裝備妥當，朝著森林裡的隊友小跑過去。樹林間響起了歡呼聲，彷彿他們迎接的是國王。

領隊仍然站在森林邊上，看著大衛站在隊員中間，與凱文的父親握手。隔著這樣的距離，領隊與大衛四目相對了一瞬，然後他轉身走回自己的辦公室。

如果大衛進了冰館，俱樂部就會被迫討論原則與後果。領隊可能必須要求他回家，「等到風波平息」。可是他不能阻止他們在森林裡練習。

每個人都這樣告訴自己。

在鎮上另一個地方，大熊丘的一戶宅院外頭，凱文的母親正在倒垃圾。她臉色灰白，因為疲憊，或者其他任何原因，不過重新上的妝已經掩飾了哭泣的痕跡。她背脊挺直，目光呆滯，打開垃圾桶。周圍的窗戶上都亮著燈光。

一扇門打開來。一個聲音叫她：

「要不要進來喝點咖啡？」

又一扇門開了，是隔壁那棟房子。然後又一扇。又一扇。

困難的問題，簡單的回答。社群是什麼？

就是我們所有選擇的總和。

40

教練喜歡一句老話：「一個人走進森林，其他人跟著他，這叫什麼？這叫領導能力。一個人自己走進森林，這叫什麼？這叫散步。」

彼得走進家裡。把牛奶放進冰箱，麵包放在流理台上，車鑰匙放在一個大碗裡。他這才想起來，自己把車留在冰館外了。他冷靜地想像了一下，明天會不會看見那輛車已經被縱火燒掉，車裡塞滿了燒成炭的樹支。他拿起鑰匙，把鑰匙圈取下來，再把鑰匙放回去，鑰匙圈丟在垃圾桶裡。

蜜拉走進廚房。站在他的腳背上，讓他帶著慢慢跳舞。他在蜜拉耳邊輕聲說：

「我們可以搬家。妳在什麼地方都能找到工作。」

「心愛的，可是你不能。你沒法隨便什麼地方都能找到冰球的工作。」

他清楚。他太清楚了。可是當他又開口說話的時候，他從來沒有這麼確定過：

「妳為了我搬到這裡來。我也可以為了她離開這裡。」

蜜拉用雙手捧住他的臉，她看見他的車鑰匙在碗裡。從她認識他到現在，他的鑰匙永遠掛在大熊鑰匙圈上。現在已經沒有了。

安娜坐在自己的床上，這個房間感覺起來已經不再是她自己的了。從前有一次，那是她母親最憤怒的時候，因為離婚後自己的女兒並沒有跟自己一起搬出去，她說安娜是「經典的彼此依賴案例」。她這麼說是因為安娜的父親，因為她知道他沒法獨自生活下去。也許這是真的，安娜並不確定。她一直想要多親近他，不只是因為他了解她，還因為他了解森林。那裡是她的探險聖地，而且沒有人比他更了解森林，他是整個大熊鎮最厲害的獵人。小時候，她會在夜裡衣著整齊地躺在床上，希望電話鈴響。只要這附近有車禍跟野生動物有關，受傷的動物躲進了森林，司機會通知警察，警察就會來找她父親協助，這在冬天裡經常發生。

他的固執，倔強，沉默寡言，在生活中是很糟糕的性格特點，可是在森林裡卻正好完美。「你們倆就在那裡坐一輩子，不說一句話好了！」她母親離開的時候這麼吼，而且他倆也的確是這樣。他倆不覺得這樣有什麼不好，如此而已。

安娜記得很清楚，小時候夜裡有那樣的事件時，她總是央求她父親帶她一起去，可是一直沒有如願。總是太危險，太晚，太冷。而且她知道這就表示他在森林裡會喝酒。他在森林裡會信任自己的女兒，卻不信任自己。

艾德莉在狗舍裡餵狗。她能看見班吉在旁邊的健身房裡的舉重凳上，楞杖放在地上。就算這個弟弟有點瘋狂，今天晚上他舉的重量也太誇張了。她知道今天球隊有自由參加的訓練，她在鎮上聽說他們在森林裡跑步。而且凱文也在那裡。

可是她沒問班吉為什麼寧願自己待在家。她不想變成那種嘮叨的姊姊。她雖然不在本地出生，但依然是大熊鎮女孩。跟森林一樣強韌，跟冰一樣堅硬。努力做事，閉上嘴。

安娜裸身站在房間的鏡子前面，在數數。她一直很拿手，數學課一直名列前茅。小時候她喜歡數所有東西：石頭，草，森林的樹，地上的線條，水槽下櫃子裡的空瓶，瑪亞皮膚上的雀斑，甚至呼吸的次數。有時候當她非常難過，她就數傷疤，不過大部分時候她只數錯誤。她會站在鏡子前面，一個個指出來：她所有不對勁的地方。在學校有人先說出來之前，自己先大聲說出來，有時候這會讓她好過一點。

她的父親敲敲門。他已經幾年沒敲她的門了。自從她母親離開，父女二人各有各的空間，各自的生活。她驚訝地穿上衣服，打開門。他站在門口，一臉困惑。不是喝了酒的困惑，不是那個獨坐整夜的哀傷、寂寞的男人。他現在很清醒。他伸出手，但是沒有碰觸到她，彷彿他已經不知道該如何表達自己關心她。他緩緩地說：

「我跟狩獵隊一些人聊過了。冰球俱樂部召集會員開會。有一群家長跟贊助商要求投票決定彼得的事。」

「彼得……？」安娜跟著重複，因為她不明白這是什麼意思。

「他們要求俱樂部解雇他。」

「什麼？為什麼？」

「在那個派對一星期後他們才報警。有些人說……這件事是……」

他沒法在女兒面前說出「強暴」這個字眼，不想讓她看出來自己有多麼慶幸這件事沒發生在她身上。他害怕她會因此討厭他。安娜的雙拳砸在床邊。

「是謊話？他們說這是謊話？他們以為彼得等了一星期才去報警是因為要找凱文麻煩？凱

文才是該死的受害者？！」

她父親點點頭。他站在門廳裡不知道該說什麼，最後才說：

「我做了麋鹿碎肉漢堡。放在廚房。」

他關上門，回到樓下。

今天晚上安娜給瑪亞打了好幾百次電話。她了解為什麼對方不接。她知道瑪亞討厭她。因為瑪亞已經準確地預測了這個局面。如果瑪亞沒有說出真相，那麼他傷害的只有她自己。可是現在他也傷害了瑪亞愛的每一個人。

門鈴響起。彼得開了門。是俱樂部領隊。他看起來那麼難過，那麼儀容不整，滿身大汗，在壓力之下筋疲力盡，彼得都沒法硬起心腸恨他。

「要開會投票了。俱樂部是由會員組成的，如果他們要求董事會解雇你……那麼……這件事就不再由我控制了。可是你可以出席，為自己發言，這是你的權利。」

瑪亞走到門廳，站在父親身後。起先彼得舉起手臂，彷彿要保護她，可是她平靜地把他推開。她站在門口，直視領隊。而他也注視著她。

至少這件事他能做到。

班吉的楞杖敲在艾德莉臥室門上的時候，已經很晚了。他站在門外，運動過度的胳臂不停顫抖。艾德莉只知道在普通人身上，運動有三階段：你忍受疼痛，你開始樂在其中，你開始期待運動。她的弟弟已經遠遠超越了這三階段。他這是已經依賴運動了。沒有它就活不下去。

「妳可以載我一程嗎？」他問。

她有好多想問的，可是什麼也沒說。她不是那種姊姊。如果他想要有人來嘮叨他，他就會找卡娣亞或者蓋比。

彼得關上門，跟瑪亞站在玄關。她抬頭看他：

「是董事會還是家長要炒你魷魚？」

彼得傷感地笑了一笑。

「都是。不過如果會員要求的話，董事會要做就容易一些。讓別人代替你被罰下場，總是容易得多。」

她握住他的手。

「我毀了一切。我毀了每個人的一切。我毀了一切……你的……」她低聲哭了起來。

「不可以這麼說。想都不可以這麼想。永遠不要。這些混蛋能給我什麼？該死的義式咖啡機？他們大可把該死的義式咖啡機塞進自己的屁眼裡！」

她開始小聲笑，就像在她母親說了粗魯的笑話而她父親覺得尷尬的時候一樣。

「而且你根本不喜歡義式咖啡。你一直叫它『快速咖啡』，一直到去年還是什麼時候……」

他把額頭貼住她的額頭。

「妳跟我都知道真相是什麼。妳的家人，妳，所有正派的，講理的人都知道真相。我們要伸張正義。我承諾。我只希望……只希望……妳千萬不要……」
「沒關係，爸，沒關係的。」
「不對，不是的！永遠也不是！妳永遠都不可以覺得這件事沒關係，他做的這件事……我永遠不要妳……。我害怕，瑪亞，我怕妳以為我不想殺了他……以為我不是每天每一分鐘都想殺了他……因為我真的很想……」
父親的眼淚淌下女兒的臉頰。
「我也害怕，爸，害怕所有的事情。怕黑還有……所有事情。」
「我可以怎麼做？」
「愛我。」
「永遠愛妳，小南瓜。」
她點點頭。
「那麼我還可以再要求一件事嗎？」
「什麼都可以。」
「我們兩個可以去車庫裡彈超脫樂團的歌嗎？」
「除了這個呢？」
「為什麼你就是不喜歡超脫？」
「他們成名的時候我已經太老了。」
「你怎麼可能會太老？你到底幾歲？」
他們倆大笑起來。他們倆依然能夠讓對方開懷大笑，這個事實是多麼的威力強大。

蜜拉獨自坐在廚房裡，聽她的丈夫與女兒在車庫玩音樂。她現在彈得比他還好很多，他一直跟不上拍子，而她會配合，讓他不會覺得自己很笨。蜜拉很渴望酒精與香菸。她還來不及去找點菸酒，就有個人把一疊紙牌放在桌上。不是普通的紙牌，是孩子們小時候全家租拖車出去度假的時候玩的那種。不過很自然地孩子們漸漸不玩了，因為他們的爸媽雙方對於遊戲規則的看法永遠都不一樣。

「來玩牌吧。說不定我會讓妳贏。」李歐說著坐了下來。

他把兩罐汽水放在桌上。他十二歲了，不過還是允許他母親用力擁抱了他一下。

在海德鎮邊陳舊的練習室裡，只有一盞檯燈照著穿著黑色皮衣的男孩。他正坐在椅子上拉小提琴。突然有人敲門框的時候，他手裡還拿著自己的樂器。班吉倚著枴杖站在那裡，手裡拿著瓶子。貝斯手力圖表現得迷人沉默而神祕，可是他臉上的微笑一點也沒有這些意思。

「你在這裡幹嘛？」

「散個步。」班吉回答。

「別告訴我那是私釀酒。」貝斯手朝著他手裡的瓶子微笑。

「如果你要在這裡定居，你遲早要學會喝這個。」班吉說。

貝斯手想，在這裡這句話的意思大概就是「對不起」。他已經注意到這些人喜歡以食物為溝通媒介。

「我並沒有要住下來的意思。」他如此斷言。

「沒人想。他們只是困在這裡。」班吉說著，跳進房間裡。

他沒問起那把小提琴的事。貝斯手喜歡他這樣，班吉不會因為你不只一個身分而感到驚訝。

「如果我拉琴，你可以跳舞。」貝斯手提議，一面在弦上輕柔地拉動琴弓。

「我不會跳舞。」班吉回答，並沒反應過來這是開他的枴杖的笑話。

「跳舞很容易。你只要站著不動，然後也不要站著不動。」貝斯手輕輕說。

班吉的胸肌還在因為脫力而顫抖。這樣有幫助。這樣能讓他的內在相對之下感覺平靜。

安娜是被電話鈴吵醒的。她從地板上一把抓起自己的手機，可是響的並不是這支手機。是她爸爸的。她聽到他的聲音，他一面說話，一面穿上衣服，帶上狗還有槍櫃的鑰匙。對她來說，這些聲音是一串熟悉的曲調，兒時的催眠曲。她在等待結尾。大門關上了。鑰匙鎖上門。那輛老貨車發動。可是這些都沒來。反而她的門上有輕輕的敲門聲。父親的聲音試探地叫她的名字，他從門縫裡問：

「安娜，妳醒著嗎？」

他還沒說完，她已經穿好衣服了。她打開門。他兩手各拿了一把來福槍。

「有搜索工作，在北邊路往上。我可以打電話找城裡那些閒人，不過……既然我家裡就有大熊鎮第二強的獵人……」

她很想擁抱他。不過還是沒這麼做。

練習室裡，他們倆平躺在地板上。酒瓶已經空了。他們倆輪流唱著自己所知最沒品的飲酒小調。連著幾個小時哈哈大笑。

「冰球到底有什麼好？」貝斯手問。

「小提琴到底有什麼好？」班吉反問。

「你必須關掉自己的大腦才能演奏。音樂就像是暫停做你自己，休息一下。」貝斯手回答。

這個答案來得太快，太直接，太誠實，班吉沒法說點諷刺的東西來反駁。所以他也說了實話。

「是那些聲音。」

「聲音？」

「那就是冰球的靈魂。當你走進冰館。如果你打冰球，你才認得出那些聲音。還有……從更衣室走向冰場上的那種感覺，地面從地板通往冰面的最後一公分。你滑出去的那個時刻……那一刻，你有了翅膀。」

貝斯手好一會兒沒說話。他倆不敢動彈，彷彿正躺在玻璃屋頂上。

「如果我教你跳舞，你可不可以教我滑冰？」終於，貝斯手微笑著問他。

「你不會滑冰？你到底他媽的怎麼回事啊？」班吉感嘆，好像貝斯手說的是不會做三明治一樣。

「我從來沒看出有什麼必要學。我一直認為冰是大自然用來警告人類最好他媽的離水遠一點的。」

班吉大笑。

「那麼你為什麼要我教你呢？」

「因為你那麼喜歡。我也想了解……你喜歡的東西。」

貝斯手碰了碰班吉的手，班吉沒有縮回去，可是他坐了起來，於是那一刻的魔力消失了。

「我得走了。」班吉說。

「別走。」貝斯手懇求他。

班吉還是走了。一個字也沒說，走出了那扇門。雪片與他的眼淚一起往下落，他放棄了，任由黑暗帶走他，毫不反抗。

當一扇玻璃窗被打破，房間裡會有數量驚人的玻璃碎片，讓人不敢相信只來自一扇窗戶。這情況很類似於一個小孩打翻一盒牛奶，把整個廚房地板都給淹了，似乎液體一離開那個紙盒，就會無限擴張一樣。

那個扔石頭的人很接近牆壁，幾乎是靠著它，而且用盡全力一擲，好讓石頭在屋子裡飛得更遠一點。石頭砸在衣櫃上，然後落在瑪亞床上。接著是碎玻璃，輕落如雨，如蝴蝶，好像碎冰晶，或者細小的、閃耀的鑽石。

雖然有吉他與鼓聲，彼得跟瑪亞還是聽見了。他們衝出車庫，衝進房子，刺骨的冷風吹進瑪亞的房間裡，李歐站在中央，驚嚇得嘴都合不上，盯著那塊石頭，上面用紅字寫了「婊子」。

第一個反應過來有危險的是瑪亞，過了幾秒鐘，彼得才明白過來是誰有生命危險。他們一起衝到大門，可是已經太晚了，大門敞著，他們家那輛富豪已經開上車道了。

一共有四個人，兩個步行，兩個騎腳踏車。騎車的那兩個沒有任何勝算，因為現在人行道積雪有腳踝深，所以他們只好騎在馬路上的車轍裡。蜜拉直把油門踩到底，於是這輛大車轟然衝上路，緊追在後。二十公尺之內，她已經趕上他們了，而且她還沒打算踩煞車。他們還只是孩子，頂多十三四歲，可是身為母親的蜜拉眼睛裡沒有任何情緒。其中一個男孩轉過身，被汽車大燈閃了眼睛，嚇得從腳踏車上摔出去，頭朝下撞在一道欄桿上。另一個男孩摔下車的情況也差不多，他的後輪被富豪的前保險桿撞上來，車被撞飛了出去。

他的長褲撕破了，下巴擦傷。蜜拉停下車，打開門走出來。她從後車廂拿出一根彼得的高爾夫球桿。她兩隻手緊緊抓著球桿，朝著地上那個男孩大步走過去。他在哭喊，可是她不在乎，她什麼都感覺不到。

瑪亞衝出家門，在路上跑，連鞋都來不及穿。她聽見爸爸在背後叫她，可是她沒回頭。她聽見車子撞上腳踏車的聲響，看見一個人被甩在空中，那輛富豪的停車紅燈刺著她的眼睛，她看見她母親下車的身影。後車廂打開，一根高爾夫球桿拿了出來。瑪亞腳上的襪子被雪浸濕了，她在路面的冰上滑了幾腳，她不停尖叫，直到只剩一絲嗚咽。

蜜拉從來沒見過人這麼害怕。一隻小手從她後面伸過來抓緊球桿，拉扯著把她帶倒在地上。蜜拉抬起頭看的時候，瑪亞緊緊抱住她，喊叫著，可是一開始蜜拉沒聽到她在喊什麼。她從來沒見過這種恐懼。

地上那兩個男孩爬起來，一瘸一拐逃走。留在原地的是一對母女，兩個人都哭得歇斯底里。母親緊握的雙拳裡依然抓著球桿，女兒把她抱在懷裡輕輕搖晃，安慰她：

「沒事了，媽，沒事了。」

周圍的房子依然是黑的，可是她們知道這條街上每個人都醒著。蜜拉想站起來，朝著他們怒吼，朝著**他們的**該死的窗戶扔石頭，可是她的女兒抱著她，她們坐在路中央，顫抖著，呼吸的氣息緊緊貼在彼此的肌膚上。蜜拉輕聲說：

「妳知道嗎，我還小的時候，幼稚園裡的其他家長都叫妳『狼媽』，因為他們全都怕妳。我所有的朋友都想要有個像妳一樣的媽媽。」

蜜拉在女兒耳邊吸著鼻子：

「妳不該有這種該死的人生，寶貝，妳不應該……」

瑪亞捧住母親的臉，溫柔地親吻她的額頭。

「媽，我知道剛才妳會為了我而殺人。我知道妳會為了我獻出妳的生命。可是我們要一起度過這一切，妳跟我。因為我是妳的女兒，我身上流著狼血。」

彼得把她們抱進富豪車裡，先是女兒，然後是母親。他沿著路慢慢倒車。回家。

那兩輛腳踏車被留在雪地裡，第二天就不見了。住在這條街上的人，沒人會提起這件事。

41

早晨降臨大熊鎮，毫不關心底下這些人的渺小生命。一張厚紙板貼在破窗戶裡頭，一個姊姊，一個弟弟，都累壞了，還在睡覺，並排躺在客廳一張床墊上，遠離所有窗戶。李歐在睡夢中往瑪亞那邊蜷著身擠過去，就像他四歲的時候，每次作了惡夢，就會偷偷跑進她房間裡。

彼得跟蜜拉坐在廚房裡，緊握彼此的手。

「妳會不會覺得我不像個男人，因為我不會打架？」他低聲說。

「你會不會覺得我不像個女人，因為我會打架。」她問。

「我……那個……我們得讓孩子們離開這裡。」

「我們沒法保護他們。不管我們在哪裡，親愛的，我們就是沒法保護他們。」她回答。

「我們不能像這樣活下去，不能這樣。」他抽了一抽鼻子。

「我知道。」她說。

然後她親吻他，微笑著輕輕說：

「你並沒有不像個男人，你在很多事情上都非常、非常、非常有男子氣概。比如說，你從來不承認自己錯了。」

他的臉貼住她的頭髮，回答：

「而且妳非常有女人味。我認識的最有女人味的女人。比如說，玩剪刀石頭布的時候，一定得提防你。」

他們大笑起來。即使是在這樣的一個早晨。因為他們有能力笑，因為他們必須這樣。他們仍然擁有這樣的恩賜。

拉夢娜站在熊皮酒吧外頭抽菸。街上空盪盪，天空是黑的，可是她還是老遠就看見那隻小狗了，雖然天氣很糟。當蘇納從這一團黑裡走出來的時候，她重重咳了起來，這本來應該是輕快的笑聲，只是她菸抽得太多，有四五十年了。

蘇納叫那隻小狗，牠根本不理他。牠蹭著拉夢娜的牛仔褲往上跳，熱切地希望對方注意牠。

「你這個老傻瓜，現在養起狗來了？」她露齒一笑。

「而且是不聽話的小壞蛋。我很快就要拿牠做成三明治！」蘇納低聲說。可是他對這個小毛球的喜愛之情已經很明顯了。

拉夢娜又咳了起來。

「來點咖啡？」

「我可以在裡頭加一點點威士忌嗎？」

她點點頭。他們走進去，跺掉腳上的雪，然後開始喝酒，小狗則在一旁非常有系統地嘗試吃掉一把椅子。

「我想妳聽說了。」蘇納很難過。

「沒錯。」拉夢娜說。

「可恥，可恥啊，沒有別的。」

拉夢娜再倒了點酒。蘇納看著自己的玻璃杯。

「彼得來過嗎？」

她搖搖頭，然後朝著這位老人挑挑眉毛，意思就是：「你跟他談過嗎？」蘇納搖搖頭。

「我不知道該說什麼……」

拉夢娜沒說話。她太清楚了。要開口請人喝咖啡，這件事既容易又困難。

「蘇納，俱樂部已經不是你的事了。」她低聲說。

「我還沒有被正式解雇，他們似乎忘了這件事，忙著……這一切。不過，當然了，妳說得對。不是我的事了。」

拉夢娜倒了更多威士忌。然後加上一點咖啡。她深深嘆了口氣，對他，也對自己。

「那咱倆還聊什麼？兩個酒囊飯袋老傢伙，坐在這裡嘮叨。看在老天爺面子上，直說吧。」

蘇納給了她一個苦澀的笑容。

「妳一直有點像個心理學家，是吧。」

「我是酒保。你一直嘴太賤不肯說好話。」

「我想霍格。」

「你只有在我對你吼叫的時候才想他。」

蘇納哈哈大笑，小狗嚇了一跳。牠不太高興地汪了一聲，然後繼續啃家具。

「我真的很想念妳吼霍格的時候。」

「我也是。」

更多威士忌，再加點咖啡。沉默與回憶，沒說出的話，被壓抑的句子。直到最後蘇納終於說：

「可恥，凱文做的這件事。完完全全太可恥了。而且我擔心俱樂部。它成立已經將近七十年了，可是我可不敢打賭明年它還會存在。我擔心如果調查結果他有罪，人們會把他的行為怪罪在冰球上頭。到處有很多學者專家就在等著這種事，他們很快就會開始摩拳擦掌。現在這都成了冰球的錯。」

拉夢娜用手既快又狠地往胖老頭的耳朵上搧了一下，他差點被她搧下凳子去。吧檯對面憤怒的老飯袋厲聲說：

「這就是你來這裡的原因嗎？來講這種話？我的老天爺……你們這些男人。所以永遠都不是你們的錯，是嗎？你們要到什麼時候才會承認養大這個孩子的不是『冰球』，而是你們這群傢伙？無論何時何地我老是遇到男人把自己的蠢事怪罪在自己發明出來的廢話上頭。『是宗教引起戰爭』，『是槍殺人』，都是一樣老掉牙的狗屁！」

「我……我不是這個意——」蘇納試著解釋，可是不得不低頭閃過她又搧過來的耳光。

「我在說話的時候閉上你的嘴！男人真混蛋！你們才是問題所在！宗教自己不會鬥毆，槍自己不會殺人，而你一定也該死的非常清楚冰球從來沒有強暴任何人！你知道誰會幹這種事嗎？鬥毆殺人還有強暴？」

蘇納咳了一下。

「男人？」

「男人！一直都是混蛋的男人！」

蘇納坐立不安。小狗蜷了起來，一臉羞愧地躲在牆角。拉夢娜細心徹底整理了一下頭髮，喝光自己的酒，然後她在心裡對自己說了真話，關於咖啡的這件事，其實一點也不複雜。

她再為兩人倒滿酒杯，拿了點臘腸餵給小狗，然後從吧檯後面走出來，坐在蘇納旁邊。她重重嘆了口氣，勉強承認：

「我也想霍格。你知道如果他在的話，他會說什麼嗎？」

「不知道。」

「他會說，你我都知道什麼才是對的，所以不需要他來告訴我們。」

蘇納微笑起來。

「妳的男人，他可真是個狡猾的老渾球。」

「的確是。」

在鎮上另一個地方，查克輕輕走出公寓，沒吵醒家人。他揹著一個背包，手上拎了一個水桶。耳朵上戴著耳機，音樂激盪著全身。今天他就滿十六歲了，這輩子無論任何事，就連他的外在、內在、談吐、住址，都會被當成笑柄，被人排擠。無論他置身何處：在學校、更衣室、在網上。到最後這會把人的一切磨滅，雖然並不明顯，因為被霸凌的孩子周圍的人都以為他們一定已經習慣了。永遠不會，你永遠不會習慣這種事。它像火一樣燒著你，永遠。只是沒有人知道導火線還有多長，即使你自己也不知道。從九歲還是十歲起，他就一直在計畫著自殺。

珍奈特被電話吵醒，是她的弟弟來告訴她，學校的警鈴又響了。心裡不痛快的她睡眼惺忪開車去學校。她拿著手電筒搜過了整個學校，什麼也沒發現。她認為一定又是積雪落在某個感應器上了，正要回覆她弟弟自己要放棄搜索，這時候卻一腳踩在什麼濕滑的東西上頭。

大熊鎮第二強的獵人正在洗乾淨一輛破舊小卡車後車斗上的血跡。她和她父親追蹤了一整夜，最後發現那頭傷勢嚴重的鹿躺在地上，牠把自己拖回到深林的暗處。他們給了牠人道而且沒有痛苦的結束。安娜將後車斗蓋上帆布，從車廂拿出兩把來福槍檢查，比年長許多的獵人更加熟練。

往前一點的街上有幾個七八歲的男孩在打冰球。一位八十多歲的鄰居老先生，站在家門口的郵箱旁邊。他有風濕，行動起來很痛苦，他出來拿報紙的時候，就像拖了一堆隱形的石塊一般。他走回房子的時候，突然停下來，看著安娜。安娜和他做了一輩子的鄰居，他一直和安娜的父親去打獵，直到幾年前才停止。她小時候，他總會在聖誕節送給她家裡自製的太妃糖。現在他們倆誰也沒說話，老人嫌惡地往自己前面地上啐了一口。他走進屋子裡，用力關上門，震得門口掛著的大熊綠旗在旗座上來回搖晃。

那些玩冰球的男孩子們抬頭張望。其中一個穿著背號九號。他們臉上的表情洩露了他們父母在家說的那些話。其中一個也在地上啐了一口。然後他們一起轉過背去。

安娜的父親走過來，把手放在女兒肩上。他的手指感覺得到她在顫抖，但是不知道這是因為她想哭泣或者尖叫。

查克幾乎有半輩子都在思考如何結束自己的生命。他在腦中一遍又一遍想像細節。必須是他們能看見的地方。強迫那些王八蛋一輩子記住他在現場的樣子活下去。「是你造成的。」不需要太多，一根繩子，幾樣工具，一個可以站上去的地方。高凳應該可以，不過把水桶反過來放也行。他現在手裡正拿著這個。其他必要的東西都在背包裡。

唯一讓他沒有提前幾年就這麼做的原因，是阿麥。只要有這麼一個朋友就足矣。相比之下，生活與查克從來都不是朋友，只有透過阿麥，所以當阿麥升上少年隊、選擇了另一種生活，對查克來說，一切都消失了。

阿麥是他還活著的唯一原因。在那些最黑暗的、最難熬的夜裡，是他告訴他：「查雞，總有一天，你會比這些王八蛋擁有更多財富與權力。而你會大發慈悲。因為你知道無權無勢是多麼難過。所以你不會傷害他們，雖然你有那個能力。而這一切會讓這個世界變得更好。」

你不會再有十五歲時這樣的朋友。查克今天十六歲了。他不管是否會引發警鈴，直接闖進學校。他把水桶反過來，放在地板上。

珍奈特低頭看向地板，她的心臟幾乎從胸腔裡跳出來。地上是一大灘液體，在她前面慢慢淌出來。她站的地方接近大門，在高中學生置物櫃的附近。她聞到一種酸性液體的刺鼻氣味。她弟弟走過來，兩人的手電筒朝著同一個方向。

「地板上的是什麼？」他問。

安娜狠狠咬牙，她父親都聽見了聲音。他低聲說：

「他們只是害怕。安娜，他們只是在找代罪羔羊。」

安娜想尖叫。她想一把扯開那個鄰居的門，撕下那面綠旗，大吼：「為什麼代罪羔羊不是**凱文**？你**說啊**？」她想高聲尖叫讓大熊丘的所有鄰居都聽到。想尖叫她愛冰球。愛冰球。可是她是女生，所以如果她對男生這麼說會怎麼樣？他會說：「是嗎？妳是女生而妳喜歡冰球？好！那麼一九八三年是誰贏了史丹利盃？嗯？一九九四年聯盟賽第七名是哪個隊？啊？如果妳喜歡冰球，妳應該能答得出來！」

在大熊鎮，只允許女生喜歡冰球到非常有限的程度。她們最好是一點都不喜歡。因為如果妳喜歡冰球，妳一定是女同性戀，如果妳喜歡那些球員，妳一定是個婊子。安娜很想把那個該死的鄰居推到牆上去，告訴他，那些男生坐著講蠢笑話的更衣室就像個罐頭，把他們保存在裡面，導致他們成熟遲緩，有些乾脆就爛在裡面了。而且他們沒有女性朋友，這裡也沒有女性球隊，所以他們以為冰球只屬於他們，教練教導他們女生讓他們「分心」。所以他們以為女生存在的目的就是用來幹的。她想指出來這個鎮上的所有老傢伙都稱讚他們「打拚」還有「不退」，可是沒有一個混蛋告訴他們，如果女生說不要，那就是該死的**不要**！還有這個混帳小鎮的問題不是一個男孩強暴了一個女孩，而是每個人都在假裝他沒做！所以現在其他男孩就會以為他做的是可以的。因為沒人在乎！安娜想站在屋頂上大吼：「你們該死的一點都不在乎瑪亞！你們也該死的一點都不在乎凱文！因為在你們眼裡他們不是人，他們只是價值，而他的價值比她高得多！」

她想要做這麼多。可是街上沒人，所以她保持沉默。因為這個，她恨自己。

「地板上是什麼？」她弟弟又說了一次。

「水。」珍奈特回答。

她知道，無論會不會引發警鈴，能夠闖入學校的學生並不多。她不確定這個闖入者是否在保全人員趕到之前就溜出去了，或者這個人根本不在乎。

這天早上珍奈特的第一堂課，是給九年級的一班代課。她看見查克的手上有墨水。他身上有點溶劑的味道。在走廊裡的一個置物櫃上，塗在上頭的「婊子」字眼已經沒有了，因為他花了一整夜洗刷。因為他知道被人們傷害是什麼滋味，那些人做這種事只是因為他們有能力傷害別人。因為他知道這個鎮上，強者對弱者做的是什麼事。

珍奈特沒有對查克提起。她知道這是他無聲的抗議。而她決定不告訴任何人昨晚是誰闖入學校，這也是她無聲的抗議。

安娜與父親走回家裡，他的手指依然笨拙地放在她肩上，可是她滑開了去。他看著她把來福槍收到櫃子裡。看見她的恨意。他會記得自己想著：「在這世上有些人是我不想當的，而其中我最不想當的，就是傷害她好朋友的那個人。」

42

孩子開始學打獵的時候，大人會教導他們，森林裡有兩種不同的動物：獵食者與獵物。獵食者的眼睛距離很近，正對前方，因為牠們只需要專注在自己的獵物上。但是牠們的獵物，兩眼距離很寬，分別在頭部的兩邊，因為牠們能活命的唯一機會就是看清楚後方的獵食者。

安娜跟瑪亞還小的時候，經常花上幾小時在鏡子前面，想要找出自己是哪一種。

大尾坐在辦公室裡，超市還沒有營業，但是辦公室已經都是人。這些男人在這裡集合，因為他們不想被人看見集合在冰館。他們緊張，而且多疑。他們說有記者到處打探。他們用了好幾次諸如「責任」之類的字眼，向大尾解釋他們「必須團結在一起，這樣事情就不會失去控制」。他們是贊助商，董事會成員，不過當然了，今天他們只是心懷關切的朋友、父親，還有市民。他們要的只是為這個鎮好。為了俱樂部。他們要的只是真相大白。一個擔憂的聲音說：「誰都知道……凱文怎麼可能需要做這種事？很明顯這是自願的，然後她改變了主意，如果我們能內部處理……」另一個聲音說：「不過當然了，我們得為雙方家庭考慮，我們一定會的，那個女孩一定很害怕。畢竟他們倆都還只是孩子。但是在情況失控之前，真相必須大白。」會議結束後，凱文的父親跟大尾站起來，走進城裡。他倆一家接一家敲門拜訪。

瑪亞很早就醒了。她獨自站在車庫裡，彈著吉他。她永遠也沒法解釋清楚，現在發生在她身上的這一切到底是什麼情況。本來她還是不堪摧殘而倒在浴室地板上，被母親緊擁著哭泣尖叫，現在卻是……現在她感覺到的這樣。不過昨夜發生了一件事。打破窗戶的石頭，地板上的碎玻璃。紅筆寫的「婊子」。到最後，這些都會對一個人產生影響。瑪亞還是很怕黑，即使只是走進沒有開燈的房間，她都覺得黑暗正在攫住她的衣服，可是今天早上她明白了一件事：想要不再害怕外在的黑暗，那麼就必須從內在找出更大的黑暗。在這個鎮上，她永遠也不會得到正義伸張，那麼就只有一個解決方法：要不凱文死，要不瑪亞死。

拉夢娜正在「喝」早餐的時候，這些人來了。凱文的父親，也就是厄道爾公司老闆，走了進來，神態就跟他平常走進任何地方一樣：好像這地方是他的似的。大尾腳步踉蹌跟在後頭，彷彿他的鞋子太大了不合腳。

「我關門了。」拉夢娜告訴他們。

大尾一笑，笑容和他父親一模一樣。拉夢娜這麼想。他就跟他爸一樣高一樣胖一樣蠢。

「我們只是要聊一會兒。」他說。

「非官方的。」厄道爾加了一句。

拉夢娜注意到他的兩隻眼睛長得距離很近。

蜜拉的辦公室裡都是箱子，到處都是紙，她的同事倒來一杯咖啡放在桌上，向她保證：

「蜜拉，我們會盡力而為。事務所裡每個人都會盡力而為。可是妳一定要有心理準備，像這樣的案子，一個人的證詞與另一個人的相反，妳知道最後都是如何收場的。」

蜜拉的雙眼充滿血絲，身上的衣服滿是皺摺，她從來沒有這樣過。

「我早就應該當一個真正的律師，我早就應該專精於這類案子。我早就應該……我浪費了整個人生在商業法之類的垃圾上頭，在我應該……」

她的同事在她對面坐下來。

「妳要聽我說真話嗎？」

「要。」

「蜜拉，妳可以把世界上最專精性騷擾侵犯案件的專家請來。但是也不能保證一定會有什麼不同。一個人的說詞與對方說詞相反，警方在事發一星期之後才獲知消息，沒有法醫證據，沒有證人。最有可能的是警方在幾天內就會直接結束偵查。」

憤怒的蜜拉從椅子猛然站起，好不容易克制住自己，才沒有把咖啡杯往牆上摔過去。

「我不會讓他們贏的！如果我在法庭上贏不了，我就會找出別的方法！」

「妳這是什麼意思？」同事擔心地問。

「我會調查他父親的公司，他們朋友的公司，我會把他們藏起來的鬼話都挖出來，每一個銀行帳戶，每一次退稅，我要讓他們失血。如果他們在十年前忘了給一枝筆付消費稅，我都會把他們拉下馬來！」

同事沒說話。蜜拉的聲音在辦公室裡迴響：

「我要攻擊他們愛的每一件事物每一個人，我要保護我的孩子們，妳聽到了？我要保護我的孩子！」

同事站了起來，聲音裡有一絲失望：

「戰爭就是這樣開始的。一方保護自己，另一方就益發保護他自己，於是我們互相發出威脅與恐懼。然後我們就開始向對方開火。」

就在這一句，那個咖啡杯摔上了牆。

「**天殺的她是我的孩子！**」

同事閉上眼睛。她們倆的距離太大。

「也許正是因為如此，妳該弄清楚復仇與正義的區別。」

安娜打開門。她父親帶狗去看獸醫了，現在房子裡沒人。瑪亞站在門外，雙臂緊緊環抱在胸前。她們倆實在不知道該哭，該大笑，該尖叫，還是該開玩笑，不知道哪個才最有可能讓她們存活下來。

「我想念妳讓人心煩的臉。」終於瑪亞輕輕說。

安娜微笑了。

「我想念妳可怕的音樂品味。」

瑪亞的下唇因為笑意而顫動。

「我不想要妳被捲進來。我只是想讓妳遠離這一切。」

安娜把雙手放在瑪亞肩上。

「我是妳的姊妹。我還能怎麼被捲進去？」

瑪亞看著她，直到眼角被淚水刺痛。

「我只是在努力保護妳。」

「我這輩子妳一直在努力保護我。想聽我說一句話嗎？在這件事情上頭妳真是太差勁了！反正我的腦子很明顯已經完完全全壞掉了，妳覺得妳的保護還有用嗎？」

她們兩人一起大笑起來。

「妳真是個傻蛋。」瑪亞吸吸鼻子說。

「可是沒人比得上我這麼愛妳，白癡！沒有人！」

「我知道。」

瑪亞的眼睛發亮，她問：

「我們可不可以去森林裡練射擊？我……」

她在說謊，她從來沒有對安娜說過謊：

「……我想暫時離開這一切。安娜，我需要……射擊可以放鬆。我覺得這樣應該可以幫我去掉一些……攻擊性。」

安娜看著她好一會兒。也許她知道瑪亞突然對槍支感興趣是為了某種原因，也許她不知道。無論如何，她是真正的朋友，所以她沒多問，就去拿了兩把來福槍來。

拉夢娜兩手按在吧檯上，一面打量這兩個男人。

「我這裡在做生意。」

「啥？」大尾不懂。

不過厄道爾冷靜地坐下，做了個容忍而自滿的微笑。

「她是要我們點個東西。可以，兩大杯威士忌，最好的。然後我們來談。」

她倒上酒，而厄道爾一點時間沒耽擱。

「妳知道我是誰。」

她鼻孔裡嗤地噴出一口氣，然後喝完自己的酒。厄道爾認為這代表「是的」。他舉起杯子就唇，在他嚐到味道的那一刻，差點把酒灑在吧檯上。

「什麼……這就是妳**最好的**威士忌？」

拉夢娜搖搖頭。

「這是我最差的威士忌。」

大尾面不改色喝完自己的酒。他看起來頗為滿意。不過他的味蕾跟他的嗓門音量控制一樣，早已不管用了。厄道爾嫌惡地推開自己的酒杯。

「這樣的話，請問我們可以來點妳最好的威士忌嗎？這玩意兒嚐起來好像用來洗漁船的。」

拉夢娜贊同地點點頭。拿出乾淨的杯子。從剛才同一個瓶子裡倒出酒來。厄道爾盯著她看。大尾忍不住微笑。

「熊皮只有這一種威士忌。」

瑪亞跟安娜往前走，直到森林將她們包圍。這裡已經很深入了，一旦出事，即使是安娜的父親也需要好幾天才能找到她們的遺體。她們站住，開槍，一發接著一發。安娜偶爾指點瑪亞的姿勢，調整她的肩膀與手肘，提醒她如何控制呼吸而非完全停止呼吸。安娜問：

「那麼……想想這個怎麼樣？要一輩子住在大熊鎮直到老年，還是搬到世界上任何一個地方可是一年後就死？」

瑪亞皺起眉當作回答，甚至皺起整張臉，像一條用過的餐巾。安娜聳聳肩。

「很蠢的問題是嗎？」

「非常蠢。」

「瑪亞，我們會離開這裡的。我不會讓我們被困在這裡。我們要搬去紐約，妳會拿到唱片合約，我會當妳的經紀人。」

瑪亞開始格格笑，她不敢相信自己身體裡還有這種笑聲留存，但總之它不斷往外冒。

「不對，不對不對，妳永遠都不會當我的經紀人。」

「什麼？我會是一個**非常棒**的經紀人！」安娜覺得自己被小看了，反駁著。

「妳會是糟糕的經紀人。很糟糕。妳甚至連自己的手機都管不好。」

「我當然可以！」

瑪亞揚起眉毛。

「那好，妳的手機呢？」

安娜開始慌慌張張全身到處摸。

「也許不是**現在**可以！可是……好嘛！那麼我當妳的造型師。相信我，妳會需要造型師的！」

「那麼我現在的造型有什麼問題嗎？」瑪亞很好奇。

安娜裝腔作勢地上下打量她。

「抱歉。妳付不起我的顧問費。等妳拿到唱片合約再聯絡。」
瑪亞放聲大笑。
「妳真是個瘋子。」
「不然我還可以當妳的營養師！我發現一種新的蔬果汁飲食法可以清潔整個內臟系統！原理就是這個狗屁東西……」
瑪亞摀住耳朵，轉身走進森林更深處。
「抱歉，現在收訊不佳……吡吡吡喀喀……喂？喂？」
她把手機放在耳邊，假裝在講電話。安娜斜了她一眼。
「那是我的手機嗎？妳在哪裡找到的？」
「我現在要開進隧道了！」瑪亞喊。
安娜跑過來抓她。她倆纏鬥一陣後又擁抱在一起，看著太陽高昇。瑪亞輕輕說：
「我可不可以在妳家過一夜？」
安娜不知道該說什麼。瑪亞從來沒在她家過夜，一次都沒有，一直都是她在瑪亞家過夜。但是她是真正的朋友，所以她說：
「其實妳連問都不用問的。」

拉夢娜喝完自己的酒。大尾喝完自己的。厄道爾瞇起眼。
「好吧。那就省省這些寒暄。妳知道我為什麼來這裡？」
拉夢娜看起來很好奇。

「不知道，不過我敢說你帶了一些黃金來。大尾帶了乳香。現在門外站了第三個智者，長褲裡裝滿了沒藥。我說的差不多吧？」

厄道爾的呼吸粗重起來，朝著整個酒吧甩出嫌惡的手勢。

「這個……酒吧……是大熊鎮冰球俱樂部最老的贊助商之一。雖然它贊助的錢明顯不多，不過我們都尊敬傳統。我相信妳已經收到通知，我們要舉行臨時會議……關於最近發生的事。」

大尾煩躁地咳了一下，加了一句：

「拉夢娜，我們只是想跟妳談談。贊助商，我們全體，覺得我們在會議裡必須團結起來，這很重要。為了俱樂部。」

「這什麼意思？」拉夢娜裝出順馴的語氣。

厄道爾受夠了。他站起來，告訴她：

「有些管理人員需要變動。要投票否決彼得．安德森，換更合適的人來。董事會與贊助商都同意了，可是我們尊重所有會員，希望由他們提議。我們來這裡就是來表達善意的。」

拉夢娜諷刺地微笑了。

「對對，你給我的印象就是做事永遠都是為了表達善意。我可以請教一下嗎，彼得做了什麼如此不適任的事？」

厄道爾從牙縫裡迸出回答。

「妳很清楚發生了什麼事。」

「不，我不清楚。而且我認為你也不清楚。這就是為什麼有警方偵查。」

「妳知道我的兒子被指控什麼。」厄道爾說。
「你這說法好像他是受害者。」拉夢娜指出這一點。
聽到這個，厄道爾終於失態了。大尾從來沒見過他這樣，嚇得把他跟拉夢娜的杯子都打翻了。厄道爾大喊：
「我的兒子就是受害者！妳該死的知道受這樣指控是什麼感覺嗎？妳知道嗎？」
拉夢娜紋風不動，答道：
「不知道。不過，我突然想起來，唯一比被控強暴更難受的事情是被強暴。」
「所以妳就要站在這裡假設那個該死的女孩說的都是真話？」厄道爾威脅地說。
「我打算站在這裡，給我自己一點思考的權利，不去假設如果她說謊，只是因為你兒子正好是打冰球的。而且她有名字，她叫瑪亞。」拉夢娜回答。
厄道爾大笑了起來，彷彿高人一等。
「所以妳跟某些人一樣，打算把這件事怪到冰球頭上？」
拉夢娜嚴肅地點頭。
「你打過冰球嗎？」
「我十二歲之後就不打了。」厄道爾回答。
「那麼你說得沒錯。那麼我的確就是怪罪冰球。因為如果它再多讓你打幾年的話，你也許就已經學會像一個男人一樣服輸。你也許就已經學到，你的兒子是會犯錯的，而且當他犯錯的時候，你應該像一個男人一樣站起來，負起責任。而不是跑到這裡來把一切都怪罪在十五歲的女孩跟她父親身上。」

厄道爾突然伸出手臂，把他的椅子掀飛出去。他也許不是故意的，不過他也並沒有把椅子扶起來。他呼吸粗重，眼睛死死盯著拉夢娜。他往吧檯上甩出一千元的鈔票，最後說了一句，充滿輕蔑與威脅：

「也許這個酒吧是妳的。可是這棟房子不是妳的。如果我是妳，就會好好考慮這件事。」

他甩門而去，震得窗戶搖撼。

安娜與瑪亞走進屋子裡，安娜拿出槍櫃的鑰匙，把剛才她倆用的來福槍收好。瑪亞記下了每一個細節，櫃子裡槍是怎麼放的，鑰匙放在哪裡。

「那是什麼？」她指著一把雙管獵槍，天真地問。

「那是獵槍。」安娜回答。

「會很難上膛嗎？」瑪亞很好奇。

安娜起先笑了，可是接著懷疑起來：

「妳為什麼問這個？」

瑪亞聳聳肩。

「妳是警察嗎？我只是好奇？它看起來很酷，我們能不能用它試試射擊？」

安娜一笑，推推她的肩頭。

「妳才是警察呢，妳這個瘋子！」

然後她拿來彈匣，示範給瑪亞看如何打開，裝彈，撥開保險栓，因為遇上這種她比瑪亞更拿手的事情，她總是很開心。她還安慰著說：「很簡單，連妳都會做。」瑪亞哈哈笑了。

「這個可以裝多少個彈匣？」她問。

「兩個。」安娜回答。

她再把槍打開來，取出彈匣，把彈匣放回原位，鎖上櫃子。她們離開地下室。瑪亞沒說話。

可是她只想著一件事：「我只需要一個彈匣。」

大尾還在熊皮酒吧，小心翼翼撿起酒杯，一個，然後另一個。

「拉夢娜，剛才那只是……討論。」他低聲說。

「你爸的臉都被你丟光了。」她回嘴。

「我只是試著……不要選邊。」

拉夢娜嗤之以鼻。

「那麼你做得還真糟。」

大尾轉過身，很不高興地把外套裹在身上，然後走了出去。幾分鐘之後他又回來了。站在吧檯前面的地上，像個不開心的小男孩，跟從前一樣，那時候他經常跟彼得一起來，甚至還不到扯著喝多的爸爸回家的十來歲年紀。

「羅比．赫斯現在還來嗎？」他低聲說。

「幾乎每天都來。自從他失業以來。」拉夢娜點點頭。

大尾點點頭。

「叫他打電話到超市找我的倉庫經理，我會關照讓他安排一次面談。」

拉夢娜點點頭。他們倆本來可以跟對方說更多。不過他們來自大熊鎮。

那天下午，凱文沿著大熊丘的慢跑步道跑步。他的棒球帽往下拉，戴著外套兜帽，越跑越快。他甚至穿著笨重的衣服，上頭沒有大熊標誌，所以沒人會認出他。當然了，其實這沒有必要，因為大熊丘的每個人都去冰館開會投票了。但是凱文依然覺得自己被躲在森林裡的什麼監視著。這絕對只是想像。他只是多疑了。他這樣告訴自己。

太陽已經落下。瑪亞站在森林裡發抖，可是樹木掩護了她，黑暗依然使她恐慌，可是她決心要讓黑暗變成她的朋友。她的同盟。她站在那裡，觀察凱文在點了燈的家裡走動，他看不見她，可是她看得見他，這突然讓她有了一種權力感。令她興奮又刺激。

他出門跑步的時候，她在計時。一圈需時三分二十四秒。再一圈：三分二十二秒。再一圈。再一圈。再來，再來，再來。

她寫下這些時間。她舉起雙臂，彷彿握著一把隱形的來福槍。一面想著自己應該站在哪裡。

他們兩人之中有一個會死。她還沒決定是哪一個。

43

打鬥並不難。難的是開始與結束。一旦動手，接下來多少就是本能反應了。關於暴力，複雜的是有膽子打出第一拳，還有，在你贏了之後，克制自己不要打出最後一拳。

彼得的車還停在冰館前面。沒有人縱火，不過他懷疑有一兩個人動過這個念頭。他扒開車窗，上了車，沒有啟動車子。

那些好的冰球教練是他一直以來最羨慕的人。好教練有能力站在群體前面，而且讓每個人都跟他走。他沒有這種領袖魅力。他曾經當過隊長，不過他是以自己的冰球表現來領導，而非語言。他沒法對人解釋冰球，他只是正好擅長冰球。在音樂上稱為「完美的音高」，在運動方面有時候叫做「身體智商」。你看見別人做某個動作，而你馬上知道該怎麼做一樣。溜冰，擊出冰球，拉小提琴。有些人練習了一輩子仍沒有學會，而有些人就是……知道該怎麼做。

他表現得夠好，所以不必學打架。這就是他的救贖。他並沒有哲學上的立足點，必須以道理說服自己不要去相信暴力。他天性裡就是沒有這個。他缺乏這種本能。

李歐開始學冰球的時候，教練習慣一直大呼小叫。彼得找教練談話，教練說：

「這些小壞蛋必須嚇一嚇才會聽話！」

彼得沒說話。可是開車回家的路上，他轉過來對李歐說：

「李歐，我小時候，如果我不小心把牛奶灑出來，我爸會打我。可是這並沒有讓我學會不灑出東西。這只讓我害怕牛奶。你要記住這一點。」

停車場終於停滿了車。人們從四面八方抵達。其中有些人看到了彼得，但假裝沒看到。他等他們都進入了冰館。等到會議開始。他考慮要不要發動車子回家，把他的家人與物品打包，一路開出這裡，走得越遠越好。可是他還是下了車，穿過停車場，打開冰館那扇沉重的門，走了進去。

打鬥並不難。難的是知道什麼時候該出手。

安卡琳坐在最靠後的幾排，在野豬旁邊。彷彿整個鎮上的人都聚集在冰館的食堂裡了。座位都坐滿了，但依然不斷有人湧入，靠牆站著。董事會坐在最前面的小講台上。第一排是贊助商與青少年隊的家長。那排中央是凱文的父母。安卡琳看著那些她認識了一輩子的人上前與凱文的母親談話，好像在葬禮致意似的，好像他們為了她所遭受的不公正致以慰問。

野豬發現安卡琳在看什麼，於是握緊了她的手。

「阿琳，我們不能介入。這裡一半的人都是我們的顧客。」

「這不是投票大會，這是一群私刑暴徒。」安卡琳低聲說。

「得等到我們真的知道事情真相，我們還不知道全部，阿琳。我們還不知道全部。」她丈夫回答。

她明白他是對的。所以她等。他們等。每個人都在等。

大尾刻意站在停車場中央，而非躲在暗處或者什麼樹後頭。很明顯的，他最不願意的，就是顯得很有威脅性。

當那輛車門上貼著當地報紙標誌的小車開進停車場，他開心地招招手。車裡頭是一名記者還有一名攝影師，他以手勢請他們打開車窗。

「哈囉，哈囉！我想我們沒見過？我是大尾——超市老闆！」

記者伸出手來跟他握手。

「哈囉，我們正要去參加那個會……」

大尾往前靠過來，用力撓撓自己的鬍碴。

「對了，會議，是吧？我正好要跟你們談談。就是……非官方的，妳懂我的意思。」

記者歪了一下頭。

「不懂。」

大尾清清喉嚨。

「哎，妳知道是怎麼回事。有時候記者出現，大家就有點緊張。最近發生的事對整個鎮來說都有點不愉快，妳也看得出來。所以我們想確定妳的報導……呃……妳來這裡不是為了尋找一些並不存在的問題。」

記者不知道該怎麼回應，但是這個大塊頭俯在她車窗上說這些話，讓她很不自在。當然大尾只是微笑，祝她好，然後走開了。

記者與攝影師等了幾分鐘，然後下車跟著他。他們打開冰館大門，順著走廊往前的時候，兩個男人從暗處走了出來。大約二十五到三十歲，黑夾克，兩手插在口袋裡。

「這個會議只准會員參加。」其中一個說。

「我們是記者……」那位記者說。

對方擋住他們。這兩個男人比攝影師高了一個頭，比記者高了兩個頭。他們沒再說話，一個往前踏出一步，停了下來，委婉地展示了運用暴力的傾向。冰館裡照明不佳，他們站的這個地方很安靜，沒有別人。

攝影師拉住記者的夾克袖子。她看到他的臉慘白。記者並不是本地人，她與這份報紙的合約只是短期的，但是攝影師住在大熊鎮，他的家人在這裡。他把她拉出去，兩個人開車走了。

法蒂瑪坐在廚房裡。她聽見門鈴，可是阿麥堅持要自己去開門。似乎他已經知道是誰會來。門外頭是兩個高大的男孩。法蒂瑪聽不見他們說什麼，可是看見其中一個用食指抵住阿麥的胸膛。她的兒子關上門之後，拒絕告訴她這是怎麼回事。只說：「跟球隊有關。」然後回到自己房間。

波波跟在威廉後面，攻擊行為讓他不自在，他不明白這麼做有什麼好，但是也不知道該怎麼提出反對。

「阿麥是我們的一分子，是吧，你為什麼要那麼生氣？」在來的路上他問道。

「現在他必須證明這一點。」威廉厲聲回答。

阿麥打開門的時候，威廉用手指戳著他的胸前，命令他：

「在俱樂部有會員大會。整個球隊都要站在外頭表示支持凱文。你也要來。」

「我盡量。」阿麥低聲說。

「你不是盡量，你是要做！我們團結在一起！」威廉鄭重申明。

波波跟威廉離開以前，試著對阿麥做眼色，但是阿麥沒看他。

這個會議的過程就跟所有會議一樣。一開始遲疑，然後很快失去控制。俱樂部領隊清清喉嚨要大家肅靜，無力地試圖讓焦慮冷靜下來。

「首先，我要說清楚，只有董事會能夠解雇運動總監。會員不能單方面解除俱樂部員工的職務，俱樂部規章不是這樣規定的。」

一個男人從椅子上呼地站起來，舉起食指說：

「可是會員可以罷免整個董事會，而且你要搞清楚，如果你拒絕了全鎮的意願，我們就會這麼幹！」

「這是民主組織，我們之間不能威脅彼此。」領隊嚴厲地回答。

「威脅？這是誰在威脅誰？是誰的孩子被警察從隊車上揪下來？」那個男人咆哮。

一個女人站起來，兩手交握在身前。她同情地看著董事們：

「我們不是在獵巫，我們只是在保護自己的孩子。我的女兒也參加了凱文的派對，結果警察找她去做『證人筆錄』。看在老天爺的分上，這些孩子從一出生就認識了，現在突然要他們作證指控對方？這世界到底怎麼了？」

然後一個男人站起來。

「我們並不是要指控任何人。可是我們都知道……會發生什麼事……這個年輕女人想加入那個團體。也許她想要引人注意。我的意思就是：凱文為什麼要做這種事？我們了解他。他不是這種孩子。根本不是。」

又一個男人並沒有站起來，直接坐著開腔了：

「每個人都看得出來，她就是尋求大家注意罷了。在這些年輕人周圍有一種迷妹心理，這很正常。我的意思不是說她是故意的，不過這件事一定是跟心理有關，她是個青少年，老天在上，我們都知道他們的賀爾蒙會有什麼作用。不過要是她喝醉了然後進了一個男孩的房間，那麼她就是在讓他非常為難，對不對？非常為難。讓一個小伙子判斷這種情況實在是太他媽難了！」

梅根站起來，朝著她周圍的人哀傷地眨眼。

「我自己也是女人。所以我非常重視『強暴』這個字眼。非常，非常重視！這就是為什麼我認為我們必須教導我們的孩子，不能拿這種事說謊。而且我們都知道她在說謊，這個年輕女人。現在證據都是一面倒的對這個男孩有利，而且他沒有一絲理由去犯他被控的這個罪名。我們不希望傷害這個年輕女人，我們對她的家人沒有惡意，但是如果我們在這件事上不站穩立場，這會造成什麼影響？以後所有女孩一旦單戀，就可以大呼『強暴』？我自己是女人，所以我很重視這件事。因為這裡每個人都知道這個年輕女人的父親是在玩弄政治手段。很顯然他無法承受事實，在這個俱樂部裡居然有比他更強的明星……」

彼得站在門口。過了一會兒，才有一個人發現他，然後很快每個人都轉過來。一片眼睛化成的海洋，他認識他們一輩子了。童年夥伴，學校同學，青少年時期暗戀的人，同事，鄰居，他的孩子玩伴的父母。在後面，靠著牆，有二十來個穿著黑夾克的年輕人，他們光是站在那裡就有恫嚇感。他們沒說話，可是每個人眼睛都盯著彼得。彼得感覺到他們的恨意，但是他仍然站在那裡，倔強地，挺直背脊，看著梅根。

「請繼續，別為我暫停。」他說。

整個房間安靜得能夠聽見他心碎的聲音。

記者與攝影師將會在回到辦公室之後跟總編輯談這件事，記者會希望總編輯再命令他們回到會議上去。可是他只是會模糊不清地說些「我不確定這真的是『威脅』……他們只是緊張……我們得諒解這一點……也許我們不應該……你知道……」，攝影師會輕輕咳一聲，說：「尋找一些並不存在的問題？」總編輯將會點點頭，然後說：「沒錯……沒錯！」

這個記者什麼也不會說，她太年輕，太顧慮自己的工作，可是她將會記得他們眼中的恐懼。而且在之後很久的一段日子裡，她將會發現自己很難忘記，當初在半準決賽之後的訪問裡，凱文．厄道爾對她說的話。那是每一個運動員都知道，當隊友做錯事的時候會說的話。

假裝的驚訝，僵硬的身體語言，突兀的反應。「什麼？沒有，我根本沒看到。」

這一次法蒂瑪沒有敲兒子房間的門。之前她一定都會敲門。阿麥坐在床上，手裡拿著那張名片。她果斷地說：

「男孩子可以向母親隱瞞自己的祕密。但是如果像你現在這樣隱瞞不了，那就不可以。」

「沒事。媽，妳不用……不用擔心。」他回答。
「你父親在的話就會——」她又開口，可是被他打斷。
之前他從來不曾如此。
「不要告訴我如果父親在的話會怎麼做。他不在這裡！」
她把雙手放在腿上。他呼吸急促。他要把名片遞給她，可是她不接。
「這是一份工作。」他終於說，語氣介於男孩的絕望，與年輕男人的怒氣之間。
「我有工作。」
「一份更好的工作。」他說。
他的母親驚訝得揚起眉毛。
「哦？那裡是不是有一個室內冰場，我可以每天看到自己的兒子在練習？」
他的肩膀垮下去。
「不是。」
「那麼對我來說就不是一份更好的工作。我有工作。你別擔心我。」
他的眼裡閃著淚光。
「媽，那麼該誰來替妳想？誰？妳看看周圍！妳每次回到家可是不能再照顧任何人的時候，誰來照顧我們？」
「我啊，就像我一直以來做的。」她向他承諾。
他一直把名片往她手裡塞，可是她不收。他大喊：
「媽，**如果在這世上孤零零一個人，妳就什麼也不是！**」

她沒回答。只是坐在他旁邊，直到他開始哭泣。他哭著說：

「媽，這太難了。妳不懂……妳不明白有多麼……我沒有辦法……」

法蒂瑪把手從他的手上移開。站起來。往後退。然後她堅定地說：

「我不知道你知道了什麼。但不管那是什麼，顯然現在外頭有人非常害怕你揭露出來。我心愛的兒子，現在讓我告訴你：我不需要任何人。我不需要男人每天早上用大車接我去冰館，我不需要男人給我一個我不想要的工作。我不需要男人付我的帳單，我不需要男人來告訴我該想什麼感覺什麼相信什麼。我只需要一個人：我的兒子。而且你不是孤零零一個人。你從來都不是一個人。你只是需要選擇你的夥伴。」

她讓他自己待著，關上了門，沒拿那張名片。

梅根還站著，她太自傲，不肯認輸。她轉向董事們，提出要求：

「我認為我們應該記名投票。」

會議開始到現在，俱樂部領隊第一次開口說話：

「我有責任指出來，根據規章，這裡每個人的權利是能夠要求匿名投票……」

他終於知道梅根真正想要的是什麼，可是已經太晚了。她刻意轉過身來面對大家，問道：

「我明白了。這裡有人不打算贊成我們的提議嗎？有誰不能直視我們的眼睛，說出自己的想法？請務必站起來，說自己想要匿名投票！」

沒人動。彼得轉身離開。他可以留下來為自己辯護，但是他選擇了不要。

阿麥戴上耳機。穿過他住的這片公寓，然後是其他人住的鎮上。走過他整個童年，他的一生。將來一直會有人不明白他的決定。會有人說他軟弱或者不誠實或者背叛。可能那些人都過著安穩的生活，周圍的人都跟他們有一樣的看法，只聽得進能夠強化他們既定世界觀的意見。對他們而言，要指責他很容易。要是你不用一直回應別人的挑戰，在道德上教訓別人總是很容易的。

他走到冰館跟隊友會合。雖然他在還沒學會說話之前就逃離了家鄉的戰爭，但是他一直是一個難民。只有冰球讓他覺得自己屬於一個團體，讓他覺得自己正常，有拿手的技能。

威廉用力一拍他的後背，阿麥直視他的眼睛。

拉夢娜站在走廊裡，等著彼得。她倚著一根手杖，身上飄出威士忌酒味。這是他十年以來第一次在熊皮酒吧五步以外的地方看見她。她朝他低聲咕囔。

「最後他們會感到羞愧的。總有一天他們會想起來，當一個女孩的證詞指控一個男孩的時候，他們盲目相信他。然後他們會感到羞愧。」

彼得輕拍她的肩膀。

「沒有人要求……沒有人……拉夢娜，妳不用看在我家人的面子上被牽扯進來。」他輕輕說。

「小子，如果你要來告訴我什麼能做什麼不能做，你也給我滾開。」

他點點頭，親吻她的臉頰，然後走了。他走到自己的車子旁邊，她已經用手杖頂開了食堂的門。一個穿著西裝的董事，正在鬆開領結半戲謔半認真地說：

「話說這到底怎麼會發生的？沒有人這麼問問自己嗎？你們看過現在的年輕女人穿的牛仔褲嗎？跟鰻魚皮一樣緊！她們自己幾乎都脫不下來，所以年輕男孩子能得手嗎，如果不是她們自己願意的話？嗯？」

他為自己的機智幽默哈哈大笑，有幾個人也跟進，不過門砰然推開的聲音讓全場安靜下來，每個人都回過頭。拉蘿娜站在那裡，醉醺醺的，怒火熊熊，用手杖指著他說：

「是嗎，小鬼萊納得？你在想的就是這件事？我們來打個賭——要不要用你一年的薪資——我不用這裡的混蛋幫忙，就可以不顧你的意願把你身上那一整套西裝扒下來？」

她憑著酒醉的怒氣把手杖往一張椅子上一甩，椅子上那個無辜的人驚叫一聲，抓住自己的胸口。拉蘿娜舉起手杖朝著他們所有人揮舞。

「這不是我的鎮。你們不是我的鎮。你們應該為自己的言行感到羞愧。」

一個男人站起來大吼：

「妳他媽的閉上嘴，拉蘿娜！妳根本不了解這件事！」

靠著牆的那些黑夾克男人沉默地從暗處踏出來，其中一個，幾個大步就穿過房間，停在那個人面前，說：

「你再叫她閉嘴，我就會讓你閉嘴，永遠。」

阿麥站在冰館外頭，直視隊友們的眼睛。然後他深吸一口氣，轉過身去，開始走。他的第一步遲疑，第二步比較有自信。他聽見威廉開始在後面喊叫，但是他繼續往前走進冰館，也不在乎門沒關上。他走過冰場，上樓梯，走進食堂，從一排排椅子當中擠過去，停在董事會前面，一個接一個，直視那些男人與女人的眼睛。從那個姓厄道爾的男人開始，並且盯著最久。

「我的名字是阿麥。我看見了凱文對瑪亞做的事。當時我喝了酒，我是愛她，我現在就直截了當告訴你們，如此一來當我從這裡走出去之後，你們這些撒謊的混蛋就不用在我背後說閒話。凱文．厄道爾強暴了瑪亞．安德森。明天我會去警察局，他們會說我是不可靠的證人。但是現在我要告訴你們每一件事，我親眼目睹凱文做的每一件事。而且你們永遠不會忘記它。你們知道我的視力比在座任何一位都好。這就是你們在大熊鎮冰球俱樂部學會的第一件事，不是嗎？『看東西的能力是沒法教的。這是天生的。』」

於是他告訴他們。每一個細節。凱文房間裡的每一件物品。牆上的海報，架子上那些獎盃的擺放位置，地板上的刮痕，床單的顏色，那個男孩手上的血，女孩臉上的驚恐，被摀住的尖叫，沉重手掌下艱難的呼吸，暴力，這件事令人無法理解的、醜惡的、不可原諒的本質。他告訴他們每一件事。而且這個房間裡的每一個人永遠不會忘記它。

他說完，就離開了這群人。他沒甩門，沒噔噔走下樓梯，一路上也沒對任何人吼叫。他一走到停車場，威廉就衝上來。

「你做了什麼？到底怎麼回事？你這個該死的蠢蛋到底做了什麼?!?!?!」

把他們倆分開的手只有威廉的手一半大小，甚至比阿麥的還小，但是這雙手把他們倆分在兩旁，彷彿手裡有無盡的力量。

「夠了！」安卡琳對威廉大吼。

波波站在幾公尺之外，看著自己的母親的瞪視把一個比她還高兩倍的年輕人比下去。他從沒覺得自己這麼蠢過，卻也從沒如此驕傲過。

在食堂裡，菲利浦的母親站起來，等到喧鬧聲安靜下來。她拍了拍因為緊張而汗濕的手掌，看著董事會說：

「任何人都能要求不記名投票嗎？」

俱樂部領隊點點頭。

「匿名投票，當然可以。根據規定，只要有一個人要求就夠了。」

「那我要求匿名投票。」菲利浦的母親說完便坐了下來。

她身邊的死黨滿臉惱羞成怒，用手推她：

「妳在幹嘛？妳到底在幹——」

菲利浦的媽媽說了四個好友之間偶爾必須說的字：

「閉嘴，梅根。」

阿麥走出門，一眼都沒看他的隊友，反正他不用看也知道他們在想什麼。他戴上耳機，往冰館裡瞥了最後一眼，看見冰面在螢光燈管的照射之下閃閃發亮。他知道自己已經選擇了輸家那一邊，他永遠打不贏這場比賽的。也許他根本就沒機會再打球。如果當時有人問他這樣值不值得，他只會輕輕說：「我不知道。」有時候人生不讓你選擇自己要打的仗，而是你的戰友。

他走回鎮中心，地上還有積雪，但是空氣聞起來有春天的味道。他向來討厭一年的這個時節，因為這表示冰上曲棍球球季要結束了。幾乎快到家門時，他轉往隔壁的樓梯間，走上三樓按下門鈴。

查克開門的時候手上還抓著電玩搖桿。他們盯著對方，直到阿麥鞋底的雪化成水。他用力呼吸，聽見脈搏在耳裡咚咚作響。

「生日快樂。」

查克往後退了一步，讓阿麥進門。阿麥將外套掛在自從他身高搆得著之後，每次都固定用的那個掛鉤。查克繼續坐在臥房床上打電玩，阿麥在他身邊坐了半個小時，然後查克站起身從架子上拿來另一套搖桿，放在朋友的膝蓋上。

他們不發一語地打著電玩。因為他們從來不需要對對方多說什麼。

此時，在冰館裡的會議上，俱樂部的董事們正在投票決定運動總監的未來。其實，也是他們這座小鎮的未來，他們自己的未來，每個人的未來。

拉夢娜坐在角落裡一個黑衣人的身邊。他的脖子上有大熊圖案刺青，正緊張地用手指轉著車鑰匙。拉夢娜拍拍他的臉頰。

「你其實不用威脅他閉嘴，我還應付得來，可是謝了。」

男人勉強笑了笑。他的指關節滿是疤痕，一條手臂上有刀刺的傷痕，但是她從不因此讚賞或評斷他。他和其他穿黑夾克的男人們在熊皮酒吧裡長大。當其他人和他們保持距離時，拉夢娜總是站在他們身邊，就算有時候她不贊同，卻仍然護著他們，她給他們撐腰的同時也不吝於對他們破口大罵。他們都愛她。但是他還是得說：

「我不確定有辦法讓這些人的投票結果如妳所願。」

她點頭，抓抓他的短髮。

「我剛剛觀察了阿麥的眼神，我信任他。而且我會用行動證明。你要怎麼行動是你的事，就跟以前一樣。」

男人點頭。他吞口水的時候，脖子上的大熊刺青也跟著上下移動。

「我不知道我們該插手管這件事。熊迷和俱樂部的利益優先。」

拉夢娜慢吞吞地站起身，但就在她走向前去投票之前，她拍拍男人的膝蓋問：

「誰的俱樂部？」

男人坐在原地看著她走遠，車鑰匙仍然在指尖轉，紳寶標誌在手掌間出現之後又消失。然後他的眼神越過食堂，看著一個坐在最前排的男人。他在大熊窪裡看過他，和阿麥在一起。

他是凱文．厄道爾的父親。穿黑夾克的男人將手放進口袋裡，那幾張他從雪地裡撿起來，皺巴巴的千元大鈔還在裡面。

他還沒決定如何處理那五張鈔票。

44

父母對孩子的愛是很奇特的。我們對於其他人的愛，都始於一個起點，但對孩子卻不是。我們對孩子的愛從來都在，甚至在孩子還沒出現之前就已經愛著他們。無論你的準備多充分，所有的爸爸和媽媽都會在第一時間受到衝擊，情緒的波濤會淹沒他們，把他們撞個措手不及。這種情緒令人難以理解，因為沒有任何感情能拿來相比較。就像試著對一個畢生住在黑暗中的人解釋腳趾間的沙子，或是舌頭上的雪花。你能被衝擊得神魂顛倒。

大衛將手放在女朋友的肚子上，深愛一個他素未謀面的人，醒悟到自己的人生正被一股從未存在過的愛改變。他的母親總是說，每個孩子的誕生都像一場換心手術。他現在了解了。

他的女朋友用手指輕撫著他的後頸。他今天整晚都在講電話，想知道會議的結果。結果是他得到自從開始帶小聯盟以來一直夢想得到的職位。

「我不知道該怎麼做。」

「你得相信自己的心。」他的女朋友說。

「我是一個冰球教練，這就是我想做的。其他的都是政治，跟運動無關。」

他的女朋友親吻他的手。

「那就當個教練吧。」

瑪亞按下安娜家的門鈴。她隻字未提慢跑跑道上的凱文，也沒提到其他任何事。就在不久之前，她想都沒想過在安娜面前保持祕密，現在卻是自然而然。這是種非常糟糕的感覺。她們一起回到瑪亞家。彼得、蜜拉和李歐都坐在廚房裡。他們在等電話鈴聲響起，等某個人告訴他們會議的最後決定。但是電話遲遲沒響。所以他們只有一件事可做：瑪亞拿吉他，彼得拿鼓棒，安娜央求他們讓她負責主唱。她的歌聲很嚇人，相較之下，瑪亞一家人反而覺得等待這件事也沒那麼糟了。

在小鎮的另一頭通往湖的方向，一座冰館裡的冰球俱樂部會員們，剛剛才結束會議。投票結束了，票數也已經算完。每個人都在思考著投票結果。

一群穿著黑夾克的男人夾在與會群眾之中，有些帶著家人，其他則獨來獨往。男男女女走進停車場裡，每個人都在講話，但沒人講重點。在這個長夜裡，小鎮的房舍中燈光一盞一盞熄滅，但是沒人睡得著。

在大家都離開之後，俱樂部領隊仍然在食堂裡坐了很久，大尾獨自站在黑暗的看台上。這個俱樂部是他們的生命，他們沒人知道此時俱樂部究竟屬於誰。

阿麥坐在查克的床上，手機震動了一下。只是簡訊，兩個字組成的簡訊。是瑪亞傳來的。

「謝謝。」

阿麥用三個字回答。

事。

「對不起。」

第一封簡訊是回應他做的事，第二封簡訊是回應他花了這麼久的時間才鼓起勇氣做那件

凱文的父母率先離開會議。他的父親和幾個人握了手，交換簡短的幾句話。他的母親什麼也沒說。他們分頭坐進兩部車裡，往不同方向駛去。

蘇納回到家，餵小狗吃飯。手機響起，他有點吃驚，但卻又並非完全出乎意料之外。是小鎮的冰球俱樂部領隊打來的。蘇納講完電話之後，決定熬夜等著，估計很快就會有人來拜訪他。

凱文的母親停下車，熄了火之後又考慮直接再度啟動。她關掉頭燈，卻沒下一步行動。她的身體已經沒有力氣，她覺得全身發熱，手指幾乎抓不住方向盤。她的內心已經燒成灰燼，身體只是一個軀殼，她會永遠記得這個感覺。

她下了車，走進一片住宅區，找到那戶獨棟住宅，按下門鈴。從那戶人家再往下走，就是大熊窪。

小狗在敲門聲響起之前便已經聽見有人來訪。蘇納打開門，試著叫小狗走開，但是他的聲音已經掩飾不住這座屋子裡誰才是真正的主人。

「冰球球員和小狗有什麼不同嗎？」大衛在門外苦笑。

「球員好歹偶爾還做你叫他們做的事。」蘇納咕噥。

兩個男人彼此對望。很久以前，他們曾經是老師和學生。很久以前，他們彼此之間的愛密不可分。時代變了，因為冰球也在變。

「我繞過來，好讓你直接聽到我……」大衛開口。

「你得到甲組隊的工作了。」蘇納點頭。

「領隊打給你了？」

「對。」

「不是因為你的關係，蘇納，可是我是冰球教練，這就是我們的工作。」

班吉打了石膏的腳已經不再是打了石膏的腳，而是一條木腿。他的一隻眼睛上戴了黑色的眼罩，房間成了海盜船，他的兩個外甥女是敵人。他們用冰球棍擊劍，小女孩在他用單腳跳著追逐她們時尖聲大叫。她們把毯子從床上拉下來丟在他頭上，害他一個站立不穩，拉倒整座五斗櫃。蓋比站在門邊抱著雙臂，臉上擺出招牌老媽表情。

「完蛋了……」其中一個孩子說。

「都是班吉舅舅一個人的錯，我們只錯一點點！」另一個馬上宣告。

「喂！妳們怎麼可以出賣隊友！」班吉大叫，並試著從床單下爬出來。

蓋比嚴肅地指著他們：

「妳們只有五分鐘把這裡整理好。然後就去洗手出來吃晚飯。阿嬤已經快做好飯了。你也一樣，老弟！」

班吉在床單下咒罵著，孩子們幫忙他脫困。蓋比遁進洗手間，免得被他們發現自己抑止不住的笑意。今晚，這座小鎮最需要的就是笑聲。

蘇納深吸一口氣，將氧氣送進厚實的身體深處。他看著大衛：

「你真的那麼討厭彼得？如果他待下來的話，你連跟他在同一個俱樂部裡都不願意？」

大衛深感挫折地嘆氣：

「這跟彼得沒關係。我只是不能接受他的價值觀。這是冰球，我們得把俱樂部的利益放在自己的利益之前。」

「所以你以為彼得不該這樣做？」

「我看見他了，蘇納。警察從遊覽車上把凱文帶走的時候，我看見他在停車場裡。他特地開車去那裡，因為他想親眼看到事情發生。那叫做報復。」

「如果你是他，難道不會這樣做？」

大衛抬起雙眼，搖搖頭。

「如果我是他，手裡大概會拿把槍。可是這不是我想說的。」

「那你想說什麼？」蘇納好奇。

「我想說的是，冰球唯有在不受外界影響的情況之下，才能正常運作。如果我們可以不讓各種狗屁倒灶的事情摻雜在冰球裡，如果彼得一家能夠等到決賽之後才向警方舉發凱文，他還是會受到**完全一樣**的法律裁決。警方、起訴、判決、所有的事情，什麼都不會改變，只不過晚了一天。」

「可是凱文能夠參加決賽，也許少年隊就會贏。」蘇納代他說完，但顯然並不同意這個結論。

大衛不為所動：

「這就是司法，蘇納。所以社會才需要法律。彼得應該等到決賽之後，因為凱文做的事跟冰球、跟俱樂部一點關係都沒有，可是彼得選擇自己做出個人懲罰，害了整支球隊和俱樂部，甚至整個鎮。」

老人吸氣時，發出咻咻的聲音。他也許老了，但眼神還年輕有力。

「大衛，你還記不記得，就在你進入甲組隊之後，我們有一個球員在連續兩個球季裡得到三次腦震盪？每個人都知道如果再來一次腦震盪，他就得永遠停賽。那一次，我們的對手裡有一個大個子後衛，他也知道這件事。所以在第一次換防守線之後，他就故意阻擊我們這位球員的頭。」

「我還記得。」大衛說。

「那你記得自己怎麼對付對方那個球員嗎？」

「我撂倒了他。」

「沒錯，我們的人又一次腦震盪，沒辦法再打球了。可是裁判沒罰對方的後衛，所以你揍了他。因為有時候裁判判斷錯誤，有時候，破壞規矩和為了提升士氣而犯規之間有些微的差別。那一回，你不也認為自己有權利在冰場上執行你的判決？」

「這是兩回事。」大衛回話的語氣充滿自信，實際上心裡卻有些猶豫。

蘇納思考良久，伸手拍拍小狗，又抓了一下自己的眉毛。

「大衛，你相不相信凱文的確強暴了瑪亞？」

大衛花了很長的時間思索答案。自從警方把凱文帶走的那一秒起，他無時無刻不在問自己這個問題。他試著從不同的角度來看整件事，最後決定保持理智，做自己該做的。於是他說：

「這件事不是我說了算，是法庭該做的決定。我只是一個冰球教練。」

蘇納看起來頗為失望。

「我可以尊重你，大衛，但是我沒辦法尊重你這個態度。」

「而我不能尊重彼得的優越感，只因為是他的女兒，他就以為自己有權決定球隊、俱樂部，還有這個小鎮的未來。讓我告訴你一件事，蘇納：如果凱文被控強暴的是另一個女孩，而不是彼得的女兒，你認為彼得會鼓勵那個女孩的家人在決賽前一天報警嗎？」

蘇納的頭靠在門框上。

「那我反過來問你吧，大衛：如果被舉發的人不是凱文呢？如果是隊裡其他球員？如果是大熊窪來的球員，你還會是跟現在一樣的想法嗎？」

「我不知道。」大衛說實話。

蘇納不再說什麼。因為這已經是他能得到的最誠實的回答了，到最後仍然必須承認我們其實一無所知。他往旁邊一站，讓出通往客廳的走道。

「要喝點咖啡嗎？」

安德森家的門鈴響起，過了好一會兒才有人應門。蜜拉和李歐正在廚房裡玩撲克牌，電吉他和鼓聲正在車庫迴盪。門鈴又響了一次。終於，有人按下門把，彼得站在玄關裡，滿身大汗，手裡拿著兩根鼓棒。俱樂部領隊站在門外。

「我有壞消息，也有好消息。」

大衛和蘇納坐在餐桌的兩端。大衛從沒來過蘇納的家，他們兩人在冰館裡朝夕相見十五年了，這卻是首度其中一人拜訪另一人的家。

「所以，你當上甲組球隊教練了。」蘇納寬容地說。

「只不過不是我想要的那一個。」大衛按捺住失望。

蘇納替彼此倒咖啡。會議開完之後，蘇納便等著俱樂部領隊打電話來，告訴他自己已經聘請大衛擔任甲組球隊教練——然而，他一直以為打來的會是大熊鎮的冰球俱樂部領隊。

「要牛奶嗎？」蘇納問。

「不用，黑咖啡就好。」海德鎮的新任甲組球隊教練回答。

俱樂部領隊清清喉嚨，蜜拉也出現在玄關裡，李歐和瑪亞站在後方稍微遠一點的地方，弟弟握著姊姊的手。

「會員都投票了。他們不想開除你。」領隊說。

這兩句話並沒提振士氣，甚至連一個笑容都沒激起。彼得抹去眉頭的汗。

「這是什麼意思？」

領隊的兩隻手掌心朝上一翻，慢慢地聳了聳肩。

「大衛辭職了。海德鎮請他去當甲組教練，所有最好的少年組球員都會跟他一起走。威廉、菲利浦、班吉、波波……他們不是為了俱樂部打球，彼得，從來都不是。他們是為大衛打球，他到哪他們就跟到哪。沒有他們，我們就不用再想打造甲組隊了。今天晚上幾乎所有的贊助商都打電話給我，取消他們的贊助。」

「我們可以告他們。」蜜拉大為不滿，但是領隊搖搖頭。

「去年他們願意拿錢出來，是認為少年隊可以被訓練成一支很好的甲組隊。現在撇開『很好』不說，我們甚至連球員的薪水都付不起。我也不知道明年到底組不組得成球隊。議會不會投資的，他們不願意把冰球學院設在這裡，因為有了那件……醜聞。」

彼得點頭表示理解。

「厄道爾家呢？」

「當然，凱文的爸爸把錢抽回去了，轉投到海德鎮。他想把我們打垮，那是一定的。如果凱文上庭之後沒因為……這些事情被定罪，那麼……他也會替海德鎮打球。我們最好的球員都會跟他走。」

彼得靠在牆上，哀傷地笑了。

「所以，有好消息，也有壞消息。」

「好消息是你還是運動總監。壞消息是我不知道明年還會不會有俱樂部讓你指揮。」

他轉身要走，卻改變主意，轉過頭說：

「我得說一聲對不起。」

彼得從鼻孔釋出一口大氣，慢慢搖頭：

「你不用跟我說對不起，這——」

「我不是跟你說對不起。」領隊打斷彼得的話。

他的視線越過彼得，穿過玄關，直直望進瑪亞眼裡。

大衛用雙手捧著咖啡杯，視線朝下望著餐桌面。

「也許我聽起來像個情緒化的老女人，可是蘇納，我要你知道我很感激你為我做的一切。

每一件你教我的事。」

蘇納撓撓小狗，眼睛盯著牠的毛皮。

「我不該對你那麼嚴苛的。很多時候，我太驕傲了。我不願意承認自己已經跟不上這項運動。」

大衛喝了口咖啡，看向窗外。

「我要當爸爸了。我……說真的，在這個情況下聽起來很蠢，可是我想要你第一個知道。」

剛開始，蘇納一個字都說不出來。接著，他站起身，打開櫃子，拿著一瓶酒走回來。

「我想我們得給咖啡加點料。」

他們用咖啡乾杯。大衛爆出幾秒短促的笑聲，隨即又陷入靜默。

「我不知道當冰球教練會讓人成為更好的爸爸，還是更壞的爸爸。」他說。

「這個嗎，我想當爸爸會讓你成為更好的教練。」蘇納回答。

大衛喝掉咖啡，放下手裡的空杯。

「我沒辦法待在一個運動和政治牽扯不清的俱樂部裡，是你教我的。」
蘇納再度倒滿大衛的杯子。
「大衛，我雖然沒孩子，可是你想聽聽我的教養建議嗎？」
「想。」
「『我錯了』是最好的三個字。」
大衛無力地笑笑，喝下一大口酒。
「我可以了解你為什麼總是站在彼得那一邊，他向來是你最好的學生。」
「第二好的。」蘇納糾正他。
他們沒看對方，兩個人的眼裡晶瑩地閃著。蘇納冷不防大聲說：
「那可是彼得的女兒，大衛，是他的女兒。他只是想要一份公平正義。」
大衛搖頭。
「才不是，他要的不是公平正義，他只想贏。他要凱文的家人比他受更多苦。那不叫公平正義，那叫報復。」
蘇納又幫兩人倒滿酒，他們輕輕乾杯，大口喝掉酒。蘇納說：
「等你的孩子滿十五歲的時候來找我，也許到時候你會有不同的想法。」
大衛站起身，兩人用力但簡短地擁抱了一下之後便互道再見。明天，他們將會前往不同的冰館，一座在海德鎮，一座在大熊鎮。下一個球季，他們將會是彼此的對手。
艾德莉站在母親家的廚房裡。卡娣亞和蓋比正在爭執餐桌擺設，該用哪個碗，該點哪根蠟燭。當班吉走進廚房時，他的母親親吻他的臉頰說自己愛他，他是她生命裡的光，然後換個口氣罵他跌傷了腳，下回乾脆連脖子一起摔斷算了，反正他根本不用腦袋。

門鈴響起。門外的女人為自己這麼晚來打擾致歉。她的皮膚看起來太寬鬆了，底下的骨架子勉強拖著她移動。她花了十分鐘的時間向班吉母親解釋自己不需要留下來吃晚飯，但是班吉的母親仍然拍拍艾德莉的頭命令：「再去拿一個盤子」，艾德莉推推蓋比，悄悄說「拿一個盤子」，然後蓋比踢了卡娣亞一腳咕噥「盤子！」。卡娣亞轉向班吉，卻在看到他的表情之後便打住了。

凱文的母親站在玄關裡看著班吉，勉強用虛弱的聲音說出自己的要求，聽起來不像她自己的聲音，倒像是錄音機：

「對不起，我想跟班傑明講幾句話。」

凱文站在自家的後院裡，射出一球一球又一球。砰——砰——砰——砰——砰。他的父親坐在屋裡，面前是一瓶新開的威士忌。今天晚上的結果並不盡如他們的意，但是畢竟他們並沒輸。明天他們的律師將會著手準備抗辯資料，說明為何一個愛著那位年輕婦女的酒醉年輕人不該被當作有效證人。然後，凱文會開始替海德鎮打球，把球隊和幾乎所有的贊助商全帶走，他們對人生的計畫將完全不受影響。不久的將來，周遭的人會假裝什麼事也沒發生過。因為這個家庭永遠不會輸，他們不承認自己會輸。砰——砰——砰——砰——砰。

班吉坐在屋外的長板凳上，凱文的母親坐在他旁邊，仰頭看天上的星星。

「我還記得你們每年夏天划著船去的那個小島，你和凱文。」她說。

班吉沒回應，但是他也想著那個小島。他們兩個還小的時候，發現了那座小島。小島並不在冰館後面那座大湖裡。每年夏天，鎮民都會到大湖裡游泳，湖上根本沒有一塊清靜的地方。凱文和班吉得穿越森林，走上好幾個小時的路到另一座小湖邊。那裡沒有碼頭，也沒有人，湖中央是一小塊岩石和樹木組成的小島。從湖邊望去，頂多就像一堆上面長了野草的小石塊。兩個小男孩將船一路拖過森林，划到島上清理出一塊足可搭帳篷的空地。從此之後那就是他們的祕密基地。頭一個夏天，他們只在那裡過了一夜，第二年夏天，過了幾天。等他們進入青春期時，延長到幾個星期。只要冰球一准許他們休息，他們就會在島上待到下個訓練季節開始。他們就像一股輕煙一般，從鎮上消失。在湖裡裸泳完之後，倒在岩石上曬乾身體，接著捕魚當晚餐，夜晚睡在星空下。

班吉現在也正在看著同一片星空，凱文的母親認真地望著他。

「你知道嗎，班傑明，鎮上許多人都以為在你父親過世之後，是凱文的家人幫忙照看你。我認為這個想法很怪。因為事實上正好相反。凱文在你母親廚房裡待的時間，比你在我們家還多。我知道每次我們出門之後，你都會故意弄亂房子，假裝凱文在家過夜，可是……」

「可是妳知道？」班吉點頭。

她微笑起來。

「我也知道你故意踢亂我的地毯流蘇。」

「對不起。」

她看著自己的手，深深呼吸。

「你們小的時候，兩個人的球衣都是你母親洗的，她還做飯給你們兩個吃，大孩子們在學校裡欺負你們的時候，都是——」

「我姊姊們出頭料理他們。」

「你有三個好姊姊。」

「三個神經病姊姊。」

「這是福分，班傑明。」

他慢慢眨眼，將受傷的腳用力抵在地上，好讓肉體的疼痛勝過另一種疼痛。凱文的母親咬著嘴唇。

「班傑明，有些事，做母親的很難承認。我注意到你沒去警察局，也注意到你沒來我們家，沒去今天晚上的會。我……」

她極其快速地用食指和拇指按著眼睛，用力地吞嚥之後輕輕說：

「打從你和凱文還是小孩子起，每次只要惹了麻煩，老師和其他家長們都會說是你起的頭，怪罪你『沒有男性做榜樣』。我從來都無話可說，因為那是我這輩子聽過最愚蠢的說法。」

班吉驚訝地瞥了她一眼。她睜開眼睛，伸出手輕柔地撫摸班吉的臉頰。

「那支冰球隊……那支該死的冰球隊……我知道你們相親相愛，忠於彼此。有時候我甚至不曉得這究竟是福氣還是詛咒。我記得你們兩個在九歲的時候做了彈弓，凱文打破了鄰居的窗戶，你記得嗎？結果被罵的是你。因為當其他孩子一哄而散之後，只有你留下來，因為你知道必須有人扛這個責任。與其讓凱文被罵，你寧願自己背黑鍋。」

班吉抹了抹眼睛。她的手仍然放在他的臉頰上，她輕拍他，笑著說：

「你也許不是個天使，班傑明，這一點我很清楚。可是老天有眼，你可不缺什麼男性榜樣。你之所以有這些優點，全歸功於生長在女性主導的家庭環境裡。」

她挪近了一點，男孩的身子顫抖著，她用力摟緊他說：

「班傑明，我的兒子向來沒辦法對你說謊，對吧？凱文有辦法對全世界的人撒謊，包括他爸爸，和我。可是從來不會……騙你。」

他們坐在那裡，她的膀子環繞著他，他們生命中的一分鐘過去了。然後凱文的母親站起身離去。

班吉試著點燃一枝香菸，但是他的手抖得無法握緊打火機，眼淚滴熄了火花。

凱文的父親仍然坐在廚房裡。威士忌已經打開，卻沒倒出來。砰——砰——砰——砰——砰。母親回到家，看了她的丈夫一眼，又站在客廳裡端詳一張牆上的照片。那是一張掛歪的全家福，相框被打壞了，玻璃碎了一地。凱文的父親有一隻手正在流血。母親什麼也沒說，默默掃乾淨碎玻璃，倒進垃圾桶。然後她走進後院。砰——砰——砰——砰——砰。凱文撿回球碟時，他的母親抓住他的手臂。手勁並不大，動作裡也沒有怒氣，但卻足以令他轉過身。她看著他的眼睛，他垂下雙眼，她用手捏著他的下巴強迫他抬頭看著自己。直到她看見真相。

這個家庭從來不會輸。但是他們心知肚明。

安德森一家坐在廚房裡。一家五口，包括安娜。他們正在玩一種孩子氣的撲克牌遊戲。沒人領先，因為他們正努力讓別人贏。門鈴又響了，彼得前去應門。他靜靜站在玄關裡，凝視來人。蜜拉跟過來，在看到對方之後也停下了腳步。然後是瑪亞。

時間拖延太久，已經不可能採集到任何可信的證據了。她應該拍照存證，她不應該洗澡，她應該馬上報案。他們告訴她，現在一切都太遲了。但是女孩脖子和手腕上的瘀青仍然清晰可見，每個人都看得見。那隻強迫她屈服、壓制住她、不讓她尖叫的手留下的痕跡。

凱文的母親站在屋外。掩蓋在她的衣服下，是一隻備受打擊的小生物。她顫抖的雙腿勉強掙扎著，最後終於軟倒。她在女孩面前跪倒在地，伸出手像是要觸碰對方，但雙臂卻抖得無法伸直。瑪亞空洞地站在原地良久，只是看著。接著，她閉上眼，停止呼吸，皮膚沒有任何感覺，眼淚逕自落下來，彷彿不是從她身體裡流出來的。然後，她小心翼翼地伸出手指，像是要轉動一根鑰匙，輕撫著正跪在自己腿邊，痛哭失聲的女人頭髮。

「對不起……」凱文的母親小聲說。

「不是妳的錯。」瑪亞回答。

兩人之中，一個往下墜落，另一個開始往上爬。

45

砰——砰——砰。

團隊運動裡，沒有幾個詞會比「忠誠」更難解釋。忠誠一直以來被賦予正面意義，因為很多人都說，許多最棒的事之所以會發生，都始於一個人對另一個人的忠誠。問題就是，許多最糟的事也始於同一個原因。

砰。砰。砰。

阿麥站在查克房間的窗前，看見他們領頭幾個從建築物之間走來。他們的頭上蓋著兜帽，臉藏在圍巾後面。查克在洗手間裡，阿麥大可以叫他一起出去，或是在這裡躲一個晚上。可是他知道那些戴著兜帽的傢伙要找的是他，後頭還有更多人。他們為彼此出頭，這就是團隊的基礎，況且他們此時的恨意已經無關於凱文做或沒做，而是阿麥出賣了他們的團隊。他們是一支軍隊，軍隊需要的是敵人。

阿麥悄悄走到玄關裡，穿上夾克。他不會讓查克為了自己被痛揍一頓，他也不願冒險引這些人闖進母親家裡找人。

當查克從洗手間出來時，他的朋友已經走了。因為忠誠。

砰。砰。

那群年輕人從樹林裡出現時，安卡琳正站在修車間旁的住家窗戶前面。威廉領頭，後頭跟著八九個人。她認得其中幾個是少年隊球員，其他幾個是他們更為高壯的哥哥們。他們全都穿戴著連帽上衣和深色圍巾，這些人已經不是球隊或幫派，而是一夥惡少。

波波走到雪地裡和他們碰頭。安卡琳站在窗邊看著自己的兒子低著頭站在威廉身旁，威廉的手放在波波肩上，解釋他的戰略，下達指令。波波這一輩子只求一件事：被允許加入某個團體。他的母親看著兒子試著向威廉解釋，但是威廉已經完全聽不進任何道理。他對波波大吼，用力推搡他，拿食指戳波波的額頭。即使隔著窗戶，安卡琳都能讀出威廉的嘴唇說了「叛徒」兩個字。那群年輕人將兜帽拉到頭上，用圍巾遮住臉孔，消失在樹林間。安卡琳的兒子獨自被留在原地，直到他改變心意。

波波進修車間時，野豬正彎著身子查看一具引擎。波波的父親半直起身，父子倆彼此用眼角對望了一眼。做父親的彎下腰繼續檢查引擎，不發一語。波波抓起他的連帽上衣和圍巾。

砰。

菲利浦正在和父母吃晚餐，他們並沒多做交談。菲利浦是隊上最好的後衛，有一天，他會有更高的成就。他小的時候，體格發展進度總是無助地在同齡男孩後面追趕著，每個人都等著他放棄打球，但是他唯一沒放棄的是戰鬥。身為球隊裡最弱小的一個，他學會看懂場上的一舉一動，總是在對的時刻站在對的位置上。而今他已經是最強的球員之一了，同時也是最忠誠的。穿上連帽上衣和圍巾，他將代表一股不可忽視的力量。

這家海德鎮的餐廳並不怎麼好，但是他母親堅持今晚全家一開完會就來此晚餐。他們一直待到餐廳打烊。如此一來，當那些男孩——只要他們開口，菲利浦便無法拒絕的男孩們——按下他們家的門鈴時，菲利浦就會像在冰球場上那樣，在對的時刻站在對的位置上：不在家。

砰。

阿麥在冷風中發抖，卻故意站在路燈下。他要他們遠遠地就看見他，如此才不會波及無辜。他永遠也沒辦法解釋自己哪來的勇氣，也許當你擔驚受怕夠久之後，就會厭倦了擔驚受怕。

他不知道究竟有多少人從建築物之間走來，但是他們看起來極為凶狠，他知道在自己有機會出拳之前，他們就會撲上來了。他的心臟幾乎要從胸口跳出來，不確定對方究竟只是要嚇嚇他，要給他一個警告，或是打算讓他永遠沒辦法再打球。他們其中一個人手上拿著東西，也許是一根球棒。此時他們已經走過離他最近的那盞路燈，他看見一根金屬水管在其中一隻手裡閃閃發光。阿麥用前臂擋住第一個拳頭，但是第二個拳頭瞄準的是他的後腦，金屬管子砸中他的大腿時，一陣刺痛沿著他的脊椎往上竄。他揮動雙臂，又打又咬，勉強在人群裡找出生路，但是這不是打架，這是一場攻擊。他倒在雪地裡時，已經開始流血。

砰。

波波最在行的就是打架。如果你成長的環境對了，這就是個值得鼓勵的優點。除了體格強健、耐摔耐打之外，和平常慢吞吞的態度相較，他的反應簡直快得驚人。不過，他向來不苗條，身子太重，不能跑遠路，因此他辛苦地跟在其他蒙面人之後，小心不讓自己跑得脫力。他知道自己只有幾秒鐘的時間讓他們認清他是誰，他有多忠誠，多勇敢，多無私。

他們看到阿麥時，腳步慢了下來。那個十五歲的男孩獨自站著，等他們。

「算他帶種，沒逃走躲起來。」威廉低聲說。

第一個拳頭落下時，阿麥用前臂護住自己，之後的經過他就看不清楚了。波波利用那幾秒從後面走上前，用盡全身的力量掄了威廉一拳，打掉了他的圍巾，整個人飛出去撞到牆上。波波又用手肘頂了另一個男孩的鼻子一記，鼻血直噴，他們兩個從還不太會溜冰時就一起打球。

就在那幾秒之中，他讓隊友見識到他究竟是誰，一個叛徒。阿麥倒在地上，波波像一頭野獸一樣戰鬥，用頭槌、用膝蓋頂、掄起拳頭就像掄一根棍子。最後，他終究因為抵不過對方的人海攻勢，和堆疊在一起的體重而倒了下來。黑暗中，威廉跨坐在他的胸口上，拳頭如雨一般落下，口中大叫：「你這個娘們！娘們！他媽的滿口謊言膽小的叛徒娘們！」

砰。

二十公尺之外，一部車在建築物之間停了下來。某個人顯然不想介入，卻又將大燈打開，照亮整個鬥毆現場。威廉耳中只聽見一人叫道：「有人來了！我們快走！快走！」接著，他們便逃之夭夭。有幾個咒罵著，有幾個跛著腳，但最終全部都消失在夜色裡。

阿麥像個胚胎似地蜷著身體，在地上躺了好久，不敢相信他們竟然不踹他了。慢慢地，慢慢地，他逐一活動四肢，檢查是否有哪裡斷了。他略微轉頭，腦袋正痛得發脹，視線模糊，但是他看見他的隊友也躺在身旁的雪地裡。

「波波？」

大個子男孩的臉上傷痕累累，就跟他的指關節一樣。至少他們的對手之中有人沒辦法自己逃走，想必其他人得助他們一臂之力。當波波張開嘴時，血從原本應該有門牙的位置冒出來。

「你還行吧？」波波問。

「行……」阿麥哀哼一聲。

波波咧嘴一笑。

「再來？」

阿麥疼得鼻子噴氣，費了好大的勁才咬牙說出：

「再來！」

「再來！」波波大叫。

他們臉上帶著笑爬起來坐著，一邊喘氣一邊發抖。

「為什麼？你為什麼要幫我？」阿麥輕聲問。

波波朝地上啐了口紅色的唾液。

「反正……海德鎮的甲組隊裡也沒我的位子。可是下個球季大熊鎮可能會糟到連我都擠得進去。」

阿麥笑了起來，但是他不該大笑的，因為就在那個時候，他意識到自己可能斷了幾根肋骨。他痛得大叫，要不是波波的下巴疼得要命，可能會笑得更大聲。

砰。砰。砰。

那部停在遠處的紳寶熄掉了車頭燈。車裡有兩個穿黑夾克的男人，他們遲疑了一會兒。在大熊鎮要知道誰才值得信任，並不是件容易的事。可是穿黑夾克的男人在熊皮酒吧裡長大，在那裡忠誠度比什麼都重要。而且他們是一群凶狠的男人，擅長恐嚇別人，所以欣賞一個明知即將得到一頓好打卻不逃跑的人。因此，他們最後決定下車，沿著路燈走過來。阿麥瞇著被打腫的眼皮看著俯下身的兩個黑衣人。

「剛才在車裡的就是你們？」他擠出一句話。

黑衣男人以幾乎無法察覺的幅度點了一下頭。阿麥試著坐直身子。

「你們救了我們兩個的命，真是……」

其中一個男人湊過臉孔，聲音粗啞：

「別謝我們，謝拉夢娜。搞什麼鬼，我們根本不知道能不能信任你。可是你原本可以在會議裡閉上狗嘴的，只要說出凱文做的事，你就得他媽的付出很大的代價。拉夢娜仔細觀察了你的眼神，她相信你，而我們相信她。」

他遞給阿麥一個信封的同時，另一個男人凝視著阿麥，不知是否在開玩笑：

「將來你的冰球最好打得像大家希望的那麼好。」

當紳寶發動引擎，載著兩個男人消失在夜色中之後，阿麥低頭看著信封裡的東西，那是五張皺巴巴的千元大鈔。

在大熊鎮，要曉得誰可以信任很難，開著紳寶遠去的男人和其他人一樣清楚這一點。於是他選擇相信自己的眼睛：他看見凱文的父親到大熊窪給阿麥夠付一個月房租的錢，但是這男孩把錢丟在雪地裡。他看見同樣一個男孩在會議中挺身面對整個鎮，即使會不惜失去一切，他也毫不猶豫。

今晚，他又看見這個男孩，明知自己會被狙擊卻不逃跑，反而站在明處等候。

穿黑夾克的男人不曉得這些夠不夠證明阿麥值得相信，但是他在世上唯一信任的人是拉夢娜，這輩子只嘗試對她撒過一次謊。當年他還是十幾歲的孩子，拉夢娜問他是否在撞球檯上看到客人忘記的皮夾，他說「沒看見」，她馬上識破。當他問拉夢娜怎麼識破的，她用掃把柄敲打他的頭，大吼：「笨小子，我他媽的是酒吧老闆！你以為說謊的男人我還看得不夠多嗎？」

也許有一天，黑衣男人也會思索：為什麼他只考慮凱文和阿麥究竟哪一個人說了實話。為什麼瑪亞說的話分量還是不夠？

砰。砰。砰。

在海德鎮的練習室裡，一個男孩放下手上的樂器，為敲門的人開門。班吉站在門外，倚在枴杖上，手裡拿著一雙冰刀鞋，貝斯手爆出大笑。他們走到海德鎮冰館後面的小冰場裡，班吉雖然拄著枴杖，平衡感還比穿著冰刀的貝斯手來得好。他們在冰上第一次親吻對方。

砰。

兩個女孩走在伸手不見五指的森林裡。她們在林間空地上打開手電筒，用她們的祕密手勢握手，發誓對彼此永遠忠誠。然後她們各舉起一把獵槍，向湖對岸不斷射擊，一發接一發。

砰。

在大熊鎮的冰館裡，一位父親站在冰場中央，低頭凝視冰面下的大熊圖案。當他還是幼童的時候，曾在第一堂滑冰課裡被這頭熊嚇得魂飛天外。

如今，這頭熊有時還是令他膽寒。

此時這頭熊很冷靜。彼得撿起冰球，再度舉高球棍。

砰——砰——砰。

46

另一個早晨來臨，就跟往常一樣。時光移動的速度沒變，但是感知的速度變了。一天可以感覺起來像一生，或一個心跳，端看你跟誰度過這一天。

野豬站在他的修車間裡，在一塊布上擦抹手上的油汙，撓了撓落腮鬍。波波坐在椅子上，手裡拿著扳手，瞪著兩隻眼睛發呆，臉上滿是疤痕和瘀青。他們明天要帶波波去看牙醫，他曾經因為打球把牙給打缺了角，但是這次不同。他父親拉過一張凳子，呼吸侷促起來。

「講出心裡的感覺，對我不是件容易的事。」他對著地板說。

「沒關係。」兒子小聲回答。

「我一直試著用別的方法表示我……我愛你，還有你的弟弟妹妹。」

「我們知道，爸。」

野豬輕咳一聲，大鬍子下的嘴唇輕輕開闔：

「你和我，我們兩個得多談談。自從凱文這件事之後……我應該早點跟你談的，有關……女孩子。你已經十七歲了，幾乎算是個大人，又壯得不得了，所以得負擔更大的責任。你得……守規矩。」

波波點頭。

「我沒有，爸……女孩子……我從來沒——」

野豬阻斷波波的話。

「不光是不能傷害別人，而且不能亂說話。我表現得太懦弱了，我應該站出來的。可是你……老天，兒子……」

他輕輕拍著兒子的瘀青，不想說出來自己很驕傲，因為安卡琳不准他為了兒子打架而驕傲，就好像自豪這件事是可以說禁止就禁止的。

「凱文做的那種事，爸，我從來沒……」波波小聲說。

「我相信你。」

兒子的聲音因為不好意思而變得嘶啞了起來。

「你沒聽懂……跟女孩子，我是說，我從來沒，你知道嘛……」

波波的父親尷尬地揉著太陽穴。

「我不太會猜謎，波波。可是……你是說……」

「我還是處男。」

他的父親搓揉著大鬍子，表情像是寧願被鑿子砸頭也不願繼續進行這段對話。

「好，可是你知道，那個……蜜蜂和鳥那些狗屁比喻吧……你知道是怎麼回事？」

「我看過色情片，如果你指的是那個。」波波睜大眼，一頭霧水。

他的父親極為克制地咳了一下。

「我需要……好吧，我根本不知道該從哪裡講起。跟你講引擎的原理反而簡單多了……」

波波的大手拿起扳手往大腿上一拍，他的肩膀就快跟父親的一樣寬了，但是在他問問題的時候，聲音還是很幼稚：

「好吧……我這樣講會不會很沒種：如果你……如果你想先結婚？我是說，我想要那件事很特別，那個第一次……我想先愛上一個人，我不想要只是……上床。這樣會讓我聽起來很沒種嗎？」

波波父親的笑聲猛然在修車間裡迴盪起來，吃了一驚的波波一鬆手，扳手掉在地上。這個修車間裡並不常充斥著笑聲。

「不會，兒子，不會啊，老天爺。你別緊張，原來你要我知道的是這件事？這件事不會決定你是哪種人，這是你的私生活，沒人管得著。」

波波又點頭。

「那我可不可以再問一件事？」

「問吧……」

「你怎麼知道自己的雞雞長得好不好看？」

他的父親聽完，呼吸馬上變得十分困難，胸口的起伏幅度媲美暴風雨中的波浪。他閉上眼，用力揉太陽穴：

「如果要跟你談這個話題，我得先來一點威士忌。」

安卡琳躲在修車間的門後聽得一清二楚。這父子倆從沒讓她如此驕傲過，這對傻蛋父子。

法蒂瑪和兒子坐著公車穿越森林往海德鎮前進。在他寫證人筆錄時，她坐在隔壁的小房間裡。她從沒如此害怕過，為了她自己和兒子。警察問他當時是否喝醉了，房間裡暗不暗，聞起來有沒有大麻味，他對案子裡那位年輕婦女是否有特別的感情。他對每一個細節都毫不遲疑，回答得乾脆又清晰，眼神坦蕩。

幾個小時之後，凱文也來到同一個房間。他們問他是否堅持同一份證詞，那位年輕婦女是否完全出於自願地和他發生性行為。凱文先看看他的律師，又瞥了父親一眼，然後直視右邊那位警察點點頭，發誓自己的證詞句句屬實。

身為女孩，她們一輩子被告誡要盡力做到最好，只要她們盡了力就夠了。當她們成為母親，她們也向自己的女兒保證這是真理，只要我們盡力做，當個誠實、努力工作的人，照顧自己的家庭，彼此關愛，一切就會很順利。所有的事都會很好，沒什麼好怕的。孩子們需要聽到這些謊言，才敢安心在床上入睡；父母需要聽到這些謊言，第二天早晨才有勇氣起床面對世界。

蜜拉坐在辦公室裡，盯著走進來的同事。她的同事手裡拿著手機，一個在海德鎮警察局的朋友剛剛打電話給她，她的臉因為哀傷和憤怒而變得通紅。她激動到沒辦法開口告訴蜜拉，於是將內容寫在一張紙上。蜜拉用力從同事手裡搶過紙條，在看到紙條內容的同時跌坐在地，同事剛好伸手拉了她一把，兩個人一起憤恨地大吼。紙上只有兩個句子，十個字：「初期調查結束，證據不足。」

我們花一生的時間保護所愛之人，但是這樣還不夠。我們保護不了。蜜拉跌跌撞撞地跑上車，用最快的速度衝進森林裡。她粗暴地甩上車門，力道強到連金屬門板都為之變形。大雪封住了樹林間的所有聲響。

她站在樹林間痛哭哀號，回音將永遠在她的心口迴盪。

午飯時刻，凱文的母親將垃圾拿出屋外，周遭一片死寂，屋門緊閉。沒人邀請她進屋喝杯咖啡。今天律師寄給她一封電子郵件，裡面只有兩個句子，十個字，她的兒子是無辜的。

但是街道一片死寂，因為它知道真相，和她一樣。她從來沒覺得如此孤獨過。

一個輕柔的聲音傳來，一隻帶著深刻同情心的手放在她肩上。

「來家裡喝杯咖啡吧。」梅根說。

凱文的母親溫暖又舒適地坐在鄰居家的廚房裡，牆上的全家福照片微微歪斜，卻似乎沒人介意。梅根說道：

「凱文是無辜的。這個假聖人小鎮也許以為可以自己執行法律，可是凱文是無辜的！這下子警察也說了，不是嗎？妳和我都知道他從來沒做那件事。永遠不會！我們的凱文才不會！這個該死的小鎮……一群假道學分子，愛講什麼仁義道德。我們會控制海德鎮的俱樂部，我們兩個的先生、還有其他的贊助商、球隊的球員們，我們會打垮大熊鎮冰球俱樂部。既然這個鎮想跟我們作對，我們就更該團結起來，對不對？」

凱文的母親點頭表示同意，喝了口咖啡。她的腦中不斷重複一個想法：「孤單一人，妳在這個世界上就什麼也不是。」

那天下午，班吉又往海德鎮去。就在他快到貝斯手的練習室時，接到一封簡訊。他盯著手機螢幕，直到螢幕上汗水斑斑。他叫卡娣亞掉頭。她本想問為什麼，但在看到他的表情之後知道問了也無濟於事。他在森林邊上下了車，拿起枴杖，直直走進森林裡。沒人看到簡訊內容，就算看見了也不會了解，因為簡訊只有一個字：「島？」

貝斯手坐在練習室裡的凳子上。他手裡沒有樂器，只有一雙冰刀鞋。好幾個小時過去，他還在等著那個永遠不會出現的人。

夏天還要幾個月才來臨，可是湖水已經從冬眠裡醒來緩緩流動，湖面的冰層裂痕一天比一天多。如果你站在湖岸看，平靜的景物仍然由一片深淺不一的白色調組成，但是間雜交錯著充滿生機的綠色。新的一年之後，又一個新的季節即將來到，

日子將繼續，人們也會淡忘。有時候是因為他們記不得，有時候是因為他們不想記得。

凱文坐在一塊岩石上，遙望他和班吉的小島，那座曾經是祕密基地的小島，只有在那座小島上，他們兩個彼此之間才曾經毫無祕密。凱文失去了他的俱樂部，但卻沒失去他的球隊。接下來的一年，他將會為海德鎮冰球俱樂部打球，被選進國家冰球聯盟，職業俱樂部將會認為警方的調查只是「場外的小問題」。他們會問一兩個問題，但早就知道這是怎麼回事，很正常的。總是有一些想吸引注意力的女孩子們，你得讓法庭和警方去處理這種事，跟運動本身根本無關。凱文會得到他想要的一切，除了一件事。

母親到家的時候，瑪亞正等在屋前的台階上。她的母親手上還緊抓著同事給她的紙條，已

經被揉成紙球，就像拔掉安全插銷的手榴彈。母親和女兒額頭抵著額頭，什麼也沒說，反正她們耳裡已經聽不見任何聲音。她們心裡的尖叫聲早已震耳欲聾。

雪地裡，班吉用斷腳一路穿過森林。他知道這就是凱文想要的，他想證明自己還擁有班吉，班吉仍然對他一片忠誠，一切都會跟從前一模一樣。當班吉從林邊出現，盯著他最好的朋友，他們兩人知道一切確實會跟從前一樣。凱文笑著擁抱班吉。

母親的雙手捧住女兒的臉頰，她們替彼此拭淚。

「我們還有別的法子，我們可以要求重新訪談。我聯絡了專門處理性侵案件的律師，我們可以付錢請他飛過來，還可以——」蜜拉絮絮叨叨地說著，但瑪亞輕輕打斷她：

「媽，我們該住手了，妳也別再繼續，我們不會贏的。」

蜜拉的聲音顫抖：

「我不會任那個混帳贏，我不……」

「我們還得過日子，媽，拜託妳。別讓他毀了我的家人，毀了我們的人生。我永遠不會假裝沒事，媽，我永遠沒辦法接受這件事，也會一輩子怕黑……可是我們得試著重新開始。我不想一輩子用打仗的心態過日子。」

「我不希望妳以為我……以為我們不能……以為我放過他了……我是律師，瑪亞，這就是我該做的！我的工作是保護妳！替妳報仇，是我的工作……是我的……該死的工作……」

瑪亞的呼吸斷斷續續，但是觸摸母親太陽穴的手仍然平穩：

「沒人比得上妳這個好媽媽。誰都比不上。」
「我們可以搬家，心肝寶貝，我們可以——」
「不要。」
「為什麼不要？」母親啜泣著。
「因為這個鎮他媽的也屬於我。」女兒回答。
她們摟著彼此坐在台階上。戰鬥並不難，但是有時候又可以是全世界最難的一件事，端看你的自我建設夠不夠強。

瑪亞走進洗手間，看著鏡中的自己。她很驚訝自己竟然能假裝如此堅強，這陣子竟然能對這些人守住這麼多祕密。對安娜、對母親、對所有的人。她腦中的苦惱和害怕令人無法思考，但是當她想到自己的祕密時，便冷靜了下來：「一顆子彈。我只需要一顆子彈就行。」

彼得回到家，和蜜拉坐在餐桌旁。他們不知道在這次事件之後，是否還能重新振作。他們的心臟必須如何再一次找回將血液打往全身的力量，他們將永遠因為不得不住手而懷抱罪惡感。怎麼有人能在經歷這樣的失敗後還繼續活下去？誰還有辦法在夜晚入睡，白天依然照常起床開始新的一天？

瑪亞走進廚房站在父親身旁，雙臂環住他的脖頸。她的父親低泣：
「我讓妳失望了。我是妳爸爸……又是俱樂部的運動總監……不管從哪個角度來看……我都讓妳失望了，就像每個……」
女兒抱住父親的胳臂更緊了一些。當她還小的時候，他們會以告訴對方自己的祕密來代替床邊故事。她的父親會在她的耳邊承認「是我吃掉最後一塊餅乾」，而做女兒的會回答「是我把遙控器藏起來」。這個習慣持續了好幾年。此時她湊近他的耳邊說：
「爸，你想知道一個祕密嗎？」
「想，小南瓜。」
「我也愛冰球。」
淚珠從他的臉頰上滾落，他承認：
「我也是，小南瓜，我也是。」
「爸，替我做一件事好嗎？」
「什麼事都行。」
「打造更好的俱樂部。留下來，讓這個運動變得更好。為了所有的人。」
他向她保證。她進到自己的房間，回來時手上拿著兩個包裹，放在父母面前。然後她去找安娜，兩個女孩各拿一把獵槍走進森林深處，直到沒人聽得見她們。她們為了不同的原因扣下扳機，一個因為憤恨，另一個為了練習。
班吉始終覺得在不同的人面前，他展現出的是不同的自己，他知道凱文也有不同的面貌。冰面上的凱文、學校裡的凱文、兩人獨處時的凱文。除此之外，還有在島上，班吉面前的凱文。
他們兩人坐在岩石上，看著遠方的小島。他們的小島。凱文清清喉嚨：

「我們會在海德鎮完成所有我們想在大熊鎮完成的事。甲組隊、國家隊、國家冰球聯盟……一切都還在我們手裡！所以這個小鎮可以去死！」凱文臉上帶著唯有在班吉面前才會顯露出來的半自信笑容。

班吉將斷腳放在雪地裡，輕輕往下踩，感受到那股肉體上的疼痛。

「你是說一切都還在你的手裡。」他糾正凱文。

「你在說什麼鬼東西？」凱文訝然。

「你會得到你想要的，你總是能得到你想要的。」

凱文瞪大雙眼，唇邊失去笑意。

「你的意思是？」

班吉轉過身，他們的臉孔僅僅相距一公尺。

「你永遠騙不過我，別忘了這一點。」

凱文的視線往下垂，眼神硬了起來。他凶狠地用食指指住班吉。

「條子已經結案了，他們訊問過所有的人，結案了。所以根本就沒什麼見鬼的強暴！你別想再提這件事，因為你根本就不在場！」

班吉緩緩點頭。

「是沒錯。而且我也根本不應該來這裡。」

他站起身，凱文倏地變了臉色，憎恨轉為恐懼，威脅轉為懇求。

「別這樣，班吉……別走！我……對不起，行了嗎？對不起！我他媽的對不起你！你要我說什麼？說我需要你？我需要你，你懂嗎？我需要你！」

他站起來，向班吉伸出雙臂。班吉在腳上踩下更多重量。凱文向前踏上一步，他已經不是大熊鎮民所認識的那個凱文了，而是小島上的凱文。班吉的凱文。他的腳步輕柔，手指輕輕觸上班吉的下巴。

「對不起，好嗎？對不起……一切都會沒事的。」

可是班吉往後退了一步，閉上雙眼，感覺雙頰上消失的溫度。他輕輕說：

「我希望你找到那個人，阿凱。」

凱文無法理解地皺起眉頭，寒風吹進他的眼裡。

「誰？」

班吉將枴杖抵進雪裡，慢慢跳著越過地上的岩石，進入森林裡，遠遠留下他在世界上最好的朋友，他們的小島。

「誰？你希望我找到誰？」凱文在他身後大吼。

班吉的回答如此沉靜，就連風似乎都轉了向，將話聲帶往水邊。

「你在尋找的凱文。」

在一棟房子的廚房裡，坐著一對父母，打開了女兒送給他們的禮物。蜜拉的是：上面印了狼的馬克杯。彼得的是：義式咖啡機。

47

有人說，孩子們不會依照大人告訴他們的方式過活，而是跟隨大人自己的生活方式走。也許這句話有它的道理，但是其實孩子們在某些程度上的確照著大人說的走。

貝斯手被一陣敲門聲叫醒。他光著胸膛去應門，班吉忍俊不禁。

「如果我們要去溜冰，你肯定得多穿一點。」

「我昨天等了你一整晚，你應該打電話說一聲的。」貝斯手失望地低聲說。

「對不起。」班吉回答。

雖然貝斯手想硬起心腸，卻終究原諒了他。當他用那種眼神看著你時，誰還能硬起心腸？

熊皮酒吧還是跟平常一樣，聞起來就像濕漉漉的動物和某人藏在暖氣爐後面的食物混合在一起的味道。男人們坐在桌子邊上，只有男人。蜜拉知道他們全發現自己來了，但是沒有一個人看她一眼。她一直很驕傲自己不是個容易被嚇著的人，但是這群人出乎意料之外地令她背脊發涼。在冰館裡的甲組隊比賽中看見他們因為一場失敗的球賽對彼得吼叫著嚇人的字眼已經夠糟了，更別提在這個擁擠的空間裡和幾乎都喝了酒的他們共處一室，讓她不禁承認自己緊張得很。

拉夢娜從吧檯對面伸過手握住她的，老婦人笑的時候，露出歪斜的牙齒。

「阿蜜！妳怎麼來啦？受夠了彼得那套滴酒不沾的臭規矩？」

蜜拉微微笑了一下。

「沒有，我只是想來謝謝妳。聽說妳在會議上做的事，和說的話。」

「妳沒必要這樣啦。」拉夢娜低聲說。

蜜拉站在吧檯前堅持：

「有必要。在沒人挺身而出的時候，妳卻堅持原則，我想面對面告訴妳這句話。雖然我知道在這個鎮上，道謝是一件讓人不好意思的舉動。」

拉夢娜笑得咳了起來。

「可是妳不是個會不好意思的小姑娘。」

「我不是。」蜜拉也笑了。

拉夢娜拍拍蜜拉的臉。

「這個鎮從來都不太會分辨對錯，我得說實話。可是我們分得出好人和壞人。」

蜜拉的指甲掐進木頭吧檯面。她來這裡不光是為了道歉，還為了找出問題的答案。她顧忌在這裡問，但是蜜拉向來不是個畏縮的人。

「妳為什麼這麼做，拉夢娜？為什麼熊迷投票讓彼得保留這份工作？」

拉夢娜凝視蜜拉，整個酒吧安靜了下來。

「我不知道妳在——」拉夢娜才講了幾個字，蜜拉便舉起疲憊的雙手：

「拜託，別想唬我，別告訴我『熊迷』不存在。真的有這群人，而且他們討厭彼得。」

她不用轉身也能感覺到背後那些男人緊盯著她的後腦勺看。再開口時，她的嗓音顫抖：

「我他媽的夠聰明，拉夢娜，所以我知道算術。要不是熊迷或是誰影響了投票過程，彼得是不可能獲得那些票的。」

拉夢娜眼睛一眨也不眨地看著她良久。沒有一個男人站起身，甚至沒有一個人稍微動一動。最後，拉夢娜緩緩地點了點頭：

「就像我說過的，蜜拉：這裡的人通常不知道對或錯，可是我們分得出好壞。」

蜜拉呼吸時，胸口上下起伏，頸動脈突突跳著，指甲在吧檯上留下幾個印子。忽然，她的電話響起，嚇了一跳的她開始在袋子裡摸索手機。是一個重要的客戶打來的。她遲疑著讓手機繼續響了幾聲，選擇拒絕接聽，接著從齒間深吸了幾口氣。當她再度抬起頭時，眼前的吧檯上多了一杯啤酒。

「這是給誰的？」她問。

「給妳，小瘋婆子。妳真的天不怕地不怕，是吧？小姑娘？」拉夢娜嘆口氣。

「妳不需要請我喝啤酒。」蜜拉帶著歉意說。

「不是我請的。」拉夢娜說著拍拍蜜拉的手背。

蜜拉花了一點時間才悟過來，可是她已經在這片森林裡住得夠久，久到她能夠拿起啤酒就喝，不再發問。當她乾掉那杯啤酒時，她聽見背後那些穿黑夾克的男人們也在靜默中一同乾杯。在大熊鎮，人們不太常道謝或道歉，但他們用這個方法表達出自己的腦子裡並不只有單一的想法：就算你恨不得在運動總監的臉上來上一拳，卻不代表能夠接受任何人傷害他的孩子。

而且你會尊敬一個獨自走進熊皮，什麼都不怕的瘋婆子，無論她是誰。

路上，羅比．赫斯正朝熊皮走來。他停在通往酒吧大門的階梯旁，臉上泛起笑意。然後他過門而不入，繼續往前走下去。因為明天他還得上班。

大衛正躺在床上，身邊是兩個他深愛的人，其中一個正絞盡腦汁替另一個想名字。在大衛聽起來，這些名字都像卡通人物，或某某人的曾祖父。可是每回他提出一個命名建議，他的女友就會問「為什麼？」，他則會聳聳肩咕噥「好聽而已，沒什麼」，然後他的女友會在網上搜尋到，原來那些都是冰上曲棍球選手的名字。

「我很怕。」他說實話。

「想想真的很誇張，這個世界竟然會讓我們兩個負責帶大一條新生命，卻不需要通過任何許可。」她笑著說。

「如果我們是很爛的父母怎麼辦？」

「如果我們不是呢？」

她拉過他的手放在肚子上，用手指環住他的手腕，敲敲他腕上的錶面：

「很快就會有人繼承你這只錶了。」

珍奈特在籬笆旁駐足許久，看著眼前的一切。

「老天，妳真有狗場了，就像妳從前夢想的一樣。我們小的時候妳老是說這是妳的夢想，我從來不相信妳。」

聽到這句把自己看扁了的話，艾德莉挺起背脊。

「喔，現在才剛好能打平，如果保費再提高的話，我就得把狗送人關門大吉。可是至少現在是我的。」

珍奈特撓撓肩膀：

「是妳的沒錯，妳真叫我驕傲。說來也好笑……有時候我希望自己從沒搬回這裡，但有時候我又希望自己沒搬走過。妳懂我的意思嗎？」

向來說話直截了當的艾德莉回答：

「不太懂。」

珍奈特笑了笑，她懷念艾德莉的直截了當。當她們不再打冰球之後，艾德莉回到森林裡，珍奈特去了海德鎮，加入一個小型拳擊俱樂部。艾德莉買下這座小農莊，珍奈特搬到更大的城市裡練武術，每種武術都練過。艾德莉養出第一批幼犬時，珍奈特開始比賽。短短一年之內，她迅速成為專業打者。緊接著來的是運動傷害，於是她開始接受師資訓練，好在休養期間有事可做。修養完畢之後，她當老師的資歷已經好過當專業打者，她的戰鬥直覺已經變得遲鈍。當她的父親過世之後，她的兄長無暇顧及母親，珍奈特便搬回大熊鎮。原本她只想搬回來住幾個月，但是現在她已經是學校的正式教師，重新成為大熊鎮的一分子。言語很難解釋這個地方究竟有哪一點能將妳的內心緊緊抓住。一方面說來它一無是處，缺點一長串；可是另一方面說來，它少得可憐的優點又能在缺點之間閃閃發光，抓住妳的心。最主要的是這裡的人，他們跟森林一樣強壯，像冰一樣堅固。

「我能不能跟妳租其中一間農舍？」珍奈特問。

大衛按下班吉家的門鈴。班吉的母親來應門，疲憊的她剛下班，告訴大衛她不知道兒子去哪了，也許和他姊姊在海德鎮上的穀倉酒吧。大衛開車到穀倉酒吧，卡娣亞正在吧檯後，遲疑了一下才告訴大衛她不知道班吉的下落。他看得出來她在說謊，可是並沒追問。

他離開穀倉酒吧的時候，門口的保鑣在身後叫住他。

「你是那個教練，對吧？你找班吉？」

大衛點頭。保鑣往冰館一指。

「他和朋友去那裡了。手上拿著冰刀，我想現在湖上的冰不太能滑了，他們八成在冰館後面的場子裡。」

大衛謝過保鑣。他轉過屋角時天色很暗，男孩們看不見他，他卻看得清清楚楚。班吉和另外那個男孩，正在彼此親吻。

大衛渾身發抖，既羞愧又反感。

「農舍？幹嘛用的？」艾德莉納悶。

「我要成立武館。」珍奈特說。

艾德莉噗哧一笑。

「這可是座冰球鎮。」

珍奈特嘆了口氣。

「我知道。老天爺知道，每個人都知道。可是在那件事之後……我想這個鎮需要更多運動，更多不同的運動。別的運動我是不懂，可是我懂武術，這是我可以提供孩子們的。」

「武術？又踢又打的，我們還需要這些嗎？」艾德莉挖苦。

「不光是又踢又打，**武術其實是真正的運動，就像……**」珍奈特惱羞成怒，開始解釋，即使她很清楚艾德莉明知她在行的運動是什麼，以及它的特色，因為從前在每場比賽之後，艾德莉總是第一個打電話給她詢問比賽過程的人。

「妳真的這麼想念武術？」艾德莉問。

「只不過是每天都想而已。」珍奈特笑道。

艾德莉搖搖頭，用力假裝咳嗽。

「這可是座冰球鎮。」

「妳到底借不借？」

「**借**？一分鐘以前妳還說租來著！」

兩個女人彼此橫了一眼，嘻嘻笑起來。妳在十五歲時的友情，有時許多年之後還能再續。

班吉和凱文小的時候曾經偷偷溜進教練休息室，翻看大衛的包包。還是小孩子的他們並不知道自己想找什麼，只是單純地想更了解心目中的偶像教練。

大衛發現他們的時候，兩個孩子正坐在地上津津有味地玩著他的手錶。凱文在驚慌之下將錶往地上一丟，砸壞了錶面。大衛衝過去，一把怒火熊熊升起，他幾乎從不對孩子大聲說話，但是那一瞬間他對著兩個小孩大吼，連冰館牆面都為之震動：

「那是我爸的手錶，你們這兩個該死的兔崽子！」

一等他看見兩個小孩的表情，接下來想說的話便卡在喉嚨口再也說不出來。源自於那件事的罪惡感從來沒消失，雖然他們再也沒提過這件事，但是大衛卻受到啟發，在他和這兩個孩子之間開始了新的儀式。每回只要其中一個在球季裡表現得特別好，出奇地忠心或是勇敢，他就會把錶交給那個孩子讓他戴到下一場比賽。沒有人知道這個班吉和凱文之間的小競賽，但是每年就在那一個星期裡，戴著錶的那個孩子在其他孩子眼中便等同永生不死，那七天之中，一切看起來都變得巨大了起來，就連時間也顯得不再那麼渺小。

大衛不記得這個競賽是何時停止的。兩個孩子已經大得不想玩，他也將之淡忘。現在他每天仍然戴著那只錶，但是卻懷疑兩個男孩是否還記得往事。

他們長得好快，一如局勢變化的速度。所有少年隊最好的球員都已經打電話給大衛，他們全想替海德鎮打球。他將會在海德鎮打造起一支很棒的甲組球隊，他一直想打造的甲組球隊。他們會有凱文、菲利浦和威廉，還有一群忠心耿耿的球員。再加上資本雄厚的贊助商以及議會的堅強後援，他們將能做一番大事業。這幅美好的遠景拼圖只缺一塊，就是那個站在冰面上的男孩，他的嘴唇正緊貼著另一個男孩的。大衛覺得一陣反胃。

他背轉身離開時，父親的錶正在一盞路燈下閃閃發亮，沒人看見他來去。他沒辦法再看著班吉的眼睛，也許永遠沒辦法。

所有那些球員和教練在更衣室裡一起度過的時間，所有他們共同參加過的外地比賽，究竟有多少價值？所有的笑聲和玩笑話，隨著旅途越長也變得越露骨，大衛總是以為這些笑話讓球隊更有向心力。有些笑話的主角是金髮女孩，有時候是海德鎮民，有時候是同性戀。他們聽了都笑起來，彼此對望著大笑。他們是一支球隊，他們信任彼此，沒有任何祕密。然而，其中一個人懷著祕密，沒人猜得到竟然是他。這也是背叛。

傍晚時，珍奈特已經在農舍的屋梁上掛妥一個沙包，地板也鋪上軟墊。艾德莉一邊拖泥帶水地幫她，一邊抱怨。布置妥當之後，珍奈特留下來練習，艾德莉步行穿過森林，走進城裡的兩層樓公寓。時間已經不早了，因此當蘇納開門看見她時，忍不住驚訝地問：

「班吉發生什麼事了？」

艾德莉不耐煩地搖搖頭，反問：

「要怎麼樣才能成立一支冰球隊？」

困惑的蘇納抓抓肚子，輕咳一聲：

「這個嘛……也沒什麼難的，成立就是了。外頭總是不缺想打冰球的小男孩。」

「那麼女孩呢？」

蘇納連連皺眉，呼吸困難地在肥壯的身軀裡運行。

「海德鎮有女生隊。」

「我們又不在海德鎮。」艾德莉回嘴。

他對艾德莉的答案忍俊不禁，低聲回答：

「現在在大熊鎮成立女子球隊也許不是個好時機，我們眼前的麻煩已經夠多了。」

艾德莉將雙臂環抱在胸前。

「我有一個朋友，珍奈特，是學校的老師。她想在我其中一間農舍裡成立武館。」

蘇納的嘴唇似乎不太習慣這個陌生的名詞。

「武、館？」

「對，武館。她很行，從前是職業選手。孩子們會很喜歡她的。」

蘇納這時開始用雙手抓肚子，腦中正努力釐清耳裡聽到的訊息。

「可是……武術？這個鎮跟武術根本沾不上邊，這是一個……」

艾德莉早已邁開步子向外走，小狗跟在她身後。蘇納匆匆跟著他們，一邊冒汗一邊咕噥。

在幼年時的大衛眼中，父親是個戰無不勝的超能英雄，做父親的通常都是。他不曉得自己在孩子眼中是否也會是超能英雄。他的父親教會他滑冰，既有耐性又和藹，並且永遠不和別人爭鬥。大衛知道別人的父親有時候會和人起衝突，除了他的父親。

他的父親會唸故事，唱催眠歌，當自己的兒子在超市裡尿褲子時不吼，兒子用球砸破窗戶時也不吼。在日常生活中，他的父親做人有分量；在冰上，是個既無情又沒有弱點的巨人。「他是個真正的男人！」教練們是用仰慕的語氣說他父親。大衛會站在防護欄邊，認真聽每一句讚美，彷彿教練們稱讚的是他。他的父親做事一定有目標，絕不遲疑，無論是打球或發表意見時。「你想當什麼人都行，只要不是個娘娘腔。」他總是笑著說。但是有的時候在餐桌上，他會認真地講：「同性戀是一種武器，專門用來做大規模毀滅，大衛，你要記住這一點，同性戀不是自然現象。如果每個人都變成同性戀，人類就會在下一個世代絕種。」許多年過去，已經是個老人的他會邊看新聞邊罵：「這根本就不是性向了，簡直是趕時髦！被打壓的弱勢族群？他們還有自己的遊行咧！誰打壓他們了？」他喝了酒之後，會圈起一隻手的食指和拇指，再用另一隻手的食指穿過那個圈說：「這才是正道，大衛！」然後他的兩隻食指併在一起說：「這個行不通！」

無論任何時候，只要有任何糟糕的事發生，都是因為「同性戀搞的」。東西壞了，是因為「同性戀搞的」。同性戀不是一個概念，而是一個形容詞，一個副詞，一個文法上的武器。

大衛開車回大熊鎮之後，坐在車子裡氣得哭了起來。他覺得很羞愧，很倒胃口，因為自己的想法。他花了一輩子的時間訓練一個小男孩打冰球，像愛自己兒子般地愛他，對方也愛他如親生父親。沒有比班吉更忠誠的球員了，也沒人的心比他的更狂野。有多少次比賽之後，大衛摟著十六號球員，告訴他：「你是我見過最勇敢的小混蛋，班吉，最勇敢的小混蛋。」

這些在更衣室裡度過的時光，在遊覽車上度過的夜晚，所有的對話所有的玩笑和所有的血、汗與淚，男孩仍然不敢告訴教練他最大的祕密。

這是背叛，大衛知道這是天大的背叛。要是這樣一個戰士認定他的教練會因為自己是同性戀而稍減對他的驕傲，那麼這個教練簡直算得上是徹頭徹尾的失敗。

大衛恨自己不能做得比他的父親更好。因為那是身為兒子的職責。

艾德莉和蘇納拜訪過一戶又一戶人家，每一個來開門的人都眼望天空，像是在指出這個時候敲正經人家的門顯然太晚了。蘇納先問：「你們家有沒有小女孩？」艾德莉再接下去講故事，說這就像是法老王在埃及挨家挨戶搜尋摩西。艾德莉對聖經的了解十分貧乏，但是她有別的強項。

每開一扇門，人們就反問她：「可是海德鎮已經有女子球隊了，不是嗎？」她不得不重複同樣的回答。直到一隻手從屋裡壓下門把，開門的小手才剛剛構得到門把。

那是個剛滿四歲的小女孩，站在黑暗的玄關裡，這是一座充滿傷痕的房子。她的手透露出害怕，踮著腳像是隨時準備逃跑，耳朵豎直了留意著樓上的腳步聲。但是她睜大眼睛，眨也不眨地看著艾德莉。

艾德莉蹲低身子的那一瞬間，心早已碎了好幾次。她屈著膝蓋和孩子面對面。她看過火爆的場面，也受過苦，但仍然沒辦法淡然處之。你永遠沒辦法向一個受了傷的四歲小孩說這很正常，因為生命從沒在她面前展現過其他面貌。

「妳知道冰球是什麼嗎？」艾德莉問。

小女孩點點頭。

「妳會打嗎？」艾德莉又問。

小女孩搖頭。艾德莉的心放棄了，她的聲音顯得破碎。

「那是世界上最棒的運動，全世界最棒的。妳想不想學？」

小女孩又點頭。

大衛打心底想開車回到海德鎮，將男孩抱在懷裡告訴他自己知道了。但是他沒辦法揭穿這個男孩不願意講出來的祕密。在祕密之前，我們顯得渺小，尤其當我們是對方隱瞞祕密的對象時。

於是大衛開車回家，將手放在女朋友的肚子上，假裝自己是因為寶寶而哭。他的人生會很成功，他會實現他所有的夢想，事業、收穫，和頭銜，他會在不同國家的知名俱樂部裡帶出戰無不勝的球隊，但是他不會讓任何手下的球員穿背號十六號球衣。他將會一直希望，總有一天班吉會出現，要求穿上屬於自己的球衣。

大熊鎮的一座墓碑上放著一顆冰球。冰球上的字跡很小，好能寫下整個句子。「永遠是我所知道最勇敢的混蛋」。冰球旁邊，靜靜躺著一只手錶。

48

瑪亞和安娜各坐在一塊岩石上。她們在森林深處，人們將得花上好幾天才找得到她們。

「妳去看了心理諮詢師嗎？」安娜問。

「她說我不該把想法都悶在心裡。」瑪亞說。

「她人好嗎？」

「還行。可是她太常講我爸媽。應該有人告訴她把自己的想法悶在心裡。」瑪亞回答。

「那她有沒問妳十年後想做什麼？那一類的問題？媽媽走了之後，那個心理醫生很愛問我這種問題。」

瑪亞搖頭。

「沒有。」

「妳自己的想法呢？妳想十年之後，妳會成為什麼樣的人？」安娜問。

瑪亞沒回答，安娜也沒追問。她們一起走回安娜家，倒在同一張床上，直到幾個小時之後安娜終於沉沉睡去。然後，瑪亞偷偷下了床走進地窖，找到鑰匙打開櫃子。她拿出獵槍大步走進黑暗之中，胸口裡罩著一股更深沉的黑暗。

冰球是一種既複雜，又不複雜的運動。它的規則不容易懂，挑戰人們依循它的文化過活，幾乎被愛它的人往不同方向拉扯得分崩離析。但是說到底，它有一個最簡單的意義：

「我只想打球，媽。」菲利浦淚汪汪地央求母親。

她知道。不過他們現在必須決定他得去哪裡打，留在大熊鎮冰上曲棍球俱樂部，或追隨凱文、威廉和其他人去海德鎮。菲利浦的母親分得清對與錯、好人和壞人，但她也是一個母親。母親的職責到底是什麼？

大尾坐在餐桌旁，周圍是他最好的朋友們，其中一個指著他的領帶針笑著：

「可以把那個拿下來了吧，大尾？」

大尾低頭看著領帶針，上面有「大熊鎮冰上曲棍球俱樂部」字樣。他環視桌邊的男人們，他們早已經迫不及待取下舊的，換上新的「海德鎮冰上曲棍球俱樂部」領帶針。對他們來說就是這麼容易，不過就是換個俱樂部而已。

菲利浦的母親幫他打理球袋，並非因為他還小，而是因為她喜歡幫他做這件事。她把手放在他胸口上，在她的掌心下，他的心跳還像個孩子，雖然這個十六歲的青少年已經高到必須彎下腰親吻母親的臉頰。

她還記得每一公分，每一場奮戰。她記得有一年的夏季球訓，菲利浦練跑練到嘔吐，還因為脫水進了醫院。但是第二天他照常參加訓練。

「你不來也沒關係的。」大衛說。

「拜託你好嗎？」菲利浦央求。

大衛握著他的肩膀，誠實地說：

「我今年秋天得選出最好的球員，你也許根本沒機會比賽。」

「讓我參加訓練就好。我只想打球，拜託，我只想打球。」菲利浦開始啜泣。

他在每回一對一狀況之下都被打敗，每次練習都殿後，但是他總是不放棄。夏天進入尾聲，大衛開車去見菲利浦的母親，坐在她的廚房裡告訴她，一項研究顯示許多菁英球員當年還在少年組球隊時，都排不上隊裡最好的前五名，而往往是第六到第十二名球員最後開了竅，打進高年級組。他們得更努力，必須面對最艱難的衝擊。

「如果菲利浦不知道自己有沒有機會，妳不需要保證他總有一天可以成為隊裡最棒的球員。只需要說服他，一定得往上爬到第十二名的位子。」大衛說。

他完全想不到這番話對這一家人的意義，因為他們的感激是言語無法形容的。他的話改變了一切，只不過改變了一切而已。

此時，菲利浦的母親將額頭靠在十六歲的兒子胸前。他將成為這個小鎮難得的傑出球員之一，因為他只想打球。她也是。

大尾站在停車場裡，男人們彼此握手，大多數接著驅車前往海德鎮。其中兩個留下來站在大尾身邊抽著菸，其中一個說：

「新聞記者呢？」

另一個聳聳肩。

「有幾個打電話來了，可是我們沒接。反正他們還能幹嘛？又沒新聞可寫。既然凱文沒被判刑，新聞記者說的話總不可能比法律還有效力吧？」

「你不是跟本地報紙的關係不錯？」

「他們的主編會在夏天跟我打高爾夫，這回我八成得讓他贏了。」

他們一起大笑，熄掉菸蒂。大尾問道：

「在你們看來，大熊鎮的冰球俱樂部會怎麼辦？」

兩個男人疑惑地看著大尾。不僅因為這是一個奇怪的問題，也因為三人之中只有大尾在乎答案。

梅根坐在她的車裡，威廉坐在副駕駛座，身上穿著有「海德鎮冰上曲棍球」字樣的運動服。菲利浦手上提著球袋從屋裡走出來，似乎遲疑了一個世紀之久，然後他望向母親，放開她的手，打開里特家的車門。菲利浦坐進後座，他的母親打開副駕駛座的車門，直盯威廉的雙眼：

「這是我的位子。」

威廉還想爭辯，卻被梅根給一把推了出去。兩個男孩坐在後座，彼此對看，前面的兩個女人也是。梅根用力吞下一口口水：

「我知道我有時候很混帳，可是這都是……為了孩子。」

菲利浦的母親點點頭。她花了一整晚的時間說服自己和兒子，他應該留下來繼續效忠大熊鎮冰球俱樂部。但是她的兒子只想打球，只想盡力成為最好的球員，此時身為母親的該怎麼做？給孩子最好的機會。她不斷告訴自己，因為她很清楚要成為好滑雪選手必須付出的代價。

菲利浦和威廉從幼稚園就一起打球，她和梅根又是一輩子的朋友。於是她們開車前往海德鎮，因為友情既複雜，又一點都不複雜。

大尾走進家門，聽見兒子的聲音。他的兒子已經十二歲了，熱愛冰球。但是大尾還記得這孩子六歲時是多麼厭惡冰球，常常哀求不要練習。大尾不顧他的反對硬是帶他去了，還得一次又一次解釋這是一座冰球鎮。即使伊莉莎白總是在晚餐時嘟囔：「他根本不想打，親愛的，我們真的要強迫他嗎？」大尾仍然堅持帶兒子去練球，因為他恨不得讓兒子了解自己對冰球的熱愛。冰球也許沒救過大尾的命，但卻給了他一條新生之路。冰球賜給他自信和歸屬感，沒了這些，他不過就是一個被貼上「過動兒」標籤的胖孩子。冰球教會他將精力專注在一件事情上，在一個他覺得自己被理解的世界裡，他和冰球說著同樣的語言。

他曾經擔心自己的兒子不想打冰球，因為他將會因此被排除在外。大尾很害怕兒子會選擇一項大尾根本不懂的運動，而成為被冷落在看台上，總是弄錯比賽規則而且打不進談話圈的父親。他不要兒子以自己為恥。

「把電源線給我！」兒子對著姊姊大叫。

他幾乎是個青少年了。從前，大尾得扯著他去練球，現在，想不讓他練都不行。他還會哀求著要別的東西，比如這幾天以來，他要求父母准許他到海德鎮打球，就像鎮上其他的優秀球員一樣。

「那才不是**妳的**電源線，妳這個醜八怪，是**我的**！」兒子對著衝進房間甩上門的姊姊背影大吼。

大尾伸手想拍拍兒子和他說幾句話，兒子在看見父親之前又伸腳踹了姊姊的房門繼續吼：「電源線給我，妳他媽的**賤貨**！反正又不會有男生打電話給妳！每個人都知道妳很想被強暴，可惜沒人**看得上**妳！」

大尾不記得接下來發生什麼事。他只記得伊莉莎白焦急地從後面拉住他的手臂，想讓他住手。他的兒子被父親的大手一把提起掛在半空中，嚇得半死。大尾把他抵在牆上一下又一下地揍他，對著他破口大罵。他的女兒打開房門，驚嚇得不能動彈。最後，伊莉莎白好不容易把體重將近一百公斤的丈夫扭倒在地，他躺在地上抱著兒子，兩個人都在哭泣，一個因為害怕，另一個因為羞恥。

「你不能變成那種男人。我不准你……我愛你，我真的很愛你……你得變成比我更好的人……」大尾緊緊抱著兒子，在他耳邊不斷重複，一遍又一遍。

法蒂瑪遲疑地往後將那部向波波父母借來的小車倒出來。他們叨唸了她好久，她才肯接受他們的好意。她看見波波滿臉傷痕，跟阿麥一樣，但什麼也沒說。她載著兒子經過海德鎮，穿越森林，一路到了城裡。城裡有她的兒子想去的店。當他們經過一家運動用品店的時候，她問兒子「需不需要買什麼冰球的東西」。他搖搖頭，沒說也許今年秋天根本就不會有讓他效力的俱樂部，他的母親也會沒地方可工作。他們兩個都沒告訴對方，五千塊還能做些什麼。他走進店裡之後，她在外面等著。店員耐心地幫阿麥選出最物超所值的東西，然後他不太自在地帶著東西走出來，每邁出一步，都像肺被肋骨刺穿一般。

他們開車回家，在往大熊窪的路上轉上另一條通向鎮中心洋房群的路。法蒂瑪在車裡等著阿麥把東西留在台階上。

瑪亞不在家。她回到家時，將會有一把吉他等著她。「這是五千塊錢能買到的最棒的吉他，再過十年她還是會很愛！」店員向阿麥保證。

大尾走進熊皮酒吧站在吧檯前，手裡拿著帽子，一頭亂髮。拉夢娜將雙手放在吧檯上。

「所以？」

大尾清清喉嚨。

「現在大熊鎮冰球俱樂部還有幾個贊助商？」

拉夢娜咳嗽著，假裝用手指數數。

「我想現在總共只有一家。」

他的下巴肌肉繃緊，臉頰上的皮膚也隨之牽動。

「妳想不想要有個伴？」

拉夢娜狐疑地看著他，接著轉過身去招呼另一個客人。她回來的時候，手上拿著兩個酒杯，一杯放在大尾面前，自己仰頭一口喝下另一杯。

「你是個生意人，小子。去贊助海德鎮吧，對你的超市有幫助。」

「海德鎮不是我的俱樂部。」

她皺起鼻子。

「我不確定你有足夠的錢拯救你的俱樂部。」

他吸著下唇，閉上眼睛之後又打開，一臉不悅。

「我要賣掉海德鎮那家分店。反正伊莉莎白老是說我工作太賣力了。」

「為了一個冰球俱樂部？」

「為了一個更好的冰球俱樂部。」

拉夢娜挑釁地問：

「那你想要我幹嘛？也許你忘了我這裡賣什麼，不過可不是見鬼的黃金。」

「我要妳選上董事。」

「你喝醉啦，小子？」

「拯救俱樂部需要一個帶種的男人。大熊鎮沒有哪個男人比妳更帶種。」

拉夢娜扯開粗嘎的嗓子大笑。

「你的體格向來比別人壯，每個人都認為你適合當守門員。」

「謝了。」大尾低聲說，深深被這句話感動。

因為野豬才是守門員。在大熊鎮，這是一個榮耀。拉夢娜又去招呼另一個客人，回來後在大尾面前放下一瓶啤酒，自己手裡拿的是一杯咖啡。

她看見大尾驚訝的表情，說道：

「如果我要當董事，那最好是開始清醒一點。就過去四十年喝的酒看起來，可能得花上幾個月才能把身體裡的酒精稀釋掉。」

班吉和貝斯手並肩倒在練習室裡，四周的牆面上掛滿樂器，樂聲已經停止。有的時候，不試著學彈任何樂器，比嘗試更容易。只要一停下來不彈，完全停止就沒什麼難了。

「我快要回家了。」貝斯手說。

他說的不是海德鎮的公寓，而是真正的家。班吉什麼也沒說，貝斯手但願他真的開口說幾句話。

「你也……可以來……」他聽見自己說，但實際上他的心裡掙扎著不想說出來。

貝斯手不想聽見回答。反正也沒回答。班吉站起來穿上衣服，貝斯手坐起身，點起一根菸，哀傷地笑：

「你其實可以離開這裡。外面有不同的人生，不同的地方。」

班吉親吻他的頭髮。

「我不像你。」

班吉走進門外今年的最後一場雪中，門在他身後輕輕關上。貝斯手思考著這句話的真實度。班吉的確不像他，但也不像住在這裡的鎮民，班吉跟誰都不像。你怎麼能不愛上這麼一個人？

夜色籠罩大熊鎮，凱文獨自在路燈照亮的慢跑跑道上跑著，一圈一圈又一圈，直到肌肉的疼痛強過其他的疼。一圈、一圈、再一圈。直到他的腎上腺素濃過不安全感，怒火壓倒羞恥。一次、一次、又一次。

剛開始，他以為是自己的想像，是影子在跟他的眼睛開玩笑。有那麼一會兒，他認為自己累得出現了幻覺。他慢下腳步，胸口劇烈起伏著，用袖子擦掉臉上的汗。就在那時，他看見那個女孩，手裡拿著獵槍，眼裡有殺機。

他聽獵人說過，當動物害怕自己的生命受到威脅時會有什麼反應，唯有此時他才了解那種感覺。

安娜醒過來，掃視房間，含糊不清地喃喃自語之後又睡了幾秒鐘，然後突然驚醒，一頭撞上床頭櫃。她扯開被子，希望瑪亞被蓋在下頭。但是當她醒覺瑪亞不在時，恐懼就像野獸的利爪一樣攫住她。她衝下樓，打開地窖門。當她拉開櫃子門，發現裡面的東西已經不見，便忍不住緊閉著嘴唇在心裡瘋狂尖叫，彷彿腦袋裡的血管一根接著一根爆裂。

櫃子裡有一張紙條，是瑪亞秀氣的字跡。

「快樂，安娜。十年之後我要自己快樂。妳也是。」

49

十年之後，在某座離這裡很遠的大城市裡，一位二十五歲的女孩正步行穿越購物中心外的停車場。停車場緊鄰著一座冰上曲棍球場，但是她連看都不看一眼，因為冰球不屬於她的人生。在她坐進車子之前，她的視線會越過車頂投向她的丈夫。他會把購物袋放進後車廂，在和她四目交接時開心地笑起來。他也沒看冰館一眼，因為沒興趣。他會將下巴放在車頂幾秒鐘，學她的樣子。他們會格格笑，而她會告訴自己，她就是他要的，她全心全意盼望的，完美的人。她懷孕了，而且快樂。十年之後。

燈火通明的慢跑跑道一片寂靜，但是並非一個人都沒有。遠遠地，凱文可以看見前面有一個人，他慢下腳步但卻沒停下來。當瑪亞跨出一步，站在燈光下時，他已經沒時間逃走。他看見她手裡的獵槍，卻為時已晚。她在距離他三公尺之外的位置站定，平靜地舉著槍，呼吸平穩放鬆。她的眼睛鎖死在他身上，一眨也不眨，用冷酷無情的嗓音命令他跪在地上。

十年之後，在某座離這裡很遠的大城市裡，一座冰館屋頂上的大招牌閃閃發光，上面是歌手的名字。那天晚上，這座冰館裡沒有球賽，而是一場演唱會。對停車場裡的那個女人來說無關緊要，因為她會坐進車裡，隔著座位握著丈夫的手。她並不會天真地以為愛情是件簡單的事，她會犯下很多錯，體會很多苦楚，她知道她的丈夫也經歷過痛苦。但是當他看著她時，他是紮紮實實地看見真正的她，即使他不完美，他仍然屬於她。

凱文跪在雪地裡，皮膚被寒風吹得僵硬。他的頭朝地上垂著，雙臂顫抖。瑪亞將槍管抵在他的額頭上悄悄地說：

「看著我。我要你看著我殺你。」

淚水從他的眼裡奔流而出，他想說話，但是哭聲和抽噎癱瘓了他的嘴唇。鼻涕和唾液從他的下巴往地上滴。

當雙管獵槍冰冷的槍管抵在他的皮膚上時，一股尿味升起。灰色運動褲上的尿漬漸漸擴大，直到蓋滿兩條大腿褲管。他被嚇得失禁了。

瑪亞以為自己會緊張，甚至害怕。但此時她任何感覺都沒有。計畫很簡單：她知道凱文今天晚上沒辦法入睡，所以她希望他會出門跑步。她的推測正確，只不過得在他家門外守候許久。上一次她守在這裡的時候，已經算過他的腳程，所以她知道他跑完一圈所需要的時間，該躲在哪裡，該從哪裡現身。獵槍能裝兩發子彈，但是她早就知道自己只需要一顆。他的額頭貼著槍口，一切都會在今晚結束。

她以為自己會遲疑，改變主意，或是不計前嫌饒過他的命。並不。

她的食指扣下扳機時，心中一片空白。她開槍，他的眼睛死死地閉著，她卻正好相反。

十年後，一個男人會在停車場裡倒出停車格。當他從車窗往外瞥的時候，全身會瞬間僵硬如冰。一個抬頭挺胸的女人，手裡拿著吉他盒，正從另一部車上下來。十年前，一個朋友送給她這把吉他，直到如今她仍然拒絕換另一把。她會看到車裡的男人，然後停下腳步。在那充滿恐懼的幾秒鐘之內，他們兩個人會回到遠方一座森林裡的小鎮上。十年前，男人還是個跪在雪地的男孩，哀求饒命，站在他面前的她，會扣下手中獵槍的扳機。

凱文趴倒在地上，他知道自己的生命正在消逝，大腦認定自己正因為槍傷而爆裂成一團血球，心跳停止。當他的心臟再度動起來時，幾乎要從胸口跳出來。他眼淚汪汪地大聲慘叫，就像一個歇斯底里的嬰兒。

瑪亞仍然站在他身前，獵槍已經放下。她從口袋裡拿出一顆彈匣，丟在他面前的雪地裡。她蹲下身強迫他看著自己的眼睛，說道：

「現在你也會怕黑了，凱文，直到你死的那天。」

十年之後，停車場裡還有其他人，凱文的妻子正懷著孩子。瑪亞會站在幾公尺之外，她大可以就此動手結束他的人生。她可以走上前，揭穿他的真面目，在他最愛的人面前羞辱他、摧毀他。

在那個當下，她握有絕對的權力，但是她選擇放過他。她不會原諒他，將他免罪，但是她會放他一馬。他將永遠記得這件事。

她也知道，即使十年已經過去，他卻仍然得開著燈睡覺。

冷汗直流的他，發抖著將車開走。他的妻子將會問他那個女人是誰。凱文會說出真相，一絲都不保留。

而瑪亞會往冰館走，警衛會擋住無數隻渴望的手，試著阻止各種高聲叫她名字的聲音，但是她會有耐性地停下腳步，在每個伸向她的物件上簽名，和所有提出要求的人合照。他們頭上的招牌上，今晚演出的歌手名字旁邊寫著「門票售罄！」。

是她的名字。

50

安娜衝進夜色裡，並不知道自己要往哪裡去。她驚恐的雙眼不斷掃視，直到她聽見慢跑跑道上傳來的尖叫聲。當她跑到森林邊緣時，已經看見一切，凱文和她最要好的朋友。他跪在地上，歇斯底里地大哭。瑪亞轉身將他留在原地，穿過樹林。當她見到安娜時，便瞬間停下了腳步。兩個十五歲女孩子看著對方，然後互相擁抱，一句話也沒說，往家的方向走回去。

第二天清晨，安娜回到慢跑跑道撿回彈匣，放進父親的彈藥箱裡。如果有人問起那一晚她做了什麼，她會說「在家」。如果有人問她的好朋友那晚做了什麼，她會回答：「抱歉，我根本什麼都沒看到。」

冰館的門開了。一個拄著枴杖的男孩跳進來。彼得正走在更衣室外的走廊上，往另一個方向去。他驚訝地停下腳步：

「班傑明……」

他不曉得接下來該講什麼，他向來對這種場面很不在行。所以他只說了：

「你的腳怎麼樣？」

班吉的視線越過彼得，落在冰場上。就像所有熱愛冰面的人，他在走廊上就能感覺到在冰面上振翅滑行的速度。他的眼神重新飄向彼得，回答：

「在第一場甲組比賽之前就會好了，如果蘇納認為我可以。」

彼得的雙眉糾結在一起。他不太自在地清清喉嚨：

「班吉……那個……我們連甲組球員的薪水都付不起……老天，說不定這個秋天根本不會有俱樂部。」

班吉將體重踩在腳上，不過這回是沒受傷的那一隻。

「我只想打球。」

彼得笑了起來。

「好，可是，老天爺，班吉，憑你的天分和熱情，你可以有一番作為的。我是認真的。幾年之後，你可以打進菁英級別。海德鎮冰球俱樂部會有一支不得了的隊伍，還有金援……你在那裡會有更多機會。」

班吉滿不在乎地聳聳肩。他的回答簡短但是堅定：

「可是我是大熊鎮來的。」

那一年，當冰館裡的滑冰課開課時，四個青少年應要求擔任教練。他們站在冰場中央，穿著球隊的代表色：綠色、白色，和棕色，森林、冰，和土地。這個地方打造出同樣性格的俱樂部：無論是愛和其他各方面，都堅強不讓步。

男孩們看著腳下的大熊標誌。還是小孩子時，他們都很怕這頭熊，現在還是。阿麥、查克、波波和班傑明：兩個剛滿十六歲，兩個即將滿十八歲。十年之後，他們其中兩個將成為職業球員，一個會當爸爸，另一個將已離開人世。

班吉的手機響起，他沒接聽。手機又響一次，他從後口袋裡拿出手機看了看來電號碼，又深又果斷地吸了一口氣之後，關掉手機。

長途巴士站旁，有一個拎著行李的貝斯手。他再撥了一次同樣的號碼，最後一次。然後他上了巴士，離開這座小鎮。他將永遠不再回來，可是十年之後他會突然在電視上看見班吉的臉孔而想起一切。指尖和眼神，陳舊吧檯上的酒杯，寧靜森林裡的菸。三月份的雪落在皮膚上的感覺，一個眼神哀傷，性子狂野，教會他滑冰的男孩。

當孩子們從場子邊緣跨過那幾公分界線，七歪八倒地摔在冰面時，場中央的男孩子們笑著拉起那些小東西。他們會教孩子們，除了直直撞上防護欄之外，還有其他停止往前滑的技巧。

沒人看見最後一個進場的孩子在冰上的第一步。她只有四歲，胡亂穿戴著過大的手套，身上布滿瘀青，卻沒人問起。她的頭盔大到蓋住眼睛，眼神裡卻有堅定的決心。

艾德莉和蘇納滑到小女孩身邊，打算把她拉起來，卻發現根本沒必要。下一個球季，冰場中央的四個男孩子將會打造起一支新的甲組球隊，但是這並不重要，因為十年之後讓這座鎮揚眉吐氣的，不是他們四個人的名字。

可是他們全都會撒謊，說自己從頭目睹這一切，本鎮有史以來最有天分的女子選手在冰上的第一步。他們還會說自己打從第一天就看出來了。

因為在這裡，人們看得出誰有大熊魂。

在熱愛冰球的鎮上，
櫻桃樹的花香味永遠不變。

作者謝詞

首先，感謝所有幫忙解決故事裡的難題，卻要求不具名的人。我欠你們很多。

我要向所有的冰上曲棍球選手、球隊經理、裁判，和家長們深深一鞠躬，感謝你們讓我參觀比賽和練球，附帶問一些奇怪的問題。

一聲具有特別意義的謝謝，給我的朋友和作家夥伴們，尼克拉斯．納特歐達，我的出版公司蘇菲亞．布拉瑟琉．東佛爾，我的編輯凡雅．芬特，我的經紀人托爾．約納森。除了我的家人之外，你們四位在這本書的寫作過程之中扮演了最重要的角色。謝謝你們一路支持我到最後。

我還想向以下的各位致上最大的感謝，沒有你們的幫助，本書將只是一個想法和一疊廢紙：托比亞斯．史塔克，林內大學運動科學中心的冰上曲棍球歷史研究員。伊莎貝．波騰斯登和約納丹林奎斯特，極具豐富知識和娛樂效果的混蛋，總是給我不留情但是中肯的批評，雖然有時能令這個脆弱的作家自尊心大感受傷。艾瑞卡．赫斯特，強．林德，約翰．佛斯堡，安德莉亞．哈拉，烏爾夫．英格曼和腓德烈克．格拉德，在我的想法還一團混沌時，慷慨地花時間以冰球專家的身分給我建議。安德斯．達勒紐，和我談獵犬以及獵槍。蘇菲亞．碧卡森，天馬行空的閒談，以及有關運動和人生的智語。羅伯．派特森，又長——又有耐性的電子郵件往來。艾緹卡．特瑞克，專家級的化學知識。蘇德塔里爾市運動猴運動用品店的伊薩克和拉斯穆斯，讓我在店裡瀏覽一整天，還教我認識冰球裝備。**麗娜「山貓」厄克隆德**和**潘克雷斯健身房**，讓我造訪蒐集資料，以及告訴我妳對運動的熱愛。**約翰·季廉**，從不吝於提供你的想法。此外：所有一路走來在各個領域的細節和名詞上幫助我的法律專家們，還有透過各種不同方式幫我讀手稿的各位。我想列在這裡的名單太長了，但是我希望你們知道我會記得各位的名字。

我也要感謝**安娜·史文森**、**麗娜·柯柏格·史廷**和**庫特·皮爾**，謝謝他們在簽書會上的認真工作和震耳的笑聲；**卡琳·瓦倫**和所有的事情：冒險、點子、激烈的辯論和一同在每個熱狗攤前等待的時光。**尼爾斯·奧森**，謝謝你花時間和精力創造出四本傑出的封面，給了書本第一眼好印象。**艾瑞克·童佛爾**，你設計出的大熊標誌，抓住了那麼多我想描述的大熊鎮冰球俱樂部精神。**薩隆蒙森經紀社**，讓我看見全世界。**佩雷·席維比**、**本特·卡森**和**克莉絲汀·娜圖林**，讓文件有條有理。**歐斯卡·歐勒路浦**的「越大聲越好」歌單（還有這些年來我從你那裡偷來的點子）。**利雅德·哈度許**、**約納·賈地德**和**艾瑞克·愛德隆**，謝謝你們給我的一切，以及近二十年的友誼。

最後，我想感謝**瑞典皮拉佛勒格出版公司**相信我的想法。尤其是**安瑪莉·史卡普**傾聽我的想法，信任我。**安娜·希維夕古爾森**，細心檢查每一部分文字；**瑪蒂亞·伯斯托姆**，當我六月份開始驚慌的時候，還在半夜回我電子郵件。

可是，最重要的：我的孩子們。謝謝你們等我寫完這本書。**現在我們可以玩「當個創世神」**了。

菲特烈‧貝克曼系列 04

終將破碎的我們——大熊鎮 1

Beartown

國家圖書館出版品預行編目 (CIP) 資料

終將破碎的我們：大熊鎮 . 1/ 菲特烈 . 貝克曼 (Fredrik Backman) 著；杜蘊慧譯 . --
增訂三版 . -- 臺北市：天培文化有限公司 , 2024.06
面；　公分 . -- (菲特烈 . 貝克曼系列；4)
譯自：Beartown.
ISBN 978-626-7276-57-0(平裝)

881.357　　113006382

作　　者——菲特烈‧貝克曼（Fredrik Backman）
譯　　者——杜蘊慧
責任編輯——莊琬華
發 行 人——蔡澤松
出　　版——天培文化有限公司
台北市 105 八德路 3 段 12 巷 57 弄 40 號
電話／ 02-25776564‧傳真／ 02-25789205
郵政劃撥／ 19382439
九歌文學網　www.chiuko.com.tw
印　　刷——晨捷印製股分有限公司
法律顧問——龍躍天律師 ‧ 蕭雄淋律師 ‧ 董安丹律師
發　　行——九歌出版社有限公司
台北市 105 八德路 3 段 12 巷 57 弄 40 號
電話／ 02-25776564‧傳真／ 02-25789205
初　　版——2018 年 4 月
三　　版——2024 年 6 月
定　　價——480 元
書　　號——0304104
ISBN ／ 978-626-7276-57-0
9786267276587 (PDF)
9786267276556 (EPUB)